奶奶的棉田

子鱼文集

子鱼 著

四川文艺出版社

目录
· CONTENTS ·

有点疼
YOUDIANTONG

|奶奶的棉田| 002
|玫瑰落| 011
|龙凤镯| 024
|龙头斩| 086
|青玉佩| 110
|神厨娘| 119
|神仙二姨| 127
|隐形的父亲| 144
|地瓜湖| 151
|苦山恋| 159

• C O N T E N T S •

有点刺
YOUDIANCI

|赛太后| 180

|老鸳鸯| 190

|她| 197

|卧龙湾| 205

|乡长王木棍| 211

目 录
· CONTENTS ·

有点俗
YOUDIANSU

|处女证| 228
|负心| 237
|面杖| 245
|婆婆的对手| 254
|七嫁| 263
|秋奶奶的鸡| 270
|死不了| 277
|我不是钟无艳| 283
|亿万前夫的爱| 294
|锦鸯宫| 316

• CONTENTS •

有点玄
YOUDIANXUAN

|天龙报| 328
|狗与兔| 337
|来自星星的你| 344
|铁镜公主那点小心思| 353

有点疼

奶奶的棉田

【1】

我奶奶生于1930年,是地主的独生女儿,我奶奶的爹虽是地主,却没有娶很多小老婆,自然也没有小老婆们为他生儿育女,我奶奶就成了她爹的掌上明珠。据我奶奶自己讲,她小时候上过学,并且上了好多年,要不然她也不会到了70多岁还能看《红楼梦》。

我奶奶是在上学过程中认识我爷爷的,我爷爷是个小地主家的孩子,比我奶奶小两岁,我奶奶说,我爷爷打小就娇气,每天上学他妈不给他买个肉烧饼,他就不进学校大门。

其实我爷爷也挺可怜的,打小亲妈就死了,天天给他买烧饼的是继母,也就是我的太奶奶。太奶奶一辈子没生养,视我爷爷如宝,后来她老了以后,调了个个儿,我爷爷视她如宝。

我现在还记得太奶奶的样子,满头白发,瘦骨伶仃,整天穿一条很肥很肥的裤子,裤腿像两条口袋,每次上厕所,一双小脚倒腾得两片"口袋"噗噗作响。更有趣的是,她还爱一边走路一边放屁,一串一串的,叽里咕噜,我那时候小,看见太奶奶上厕所,就笑得直打滚。

我奶奶和我爷爷的命运扭结到一起,完全是因为一个历史事件。

1948年,新中国快成立了,一些省份开始土地改革。学过历史的都知道,土改就是消灭地主阶级,把地主的土地分给农民,结束封建土地制度。

我奶奶家虽没有良田千顷,瓦屋三千,却还是比普通农民富裕些,也因此在被"消灭"的范围之内。

我奶奶的爹很有政治觉悟,知道在颓势面前,任何挣扎都是无用的,他根本没打算去抵抗,早早地把房契地契打理出来等着上交,但他有个心病,就是我奶奶,他不能忍受自己的宝贝闺女随便嫁人。其实到这份子上,他已不怕把闺女嫁给穷人,但穷人里也鱼龙混杂,摊上个无赖怎么办?

他盘算了半夜，跑去了我爷爷家，他跟我爷爷的爹，也就是我太爷爷说，要把我奶奶嫁给我爷爷。

我太爷爷一口答应了这门亲事，他答应得这么爽快，是因为他也同样面临这个问题，自己将来被"打倒"后，儿子能娶谁还不一定由谁说了算。与其那样，不如自己做主，娶个知根知底人家的好姑娘。

我奶奶和我爷爷闪电般地结婚了，那年我奶奶18岁，爷爷16岁，随之而来的就是他们的父母闪电般地被打倒了，然后就是旷日持久的电闪雷鸣。

我奶奶的爹上交了所有的房产土地，队里人还是不信，每天到家里搜查一番。

我爷爷家也好不到哪儿去，家里所有的房子都被没收了，全家老少被赶到了村头一个最破的房子里。我爷爷有个哥哥，就是我大爷爷，大爷爷有个儿子，也就是我堂伯，那年四岁，极伶俐的一个小孩子，从大宅到破屋，环境骤变，小孩子心性聪明，知道不是好事，也跟着着急上火，结果高烧不退，生生烧成了哑巴。

我奶奶从一个地主家嫁到另一个地主家，其实是一样的命运。

【2】

土改之后，我奶奶的人生也开启了漫长的苦难历程，1948年到1970年之间，她接连生了我大伯、我大姑、我二姑、我爸、我三姑、我四姑，算上夭折的三个，一共生了九个孩子。

这几十年，是非常非常苦的，大环境不景气，百废待兴下人们只能在摸索中进步，我爷爷奶奶在时代的浪潮中被裹挟着前行，由于身世上的遗留问题，甚至过得比一般人要更苦些。

但是我爷爷奶奶这两个地主家的公子小姐，愣是硬生生地扛起了一家十几口的生活。我爷爷学会了全套的农活，赶车泅粪，托坯漏粉，我奶奶也学会了修枝剪草，裁衣补鞋。

我爷爷和我奶奶的婚姻很特别，我印象中，我爷爷一直都是发怒发怒发怒，我奶奶一直都是处变不惊处变不惊处变不惊。我爷爷发完怒，又会像个犯错的小狮子一样蹭到我奶奶身边无声忏悔，我奶奶还是处变不惊。

总结来说就是我爷爷一直在发脾气，我奶奶是一辈子也没发过脾气。

有一年，我奶奶辛辛苦苦攒了两斤糯米面，配上点花生芝麻，做了一顿年糕，我爷爷吃了一口，又发怒了，一下子把年糕甩到了厢房上面，生气地说："不甜！"

我爸爸和姑姑们捧着自己手里那一小份，望着粘在房顶的年糕，心疼得眼泪都快出来了。

到了晚上，姑姑们睡下后，还是我奶奶爬上房顶，把那块年糕抠下来，又捧给我爷爷，我爷爷哭得像个孩子一样。他知道，就是这不甜的年糕，我奶奶都没留自己那份，家里太穷了，再也不是他每天吃一个肉烧饼的年代。他还知道，这世上除了我奶奶，再没人把他当一个少爷了，而我奶奶自己，是早不把自己当小姐了的。

那一块不甜的年糕，被我爷爷奶奶细细拣掉沙子，一人一口分吃了。

【3】

物质的困难都还好挨，我爷爷奶奶的一生，最苦的是一直在不断地失去，失去。

他们失了自己的父母，紧接着就一个个失去自己的孩子，有两个孩子刚生下来就夭折了，按我们当地的风俗，未成年的小孩子，不能进坟地，都是找个草席一卷，戳到山里等鸟兽掏吃，并且吃得越干净越吉利。

我爷爷每次背自己的孩子上山，都哭得稀里哗啦的。

我爸爸下面有个小叔叔，长到四岁夭折了，我奶奶经常跟我提起他，说我那小叔叔早慧，长得好看，嘴巴也甜，说起话来叽里咕噜，一套一套的。只是太不幸，长到四岁的时候，出了一种疹子，据说出这种疹子不能见风、不能见白，什么白色都不行，只要躲开这两样，熬过七天，就好了。

小叔叔出疹子的时候，我奶奶把家里所有的白东西都收了起来，连团白线都不放过，可惜到第五天，突然天降大雪，我小叔叔看了一眼窗外的茫茫大雪，当天就发病，第二天就死了。

到现在我也没搞明白这是一种什么样的病，我曾怀疑是我小叔本就重病不治，我奶奶硬赖在了一场雪上，但我奶奶十分肯定地说，我小叔是因为雪，村里另一个孩子是见了锅里的白豆浆死的。

小叔叔的死，对我奶奶的打击挺大，很多年过去，我都长大了，她还常常念叨:"应该把窗户蒙上来着!"

我奶奶还失去过一个儿媳和一个孙女。我大伯的第一个媳妇一进家门就有病,常年在炕上躺着,奶奶一直照顾她,把家里的好吃的都给她。有人来看望她,奶奶还得想方设法弄饭食招待,有时家里半斤小米、一个鸡蛋都没有,我奶奶就拉下脸面去邻居家借,以后再双倍奉还。

这媳妇病中还生了一个女儿,由于身体太弱,没奶水,孩子生下来两个月就夭折了,没过多久,儿媳妇也随着夭折的孩子去了。

发送完这个媳妇,家里更是一贫如洗。我奶奶常说那个儿媳妇是她"前世的冤家",这辈子到家里讨债来的,她觉得为那个儿媳妇担受的一切,都不委屈。

【4】

生活终于好过一点,是十一届三中全会以后,土地又分了下去,俗称"大包干"。我爷爷奶奶终于摘掉"黑五类"的帽子,不再是人下人。

1982年正式分地,我奶奶正好分到了她爹当年的一块土地,历史兜兜转转,路过了原点。那一年的春耕之前,我奶奶准备了点心酒水,在地里燃香祝祷,跟自己的父亲说了好多话。那一天残阳如血,把褐色的土地映得通红通红,我奶奶瘦小的身影在空旷的大地上徘徊,像一只南归的小燕,凄惶可怜。

那块土地,她后来只种棉花,我家里所有孩子的新婚被褥都出自那块棉田。摘掉了地主的帽子,没了身份的桎梏,长辈们灵活的头脑终于派上了用场,我爷爷觉得光靠种地不行,就和我大爷爷一起学了一门木匠手艺,我哑巴堂伯和我大伯、我爸也都跟着学会了木匠。我爸最有天分,去别人家只要看一眼别人的家具,回家就能打出来。那年代的手艺人吃香,我们家一下子又成了村里的富户,我出生没多久,家里就有一台黑白小电视了。

可好景不长,我爷爷奶奶一生最不堪忍受的失去也来临了。我五岁那年,我爸爸,他们最疼爱的小儿子,干活时,一块木板直接插入脖子,被割断了大动脉。

我永远也忘不了我爸爸死前的样子。

当时我正在家门口的大石头上玩耍,突然听见自家院里号哭声起,我歪歪扭扭地跑进大门,见我爸爸躺在水泥台上,脖子上堵着一条大枕巾,枕巾已被血洇透，水泥台上也是大片大片的鲜血，我一下子吓傻了，当时我爸爸还有意识，他扭头望了我一眼，一行热泪滚滚流下，融入了血里。

那是他看我的最后一眼，我就是靠着这一眼的余温，撑过了几十年的荒原岁月。

他被人抬上了车子送去医院，还没到医院，就断了气，又抬了回来，发送他的整个过程，我一点印象没有，就像从记忆里抹去了一样。

我就这么失去了自己的父亲。我爷爷奶奶失去了儿子。爸爸做的那个木工活，是帮别人打一口棺材，纯义务帮忙，结果他却比那个棺材的主人更早一步睡到了自己的棺材里。

【5】

不久后我就随妈妈改嫁到了另一个村子，这个过程我也没印象，只知道自己明白过来时，歇斯底里地要回家。

我爷爷太想我了，他骑着自行车走了30多公里去新家看我。到了新家，我们走到山上，在一棵大松树下，我坐在爷爷怀里，一遍一遍地摸爷爷满是胡碴的脸，爷爷一遍一遍地摸我毛茸茸的小辫子，祖孙两个吧嗒吧嗒掉眼泪。

我八岁那年，攒了五块钱，自己跑到班车站，坐车回了爷爷家，这是我蓄谋已久的事。我发誓再也不回新家了，我没办法离开爷爷奶奶，我是在奶奶的被窝里长大的，没了奶奶的气息，我根本睡不着觉。

第二天，我妈找来了，我远远地看见她进村，就偷偷跑到姑姑家，躲到姑姑的柴房，姑姑家没人，姑姑一家都在爷爷那儿。

他们当然找不到我，我在姑姑家的柴房待到下午，饿得头昏眼花才看见我妈哭着离开。我妈走后，我回家，见到爷爷奶奶，三个人谁也没说话。

那时正值盛夏，那天家里还停电了，电扇转不起来，我怕热，奶奶就坐我身边给我扇扇子，我半夜迷迷糊糊地睡去，醒来的时候，天已大亮，奶奶还在给我扇扇子，我看见爷爷痴痴地望着我，眼睛红红的。他又哭了！

我妈再来接我的时候，我还是跟我妈回去了，是心甘情愿回去的，因为我发现，我看我妈哭着离开的时候，也受不了。

这是我一生做的第一个决定，此后我的所有事，再也不需要别人帮我做决定了。

我后来才知道，我妈那次没接着我，回家就病了，打了七天点滴，还听说我妈第一次接我，爷爷奶奶就和我妈谈判要把我留下，我妈不同意。

我由我妈照管长大，但每年的寒暑假，一天也不在家待着，必然跑到爷爷家。我很小就会坐班车，还会和卖票的讲价钱，理由是我"人小不占地儿"。

我爷爷奶奶刻意不大跟我谈我爸，我也尽量不在他们面前提。我们双方都觉得这个痛对方承受不起。

姑姑们跟我说，其实我爸的死对我爷爷奶奶简直是致命的打击。我爸爸刚走的那段时间，我爷爷天天去坟地哭。我爷爷这辈子，最不吝惜的就是眼泪，从不管什么"男儿有泪不轻弹"，他不但哭，还扒我爸的坟，我三姑四姑天天得去坟地找他。

后来他不去坟地了，就在家哭，靠着被垛，要么想我爸，要么想我。

我常常觉得我这个爱哭的毛病一定是遗传了我爷爷，但哭完了该干什么干什么的优点也是遗传了我爷爷。

我从没见过我奶奶因为我爸的死掉过一滴眼泪，也许背后掉了很多，我没见到。

【6】

大概有二十年的时光，我每年至少有一个月是和爷爷奶奶一起生活的，20世纪90年代以后，日子好过多了，奶奶再也不用去地里干活，更不用去借鸡蛋，她又当起了大小姐。她整日整日在家待着，出门顶多是去菜园摘点菜，她在家听戏、听评书、看书、养花、收拾房间、给我们讲故事。

我在妈妈家从来不着家，到处疯跑，到奶奶那儿，老老实实地跟她待着，陪她修剪花枝，陪她把一捆韭菜从烈烈的晌午择到日暮西山，听她讲那些稀奇古怪的民间故事，讲她自己的小时候，讲爷爷和太奶奶，讲那些苦难岁月的辛苦挣扎……我觉得，整个世界都不如我这一个奶奶。

我奶奶唯一亲力亲为的农活，就是去棉田里摘棉花。棉桃成熟的时候，秋高气爽，风轻物静，我和爷爷奶奶藏在漫漫棉田里，雪白的棉花热烈绽放，单田芳在收音机里呜呜喳喳地讲着《白眉大侠》的故事，爷爷偶尔又会因为什么事情发个脾气，奶奶也不理睬，我看不过去，替奶奶抱不平，就顶爷爷几句，他就孩子一般气呼呼地不说话了。在我们家，除了我，没人敢顶撞爷爷。

爷爷奶奶对我宠溺无边，但我要是做错了事，他们也会教训我。我小时候孤僻没礼貌，见了人，喜欢的就说句话，不喜欢的就不理。有一次，一个我不喜欢的亲戚来家里，我没打招呼，亲戚走后我爷爷就怒了，大骂了我一顿，奶奶又细细地教我道理，告诉我什么叫作教养。

我奶奶听戏从来不听《白毛女》，有一次我写作业，大声念周扒皮那篇课文，我奶奶很严肃地告诉我："不是所有的地主都是周扒皮，每个阶层都有好人和坏人。"

她教会我礼貌和教养，也教会我不戴有色眼镜看任何人。

【7】

随着爷爷奶奶年岁渐老，我开始特别害怕一件事情，就是怕他们死，我奶奶三十岁就有冠心病，一犯病就佝偻着蜷在炕上一言不发。

每每想到他们会死，我就万箭穿心。有一次，爷爷偏偏跟我说他们死了以后我该怎样怎样，我听了两句就放声大哭。我一哭，爷爷又哭了。

我爷爷特别害怕死在奶奶后面，他没法想象没有奶奶的生活该怎么过，我也一度以为奶奶身体不好，会比爷爷先走，可没想到，还是健壮的爷爷先病了。

2009 年，爷爷被查出有前列腺癌，那时我正怀着女儿，身体的不便、家事的拖累导致爷爷的整个病期我都没能回去看上几次——这是我此生最大的遗憾。

爷爷奶奶要强，不愿意拖累儿女，爷爷整个病期，几乎都是奶奶照料。奶奶 80 斤的身体，扶着高大的爷爷上厕所，艰难可想而知。癌症后期，疼痛难忍，奶奶就整夜整夜地给爷爷按摩，疼得受不了时，爷爷照样还会发脾气，发完了脾气照样还会哭鼻子。

奶奶始终都是那样子，泰山崩于前而面不改色。

对于从小就活在爷爷奶奶会死的恐惧当中的我来说，上天让他们活到我结婚成家，我已是一万个感激，但还是贪心地希望爷爷再活久一点，久一点，久到能看一眼我的孩子。

终于还是没等到，噩耗就突然传来了，2009 年 7 月 26 日，爷爷离世，我奔丧回家，哭倒在爷爷灵前，几次差点晕过去。我那 35 岁，一米八多的哥哥，死拽着爷爷的寿衣不许入殓，我们全是爷爷奶奶教养长大的孩子，根本无法接受这么惨痛的死别。

爷爷死后，我才知道奶奶的眼泪也如此之多，她终于像我和爷爷那样，哭得像个小孩子。

爷爷走后，奶奶变了，变得没精神，书也不听了，戏也不看了，她养的几十盆花，一年之内全部枯死。看到这些，我就知道，奶奶的离开也不会远了。花事就是人事。

或许奶奶自己早就存了弃世的心，她渐渐开始安排后事，今天跟这个交代一句，明天跟那个交代一句。有一件后事让她纠结不已，就是她的五枚袁大头。如果不是她自己说，家里谁也不知道她手里还有这么几个东西。

她说那是她爹娘唯一留给她的东西，拼了性命保留下来的，现在她要走了，却不知道这几个洋钱怎么分配。她还剩四个女儿一个儿子，给了他们，觉得对不起我，觉得我算顶着一房人家。但给了我，那五个儿女必然有人漏下。想全给孙子辈，又放不下自己的女儿们。

这事儿把一生淡定的老太太难坏了。

最后还是我帮她拿的主意，五枚洋钱，四枚给姑姑们，剩下的一枚直接给哥哥，哥哥顶大伯的，我只要她那副看书的老花镜和爷爷喝酒的酒盅。我觉得，相比于洋钱，这两个带有体温的东西，更能安慰我剩下的人生。

奶奶从此再也没有心事了，安心地等着离开，终于在爷爷去世一年半后，奶奶安然辞世，没经历一点病痛。

那是2011年的2月，30岁就患上心脏病的奶奶，活到了81岁。

她一生的使命好像就是照顾爷爷，爷爷没了，她也萎了，我们这些在爷爷葬礼上哭得惊天动地的孩子，在奶奶的葬礼上出奇地冷静，我们心甘情愿地送别他们，让他们在另一个世界相聚，那么一个爱哭、长不大的爷爷，如何忍心不还他一个奶奶呢？

我见过世间千万种的爱情，这样的爱情，从未见过。

【8】

世界上最疼我的人，都去了。

我虽然甘心送奶奶离开，但思念的痛苦却不能减去一分，我常常从梦里哭醒，甚至真的希望这世界有魂灵。我开始怀疑生命的意义，人生几十年，吃那么多苦，终成虚无，值还是不值？那么多的爱换回来那么多的痛，该还是不该？

佛语说众生皆苦，唯有自度，我奶奶一辈子都在"度"自己，也"度"我们。

如果我在世人眼中还算有点小才，还算有一些优秀品质，那都是爷爷奶奶遗传教化给我的，他们的教育从来不止于当时的言语，他们用一辈子的姿态告诉我一些道理，有些道理常常是当时不明白，要等我有些年龄阅历后才猛然领悟。

比如奶奶的那片棉田，我一直以为，那是奶奶对我们的一片深爱，直到去年写农村文章研究土改，脑子里突然如晴空一道闪电，顿悟了奶奶的另一层心事，那雪白的棉花，除了爱，还有一种感情，叫作祭奠。

后记：

十几岁我就决定，长大后要写一篇文章，记录爷爷奶奶的人生，但直到他们去世，也无法完成。他们离开之后的几年，无数次提笔，也是一字难着。

很喜欢白先勇的一篇文章，叫《树犹如此》，是怀念其爱人王国祥的，也是在王国祥去世六年后才写成，看来人类的感情都一样，都得用时间磨一磨。

我有个经验，一个人的诸般苦痛，只有自己肯去主动谈论时才是真正跨过了，深陷其中的人，不会说，人也只有跨过这个苦痛，才会成长。

我又长大了一些。

玫瑰落

【1】

我见证了一个女人从少女到妇人的过程,就像见证一朵花从开到败的过程一样,这个过程挺残酷的,它甚至影响了我多年的爱情观。

这个女人我应该叫七婶,族里排着,我管她老公叫七叔。

七叔跟七婶定亲的时候,我还只有十一岁,正是山上乱跑、水里乱跳、飞檐走壁的时候。我每天疯玩儿,玩累了就在哪儿随便萎个窝睡一觉,张大娘家的柴火垛、李大婶家的后房檐儿、杨二姨家的白薯窖,都有过我酣眠的战绩。我小时候没被蛇咬了脚趾头、没被壁虎钻了耳朵、没被啄木鸟敲瞎了眼,都算是幸事。现在想来,那应该叫"大难不死"。

那一日,我又玩累了,萎在我三奶奶家炕上睡着了。睡醒后觉得自己小臂发麻,脸上硌得疼,我摸了摸自己脸,一格一格的,纵横交错,那是炕席压出来的褶皱。

我刚要起来,觉得旁边有动静,原来是有人。一男一女的声音传过来:

"你让我亲一下!"

"不让!"

"亲一下,你都是我媳妇儿了,亲一下怎么了?"

"不让嘛,还没结婚呢。"

"等到结婚再亲我都急死啦!"

"那也不让!"

然后就听见两个人支支扭扭的声音,还伴着嘻嘻的笑声。

后来好像还是亲上了,咕咕哝哝的声音传过来,我这就没法儿起来啦!我再小,也知道这种事不宜撞破,撞破了是他们不好意思还是我不好意思?

我就忍着,忍着。但是我很烦躁,我肚子都饿了,我妈说晚上吃油饼,我很着急。

我等着他们亲完,这个过程很痛苦,我不敢动,怕惊扰了他们。人睡着了跟死猪一样保持一个姿势不难,但是醒着跟死猪一样,挺不容易的,三奶奶家的炕又烧得跟火炭一般,更把我烙得难受。

忍啊忍……终于亲完了,有短暂的沉默。现在想来,那应该是四目相对,含情脉脉,身心如醉呢。

我好像天生也知道不该马上醒来,马上醒来就暴露我刚才已醒的事实了,于是又忍了一会儿。直到他们又嘻嘻笑着聊起了天儿,我才翻身动了动,我坐起来,揉着惺忪的"睡眼"问:"现在几点了?"

他们说:"五点啦!"

我说:"哎呀,我怎么在这睡着了?"

我七叔说:"你在这睡着新鲜吗?你没在长虫洞睡着就不错了!"

我跳下地:"我要去吃饭啦!我妈咋还不叫我——"他们笑着看我,好像我是个傻兮兮的小猴子,然后我就一溜烟儿跑远了。

那天我家没吃油饼,吃的是饺子。

【2】

七叔和七婶结婚的时候,那真是隆重,七婶像是个仙女儿一样飘降到我们这个破落的小山村。她那天穿了一条红裙子,流连于众宾客之间,含羞带笑地等着我三爷爷给她介绍亲戚:"这叫三姨。"她就甜甜地喊一句:"三姨!""这是二舅!"她就喊一句:"二舅!""这是三姥爷!"她就喊一句:"三姥爷!"

那时候在农村,新娘子是只要办了酒席认了亲戚就算是入了宗族的,结婚证都不大必要,七叔和七婶的结婚证是在结婚一年后某一次赶大集时顺便领的,这件事的轻重程度不大于上街买个西瓜。

新婚时期的七婶是很美的,她爱打扮,总把嘴唇涂得红红的,脸上也抹很多脂粉,我经常摆弄她的那些脂粉,把自己的脸也抹得白鬼一样,嘴唇也涂红。

我涂了嘴唇以后,就不敢闭嘴了,把嘴喔成一个O形,像是个鸡屁股,全身的注意力都在那张嘴上。

七婶一边给我摘着头发上的草叶子,一边说:"这丫头怎么跟个野小子一样,像姑娘一样打扮打扮多漂亮呀!"

我就揪着她的裙子研究:"就像你这个样子吗?穿上花裙子,走路一扭一扭的?"

她说:"是呀,女孩子嘛,还是美一点好。"

我就跟我妈也要了个花裙子,我穿上花裙子在镜子前打转儿的时候,也觉得自己挺美的。

七婶是启蒙我对女性美认知的第一人。

【3】

七婶的好时光大概维持了三四年,这三四年里,他们夫妻恩爱,家庭和谐,她的脸颊总是红的,眼角总是弯的,似乎人生还有很多花团锦簇的事等着她去投奔。

她嘴甜,在村里人缘很好,我有个二爷爷,总爱逗她,有一次听见二爷爷对她说:"你昨晚上有没有听见你家后窗户有猫叫?我家那猫啊,闹春呢,都不回家了,这猫也奔群儿,谁家那种事儿多,它就凑谁家去!"

七婶狠狠地啐他一口,红晕马上染满了脸颊。

二爷爷坏坏地看着七婶笑,一口旱烟吸进去又浓浓地吐出来。

我说,二爷爷,你家那猫也来我家,我睡觉前听见它"喵呜"一声从我窗户那过去了。我小时候是没心少肺到了家了的。

有很多女人以为结婚是一生辉煌的开始,却不知很多女人结婚是人生的顶峰,然后就急转直下了。

七婶人生的急转直下是因为她发现了七叔的情人。

那一年七婶家被盗,丢了八百块钱,一条金项链。盗贼是从窗户进去的,老式的木质门窗,窗户很容易被人从外面用纸片或铁丝挑开,屋子里被翻了个乱七八糟,首饰盒里的项链不翼而飞,柜子里藏着的八百块钱也不见了。

七婶为这些东西上了老大的火,尤其那项链,那是她的结婚首饰,是七叔亲自为她挑的,那时候结婚刚开始时兴三金,七叔问她:"是买三个都小一点的戒指、耳环和项链,还是买一个大一点的项链?"

七婶说:"买一个大的项链,好东西一个就够,要那么多没用。"

项链的丢失让她很懊恼,那个项链确实很漂亮,桃心型的吊坠上雕着一朵缠枝玫瑰花。

可也只敢怪自己,怪自己不该出去串门子,不该那么粗心。她觉得很对不起七叔。

【4】

七婶竟然找到了自己的项链。

那一日,她去一个理发馆理发,洗完头刚坐下来,就见后面给她吹头发的小姑娘戴了一个跟她一模一样的项链。

她震惊了,她几乎可以断定那就是她的项链,她清清楚楚记得项链上的玫瑰花有一次不小心被弄伤了一个花瓣,她跑到金店找师傅重新焊过,焊接的地方有个圆点,一般人看不出来。

她强压怒火,平复心神,假装云淡风轻地问:"你这项链可真漂亮啊,在哪买的?"

小姑娘娇羞一笑:"人……人送的。"

"人送的?呦,还不好意思说,是对象吧?你一定是定亲了,婆家那边给你买的。"

小姑娘笑笑,没说是,也没说不是,但那笑里有神秘的甜蜜。

七婶觉得这个小姑娘很古怪。

七婶分析着,这项链肯定是她的男朋友偷来给她的,那么只要找到她的男朋友就能找出这个贼了。

七婶决定跟踪这个小姑娘,她找人打听出了小姑娘的住址——就是同一个镇子另一个村的,但她并没听说这个小姑娘定亲有婆家了,这让她觉得更蹊跷。

她每天去那个村子的路口等着,看小姑娘出来她就跟着去上班,跟到第三天时,她有了重大发现,她发现原来这小姑娘的男朋友不是别人。

正是七叔!

【5】

七婶的天塌了。

小姑娘的男朋友是七叔，七婶爆发出了惊天动地的破坏力。她每日在家又哭又闹，摔盘子摆碗，然后就是破口大骂。

我们村里的空气那段时间都是紧张的，人们不自主地屏声静气，连大人打孩子都刻意收敛，怕惊扰了七婶的愤怒。树上的乌鸦也成群成群地乱飞，七婶的号啕声起，乌鸦就"嘎嘎"直叫，叫得人心烦意乱。我那些日子也无心在山上河里乱跑，时时关注着七婶的动静。

那时候对出轨这件事我还没什么强烈的概念，就知道七叔肯定是去亲别人了，亲别人而不亲七婶，这事儿确实挺让人生气的。

七婶应该从来没想象过自己的人生会遭遇如此不堪，她一点心理准备都没有。希望越大，失望越大。

我关心七婶，但在看见七婶肿着桃子似的眼睛出来时，还得赶紧假装路过。作为一个小孩子，我还无资格安慰一个被背叛的妇女。

我从我妈她们的八卦中得知，七叔看上了理发馆的小姑娘，又苦于没有资本追求人家，就伪造了一场盗窃，把七婶的项链"偷"走了，那个小姑娘都不知道七叔已经结了婚。

七婶在家闹了几天，不解气，又冲进了那个理发馆把那小姑娘打了一顿，她到那就薅住了小姑娘的头发，先把项链扯下来，然后噼里啪啦给了几个嘴巴。小姑娘开始不知道怎么回事，本能地还手跟她厮打，等明白过来这是自己"男朋友"的老婆时，气势立马弱了下去。

当时看热闹的人很多，里三层外三层，小姑娘被挠成了萝卜丝，理发店的老板几次想伸手，都没敢。

这件事最终以七叔的认错道歉作为终结，七叔跪在七婶面前乞求原谅，并保证以后再也不招惹其他女人了，他要和七婶好好过日子。情动之处，还流下了眼泪，并且扇了自己两个嘴巴。

七婶沉默不语，挡住了七叔扇自己嘴巴的手算是原谅，她把那条项链拿到金店又重新换了一个样式，她说那朵花她是嫌脏了。

也可怜那小姑娘，跟了七叔一场，就戴了几日项链，最后还被人抢回去了，把自己弄得声名狼藉，再找婆家都难找，跟了一个外地炸油条的，过了几年，就跟炸油条的回老家了。

【6】

七叔老实了几年,在这几年里,七婶给他生了二胎,是个儿子。

很快七叔就有钱了,他承包了一个鱼塘,那几年刚兴起一种鱼头泡饼的美食,他每天往外贩鱼,七叔的大胖头鱼养得又肥又大,生意做得风生水起。

男人有钱就容易变坏,何况七叔本来就是淫根深种的男人,他很快就有了新的情人,这又很快引爆了七婶。

自打项链事件之后,七婶就对七叔彻底失了信任,她总是很警惕地观察七叔动静,七叔有新情人的事也没瞒得了多久。

她还是像以前那样闹,摔盆摞碗,放声大哭,但是现在这招不好使了,七叔不高兴的时候就大骂她一顿。

她向自己的婆婆求助,婆婆也不深管,好像自己儿子养女人这件事也没啥了不起的。

七婶孤立无援。

有一日夜里,我家已经睡下,忽然我三奶奶"咣咣咣"地凿我家的大门,我妈开门,三奶奶焦急地说:"快帮我去拉拉架吧,我家要出人命了!"

我爸妈披着衣服出了门,我也要去,我妈说:"小孩子家家的,凑什么热闹!"

我爸妈一去就是一个多小时,这一个多小时,我瞪大眼睛瞅着房顶,心"咚咚"直跳,总怕七婶有什么事情。

一个多小时后,我爸妈回来,两个人沉默地关大门,沉默地进屋上炕,直到钻进被窝,我妈才长长地叹了口气:"唉——"

我爸感慨了一句:"这么好的媳妇儿,真下得去手打。"

我妈说:"本来天造地设的一对儿,没想到过成了这个样子。"

我不敢问太多,但那夜睡得乱梦纷纭。第二天一大早,我就早早地起来背书包上学,特意绕到七婶家去看看,七叔的面包车不在,七婶的窗帘拉着,门窗紧闭,家里没有一丝生气。

连着三天都没看到七婶,每天我都绕到她家门口去晃一圈,都没看见七婶。

第三天晚上,太阳已经坠下了山,天边挂着一些晚霞,红彤彤的,很漂亮,但那漂亮让人可惜,因为知道黑暗马上要来了。我看七婶出来了,穿着一件睡衣,左手提着一个簸箕,右手拿着一把笤帚,右手的笤帚压着左手簸箕里的垃圾。借着晚霞的余光,我看见她蓬头垢面,眼角下一片瘀青,那淤青在晚霞的映照下,成了褐色。

七婶看见我,勉强一笑,我也假装没心少肺地冲她笑笑。

只有小孩子假装不知道大人已经沧海桑田,才能给大人留点体面。

后来,我妈说,那一晚,七婶差点被七叔打瞎了眼睛。

【7】

七婶沉默了几天,但还是没有被打服,她还是锲而不舍地跟七叔闹着。她越闹,七叔的情人越多,七婶就骂。

我们从七婶的骂街声就能听出情人的变换,这些情人的名字由小红、小月、小娟,到小翠、小美,不停变换。

七叔一家的故事承担了我们那个村子一整年的年度大戏,他家终日吵吵闹闹,倒衬得别人家平淡无聊。我妈他们开始还兴致勃勃,后来也对他们的故事失去了兴趣。

七叔有时候还是会打七婶,每次打还是一番惊天动地,我妈他们劝架也懒得劝了,于是开始骂他们,骂七叔不断作事,怪七婶性情太烈,七婶因为不能容忍情人,竟然也有了罪过。

有人还专门去劝七婶:"现在的男人都这样,你习惯习惯就好了,放着好好的日子不过,还闹腾什么?"

七婶说:"啥叫'好好的日子'?他天天去跟别的女人睡觉,这也叫'好好的日子'?"

谁也说服不了七婶。七婶的戾气越来越重,她常年靠在大街上骂街发泄胸中郁闷,她骂起街来越来越狠,她骂七叔天良丧尽,牲畜不如。

【8】

这时候,已经是2000年以后了。我已经上高中,开始住校,每次回家,我都去看看七婶,七婶变了,她的美丽不复存在,整张脸变得很扭曲,缠绕着一股怨气。

她打扮得很过,一种穿着与年龄不符的过。比如她穿了一件很紧很紧的裤子,那裤子把屁股勒得像两个球,很明显那裤子不适合有点丰满的中年妇人穿，但她不服输地箍在自己身上。

她确实说自己"不服"，她好歹也曾是三里五村的一枝花，怎么会输给那些妖里妖气的贱货们。她"不服"，就要把自己变漂亮，她每天给自己涂很厚的脂粉，而那些脂粉有毒，慢慢地，她的脸就铅中毒了，整个脸发乌发青，闪着寒凛凛的光芒。

七婶的形象其实是垮塌了。

随着七婶形象的垮塌，她的家里也变得垮塌。她以前是个干干净净的人，去她家里永远一尘不染，后来不行了，一进她的门，一股臭气袭来，有时候隔夜的尿罐子都没倒。

再后来，我就上了大学，很少回家，只是听说一些七婶的事，我妈说七婶爱上了打麻将，每日在麻将桌上与人酣战，她不大和七叔打架了，开始用其他事情麻痹自己。也开始大把大把地花钱，她说："这些钱，自己不花也都让外面的狐狸精们糟蹋了，不如快活快活自己。"

她偶尔和七叔打架，也像是在走仪式，她得靠打架不断宣示一下自己的地位。她更多的还是在背后骂七叔，怎么难听怎么来，但一看到七叔的车出现在村口，就马上闭嘴。

失了战斗力的七婶，更放纵了七叔。七叔的情人，还是像厕所的蟑螂一样，一拨一拨往外拥。

【9】

我以为七叔和七婶也就这么过下去了，一个不知疲倦，一个开始认命，但是我大学毕业那年，忽然听说，七叔败家了，说他承包的那个鱼塘，被人下了药，一夜之间鱼全死了，十几斤的大胖头鱼跟小船儿似的翻在水面上，触目惊心。

这是七叔养了好几年的心血，上百万的投资在里面，七叔气得直跳脚，他扬言："要是让我知道是谁干的，我一定要让他家破人亡。"

他兴师动众地报了案，派出所到现场查了查，结果只查出了这鱼塘被人下的是百草枯，其他啥收获也没有。

七叔因此赔光了本钱，还欠了一些债务，一下子成了穷鬼。成了穷鬼的七叔，倒比以前老实了，他开始慢慢和那些情人们断了往来，和七婶走得近些，整日在家跟七婶研究是谁在背后暗害了他们，他们夫妻几乎把三里五村的人挨个怀疑了个遍，连我爸妈都不放过，看谁都有作案动机。

七叔和七婶相对平静地过了一年。

七婶很高兴，她说："虽然穷了，但是人安分了，过点穷日子也好。"

【10】

眨眼到了2009年，那一年我结婚，回家，看见七婶，已经是一个四十多岁的妇人模样了，她不再年轻，腰上的赘肉层层叠叠，脂粉糊在脸上，像个面具一样，一笑面具上就堆起几道深深的褶子。但是明显她看上去精神还不错。

我也以为七婶会和七叔就此山长水阔下去。

可是没多久，听我妈说，七叔七婶又闹起来了，原因还是七叔的情人，七婶发现，原来七叔没了钱，一样能找到情人，以前有钱的时候是钓那些未婚的小姑娘，现在没钱了，就钓那些离婚的女人或丧偶的小寡妇。

那些离婚丧偶的女人跟着七叔的原因千奇百怪，有的纯粹是因为寂寞，有的就是觉得七叔长得好看，有的因为七叔有个车，可以经常拉着她去上街买东西，最可笑的一个竟然是因为七叔每到秋天都去人家里帮人打核桃。

七婶就又跟七叔的新情人闹，跑到人家里去砸人家玻璃，往人门口扔死耗子，大早晨地往人家大门上泼狗血。

七叔又开始打七婶，打得七婶肋骨断裂。

那时候我已经很有女权思想了，一副城市女性的独立自主范儿，认为女人就该独立，就不能依附于男人，遇到不好的婚姻和感情就要一刀斩断，断尾求生。

我回家劝七婶离婚，我说你才四十多岁，你看你这辈子过的都是什么日子，现在离了，还有机会找到一个老实人陪你过平淡的生活。

她说你说得很好，可是我做不到，我不敢离开我的孩子，我也不知道自己能不能还有那好运气再碰见一个好人，我也不甘心就被那些情人打败……我还舍不得这个生活了几十年的地方……

她为自己的不离开找了一大堆理由。

我看她"烂泥扶不上墙"的样子，只好摇头放弃。

后来听我妈说，七叔七婶又有新节目了，现在不是七婶看着七叔，七叔也看着七婶，七叔总怀疑七婶跟着别的男人，有时候行踪诡秘。

我跟我妈说，该，那个渣男，也应该给他戴几顶绿帽子！

我妈对我无可奈何。

后来又听说七叔七婶闹了一场很大的，说有一日，七叔从外边回来，敲门，七婶很久才开，七叔就怀疑七婶是在给野男人留逃跑时间，进屋就把七婶打倒在地，那一次被打，七婶被打到了脑袋，后来总有点反应迟钝，精神好像越来越不正常。

【11】

七婶后来真的疯了。

她经常大半夜地穿着睡衣溜达到大马路上，晚归的行人看见一个披头散发的女人唠唠叨叨的，经常被吓得魂不守舍。

她开始头不梳，脸不洗，饭不做，整日乱跑，吃饭的时候就到三奶奶家去，吃完了就继续跑，我三奶奶被闹得实在受不了，就想到了个好主意：找算命大仙看风水。

他们找了一个留山羊胡子的大仙看风水，大仙到这上下左右看了一遍，目标锁定在了七婶家的一个小耳房上，大仙说："那个耳房是煞，出岔子了。"

三奶奶一听，赶紧张罗拆掉那个小耳房。可是耳房拆了，七婶并没有好转，反而更严重了！

她现在不但天天唠叨，还不穿衣服跑到大街上，碰着人就说："我热呀，我热呀，我和我的孩儿们好热呀，我们待得好好的，非得把我家拆了，你们这些该死的人！"

大街上的人看见她的小裤头和大文胸，又想看又不敢看。七叔气得拿着大铁锹出去拍她，七婶不躲不避，仰着脖子摇摇摆摆地骂："你个陈世美，忘恩负义的东西，要不是你胡作，也不会有人来找什么风水先生，不找那小山羊投生的死鬼先生，也不会拆了我们的家，你将来不得好死！"

七叔被七婶的样子吓一跳，他怎么看怎么觉得七婶像一条摇摇摆摆的蛇，她眼神怨毒，门牙一呲，寒光粼粼，完全不是七婶的样子，七叔不禁直打寒战。

他们怀疑七婶被什么东西"上了身"。

三奶奶又找来了风水先生。先生也说是被蛇上身，肯定是拆小耳房，把地基里的蛇窝拆了。

三奶奶求先生解救之法，先生摇摇头说："治不了，这蛇道行太深，我不是她的对手。"

三奶奶又大骂风水先生："你说耳房碍事，我们拆了，现在又拆出了更大的麻烦，你是什么鬼先生啊？"

先生说："我说耳房碍事也没说错，谁知道你家宅子里还藏龙卧虎？我又不是茅山道士，还能看出哪里有妖气？"

先生还挺有理，撇撇山羊胡子，一甩手，气咻咻地走了。

七婶继续闹，继续穿着小裤头满街乱跑，七叔家一筹莫展。

后来七叔也不管了，索性让七婶疯下去。他觉得七婶疯着也挺好的，省得管自己。

他开始堂而皇之地往家带人。那些人开始不敢来，后来发现七婶确实不可惧，就大胆起来。

七婶真的不管，她看见七叔带回来的人，也不骂街，还笑嘻嘻地问人家好。

有人凑事："你怎么不闹了！现在那些人都上了你家门，咋不打人家？"

七婶说了一些让人大跌眼镜的话："她住到家里来才好呢，正好她伺候我，我是大房，她是二房，让她给我当丫鬟，反正她永远翻不过我去。"

后来七叔就真的领人回家过日子，可是过了一段时间，情人也不干了。

因为她总得干活，家里大大小小的事情她都得干，她把饭做熟了，七婶屁股往前一挪就吃，吃完了抹抹嘴就往后一撤，待一会儿再睡一觉，一直睡到日落西山。

情人帮着七叔去山上干活，几百斤的核桃收回家，累得呲牙咧嘴，到家还得做饭，她看见七婶睡得哈喇子直流，十分气愤。

"跑人家去伺候一个疯子，这不是有病吗？"

随着年龄越来越大，七叔也越来越穷，他再去找情人就越来越难，找不到人，他就很烦躁，他一烦躁就在家折磨七婶，他总觉得一个疯女人，打一顿是不知道疼的。

七婶也确实麻木，挨打也不喊，就那么默默承受，打完了，还顶着一身伤痕到处乱跑。

七婶疯了的第二年，我孩子已经四岁了，我带着孩子回娘家，她看见我，好像还认识我，对我说："你这孩子，前半生苦，后半生就越来越好啦，不像我，我是越过越苦的。"

那一年的冬天特别冷，住惯了楼房的我，十分不适应农村家里的冷，摸摸哪儿都是冰的，睡的那个炕，硬得能把我骨头硌碎，我呲牙咧嘴地挨着这春节的几天团圆。

七婶在那么冷的天气里还是穿着一件单衣，在大街上游游荡荡。她不知跟谁学会了唱戏，唱《李三娘打水》，挥着个长袖子，甩来甩去，咿咿呀呀。七婶唱《李三娘打水》真是好听，直钻到你心里去，就是那声音空得让人感觉瘆得慌。

我感觉七婶好像要油尽灯枯了。

过完年，我回京，才过到正月初八，我妈给我打电话，说七婶死了，她用最惨烈的方式吊死了自己，死前穿了一身红衣服，吊在了梁上，桌子上留了一封遗书，歪歪扭扭的一行字：

"鱼是我药死的，哈哈哈哈哈哈。"

我妈说，七婶其实是被七叔打死的，她死前那一夜，七婶在家彻夜唱戏，七叔被唱得烦躁不堪，一怒之下，揪着她的头发打了几十个耳光，她的嘴里到死，都有三颗被打掉的牙齿。

她应该是实在活不下去了。

七婶走了，她的娘家也没人给她讨公道，她父母早逝，哥哥中风，嫂子自己还顾不过来。

她最终被埋到了七叔家的祖坟，等着七叔将来去合葬。发送七婶，我没有回去，但我失眠了好几晚上，一闭眼就是七婶当年的样子，她穿着花裙子涂着红嘴给我摘头上的草叶子，说小姑娘家，就应该美美的。

七婶的死，让我差点开始怀疑人生。男人到底是什么？爱情到底是什么？为什么人世这么苦？

我妈说，自打七婶死后，再没有人愿意做七叔的情人了，死亡毕竟是件十足沉重的事，七婶又死得那样惨烈，大家都忌讳着。

七婶以这种方式彻底打败了七叔的情人们。所有人都可能说，她的一生是失败的，可是她自己也许不那么认为：一个性格执拗又暴烈的女人，死磕到底，是她的宿命。

我见证了一个女人从少女到弃妇的过程，就像见证一朵花从开到败的过程一样，这个过程太残酷，它影响了我一生的爱情观：我打死也不敢把自己完全托付给一个男人。

龙凤镯

【1】

李湖湖一生的悲惨遭遇源于她的一次行善。

二十五年前,她十七岁,有一天在镇上赶大集,一个卖菜的老摊主发现有小偷偷了两个土豆,他放下秤盘就开始追,小偷跑向一条胡同。

摊主老婆也撒丫子就追,去堵胡同的另一头。

围观者有人说,这贼跑不了,被瓮中捉鳖了。

夫妻俩都不在,一个戴头巾的妇女把菜装进菜筐就想走。

李湖湖赶紧叫住:"大姐,你还没给钱!"

那妇女斜着眼上上下下打量她:"你是他们什么人?"

"什么人也不是,就是路过的。"

"多管闲事。"

那妇女冲地下狠啐了一口,把菜从筐里掏出来扔在摊子上,甩着一扇大屁股走了。

一个尖脑袋的小男人也正摸摸索索把一捆蒜苔往自己口袋里装,李湖湖也给掏了出来。

围观者越来越多,那时候的农村没什么热闹,抓个小偷就算大事了。

一会儿,摊主夫妻回来了,男人手里捏着两个土豆,像凯旋的战士。他老婆披头散发,五个指头鲜血淋漓。

摊主老婆说:"哼,不要脸的瘪三,我挠了他个萝卜开花。"

老摊主也说:"我揍了他一顿!"

围观者有人笑:"也不知道你俩是精明还是傻,就为俩土豆,值得吗?你们抓贼这会儿,摊子都差点丢了,要不是这姑娘给你们看着,哼……"

老摊主夫妻终于反应过来,对李湖湖千恩万谢,他们问李湖湖:"姑娘你是哪里人?"

李湖湖那天交代了自己姓甚名谁，家住哪里，父母亲都叫什么……

【2】

就是这样一件事，彻底改变了李湖湖的一生。

那年她已经在一所中专读师范，那个年代考中专比考高中难，高中都是中专的漏子，考不好的才去读。

有一天李湖湖接到她爹电话。

她爹说："湖妹，我给你定了一门亲事，他们家条件优越，公婆能干，小伙儿也帅气……你回来结婚吧。"

李湖湖说："爹，我不结婚，我要上学，我将来还要当老师呢。"

她爹说："当什么老师，我们已经收了人家彩礼钱，并给你哥订了凤凰台村的王凤儿为妻，我们也供不起你了，你快回来跟人家办喜酒。"

李湖湖说："你们供不起，我自己去要饭，我去打工，也要把学上完。你们爱给他定谁定谁，反正我不管。"

她爹说："你怎么这么没良心呢，李湖湖……"

那天李湖湖在电话里跟她爹大吵一架，也没放弃学业。

【3】

半个月后，又接到她爹电话，这次她爹在电话里哭得上气不接下气，说："湖妹，你快回家吧，你妈要没了……"

李湖湖不信，她问她爹："我妈好好的，怎么会没。你肯定在骗我，骗我回去定亲。"

她爹哭着说："我能拿这事儿骗你吗？那是你妈，那是我媳妇啊，我怎么会咒她，她有心脏病你又不是不知道，今天早晨她跟你哥吵了几句嘴，就为了王凤儿那事，你妈说了，你不同意亲事，不同意就没彩礼钱，没彩礼钱就没钱给他娶媳妇，你哥就要脾气了，你妈就……就犯病了……"

她爹经常骗人，但李湖湖说："爹你别说了，我回去。"

她都没顾上回宿舍收拾几件衣服，急急忙忙就往车站走。

一路上设想了无数种可能，最怕看见的是一进村子，丧乐哀哀，白幡障天。

进村已经过了晌午，幸亏没听到丧乐，但一进家门她就傻了眼。

家里喜气洋洋，正房门楣上贴着大大的一对"囍"字，院中摆了十来张桌子，桌上好酒好菜，宾客熙攘。人们都围坐桌前，眼巴巴地瞅着菜，干瞪着菜不动筷，有苍蝇到菜上飞舞，有人自动挥起衣袖驱赶，一边挥一边咽口水。

李湖湖的出现，吸引了所有的注意力，人们的目光像箭一般射向她。

她爹还是骗了她。

【4】

她找她妈。

只见她妈从厨房拎着一只水瓢出来，看见她，愣了愣，头迅即低下，一副豁出去的状态，她狠狠地在水缸里舀了一瓢水，扭身又进屋。

她妈系着一条蓝围裙，身体肥胖如鹅。

她爹从厢屋出来了，一把把她扯进去。

进屋她爹就给她跪下了。

"湖妹呀，爹也是没办法啊，你就答应了吧，你哥那个样子，咱们得给他娶个好媳妇啊！凤凰台村的王凤儿，一米七，肯定能给咱家生正常孩子。"

李湖湖说："她不再生侏儒，你就不怕她再给你生个傻子吗？"

"你不要咒你哥呀，不要咒你哥呀。"她爹说。

李湖湖认识那个王凤儿，是她小学同学，个子很高，但就是脑袋不灵光。

李湖湖有个哥，叫李江，是个侏儒儿，长到二十岁才将近一米。

这是他们一家的痛。所谓缺什么就要补什么，李家这些年就想给李江找一个高个子媳妇，弥补基因缺陷，好生高个子后代。

她爹被李湖湖撑了一句，有点蒙，但马上咬牙切齿："我就是要赌一把。"

李湖湖听到这些话，眼泪就快下来了。

"你们就这么急？我哥才二十岁，我以后有了钱，肯定会给我哥娶媳妇的……"

她心里设定的人生路线，是自己先拼尽全力有出息，然后再回头照顾哥哥。她相信自己将来有出息，一定能帮哥哥娶到一个合适媳妇。

可没想到她家里人这么等不起。

"怎么能不急，你哥再耽误几年，兴许一辈子也娶不上媳妇了，现在王凤儿家愿意嫁，过了这个村儿可就没这个店。"

李湖湖摔门帘就要走，她要回学校。

出门却撞上了一个人。

这人太小，被她弹得坐在了地下。

是她哥。

只见她哥四仰八叉躺在地下，呲牙咧嘴，样子特别可笑。

那时候正热播老版《封神演义》，剧里那个土行孙跟她哥一般无二。都是一张沧桑无比的脸，配着一个幼童的身子。

她哥站起来拉住了李湖湖的手。

"湖妹，哥想娶王凤儿，哥从来没求过你什么，这次求你，你想想，哥从小是不是对你都很好？"

这话说得倒是真的。

小时候她跟一个男孩子打架，男孩子揪住她头发，她哥冲上去抱人家大腿咬人家屁股。

那人疼得哇呀呀乱叫，情急之下反手把他揪起来，扔出去好几米远。

她哥被甩在地下，弄了一嘴狗啃泥，牙都掉了，鲜血直流。那副呲牙咧嘴的样子跟今天很像。

李湖湖闭上眼睛，一咬牙。

【5】

李湖湖应了这门亲事，半小时后再从屋里出来的时候，一身簇新，鲜艳的红衣，鲜艳的红鞋，嘴上还抹了一款鲜艳而廉价的唇膏。

唇膏是她爹在镇上买的，难为他想得周到。

客人们饿得眼都快蓝了，李湖湖一出来，筷子万箭齐发射向肘子鸡鸭。

那天是李湖湖第一次见到自己的男人。

很奇怪，男人并不丑，不但不丑，还有点好看。整齐的小平头，忽闪忽闪的大眼睛。按他家这种死乞白赖的求婚方式，她以为男人肯定也像她哥一样，有缺陷，没想到这么正常。

这一点对她算个安慰。

紧接着她看见了公婆，看见公婆那一瞬间，她就什么都明白了。

原来她的公婆,就是集上那对抓贼的老夫妻。公婆都打扮得花枝招展的,尤其婆婆,穿了一件艳红的新衣,竟然跟李湖湖的一个颜色。

【6】

那天的太阳特别大,正是春深之时,树上的叶子正由淡转浓,热浪骑着高头大马正滚滚而来,老鸦好像被人抢了蛋,呱呱地叫个不停。

李湖湖和准新郎张闯挨桌敬了酒。

她的人生也就陷在了一杯酒里。

那天吃完饭,她就被带到婆家了。

她婆婆说,当地风俗,姑娘定了亲都要跟着到婆家住几天。

她印象中好像并没有这个风俗。

但她明白肯定是公婆和她父母怕她反悔逃婚,想把她近距离控制在身边。

她像被送往异邦和亲的公主一样,在万众瞩目中上了车。

梦游一般到了婆婆家,婆婆急急忙忙安排吃了晚饭,然后就把大门关上了,老两口兔子一般钻进自己的卧室,打开电视机。

《新闻联播》的声音耿耿耿耿地在小院儿响起。

李湖湖有点不知所措。

她观察了一下,这套房子只有两间卧室,公婆占了一间,另一间亮着灯,应该是自己男人张闯的。

婆婆在屋里扯着嗓子喊了一句:"湖妹,早点睡觉,炕已经给你们烧好了,被褥也都是新的……你在家里不要见外。"

"不要见外",李湖湖知道,此刻起,她就要成为他们家真正的一员了,还怎么见外。她缓缓走向那盏灯光。

进屋,屋里雪洞一样白,炕上铺着大红的花开富贵被褥,两套,并排。

其中一套花开富贵上坐着张闯。

张闯说:"上来吧,我们注定是夫妻,没办法了。"

李湖湖伫立一会儿,缓慢地脱鞋。

张闯说:"听说你学习特别好?"

李湖湖说:"还行吧,也不是特别好,主要是努力,我努力是想……"

她刚想说努力学习是想有出息,将来好照看哥哥,但她觉得此刻说这种话有点不合时宜,就吞了回去。

张闯脱了衣服钻进被窝。

李湖湖也钻进自己被子,像一只蚕咬开一片桑叶。

张闯说:"李湖湖,知道我爹妈为什么非要我娶你吗?"

"不知道。"

"因为你太善良,那天他们在大集上丢了土豆,你帮他们看摊子,他们就看上你了。回家就到处打听,非要把你娶给我,说我必须得娶你这种媳妇才会过好日子。"

"真……我真没想到。"李湖湖说。

"你真是多管闲事。"

李湖湖说:"我当时要是知道会是这个结果,我一定不给他们看摊子!"

张闯啪嗒拉了灯。

【7】

张闯前半夜一直用油亮亮的眼睛望着她,李湖湖一直用油亮亮的眼睛望着窗外的月亮。

那天后半夜,张闯还是要了她。

他爬到李湖湖身上,对着她说:"李湖湖,让我看看你的胸。"

【8】

李湖湖成了张闯的女人后,两个月就怀孕了。

这个消息让张氏夫妻兴奋了好久,逢人就夸自己英明神武。

她跟张闯去学校办退学的时候,全程都没敢看那个非常疼她的班主任黄老太一眼。

班主任黄老太一定非常难以理解,这样一个品学兼优的孩子,怎么就突然退了学结了婚。

他们到教务处办理手续,黄老太的眼神一直在二人身上扫来扫去,如刀如箭,李湖湖感觉自己肚子里的张小闯都受伤了。

过起日子来她又知道,公婆非要娶她,还有一层更隐秘的心事。

原来张闯不是公婆亲生,是抱养的,婆婆不生育,有一年一个大姑娘怀了孩子,就送给了他们。

但凡这种抱养孩子的家庭,都有一口气。他们更想望子成龙。他们想让自己的孩儿比别人家孩子更优秀,过更好的日子。这口气一直憋着,从吃穿,到学习,到娶媳妇,他们都不想输于旁人。

李湖湖算是在两边老人的执念中走进了婚姻。

人都说婚姻是爱情的坟墓。她的婚姻没有爱情,但也是一个坟墓。

为了爬出这个坟墓,她用了九牛二虎之力。

【9】

李湖湖嫁给张闯后,次年生下儿子张小闯,三年后又生下女儿张小双。

确实如公婆所说,李湖湖是个旺夫旺家的女人。

娶了她,他们家不但人丁兴旺,事业也很发达。

张闯开始跟着他父母卖菜,后来开了一家小超市,再后来又把超市开到了县城里。

随着超市进城,他们一家人也搬到了县城。

那一年张小闯六岁,张小双两岁。

被两只小娃困住的曾经的理想青年李湖湖,现在的标准人设是,贤妻良母。

公婆还奋战在一线,去外地进菜的任务都在他们身上。

每天凌晨两点钟,公婆就起来了,穿上衣服发动院里的双排座,轰隆隆出发。

十八线小城开超市,吸引人的唯一秘诀是便宜便宜再便宜!

群众最擅长比价,爱国超市的芹菜一块一毛八,爱民超市的芹菜一块一毛六,爱家超市的芹菜一块一毛二。

那么爱家超市的人一定最多。

他们家的超市叫爱家。

如果爱家超市有好几种菜都比人家便宜,那么爱家超市就是小城妥妥的人气榜第一名。

开超市拼的是老板市井气的浓薄。

越擅长过日子的老板,越能干好这项事业。

那种不接地气的人,一开一个赔。

李湖湖有一个初中的同学，凭美貌嫁给一个大款。少奶奶的日子过够了，嫌无聊，找男人要钱开了一个小超市。

一年就赔了二十万。

美女同学上货马马虎虎，别人给她送什么她收什么，有些东西供货价高，她也看不出来。

她的人生在烟尘以上，根本不懂得辨别。

俗话说："龙生龙凤生凤，老鼠的儿子会打洞。"

张闯虽然不是公婆的亲生儿子，却习得了公婆一身精明算计的本事。

俗是张家最擅长的。

吃苦耐劳更甚。

所以他家能赚钱。

李湖湖也不是什么富贵人家的小姐，这一家的组合天造地设。

张氏夫妻常年夸赞自己娶儿媳妇的水平一流。

【10】

可老天爷从来不会让谁的人生处处心想事成，每个人来世间都是受苦来的，那种生来就享福，且享福一辈子的人，万中无一。

不，十万中也无一。

就在张家自认为花团锦簇，蒸蒸日上的时候，他们家迎来了最大的崩裂。

那是 2005 年。

李湖湖的婆婆跟公公去邻县上菜的时候，突然发生车祸，脊椎被撞断。

送到医院，马上迎来判决，以后可能要高位截瘫。

医生再三叮嘱，要注意休息，一旦劳累，瘫痪之后再无站立可能。

可婆婆是一个心气极高的人，根本不相信自己的人生从此会站不起来。

她在家里还是不停地干活。

张家进城买的是城中村的一座院子，为的是他们种菜养狗方便。

婆婆常年形成的凌晨两三点起床的生物钟一时改不了，老早就起床，不是去翻一下地，就是去浇一下水。

大半夜挥着锄头在院子里喊喊喳喳地劳作。

这直接影响了张闯夫妻的性生活。

张闯白天事多，回家很晚，累成狗，根本无心性事。以前都是早晨恢复了体力，跟李湖湖爱一场。

现在婆婆每天在他们的窗户根下东抠西刨，他们的性生活像被掐断的炮捻儿。

光有余烟，着不起来。

【11】

无知且无畏，婆婆终于还是在作这条路上，撞上了南墙。

三个月后，她的脊椎彻底伤损，再也不能站起来。

从医院回来那天，婆婆哭得惊天动地。

她躺在床上对着天花板放声大号："我王兰香（婆婆大名）上辈子造了什么孽呀，这辈子这么苦，从小妈就死了，爸爸一个人挣工分，一家吃不饱，我要拉扯弟弟妹妹好几个，一年到头连条裤子都买不起，好不容易有条新裤子，还得跟妹妹换着穿，我就是害怕再变穷，难道人努力都有错吗？老天爷呀，你睁睁眼吧……"

她号得屋顶的梁都跟着颤，眼泪如两条长龙，汩汩钻进荞麦枕头。

一个特别悲惨的人，如果她自己能把悲惨淋漓尽致地表达，旁人不需要做什么。只需要给予眼神关怀，行动支持。这就够了。

张家其他人这一点做得都很好。

李湖湖总是适时递上毛巾，热水，药片等，让婆婆的生活尽量便捷。

婆婆在大哭了三天之后，终于平静下来。

平静下来的婆婆，把以前能转化成肉体行动的一身力气，全部转换成了语言。

她每天指挥李湖湖干各种活，顺便给李湖湖循环上课。

穷怕了的人，身体里都自带发条。

李湖湖从早忙到晚，像个陀螺。两个孩子要照看，婆婆要伺候，男人也要伺候。

栽葱的时候如果埋得深一点，她婆婆都会让她拔出来重新栽一遍。

院子里的黄瓜架，用树枝架不行，不美观，得用废竹竿。废竹竿编出来的形状必须是标准菱形，菱形边长的误差，肉眼必须看不出来。

李湖湖并不是一个脾气多好的人，她以前在家经常跟她爹干架。

但是，对婆婆她束手无策。

她婆婆总是能精准把握她的情绪动向，估摸着她快发飙的时候，婆婆立刻示弱。

她会在太阳底下擦着汗，对李湖湖语重心长："湖妹呀，不是妈太不近人情，妈也心疼你，但过日子可不就得这样，精打细算，见缝插针，谁不知道躺着舒服呀，妈这也是为你们好，攒下这些家业将来不都是你们的，妈是没办法，妈要是自己能干，哪舍得让你干，在妈心里你不是儿媳妇，你就是闺女……"

李湖湖一听见这种话，就赶紧去给她拿伞，递上水，再把她推回房间，扶好枕头。

婆婆总是用慈祥的爱怜的眼神看着她。

李湖湖性格中最大的弱点就是吃软不吃硬，经不住夸，架不住道德绑架。这一点被婆婆拿得妥妥的。

婆婆好像天生精明，她好像早早就看透了这人世间，她唯一的一根救命稻草就是李湖湖，她后半生的幸福全赌在这儿媳妇身上。

她是不指望男人的，男人都只擅长空谈远大理想和抱负，一落实到具体生活，就怂成狗蛋。

自她病后，丈夫和儿子就没怎么出过力。他们天天忙，奔波在外，其实她知道，他们都有点逃避家务劳动。

这个家就成了王兰香和李湖湖二人的道场。

【12】

婆媳俩如拉锯一样，你来我往，锯着生活这块死木头，锯末横飞。

李湖湖也不是一个完全逆来顺受的人，她在悲催的生活中，也会给自己找释放出口。

她每天想方设法出去晃荡俩小时，呼吸一下新鲜空气。

一日，走在步行街，在一家装修气派的美容院门口，她被一个身穿白裙的女孩拦住。

女孩给她一张卡，说凭此卡免费享受一次全身按摩，舒筋活血通经络，别提多舒服了。

李湖湖毫不犹豫就走进美容院。

活得像个奴隶，她觉得自己有资格享受一下这种服务。

美容床上一躺，白裙小女孩一上手，李湖湖舒服得就想唱歌。

那姑娘的手好像懂她身体的密码，按完以后四肢百骸都通泰。

美容院的装修很俗，是中式的，满墙绘满大荷花，荷花肥嘟嘟坐在碧绿的荷叶上。房间的犄角旮旯也装饰了各种花：梅花、桃花、百合、玫瑰……

有的插在瓶子里，有的挂在墙上，有的别在房顶。总之见缝插针。

房间的天花板还拉了几条粉红色的帐幔，如梦似幻。

李湖湖心里笑，女人真是奇怪的动物，在电视上看见这种装饰，都嘲笑丑。可身临其境，感觉还是很舒服的。

喜欢花，跟喜欢听情话，都是女人灵魂里戒不掉的瘾。

张闯不太会说情话，但他的关心也算实打实。他总对李湖湖说，你是有钱人家的太太，要懂得心疼自己。

那天李湖湖从美容院出来的时候，办了一张三千块的卡。

含二十次全身按摩。

【13】

二十次按摩快用完的时候，她见到了美容院的老板。

一个美得有点妖的女人，尖下巴，削肩膀，杨柳细腰，尤其一双眼睛，向上斜飞，一说话一挑眉，眼角像条水草往上摇。

这是一个跟李湖湖美得截然相反的女人。

李湖湖是那种中国传统式的美，鹅蛋脸，大眼睛，面如满月，胸部饱满，臀部浑圆。

这种女人最怕胖，一胖就带菩萨像。

白衣小女孩跟李湖湖说："李姐，这是我们娜总。"

李湖湖当时刚刚割完两畦韭菜地，指甲盖里有泥，身上还有一股猪粪的味道（割完韭菜要往地里撒点猪粪，第二茬才长得旺），还有一股浓郁的韭菜味儿。

娜总帮她摘身上的首饰:脖子上的白金项链、胳膊上的玉镯子、手上的钻石戒指。

这都是张闯对她"爱"的证明。

小城的女人爱戴首饰,首饰是简单粗暴的炫富炫爱方式。

张闯说看自家女人珠光宝气有成就感。

不光她,就连婆婆,瘫痪在床,身上也缀满首饰,耳朵上戴着金耳环,脖子上套着金链子,两只胳膊套了两只大金镯子。

娜总把这些一样一样放进一个贝壳镶的精巧小盒子里。

看到她的手,她抿着嘴笑:"姐,你这是下地了吗?"

李湖湖叹了一口气:"我婆婆一大早就让我割韭菜,说那两畦韭菜再不割就老了,我割了一早上,割了二十多捆,我家那五六口人也吃不了,我就给送超市去了,这不,我刚从超市出来,还没来得及洗手。"

娜总笑:"姐姐,你家有超市?"

"一个小超市,爱家。"李湖湖说。

"啊!你是爱家超市的老板娘?"

娜总非常吃惊,她张大嘴,夸张地看着李湖湖。

李湖湖说:"这有什么稀奇的?就一个小超市而已,又不是王府井大厦。"

李湖湖这么多年,唯一一次旅游是去北京,当天来回那种,她看到了天安门和王府井。

娜总收敛惊讶,说:"我是说爱家超市的老板娘还亲自种韭菜割韭菜,这事儿挺让人意外的。"

"我这老板娘命苦啊,别提了,没见过我这么惨的,我们家……"

李湖湖那天把自己家的事情说了不少,尤其王兰香的奇葩,她一口气说了一个小时。

娜总一直眼巴巴地听着,不时嘬牙花子。

啧啧啧,奇葩,奇葩!

两人很快感情升温成了无话不谈的小姐妹。

那天出来,李湖湖又办了一张美容卡,充了五千块,全年无数次按摩,想来就来。

据说这是娜总给予顾客最大的优惠了。

【14】

与娜总接触多了才发现,娜总也不容易。

她家里也有一个不成器的哥哥,整日吃喝嫖赌,不务正业。

她的哥哥一家,全是娜总一人负担。

侄子侄女的生活费学业费,定期要送给嫂子,不然嫂子就要离婚,要抛夫弃子,另觅高枝。

嫂子一闹妖,娜总爹娘就来磨闺女。

娜总也和李湖湖一样,嘴硬心软,骂也骂,恨也恨,最后钱照给,事照办。

说到这些李湖湖又是一肚子苦水。

她自己娘家又何尝不是,当年被逼嫁入张家,换了一万六千块彩礼钱,给侏儒哥哥娶了媳妇。媳妇个子倒是高,但是智商不大够,生了个儿子果然还是一个弱智。

赌博式又追加一个,生了个女儿倒是聪明伶俐。

现在这个女儿是全家的宝。

当然全家的生计,也都靠在李湖湖一个人身上。

两人谈到这些就感慨女人命运。

女人天生柔弱,却要以柔弱之躯,承担更大使命。这真是老天爷对女人的惩罚。

【15】

李湖湖与张闯的性生活,在被婆婆打扰后停了几个月,后来婆婆瘫痪,又恢复了。

这成了他们夫妻一生中一段短暂的美妙时光。

这是后来总结的。

婆婆住在楼上,下不了楼,公公每天早晨两点多起床继续去进菜。

张闯给公公雇了一个司机,公公只负责动脑动嘴,不再开车。

公公一走,要到九、十点钟才回来。两个孩子七点才出门。五六点的时候,张闯苏醒了,像春天里结束冬眠的蛇,总是咕咕涌涌蹭到李湖湖身边。

李湖湖对这种事,本来极不在意,年轻的时候甚至有点厌烦。她看男人在那手忙脚乱自导自演的样子,一度觉得很可笑。

可一过了三十岁,就不同了,她好像一叶扁舟找到了水,一只孤鸟飞上了天,一个人开始嗜了辣。

她贪这件事,还有一个隐秘的原因,她觉得爱爱中那一刻,是跟张闯最亲密的时候。

李湖湖自己没有过爱情,她跟张闯的生活相敬如宾,没有那种男女之间的腻歪感。

她很刻意留心过别人的爱情。

她有个表妹,新婚宴尔期间,喜欢让表妹夫掏耳朵,掏出来的耳屎,还要挂到表妹夫的眼睫毛上。挂满一刻钟,给他二百块钱零花钱。挂不满就撒泼耍赖,说他不爱她,要亲亲抱抱举高高。

这也太胡搅蛮缠了。

李湖湖理解不了这种爱情。

李湖湖一直很纠结张闯对自己的感情,好像很爱,又好像不爱。爱的表现方式是好,无条件的好。不爱的表现方式是疏离。

除了在床上,他很少私下碰她。

张闯开始很兴奋于李湖湖的性热烈,就好像浇灌了很多年的一朵牡丹花,突然开了。

他这只小蜜蜂很是忙碌了一阵。

可这只小蜜蜂忙着忙着就有点不行了。

开始只是尿频尿急,慢慢地那事儿越来越力不从心。

到医院一查,前列腺增生。

那一年他才 38 岁。

李湖湖 36 岁。

这事儿对张闯打击特别大。

从此以后,张闯踏上了漫漫的求医治病之路。前列腺增生这个病,找不着原因,也没有办法。有些人莫名其妙得上了,又莫名其妙好了。中间试过无数办法,也不知道哪种办法起了作用。

张闯开始拿出大量精力,对付这个病。家里中药西药各种设备一大堆。

他们的卧室就像一个小型中医馆。

李湖湖内心很煎熬,面上还得笑眯眯,她不断地鼓励张闯,说他一定能治好。

有一次去美容院做按摩的时候,她把这事儿跟娜总说了,让娜总留意,找个偏方。

娜总一摊手,叹了口气:"我还说让你也帮我留意呢,我爸也这病。"

李湖湖说,难怪我家老张说十个男人九个这毛病,看来是没错了。

【16】

这样的生活李湖湖又过了几年,一晃到了 2014 年。

她跟张闯结婚都二十年了。儿子张小闯已经上大学,女儿张小双也马上高考。

有一天李湖湖从外面回来,被婆婆叫了去。

婆婆越发老了,又在床上哭,两行眼泪像两条龙一样,汩汩流进荞麦枕头。她说:"湖妹,你帮我办件事,我怀疑你爸……他……他在外面有人了。"

李湖湖很吃惊:"妈,你说什么呢?我爸怎么会?!"

婆婆叹了口气:"过了半辈子了,他一撅屁股我就知道要拉啥屎。说个不怕你笑话的事,我刚瘫的时候,他还想方设法弄那事儿,现在完全不理我了,我了解他,他还没废,在我这不来神儿,肯定在外面堵上嘴了,湖妹,你替我,跟,跟踪一下他……"

这让李湖湖手足无措,婆婆突然跟儿媳妇自曝性事,这挺意外的。再让儿媳妇跟踪公公,还要抓奸?

这都哪儿跟哪儿!

不过李湖湖脑子中瞬间闪过一个念头:看来张闯真不是公公的亲儿子呀。

她"我,我,我"了半天,也不知如何接茬。

婆婆突然急了,用手猛捶了一下床:"李湖湖,咱俩还是不是一伙的了,这个家里不属咱俩最亲吗?你不帮我谁帮我?我也不是太在意他那东西给谁使,我让你跟踪他,我在意的是钱,谁知道外面的妖孽是什么货色,到时候把咱家财产圈走怎么办?将来那可都是你们的,人为财死,鸟为食亡……"

李湖湖赶紧答应，再不答应婆婆又要上课了。无非就是人要努力，努力挣钱，努力攒钱……

她答应下来又陷入迷茫。

这事可该怎么办？

她李湖湖一生没当过特务呀。

【17】

婆婆让李湖湖去跟踪公公这事，李湖湖一直无从下手。

她只能暂时先耍赖。

李湖湖是那种人，一旦拒绝别人，就心里特别愧得慌，好像欠人家一个大金蛋。

她一愧得慌就想干活。

把自己弄得很忙碌，以祈求别人原谅她一点。

她那几天从早忙到晚，根本不允许自己闲一会儿。

院子里面种了几棵大冬瓜，去年有人跟她说，老冬瓜榨汁，对前列腺有好处。夏天吃瓜，冬天用瓜籽熬汤。

她弄了几棵，栽在墙根儿。

没想到冬瓜这种植物，繁衍起来那么凶猛，一棵秧子爬半墙，三四棵秧子占了一整个院子，冬瓜蛋此起彼伏，累累滚在墙头。

冬瓜大了就坠秧子，李湖湖想各种办法托瓜，家里的废桌子废凳子都被摆起来去托瓜，五颜六色，形状各异，高低不同，这么一弄，院子显得特别村儿。

李湖湖毕竟是上过中专的人，骨子里有点文艺情怀，下意识地总想去村气。

她去找那个老木匠，让他给她定制一款冬瓜托。

老木匠是个可怜人，跟着儿子进城，儿子却莫名其妙死了。

儿子有一个同学，离婚闹婚变，心情不好，约他儿子去散心，两人开车到了一条大河边，也不知那同学是突然生无可恋了，还是自己不小心，反正最后把车开河里去了。儿子那同学自己爬出来了，没死，儿子却淹死了。

儿子抛下妻儿老小，儿媳妇很快带孩子改嫁，就剩了这么一个老木匠。

李湖湖找他，也有点变相帮他的意思。

她经常让他打个花盆，做个花架，运点猪粪之类的。

老木匠也知道她的心。

冬瓜托做好，老木匠送货上门，李湖湖一看，真是匠心独运，下面一根棍子，带尖儿，可以插进土里，上面一只托盘，手状的，托盘中间是块板，当手心，周边竖起五个"手指头"，冬瓜往这托盘上一放，真是稳如泰山。

冬瓜托一共做了五十个，二十块钱一个，本该一千块，老木匠收了九百，说打折。他临走还神秘地对李湖湖说："李湖湖，我还送了你一枚彩蛋，我用木头刻了几个'福'字，粘在托上，冬瓜往托盘上一托，'福'字儿就慢慢印上去了，你说妙不妙？"

李湖湖说妙，她赶紧把那一百块又递过去，"大爷，算了，不用打折了，这得花多少功夫。"

老木匠蹬着三轮车走了，边走边摇手："李湖湖，你就收着吧，反正我有的是时间，穷人就是时间不值钱。"

三轮车咣啷咣啷消失在路口，李湖湖心里五味杂陈。

她扭头进家，一眼看见婆婆。

婆婆如塔一样坐在客厅门口，一座矮塔，她大眼睛瞪着，鼻子皱着，雕花的门框一衬，好像扑克牌里那张大老K中的外国唐僧一样。

婆婆拐棍点着地大声喊："李湖湖你是不是有病？九百块做一堆破架子，你知道九百块能买多少冬瓜不？一车都用不了！"

李湖湖嘟囔："那能一样吗，咱家卖菜出身，买的冬瓜都是化肥催的，我这没化肥。"

婆婆说："你这是没化肥，屎催的，你脑子里的屎催的。"

李湖湖不理她，去插她的冬瓜托。

她仔细观察那冬瓜托，果然"手心处"粘着一个"福"字。

"福"字写得特别生硬，像火柴棍凑出来的，带着强烈的努力感。

让人肃然起敬的那种努力感。

"李湖湖你到底什么时候去跟踪你爸？"婆婆又来了。

李湖湖说："妈耶，你说我这个样子，方便跟踪别人吗？你又不是不知道我，走到哪里都特别扎眼，肯定出师未捷身先死。"

婆婆哈哈大笑："你这是在自夸吗？真没见过你这么脸皮厚的。好像谁没漂亮过似的,想当初我在十里八村也是出了名的大美人儿,男人看了都乌龟伸脖子一样馋……我也没像你这么自恋过。"

婆婆这人,向来说话张嘴就来,夸人也像骂人,骂人更像骂人,急眼了自己也不放过。

李湖湖看了看婆婆,心里笑了。

婆婆这塔一样的身材上,脑袋就像一个大冬瓜,冬瓜直接坐在塔上了,五官像一群小喇叭插在冬瓜上,喇叭们个个争先恐后摇摇摆摆吹得热闹。

婆婆又说:"李湖湖,我发现你对这些冬瓜都快比对我好了,我真没想到你是这样的人,男人那方面差了点儿,你就急成这个样子,李湖湖你羞不羞。"

李湖湖必须得"愤怒"一下了。

她扭头瞪眼瞅婆婆,双手叉腰。

婆婆一秒变脸,赶紧扑哧一乐:"你看看,你看看,又要生气了吧,我这不是开玩笑呢嘛,这是咱们婆媳之间的小乐趣,是不,要不然这天天大眼瞪小眼,太无趣了。湖妹,就当妈求你了,你爸这事你真得重视,弄不好会出大事的……"

李湖湖扭头去洗手,不理婆婆了。

她去架上摘豆角,准备做豆角肉丁打卤面,中午公公要回来吃饭。

没一会儿,公公果然像个外国绅士一样回来了,戴个小白帽,穿个白衬衫,白裤子,一双黑皮鞋。

进屋公公就找水喝,看见餐桌上摆了一杯冬瓜汁,他端起来就喝了一口,吧唧吧唧嘴:"哎,这玩意儿味道还不错,听说还能治病,再放点蜂蜜就更好了。"

他到架子上找蜂蜜,舀了一勺放进去,看见旁边还有油菜花粉,又舀了一勺。

还有牡丹花粉,也舀了一勺。

拿筷子咣当咣当一搅和,冬瓜水浑浊不堪地在杯里转起来。

公公端起来刚要喝,只见一只明晃晃的金圈儿从门口飞进来,丁啷一声,正打在水杯上。

公公吓一激灵,连杯子带圈儿一起跌落在地。

原来婆婆甩出一只金镯子打他。

冬瓜水是治前列腺的,油菜花粉也治前列腺的,牡丹花粉也是。

婆婆很生气："你喝那东西干什么，你又没有病。"

"我喝点怎么了？没有病就不能预防一下？万一有病了怎么办？再说我渴！"公公也急了。

"有病了就受着，治什么治，还有你看看你这是什么打扮，一双黑皮鞋，上面矗了一杆白旗！别忘了你是卖菜的！"

李湖湖强撑面皮不敢笑。

公公听了，跑到院子里，跳上他的小皮卡："我不吃饭了，不在家惹你烦躁，你简直是母老虎被哪吒附了体！"

【18】

公公一走，婆婆又放声大哭起来，她说李湖湖你看哪，你爸他要没问题，你"噔"着我走（唐山话，踢着走的意思）。这事你要再不给我查出来，我就死给你看，你看他多怕得前列腺病。

李湖湖捡起地上的金镯子，给她戴上，又把她推回客厅："妈，我可不敢'噔'着你走，我还是推着你走吧，我也'噔'不动。"

婆婆扭头拽住李湖湖的手，眼泪又如长龙往外喷："湖妹，就当妈求你了，妈求求你，快帮帮妈吧，你看，妈给你跪下了。"

只见她以迅雷不及掩耳之势，把右手中指往左手手心一戳，就像一个人跪下一样，那手指嘎嘣跪了下去。

李湖湖天灵盖儿直冒风。

"这是妈跟张小双学的，妈身子不好，跪不了，只能靠这个聊表寸心了。"

【19】

李湖湖决定第二天一早就去跟踪公公，再不去，她能被婆婆磨死。

她觉得婆婆就像旧社会的大碾盘，不论什么生谷子硬豆子，入了她这碾盘，都能被磨成粉儿或浆儿出来。

她得好好策划这次行动，她个子太高，没办法削短了，大长头发可以盘起来，戴个帽子，再戴个墨镜。最重要的是得搞个小车。不能开家里车。小车得动力足，万一飙起车来，跑得快。车身小是为了钻空子方便，她车技不高，大车容易被胡同子卡住。

想来想去，只有宝马Mini最合适。

正好她有个同学有这车。

李湖湖的社交特别简单，除了一些邻居，就是儿子闺女同学的妈，再有就是几个当年中专的同学了。

这Mini主人是她中专同学，她走了她梦想的那条路线，中专毕业进学校，嫁了个律师老公。

车子很快借好，第二天一早她就出发了。

公公进完菜到超市大概七点多，再卸菜，再交接，再到超市里刷一下太上皇的存在感，大概得到十点。

李湖湖八点半就守在超市门口。

她从来没有这么认真地观察过自己家超市，那真是热闹红火。

早上多是老头老太太出来，他们穿红着绿，高矮胖瘦不一，挎着篮子，拎着袋子，篮子里袋子里摇着菜叶子，他们带着不同表情，汇入茫茫人海。

李湖湖这么一看，自己婆婆也确实可怜。

她能想象得到这些菜，中午或晚上会在各种锅中，跳一场集体舞，然后进入人们的肚子，最终化为泥土。

十点一过，公公就从超市出来了。

还是那杆白旗打扮。

他拎着一箱牛奶，跳上他的小皮卡，朝着老城区走。

李湖湖赶紧跟上。

皮卡穿街度巷等红绿灯，悠闲得像在兜风。

李湖湖在后面可就不一样了，她像孙猴子喝醉了酒，紧三步慢两步，离公公远了，她一脚油门窜上去。离得太近了，又磨磨蹭蹭往回缩。

就这点儿小屁事儿，她的内心戏可以写一集小剧本儿。

远了不？近了不？透过前挡玻璃能看见我不？帽子和眼镜能遮住多少脸？刚才在哪条线上？哎呀现在在哪个线上？刚才会不会被拍照了，哎呀，哪去了……

就在紧张与不安中，她跟着公公来到了小城大医院门口。

她远远地在一墙角趴着。

果然不到十分钟，医院里走出一位四十多岁的妇女。

那妇女有点胖,她从一出门口就看着公公的车笑。女人手里拎着个塑料袋,塑料袋里装着看似病例的一些东西,好像还有张B超单子,黑色纸,看不太清楚。

女人打开车门上了车,车子停了几秒才发动开始走。

李湖湖赶紧跟上。

她感觉这俩人确实有问题。

看来婆婆的第六感还是很准。

她跟着他们驶入人海,继续往前走。

李湖湖都来不及思考,一思考就跟不上。

七弯八拐到了一个新小区,这小区是他们这最好的小区,住着很多富人。

皮卡直接进大门了。

李湖湖紧随其后,也想进去,结果却被保安拦下了。

"您好,非本小区车辆,需要登记。"保安说。

李湖湖说:"前面那个皮卡也不是呀。"

保安说:"那皮卡在院里租了车位,年交那种。"

李湖湖的心一寸寸凉。

等她登完记进了院子,皮卡早找不到了。

她开着车在小区里瞎绕,找皮卡。这小区北面一排高楼,都二十多层,像一排屏障。

南面有洋房,有别墅。

别墅洋房都很漂亮。

她终于找到了公公的皮卡。

皮卡停在一个车位上,对着一个单元门,北部高层的楼。

她把车停好,跑到一楼电梯间观察电梯。

一共两部电梯,左侧那间停在了15楼,右侧那间停在了8楼。

登个记的工夫也就一分钟,其中一个楼层肯定是公公使用的。

两个楼层一共六户人家,她不能挨个去听音,那会被人当成精神病。

公公到底进了哪间呢?

她决定明天再来,明天从超市跟上公公后,只要确定他到这里,她就提前跑到单元门口等着,看公公进哪部电梯。

初战算告捷，李湖湖决定先回家。

【20】

婆婆该上厕所了，这是出来帮她办事，这要搁平时，早就十八个电话夺命连环 call。

开车往外走，不小心走错了路，李湖湖绕进了别墅区。

要不是婆婆和她都爱大院子如命，她也想住这样的漂亮别墅。

东绕西绕，出不去。正心急，她看见一辆车，她走不动了。

那是张闯的车。

张闯的车是一辆宝马 X5，停在一栋别墅的后院里。别墅二楼绣着百合花的窗帘飘飘荡荡往外飞。

李湖湖愣在那里。

大白天的，张闯在这里干什么？

她直觉张闯也是出轨了。

她在那等了半个多小时，这半小时的内心戏足以写十集剧本。

一方面她在确定张闯出轨，要不他大白天出现在这里，还能干什么？

另一方面，她拼命为他开脱。

他不会，到这里也可能是谈事。

他儿女双全，老婆漂亮得人见人夸，有什么理由出轨。

再说他每天忙死呀，超市那么多杂事，还有别的投资，每天都说时间不够用。

还有她也不是真的傻，她在超市也安插了眼线，就怕超市那些小姑娘勾搭他。

这么多年，也没人跟她说过，张闯有些不三不四的行为。

……

正在胡思乱想，别墅的后门打开了。

那一瞬间她推翻了对张闯的所有的开脱。

出来了三个人。

这三个人有两个她认识，另一个不用认识也知道是谁。其中一个是张闯，另一个是美容院的娜总，第三个肯定是他们的女儿。

那孩子十四五岁的样子。

张闯背着小女孩的书包,他给她开门,让她上车,再给她关门。

娜总则直接拉开副驾驶的车门。

就像她平时拉开那扇车门一样。

张闯的车开出小区。

李湖湖跟在后面。

出大门的时候,李湖湖注意到,电子杆碰见张闯的车,自动抬杆。

李湖湖又跟保安打招呼,才能出小区。

车子汇入人海。

她脑子已经不会思考了。

父子俩在同一个小区包养两个女人?

她跟着张闯的车出城,上了高速。

她也不知道他们要上哪里去,她只知道被动地跟着。

也不知道这车是怎么开的,反正一直在走,好像人车合一了。

或者车也太同情她,不想让她操心。

她想快走的时候车会快走,想并线的时候车就会并线。

她的手脚,已经靠下意识开始动作。

脑子里电闪雷鸣。

她跟着张闯的车,躲都不躲,亦步亦趋。

她多希望张闯发现她,发现有个神经病一直跟踪他,然后他把她逼停,跳下车骂她一顿。

结果发现是她。

她就可以痛痛快快跟他打一架。

她张牙舞爪,歇斯底里,狠狠跟他打一架。

【21】

可惜张闯一直没有发现她。

他的车一直不慌不忙地开在高速上。

四十分钟后,她跟着他们进了市区。

车子一直开到一所私立学校门口。

在门口停好车，三个人都下车，娜总很自然地挽住了张闯的胳膊。

小女孩扑到他们怀里，把他们抱住，笑着脸说了一句话。

李湖湖看口型，她好像喊了一声"爸爸，妈妈"。

天上打雷了。

李湖湖又像鬼一样，跟着他们回县城。

回程的路上她哭起来了。

她想起了自己的前半生。

怎么这么傻呀！

怎么这么单纯！

她一点都没想到事情这么严重。

她只觉得自己简单，别人一定也会以简单对她，他们跟她玩心眼干什么呀？对牛弹琴。

她想起这么多年为张家的付出，生儿育女，伺候公婆，操心超市，一心一意。

她越想越委屈，越想越恨。

眼泪糊了满脸。

天下雨了，哗啦啦，雨刷拨着雨水咕咕响。

天快黑了吧？

这是上午还是下午？

她不知不觉又跟着他们进了那个小区。

婆婆打了两个电话，她给摁掉，婆婆不敢打了。

到那栋房子，张闯没下车，娜总撑着把伞踮着脚跳回家。

到廊下她跟他挥手，说晚上来吃饭！

她在车里看着那一幕。

就像看电影。

世界是个大帷幕，人们戴着面具演电影。

李湖湖心想，她一会儿一定要进这套房子看看，当了傻子这么多年，得一次性把问题搞清楚。

擦了擦眼泪，她去敲门。

大门打开，是娜总，先是一惊，再是平静，最后一副无所谓的表情。

"我要进去看看。"

娜总也没拦,她直接进屋,穿过客厅,她迅速扫了一眼那些装饰,富丽堂皇。然后她直奔卧室。

到卧室门口,她就傻住了。

只见卧室床头的墙上,一张巨幅的结婚照。

结婚照中的张闯还是年轻时的样子,照片里的娜总也还很年轻。

他们深情对视,笑靥如花,好像世间只有他俩。

她又绷不住了,泪流满面。

她自己和张闯,都没有一张结婚照。

这时娜总端着一杯水过来:

"李姐,我们坐下聊聊吧。"

【22】

李湖湖和娜总,坐到客厅沙发上。

李湖湖已经偷拭了泪,她不想在自己男人的另一个女人面前表现软弱,让她看见她伤心欲绝,痛哭流涕?

不,不,不,不可以。

为人的尊严当要有。

她直挺挺坐在沙发上,昂着头,面色如水,不露一丝垮相。

娜总对她说:

"李姐,我给你讲个故事吧。

"二十多年前,我还在乡下读初中,就爱上了一个男孩。男孩很善良,家里条件不错。我家条件不好,父母严重地重男轻女,哥哥上学,好吃好穿学费奉上,我上学,我妈一分钱都不给,每次要钱都被骂很久。为了省本子,我把字写得特别小,每次都被老师嫌弃。我后面那个男生看我这样,经常送我本子。

"他上课总偷偷看我,我知道他喜欢我。

"十三岁那年,我来例假,没钱买卫生巾,就用卫生纸。有一次体育课,全班同学在操场上跑三千米,我感觉下体涌出很多东西,慢跑往后蹭,那男孩忽然追上我,甩给我一件衬衫,说'把它系腰上'。

"当时我真是羞愧难当,恨不得找个地缝儿钻进去。

"我系着他的衬衫上了一堂体育课,当天就有风言风语传起来,说我俩在好。

"第二天还他衬衫,在一个大树荫下,我臊得不敢抬头,他紧张得说不出话。

"他是家里养子,生活条件优越,感情却发空。他妈很强势,对他要求很多,总是要求他听话,有出息,将来长大要孝顺他们……

"我学习不错,但父母不疼不爱,感情更空。上学好像在刀尖上行走呢,渐渐也就失了上学的心气。他给了我人生最初的温暖和爱。

"我以为我这辈子一定会嫁给他的。"

李湖湖听到这些话,心像被剜了一下,但面上还波澜不惊。

"他说等我们到了年纪,就让父母到我家提亲。可忽然天降不测,他父母非让他娶别人。说是他们在一个大集上遇到了一个又漂亮又善良的女孩。他妈妈还偷偷给那女孩算过命,说她旺夫旺家。

"我不服,把自己的生辰八字也给他,让他拿给父母去算,结果却说我命不好,克长辈。

"我和他的事,当然被他家里强烈反对。

"我当时真是恨死了。凭什么算命的无稽之谈就要左右我们的人生?但我没办法。

"他妈为了反对这门亲事,还到我们村里去调查我的家世。我父母也不给力,我爸嗜赌如命,我妈泼辣不讲理,在村里穷得出名,没人给我们上好话。

"他妈拿这两条理由,横加干涉,只要他一提我们的事,就把眼睛一瞪,动不动威胁断绝母子关系。

"对,他就是张闯,你现在的丈夫,他是个软弱的人,根本无力对抗父母。我们就这样被拆散了。"

李湖湖说:"这些我一点都不知道。"

"你当然不知道,你也是个受害者,其实都怪你这人多管闲事。你们结婚后,我天天哭,天天哭,有时候还跑到你家附近去哭,望着你家朱红的大门。

"有一次不小心被你婆婆撞见了,她像撵狗一样撵我,对我极尽侮辱,说我贱,说我丧气。

"我当时真想一头碰死在你家门口,让这个老太太一辈子不吉利。可我没有勇气。

"我在这里实在待不下去了,就去了省城,在省城吃了很多苦,揣着十五块钱去的省城,到那里身无分文,连一个馒头都买不起。我在一家菜市场门口流连,看见那种面善的买菜人,就跟他们要个黄瓜或西红柿吃。后来我被菜市场旁边的理发馆收留,在那里给人洗头。

"结果被那里的理发师骚扰,我连夜跑掉,后来又到了一家美容院,在那家美容院一待待了四年,白天给人做脸做身体,晚上打扫卫生,没有工资,只管吃住。

"我在那里学了很多东西,可是在那个城市,我始终觉得凄惶。我很想念张闯,我还是忘不了他,就想回来偷偷看看他。

"我又忍不住去你家门口看,这次,没有撞上你婆婆,撞上了张闯。

"我们再见面,抱头痛哭,彼此感慨。那时候,你儿子已经四岁多,女儿刚出生。这四年你过得衣食无忧,幸福美满,我过得颠沛流离,孤独可怜,李湖湖,那本该都是属于我的生活。"

李湖湖一边听她讲述,一边用眼睛的余光扫视整个客厅。这里的装饰跟美容院如出一辙,有很多花。家具电器都比家里高一个档次。她总是控制不住地去想张闯在这里的样子。

餐桌上有一瓶辣椒酱,那是张闯最爱吃的牌子。

茶几上有一盘棋,也是张闯的爱好。

她甚至在这里发现了一把她家里丢失许久的指甲刀。

尤其她坐的沙发,她觉得那沙发上面有钢针,钢针由屁股直扎入心。还有卧室那张床,那么大……

李湖湖站起来,她不想听了,想走:"不好意思,我要走了,无论如何,你们在我的婚姻存续期间,拍结婚照,生孩子,过日子,这些都不对。"

"拍结婚照是因为我太可怜了。我怀孕了,却什么都没有,他为了补偿我才带我去拍结婚照。难道这都不可以?那结婚照只是挂在家里自我安慰的一个东西而已。"娜总有点激动。

李湖湖说:"既然你们那么相爱,完全可以明着来找我离婚,实在没必要这么委曲求全偷偷摸摸,既然偷偷摸摸,就不要希求别人理解。"

娜总忽然面色一沉:"好吧,我也不装了,我一开始是向着让你们离婚方向努力的,可是那次你突然跑到我的美容院,又让我改了主意。你说了很多家里的事情,我终于又意识到,我和张闯之间,始终隔着一座巨大的高山,那就是你婆婆。没了你,我就得亲自面对她,何况张闯也不同意离婚,他觉得有你在那照顾他妈更合适。"

李湖湖怒了:"我的生活凭什么由你们两个来做决定?"

"你根本没权力决定,因为你傻得啥也不知道。"娜总忽然语带骄傲。

李湖湖的五脏六腑,已被那把小刀戳得七零八落:"是,我是傻透了,任由别人算计在家里给人当免费保姆,还给你们做着挡箭牌。"但她面上还撑着镇定。

"李湖湖,其实我觉得傻一点也挺好,你要一直傻下去就更好了,最痛苦的是我,我牺牲最大,你知道我有多渴望一个张太太的名分,为了维持这种生活,我要永远隐居幕后,我的女儿永远不能在公开场合承认张闯是她爸爸,我还得把她送到市里去上学。"

"你们是在等老太太死吧,老太太一死我没用了,你们两个立刻可以把我扫地出门,我很'佩服'你们的伟大真爱,伟大到不要脸的地步。对了,尤其在一个男人阳痿三年后,你还能口口声声表达对他的爱情,我真的很佩服你。"

娜总听到阳痿二字,忽然哈哈大笑起来,笑出了眼泪:"阳痿,李湖湖,你真是傻得可以。我真的没见过比你更傻的女人。我在你的眼皮子底下生活了十几年,你一无所知,张闯说阳痿你就信了,其实这是一个巨大的骗局,我告诉你。还记得那次你来我店里吗?店里来了一个骨盆修复师,我问你要不要做?其实我是在试探你呢。我说可以把生过孩子的女人的胯骨恢复原形。我以为你会拒绝,没想到你那么感兴趣。张闯一直跟我说,他对你没爱情,很少碰你。我在那次才知道你们夫妻生活还很频繁,我直接就崩溃了,回家跟他大吵大闹,我跟他提分手,骂他骗子,以死相逼,他没有办法,只好想出了装病这个主意。他知道我能随时掌控你们的生活动向。哈哈哈,李湖湖,既然今天已经见面,就没什么好遮掩的,索性我把真相都倒给你。李湖湖,该到了你还我幸福的时候了!"

李湖湖已经浑身发抖,她觉得这富丽堂皇的客厅就像地狱,四面八方往这里刮阴风。

她冷冷扔下一句"无耻",扭头就奔出了客厅。

【23】

到了车上,她浑身筛糠一样颤抖,手脚冰凉,呼吸都是累的。

发动车子开出小区,也不知要去哪里,一路加油门,反正有路就走,有红灯就停。

她把音乐开到最大,用最恶毒的语言辱骂自己:

"李湖湖,你个大傻子,前半生脑子光吃屎了。

"被人骗得团团转,收你一万块钱做修复,扭头再让你老公骗你阳痿了。你在人眼皮子底下活得像个小丑。

"李湖湖,你蠢得可以去死了!"

她边骂自己边哭,收音机里在大声唱着一首歌:

"女人啊,要找个真诚的男人,怎么那么难!怎么那么难!"这是彭佳慧,这女人也长了一张贤妻良母的脸。

一路开车,一路哭,娜总的只言片语像密林里钻出的暗器一样,嗖嗖往她脑子里戳。

"我不是小三。"

"我们是被你拆散的。"

"他说他不爱你。"

……

世界都摇晃起来了,街景,行人,绿植全都在变形,一会儿变大,一会儿变小,稀里糊涂转了好几圈,不知不觉竟转回了家门口。

她把车停下,对着那座朱红大门,浑身已湿透,她脑子渐渐清醒一点。

这座大门像把锁,门里困住了一个人,门外逼疯了一个人。

她到底做错了什么?

李宗盛又在收音机里唱:

> 如果真心付出是一种罪,
> 我怀疑除了自己我还能相信谁,
> 如果失去真爱人们都能无所谓,
> 那么我又哪来那么多伤悲

……

最大的错误是傻，娜总骂得没错。

她把车停好，进门就奔厨房，拎起一把菜刀又回到院子。对着那些长了一个夏天虎头虎脑的冬瓜，一刀一个砍下去。

冬瓜应声而裂，发出哧哧的声音。

几十个冬瓜瞬间被开膛破肚，暴尸于园。

她把冬瓜叶也都扯下来，根也拔了。乱七八糟的冬瓜藤缠绕在一起，堆了一院子。

婆婆听到她回来了，在屋里拼命按铃。

她屋子里装着一只电铃，用来呼叫，只要她有事，就按铃，李湖湖立马到眼前。

铃声大响，李湖湖假装没听见。

屋子里还有很多治病设备，她又跑回屋子，把它们都抱出来，一个一个往外扔，叮叮当当扔了一院子。

艾灸床，电疗仪，足浴桶，各种花粉瓶子……

婆婆气吞山河地在房间里大喊："李湖湖——，李湖湖——，李湖湖——"

这老太太永远中气十足。

李湖湖坐在一个破板凳上，瞪着满院狼藉，回想自己的前半生。

那天太阳特别大，冬瓜秧被晒得打了蔫儿，切开的冬瓜上凝出一颗颗水珠，像人的眼泪。

婆婆肥胖的身躯，终于还是从客厅爬出来了。

"李湖湖，到底出了什么事？！"

李湖湖看向她，她脑袋上有块巨大瘀青："你老公出轨了，我老公也出轨了！"

婆婆像被雷击了一下，眼神瞬间黯淡下去。她一步一步吃力地往李湖湖身边爬，肥胖的身躯像一麻袋麦子，衣服与地摩擦，发出哧哧的声音。

她终于爬过来，抱住了李湖湖的大腿。

"李湖湖，没事，妈在。"

"你就是个害人精！"

【24】

那天李湖湖费了很大劲，才又把婆婆弄回床上。弄完以后，两个人都满头大汗。

和着泪水和汗水，她们进行了一场有史以来最深入的恳谈。婆婆那天破天荒没有大嗓门，平平静静地讲述了整个事情的来龙去脉。

与娜总说的出入不大。

婆婆说："我确实不知道，她最后又和张闯搞在了一起，还生了孩子。我那年把她打跑就再也没有见过她，我没想到这个女人这么阴魂不散。"

婆婆真心地对李湖湖说了句："对不起。"

婆婆终于说到自己，她说："湖妹，张闯的事，基本都在明面，再坏坏不出圈儿去。你公公的事才更应该重视，你不是说他接到那个女人从医院出来吗？那女人还很高兴……"

婆婆又爆了一个炸弹。

她说，都说他们两个有病，不生育，其实有病的，只有她自己一人。她当年害怕被嫌弃，也不想亏欠着公公过一生，就买通了医院一个小医生，她假装带着公公去检查，由那个医生给公公开了个检验报告：精子活力低，不育。

李湖湖像看一个外星人一样看婆婆。这个家到底还有多少秘密？

婆婆第一次没有放声大哭，而只是轻声啜泣，默默流泪。

她说："李湖湖，我也是无奈呀，我这么要强，怎么能忍着被人嫌弃过一生。张闯和你公公，咱们都得收拾。你等着，让妈来。"

她说："李湖湖你现在快把纸尿裤给我换了吧，你出去这一天，我尿了三泡尿，都快沤死了。"

李湖湖心想她今天幸亏砍了几十个大冬瓜，要不然非把婆婆砍了不可。

她甩手出去给自己洗了把脸，换了身衣服，才进来伺候她。她还是做不到对这个老太婆置之不理。

婆婆像条大胖虫子一样躺在床上，用手揪着那只纸尿裤，避免纸尿裤直接接触皮肤。

李湖湖帮她摘下那只沉重的纸尿裤，成人尿液的骚味浓重而呛人。

婆婆说:"你打算怎么办?"

李湖湖说:"我要离婚。"

婆婆大喊:"不行啊,不能离婚!"

李湖湖把那沉重的纸尿裤用力扔进垃圾桶:"凭什么我还一直听你调配?你操纵了别人一生还没操纵够?你这个祸害。"

婆婆听了这话,终于又萎了下去。

她说:"你说得对,这次我不操纵你了。"

【25】

婆婆说她这次不再干预李湖湖的人生,但她请求李湖湖,把知道公公出轨的事先按下不表。她说她要好好盘算一下怎么办。

李湖湖答应她,她实在也没力气管公公。

那天公公晚饭后回来,看见满院狼藉,当然大惊小怪。

婆婆开启表演模式,大声咒骂公公,先拍了他一身不是。她说还不是你那好儿子气的,气得我们媳妇发了大怒,那败家孩子,在外面私生女都十几岁了。你这个爹就知道到处瞎跑,也不教育孩子。这件事你给儿媳妇做主吧!

公公痛快表示,要为李湖湖做主。

李湖湖看着这对夫妻表演,忽然开始成长,她也学会分析事情了。

他们到底真正态度如何?如果真离婚,他们将会如何对待自己?还有公公和张闯也是个谜,父子俩竟然在同一个小区养女人,他们彼此到底知不知道?

【26】

那天,光被李湖湖切碎的冬瓜,公公就推出去了三推车。他把那些治疗前列腺的设备,一样一样都码在了杂物间里。

他甚至说:"这些东西不能扔,万一以后我也得病了呢,还能用上,过日子不能不打算。"

李湖湖在等张闯回来,她在等他给她一个说法。

经过这场刺激,李湖湖直觉告诉自己,未来肯定要奔离婚而去了。

她相信这种直觉,她也相信自己忍耐不了这种侮辱。

晚上,公公和婆婆很早就休息了,他们夫妻之间有一种奇妙的平衡,昨天还刀光剑影，今天就可以各退一步相敬如宾。

他们也在给她腾场子。

张闯半夜才进家门，进屋后就默默洗漱，洗漱完了就默默躺到床上。

李湖湖背对着他，张闯仰躺着，俩人谁也不说话。

僵持了大约一个多小时，都知道对方谁也没有睡着，但谁也没先开口。要搁以往，李湖湖早就竹筒倒豆子，把自己想法说干净了。她以后决定话要出口留三分。

月亮又很大，一如当年定亲那晚，满院清辉。

张闯憋了很久，终于说了一句："湖湖，真的对不起。"

李湖湖说："不用说对不起，我懒得受这句话。"

张闯又说了一句："她的话你也不要全信。"

李湖湖说："我也不纠结她的话哪句真哪句假。你说的我更不信。我现在想好了，我就想离婚。"

张闯说："非得要离吗？"

李湖湖说："是的，非得要离，我实在忍受不了一个跟我装阳痿的男人。现在我们要谈的就是财产和孩子的分配，孩子我要女儿，财产，你看着给。"

张闯说："如果要真离，财产上，我肯定要多照顾你。"

【27】

李湖湖第二天去还车，对她的同学崔敏说，她要离婚。

她此刻已经完全平复心情，甚至还可以自嘲一下。

她说昨天的小宝马居功至伟，一石二鸟抓了两场奸。她让崔敏注意查一下违章记录，昨天情绪波动太大，开了一天糊涂车。

崔敏说："你真要离婚？"

李湖湖说："真要离，我实在忍受不了张闯装阳痿这事。再说，我的人生已经被别人操控了半辈子，后半辈子我想自己做主。还有，张闯能为那个女人装阳痿，说明在感情的天平上，还是她那边重些,我又何必恋着这样的感情不放手？"

说这话时，李湖湖眼里还是泛了湿。

崔敏说："对，士可杀不可辱，你想得蛮清楚，但是……离婚你打算怎么离？"

"我先跟他们谈，我这人有一最大的毛病，就是别人伤害我，都得等对方伤害到底时我才能反击，要不然我就下不去手。他家人都是戏精，你放心，我现在不傻了，我就是要看看这家人的人性，看看他们接下来怎么对我。"崔敏说："我可提醒你，世间夫妻，到离婚那一步，没几个不为财产撕的，你别犯傻。"

李湖湖说："知道。"

她又问崔敏："我确定一下，张闯在外面跟别的女人生孩子这事，确实已经构成重婚罪了吧？"

崔敏说："是。"

"重婚罪可以入刑？"

"是。"

"那就好，有这个打底，我就不怕。"

崔敏说："我家的律师随时恭候你的差遣。"

【28】

李湖湖跟张闯谈离婚，张闯开始没反对，后来就有点变卦，他总做出一副努力挽回的样子。

以前不到半夜不回家，现在八九点就在家待着。

婆婆不言不语，继续跟公公磨牙拌嘴，就好像她真的完全不知道公公也出轨了一样。

李湖湖为表明态度，跟张闯分居，自己住一屋。

女儿张小双正在上高二，李湖湖不想把离婚动静搞得太大，影响孩子学习。

但张小双聪明无比，她那天放学，看见家里的院子像一个红尘人士被剃了度，就知道出了变故。

她大摇大摆跟李湖湖说："妈，你们要是搞事情，只要不出人命就可以，其他可以放了搞。因为这家里不管是谁死了，我都会想，也会害怕，肯定会耽误学习。"

李湖湖听了这话，心里那个疼啊，上辈子都造了什么孽，还要祸害孩子。

李湖湖最喜欢女儿，她觉得女儿身上有自己和婆婆的双重个性，婆婆的果断泼辣，她自己的正直善良，女儿都有。

孺子可教。

她一直觉得,自己和婆婆要结合成一个人,就是世界上最完美的女人。

【29】

张闯有心挽回,有一晚,他忽然跑到李湖湖屋里,脱鞋上床,从后面就抱住了李湖湖。

他深情地说:"湖湖,咱们能不能不离婚?你也别听她一面之词,她现在精神有点问题。既然你都知道了,我就给你讲讲我和她的事。

"开始我确实错了,初恋情节作祟,跟她走到了一起,可是后来发现日子越过越糟心,她和我妈是一类女人,都是动不动就一哭二闹三上吊不讲理。我这些年也被她折磨得够呛。湖湖,我真的舍不得你。其实我也不傻,知道你更好,要不是珍惜你,怎么会努力瞒你这么久,我太怕伤害你。要不是这样,早跟你摊牌谈离婚了。"

李湖湖心里冷笑,自从这几天她揭开这么多不堪真相以来,脑子里就好像装了一台计算器和测谎仪。这种情话要是以前张闯说,她能感动得痛哭流涕。现在,他说出来的每句话,就连标点符号她都要打个问号。

这都是什么逻辑?因为更珍惜你,才更努力骗你?既然那么珍惜,为什么不把那边断掉?

她懒得跟他掰扯。

张闯又继续说:"湖湖,你不知道我装阳痿那段时间有多痛苦。一方面心里承受着对你的巨大愧疚。另一方面还要克制着对你的欲望。我都要疯了。湖湖,真的对不起,我不是故意的。"

她还是没说话,她在分析这些话里有几分真几分假。三分真应该还是有的,李湖湖跟张闯过了二十多年,张闯不讨厌她这个事她心里很清楚。张闯见她没说话,以为她被说动了,手就往上挪,去找她的胸。他从背后轻轻地吻她,像小鸟轻啜池塘里的水。

从后背,到肩膀,到脖子……

熟悉的感觉又来了,李湖湖骨头里好像爬进一只小虫子,所过之处都痒酥酥。这感觉已经阔别三年,那是曾经渴望已久的感觉。

张闯有感知,继续……

忽然，她脑子里像炸响了一个雷，那雷带着闪，闪又连着电。一个尖锐的声音从她灵魂深处飘出来，是娜总的：李湖湖，他根本不爱你！

就像电流通遍全身，身体根本不受控制，她扬起一只胳膊向后一撑，正撑在张闯胸口。

张闯"哎哟"一声坐起来，捂住胸口。

电流退去，骨头里的小虫子也没了。李湖湖继续侧躺，她不敢回头，她现在又变成了李湖湖，李湖湖是一潭水。她害怕看见张闯那副狼狈相又心软，刻意冷冰冰说了一句："滚。"

有人说，大部分夫妻，从提离婚那天开始，大概要经历两年时间才会走到终点。期间反反复复颠颠倒倒，想起往日温存，家里就和风细雨。又想起对方的可恨，家里就暴风骤雨。

就这样，忽晴忽雨，忽雨忽晴，折腾两年之后，双方情分耐心都折腾殆尽，才肯一别两宽。

李湖湖想，张闯今天应该是打算睡服她。

她听说，有好多出轨的婚姻，两年内要没离的话，大概率就离不了了。因为最痛的阶段已经过去，人开始适应这种疼痛。人都是擅长偷懒的动物，陷入惯性，不愿意改变现状。

人生就是啪啪打脸的过程，小时候一听就爆炸的事情，最后你可能要忍一辈子。小时候最不想成为那种人，最终却做了那种人。

李湖湖想，我可不能把离婚拖太久。

张闯在她背后无声地哭了起来。

他说："李湖湖，我们真的回不去了吗？我真的不想离婚。"

李湖湖说："真的回不去了。"

【30】

张闯后半夜才无精打采回到自己屋里。

那次之后，张闯很久不敢招她，回家也不像原来那么勤，李湖湖知道他去哪里了。

她心里有点痛，又强迫自己忍耐这种痛，离婚的坚决态度是她释放的。她不能指望对方像个认错机器一样，一直叩头如捣蒜。

公公还是不着家，家里又剩下她和婆婆。婆婆对她倒是客气了起来。她再也不像以前那样对她大呼小叫废话连篇，生活中也尽量给她少添麻烦。

只是逮着机会她还是劝她别离婚，无非就是"两个孩子"，"二十多年了"，"你又没工作"，"离婚以后怎么办？"。

李湖湖尽量不说话，这一系列事件，终于让她学会了闭嘴。

虽然心已远去，李湖湖还像从前一样，尽心尽力伺候婆婆。她想的是一日没离婚，就尽一日做媳妇的义务，站好最后一班岗。

【31】

李湖湖终于明白张闯向她示好的真正原因。

她猜得没错，又是婆婆在搞鬼。

那天她买菜回家，正撞上婆婆在教训张闯。

张闯耷拉着脑袋跪在婆婆面前，婆婆左手拿张纸，右手拿拐杖，她拿拐杖点着张闯的脑袋骂他。

"你要不把李湖湖留住，我就跟你断绝母子关系。这是我写的遗书，一旦你们离婚，将来我死了，不许你摔盆打幡，不许你清明献祭，不许你再喊我妈，心里喊都不行，我跟你死生不再相见。"

张闯哭着说："妈，你别这么绝，我真的努力了，湖湖油盐不进呐。都别再逼我了，求求你们。"

婆婆说："还有谁逼你？那个妖精也逼你吗？哼，我就知道她敢那么猖狂对湖湖，就是定了让你们离婚的心，这个祸害！"

李湖湖看着张闯在他妈面前那副可怜的样子，她在心里狠狠告诉自己：这一生永远也不用死去威胁别人。

永远不会！

【32】

张家人看李湖湖的去意已决，也不再挽留，开始谈离婚后财产子女分配问题。

婆婆召集开家庭会议。

婆婆说："强扭的瓜不甜，既然湖湖非要走，就把家里财产掰扯掰扯，看怎么分配吧。张闯,你说说咱们家的财产状况。"

张闯说:"现在住的这个院子在你们二老名下,跟我们没关系。我们前年新买了一套新房,在我俩名下,本来是给张小闯将来结婚用的,还没装修,算我们夫妻共同财产。我开着一辆车,湖湖开着一辆车。剩下就是湖湖手里有点存款。"

婆婆问:"湖湖,你有多少存款?"

李湖湖说:"我有一百万。"

她一点没隐瞒,她也干不出编瞎话的事。

婆婆说:"没有别的财产了?"

张闯说:"剩下就是超市了,可是超市这几年都没赚钱。你们也知道,这些年经济形势不好,爱国、爱民超市都跟咱们搞低价竞争,咱们基本就是赔本儿赚吆喝,穷玩儿。"

李湖湖说:"不是还有其他投资?你不是在一个投资公司还有钱?"

张闯说:"别提那投资公司了,放出去的钱都回不来,早关门了。"

李湖湖心里生起一团火。

"娜姐那个美容院,也是你帮忙开的吧?"

张闯终于又耷拉了脑袋:"这个事,我有错。她那美容院都开十几年了,当时开的时候我确实给了她三十万,可是算她借的,她挣钱以后就把那三十万还给我了,这三十万又早滚到超市里了。"

李湖湖哈哈大笑,说:"张闯,这是你们早做好的准备吧?现在我们离婚,能分的就是一套房子,两辆车和我手里这一百万?"

张闯说:"是,现在好多老板都这样,看着威风八面,其实里面都空了。"

李湖湖放下这茬:"那我问你,就你说这些财产,你打算怎么分?"

公公突然说话了:"这事我做主了,这些财产全都给湖湖,毕竟张闯孽子对不起湖湖。给张小闯买的那套房给湖湖,留着以后安身用,一百万存款和湖湖的车,也都让湖湖带走。张闯那车,他都开习惯了,就留给张闯吧。超市就不用分了,也不赚钱。关于孩子,我是这个主张,张小闯是我们张家的儿,留在张家,以后买房结婚生孩子都张家负担。张小双呢,听她自己的意思,愿意跟谁就跟谁,她也快十八岁了。"

李湖湖气急反笑,笑出眼泪,连说了三声好:

"好！好！好！你们一家人演的好戏，貌似大方，实则无赖，我陪你们过了二十多年，生儿育女，当牛做马，要离开的时候，你们就给我一套房子，一辆旧车，加一百万存款。这些财产不足家里的五分之一吧？说什么超市不赚钱？傻子也知道那超市不可能不赚钱，不赚钱开这么多年干什么？解闷儿玩儿？可笑你们还要做出一副大度的样子，真是无耻到家了。"

李湖湖看婆婆，婆婆眨巴着一双大牛眼，她忽然说："我们再给你五十万！"

公公瞪眼看婆婆。

"怎么着，还不行啊？李湖湖无怨无悔伺候了我十多年，现在要走了，当公婆的送她五十万不行？雇个保姆一年多少钱？一个月三千，一年三万六，十几年五十万不多，这钱明天就给，你去银行取，不管他们离不离婚，这五十万也得先给了。"

公公跺脚出去了。

李湖湖有点蒙，婆婆这是唱哪出？

【33】

不论如何，婆婆还真说到做到，第二天就逼着公公取了五十万给她。

李湖湖把这情况跟崔敏说，崔敏气炸了肺。

她说："这一家人算盘打得好精啊，不管招式多花哨，目的就是用最少的钱打发你走。李湖湖，超市的经营情况你知道吗？"

李湖湖说："不知道，我这些年净在家伺候老人孩子，很少管超市的事。"

"那就很麻烦，有些存了离婚心思的男人，老早就把财产转移了，我怀疑这个张闯也是。"

李湖湖说："那有什么办法吗？"

崔敏说："碰上那种奸诈的，不但让你抓不住一点把柄，还可能把超市资产做成负数，贷一堆贷款让你背一堆债。到时候他再大手一挥假装恩赐说，债不用你还啦。你就得乖乖卷铺盖走人。"

李湖湖说："真无耻，两人结婚，不想着怎么把日子过好，天天想着算计另一半，算什么东西。"

崔敏叹了一口气："唉，人心险恶，你还是看得少啊。"

崔敏建议李湖湖先起诉张闯,法院一立案,就可以冻结张闯的财产。早转移的估计没办法了,别目前这些也被转移了。

李湖湖听了崔敏的建议。

【34】

崔敏很快让老公帮李湖湖写了起诉书递到法院。

法院很快立了案。

婆婆自打知道她起诉那天起,又开启乱哭模式。

她说:"李湖湖你真要走呀,你真的不管妈了吗?妈没了你可怎么活呀?以后让那妖精上门?我肯定一个月就被折磨死。"

"李湖湖,妈求你能不能不离婚,一日夫妻百日恩,百日夫妻似海深。"

李湖湖一句话就给撑回去:"一万日的夫妻也顶不上三年的'阳痿'。"

婆婆看无可挽回,就自己做起了打算,她麻利儿给自己找了一个保姆。她真是带点儿变色龙体质。

这保姆是她娘家嫂子的二舅的侄女儿,四十大几的年纪,十分干净爽利。这人跟婆婆神似,一双大眼咕噜咕噜转,见人就笑,笑得还很真诚,这点跟婆婆不像,婆婆笑里都往外飞小尖刀子。

她一来,李湖湖倒轻松了,天天吃现成的。

李湖湖想,家里早就该找保姆,愣折磨我十几年,又不是花不起这个钱,婆婆以前就是一只老猫,拿她当耗子遛着玩儿。要不是她拴着,我哪会成了无业家庭妇女。

想想卡上那五十万,心里稍稍舒服一点。她在想,婆婆和张闯,他们这是一个唱红脸,一个唱白脸?婆婆从来也不是唱红脸的人哪。

保姆干完活就往婆婆屋里一钻,俩人叽叽咕咕。必是自带三分亲有说不完的话,聊够了,保姆就出去,一出去就两三个小时。

李湖湖也来敲打婆婆:"我发现你对保姆比对我还好,以前我伺候你,出去半小时就跟催命似的,现在保姆出去半天你也不找,你也不心疼工钱。"

婆婆大嘴一抿:"人得适应环境,到什么山上唱什么歌。以后你走了,我全指着她呢,不对她好点,怎么办。再说以前你是自家人,见不着会想,这保姆又不是自家人,出去就出去,不耽误家里活就行。"

【35】

李湖湖的离婚案子立了以后。有一天她接到一个陌生电话，那人自称是法院法官，姓方，叫方成子。他说这个案子由他负责，请李湖湖在周三下午五点钟到他办公室一叙，谈谈案情。

李湖湖答应准时到。

周三那天，她早早就做准备。想穿件新衣服，又怕穿得太好，被法官误以为她离婚没受伤，对财产争夺不利。穿得太破，又怕被误会成失婚妇女生无可恋要自暴自弃，被他看不起。

她翻了翻，找了个半旧连衣裙穿上，棉麻的料子，豆沙绿的颜色，胸口有俩乳白色盘扣，绿衣服非常挑人，李湖湖肤色雪白，长发如瀑，衬这种古风素调子，像从时光深处走来。

她穿着软皮皮鞋，走到法院三楼305房间门口，听到里面在打电话。

一个中气十足的男人，声音穿透门板，他在笑，他说："老兄，今天真的不行。今天我有一个非常重要的案子要办，可能会关系到我的一生，下次，下次我一定捧场！真的，我们下班以后也要加班，院里的案子堆得比南山高，别说我这个副院长，就是正院长，都得亲自办案……"

李湖湖心想，就我这个小离婚案子，还惊动副院长来亲自办了？我可得拣重点说，别东拉西扯耽误他时间……

【36】

李湖湖敲门，里面喊了一声：进。

她推门的一瞬间，副院长正站在办公桌后拿笔磕打着桌面，好像在思考什么事情。

看她进来，立马愣住，他直勾勾地看着李湖湖。

李湖湖走到屋子中央，副院长从办公桌后走出来，绕着她看了一圈。

很遗憾地说了一句："这么漂亮的女人，怎么就离婚了呢！"

李湖湖想，这副院长说话怎么有点二百五呢，这什么逻辑？漂亮女人就不能离婚了？要真这样，就没有"红颜薄命"这个词儿了。

但她没那么说，她说了一句："男人被更漂亮的勾走了。"

副院长又转回自己办公桌。

他办公桌上堆着一摞摞厚厚的卷宗。

不光办公桌,整个屋子都是。

李湖湖看这副院长,也就四十多的年纪,一头钢针头发,漆黑明亮,方面,阔鼻,大耳朵,面色红通通,身高有一米八,看着倒很健康。

副院长说:"你就是李湖湖吧?"

李湖湖说:"是。"

"李湖湖,你把你的故事讲讲吧,我听听。"

李湖湖心想,我这真是第一次离婚,没经验,也不知道法官让讲故事是什么意思,是讲梗概还是讲细节?

她大着胆子问了一句:"是讲详细点,还是粗略点?"

副院长说:"讲详细点!越细越好。"

李湖湖就从当年的两个土豆讲起。

李湖湖说:"二十多年前,在一个大集上,我遇到一对卖菜夫妻,他们丢了俩土豆,就去追土豆……"

李湖湖讲到被她爹骗回家的心情时,很气愤。

讲到在张家任劳任怨辛辛苦苦伺候那个奇葩婆婆,又十分委屈。

讲到与张闯的感情,那真是……一言难尽。

讲到现在,人生颠覆,喜乐无常。

副院长听得认认真真。

再讲到跟婆家一家人财产谈判时,这家人的戏精本质,无耻与算计……

副院长也直皱眉。

他给她倒了一杯水,然后又递了一包纸巾。

然后就背着身子站到窗前去了。

【37】

天已入秋,白昼变短,才六点多就已天黑。

李湖湖不知不觉讲了一个多小时,窗外就是法院的院子,贴墙种着一排梧桐树,梧桐树叶长到窗口。茂密的叶子隔绝了街上的喧嚣。

李湖湖啜泣的声音在房间轻轻响起,副院长半天没说话,等他转过来,她发现他鼻头通红,说话也囔囔的。他哭了。

他说:"李湖湖,你真是善良啊!"

李湖湖心里惊了一下,怎么法院的法官办案子还跟某些主持一样,要陪嘉宾哭一场。

这工作难度也太大了。

她不自觉扫了一眼满屋子的卷宗,累累堆叠……

副院长说:"李湖湖,你这个案子有点复杂,我们法院一定尽最大努力保护你的利益。但从目前信息来看,不太乐观。你也说你这个丈夫并不是一个多强大的人,但那个女人不简单,她能做出让你花一万块钱做骨盆修复又逼你丈夫装阳痿这样的事情,说明她毫无底线。如果财产有转移,她肯定是主谋。"

李湖湖说:"是。"

副院长说:"你的律师已经替你申请了对你丈夫的财产冻结。我们法院不便干涉太多案情,更多的事还要律师去做,你那个律师很好,你放心托付他办事。我明天就让人去冻结这些财产,尤其超市,只许进不许出。也会派人查你丈夫这些年的转账记录,看看有没有给这个女人转过钱。不过你要做好准备,如果他们真是早做打算了,你可能会对人性更失望。"

李湖湖说:"知道,已经没有什么比装阳痿更让人失望的了。"

副院长突然一笑,他说:"李湖湖你这人真是傻得可以,男人阳不阳痿怎么可能装得住,你们女人稍微……"

李湖湖明白他的意思,她激动地说:"你不知道他装得有多像,每天捂着肚子说疼,一天到晚一副尿频尿急的样子,还自己跑一屋去睡,你说他都天天喊疼了,谁还好意思……那个。"

副院长据着嘴就快绷不住了,他说:"李湖湖,这些都不重要了,现在最重要的是把财产守住。"

李湖湖说:"副院长,没关系,就算我目前只能分到这些财产,也认了。我只求速速脱离火坑,这家人太坑人,我这人生活要求不高,有点钱就能过,你不必担心。"

副院长说:"李湖湖,事情不能这么看呐,这不是钱的问题,这是尊严、正义、法律、道德和良心的问题。这世界应该有把尺子衡量这一切,如果总让坏人小人恶人欺负老实人,那这世界的公理何在?你这离婚官司打的不光是钱,还是理念和精神。"

李湖湖一直觉得这副院长有点怪怪的,到此刻她才觉得他说话还真有水平。让他这么一说,她这小家庭妇女的家庭狗血故事,立马有了家国情怀的光芒。

副院长说:"李湖湖,以后不用跟我'副院长副院长'地叫,叫我老方就行。"

李湖湖说:"好的。"

【38】

李湖湖稀里糊涂回到家,正看见女儿张小双从奶奶屋里走出来。

张小双说:"妈,你看,奶奶给我一只金镯子,说给我以后当陪嫁用。这镯子这么丑,上面还有龙啊、凤啊的,我结婚才不戴这么丑的镯子,你帮我收着吧。"

女儿把镯子往她手里一塞就走了。

婆婆听到她回来了,在屋里大声叫:"李湖湖,李湖湖,你进来,我有话跟你说。"

李湖湖走到婆婆屋,只见婆婆那天穿得格外干净,头发也新焗了油。应该是她出去这会儿保姆帮忙焗的。此刻保姆不在,不知干什么去了。

婆婆招手让她坐到身边,一把就拉住了她的手。她说:"李湖湖,今天妈要拜托你一件大事,你要帮妈!"

李湖湖说:"妈,你说什么事?"

婆婆说:"你先出去,把大门二门三门全都给我上锁,一只蚊子也不要让它飞进来,我慢慢给你说。"

李湖湖觉得事情有点严重,就走到院子,把大门落了锁,客厅门也落了锁,最后把婆婆的房门也落了锁。

她回头跟婆婆说:"妈,你说吧。"

婆婆说:"李湖湖,妈也要离婚!"

这句话把李湖湖惊得差点跳起来:"什么?你也要离婚?为什么!"

婆婆从身后摸出一个信封,递给李湖湖:"你看看吧。"

李湖湖打开那信封一看，里面是公公和那个四十多岁女人的照片。

正是她跟踪跟到电梯口的那个女人。

婆婆说："这段时间你忙，我没让你干这些，这都是保姆小曹搞来的。这个女人叫林小青，离异，原来在那个妖精娜手下干美容。她四年前就开始勾搭你公公，你公公那人，没什么定力，很快就沦陷了。现在的情况是，这女人怀孕了，孩子具体是谁的还不知道，但他们肯定说是你公公的。我怀疑你公公快七十的人了，不能让人怀孕。但无论如何，这是你公公出轨的证据，对我打离婚官司有利。还有那个妖精娜，你不是说她和张闯都拍了结婚照吗？你这个傻孩子，当时也不知道留存证据。我让小曹又找人扮贼进她家里拍了一次，这是证据。"

婆婆又从背后摸出一个信封递给李湖湖，李湖湖打开一看，里面也是几张照片，都是站在房子里拍的，照片拍得不错，能看清周边环境，有床，有窗户。就是夜里拍的，开了闪光灯，拍出来的两个人，眼睛有红点，那些红点闪闪发光，像被妖精附了体一样，可怖。

李湖湖再往后翻，还看见张闯陪娜总和孩子一起在西餐厅吃饭的照片。俩人好像都不太高兴，阴沉着脸。

李湖湖想：这个男人真不要脸，左右逢源，这边不给机会就跑那边去了。脚踩两只船的男人本质都是自私。

婆婆说："现在明摆着的事实是，他们是一伙的。我还没搞清楚张闯到底知不知道这些，如果他也知道，那我就真是寒了心了，这可是我一把屎一把尿拉扯大的孩子。

"我猜他开始肯定不知道林小青勾搭你爸，勾搭完了，已经在一起了，他知道也只能默认。这个妖精娜，一定是太恨我了，才做这样的事情报复我。我要是没提早发现，早晚被他们群狼围上，李湖湖，你说这种情况我还能不离婚？"

李湖湖说："是，得离。"

婆婆抓紧李湖湖的手说："李湖湖，今天妈直接说，妈要离婚了，希望以后跟你过。但如果你实在不想要妈，妈跟保姆过也行。"

李湖湖说："妈，我真是头大，我好不容易离婚要脱离你们家这火坑了，还得带着你，这事以后再说吧。"

婆婆说："也是，现在当务之急是要打好离婚这场仗，财产该是咱们的，一分都不能让。不是咱们的,咱们也要抠过来一些。你那边不乐观,我这边还可以。你公公我俩的财产都在我手里呢。我前几天家庭会议上突然说要给你五十万,那是提前转移财产呢。等将来我跟你公公分割完了,让他给你,可能吗?"

李湖湖到现在才明白那天婆婆突然提那五十万的良苦用心。

婆婆说:"我猜他们对你的策略是,转移大部分财产,逼你让位,妖精娜想要名分。对付我,他们就一个字:等。我岁数大了,活不了多久,他们什么都不用干,只等我一死,名下财产就全是他们的。

"他们最不想让咱们知道的,应该就是林小青的存在。但咱们偏偏还知道了。

"现在你要做的事,是马上找律师,帮我以迅雷不及掩耳之势起诉离婚,打他们个措手不及,马上分割我和你公公的财产。李湖湖,你现在就去找你那个律师朋友,让他起草起诉书,明天就交到法院给我立案。"

李湖湖说:"现在?"

婆婆说:"对,就是现在。我这个得速战速决,你那个慢慢扯皮。打仗打的就是速度,问题分析清楚了就立马去干,一拖延就生事故。优柔寡断的人都干不了大事,他磨蹭那一会儿,别人都想出十八种方案对付他了。"

李湖湖说:"好。"

李湖湖急忙给崔敏打电话,连夜去了崔敏家。

到崔敏家已经十点多了,崔敏一听这情况,兴奋得直转圈。

崔敏的老公老祝,已经帮李湖湖做了很多事。现在听说她婆婆也要离婚,也很来神儿。

他说:"震惊!某城零售业大咖家庭,婆媳二人组团离婚,他家的男人到底做了什么伤天害理的事?这标题都够写公众号点击量十万加的稿子了。我还没有打过一个婆媳同时离婚的官司,倒是有趣。"

李湖湖说:"那就麻烦你们了。"

【39】

当天晚上祝律师就起草好了婆婆的离婚起诉书,需要签字的地方,李湖湖都带回家让婆婆签。

第二天一早,起诉书就被送到法院。

当天就被立案了。

祝律师说:"副院长老方又接了这个案子。"

【40】

公公收到起诉书的时候,气得差点心脏病都犯了。

婆婆把那个信封扔到公公面前,说:"你气什么气?你把事情都做下了,还不允许我提离婚?你以为我一个瘫子就没勇气提离婚哪?"

公公说:"王兰香你够阴毒啊,你躺在床上还能运筹帷幄做这么多事?"

婆婆说:"我是腰折了,心又没折,眼又没折,咱们法院见吧。"

婆婆摆弄着她的那只龙凤镯说:"不过老头子我要提醒你,你那个妍头怀的可不一定是你的孩子。她是妖精娜的人,她是被咱俩拆散的,你以为妖精娜不恨你?"

【41】

因为婆婆的官司全权委托给了李湖湖。

李湖湖跟律师老祝一起去见老方。

还是那个305。

老方对李湖湖说:"如我所料,你这边真不乐观。我们查了,张闯的名下,除了你说的那些财产,还真没别的财产。超市的账面是平的,这么多年加起来利润也没三百万。他用超市做抵押从银行贷了一千多万,现在超市每个月还银行利息,是负资产。我们查了他跟那个女人的转账记录,只有十二年前有一笔三十万,后来就没有,他们可能特别注意这点,不走银行转账了。"

李湖湖脸白如纸。

老方说:"你是不是特别难以接受身边人是这种人?尤其还有一个枕边人。"

李湖湖说:"是。"

副院长说:"没关系,有坏人就有好人,这不还有这么多人在帮你吗?你婆婆的案子很简单,先调解一下,调解不了就判,但你婆婆这个当事人,我还是要见一下。她身体不便,有空我去你家吧。"

李湖湖说:"好。"

【42】

李湖湖那天又是像鬼魂一样飘回家的。这段时间以来,她的灵魂好像被拘进了一块铁板,被一个铁匠反复锻打,一会儿扔到水里,一会儿扔到火里,千锤百炼,没完没了。

事情的发展又刷新了她对人性的认知,原来张闯竟然真的早有离心。

她回家把这一切告诉婆婆。

婆婆说:"早在预料当中。"

婆媳二人都很灰心丧气。

但没过上十分钟,婆婆就拿起手机给公公打电话。

她说:"老头子,回来吃午饭吧,湖湖包饺子呢,你最爱吃的西葫芦肉馅儿的。"

公公在电话里嚷:"你还有心情给我包饺子?!"

婆婆说:"离婚是离婚,过日子是过日子。一日没离婚,一日就要过日子。马上就离婚了,我们这个口味的饺子你多吃一顿是一顿,那边那个女人可不一定会包这个味儿的。"

公公说:"你们吃吧!我没心情吃!我忙着找律师跟你打官司呢!"

婆婆放下电话,对李湖湖说:"湖湖你去包饺子,妈想吃西葫芦肉馅儿的饺子了。"

李湖湖真的就去和面。

保姆切肉剁馅儿,李湖湖揉面擀剂子,没一会儿,一个个胖饺子就摆上了盖顶帘儿。

婆婆看着她们忙碌,感慨地说:"你看这西葫芦,怎么吃都不好吃,就放到饺子里最好吃,冬瓜、萝卜、西葫芦、白菜,都是味道素淡的菜,最好用面皮包一包,才能锁住它们的味道。即便如此,也只有味轻的人才爱它们。淡极始知花更艳,菜也一样。

"李湖湖,你就是这样的女人,傻得跟瓜一样。妈也是琢磨了很久才打算破釜沉舟放弃一切跟你。妈想了想,只有你永远不会害我。这就是你这种人的好处,让人放心。"

李湖湖说:"妈,你别说了,反正我这辈子可算被你坑到底了。"

那天的饺子很好吃,婆婆说以前一家人热热闹闹吃饺子的样子很幸福,以后不能了。

李湖湖和婆婆、保姆三人,才吃了两盘饺子。

【43】

婆婆的离婚官司确实很简单,老方说调解不成法院一判就行了。

老方还是要亲自见一下当事人。

那天老方来的时候,李湖湖等在门口。她喊了一句"老方",这称呼真亲切,就好像自家哥哥来串门了。

她又想起自家哥哥。她那哥哥可没这么伟岸,听说她要离婚,天天唧唧歪歪不让离,担心的无非就是以后没有大树靠。

老方把他们这个院子又里里外外看了一遍,看到几个冬瓜架,上面还有福字。夏天的几场雨,把冬瓜架上的福字浇得有点发霉变黑。

老方说:"真是可惜了这些架子。"

老方进了婆婆的屋,俩人还把门关起来了。

李湖湖和祝律师在客厅里闲聊。

她知道祝律师喜欢吃青核桃,就从冰箱拿出一袋青核桃给他扒皮。

她剥一个,递给祝律师,祝律师吃一个。

祝律师说:"你们都是好女人哪!我家崔敏在家也这样给我剥核桃。"

李湖湖说:"她是怕你脑子笨了,打不赢官司挣不来钱。"

祝律师说:"真相了!"

吃到十来个,祝律师不吃了,剩下的都攒在盘子里。

李湖湖问:"怎么不吃了?"

祝律师说:"给屋里那个留着,他也爱吃。"

李湖湖说:"那我再给他剥。"

李湖湖又剥了十多个。

祝律师笑了笑,他说:"李湖湖你有没有发现老方挺帮你的。"

李湖湖说:"发现了!他真是一个好人!"

【44】

老方在婆婆屋里待了一个多小时才出来,看到满盘的白色核桃仁儿,两眼放光。

他说:"这是谁剥的?"

祝律师说:"是湖湖给你剥的。"

老方很高兴地坐在沙发上,一口气吃了半盘子。

祝律师说:"这回要拉稀了。"

老方说:"拉稀也愿意。"

(注:青核桃仁吃多了会拉肚子。)

【45】

法院要先给公婆调解一下,再调解李湖湖和张闯的,实在调解不了就开庭判。

公婆的案子比较简单,那天双方律师都在。

老方对公公说:基于你出轨事实清楚,且王兰香是生活不能自理人员,财产分配上就算法院判,肯定也倾向于王兰香。现在王兰香提出来的要求是:把你们名下居住的那套院子给她,另外你们的共同财产200万,100万给她,剩下的100万给你。

公公说:"也就是我只能分走100万呗?"

婆婆说:"肯给你100万就算对你客气了。你还想怎么样?按你办的那些事,就算让法院判,你不一定能得到100万。"

公公看了看老方,老方点点头。

他又看了看自己律师,律师把眼皮耷拉下去了。

公公只好咬牙切齿地说了一句:"好吧。"

【46】

调解完了公婆的,到了张闯和李湖湖这里,就比较麻烦了。

祝律师说:"张闯有转移财产的嫌疑。"张闯死活不承认。张闯说:"他的超市就是不赚钱,也没什么财产。"

祝律师说:"我们怀疑你以林小青做过桥往情人身上倒资产。法院已经查过了，你往林小青账户转过300万，这300万当天就转给你情人了，而那时候你的情人正在买别墅。"

张闯说："那是我借给林小青的，林小青又还我了。"

李湖湖说："她怎么还的？"

张闯说："提现金还的。"

"那林小青给娜总转那300万是什么钱？"

"我哪知道，人家俩的事情，跟我有什么关系？"

李湖湖要气死了。

她说："张闯，你要不把财产给我吐出来，我就告你重婚罪。"

张闯说："什么重婚罪？我哪重婚了。"

李湖湖说："你和妖精娜把结婚照都拍了。"

这是李湖湖对娜总第一次用不好听的称呼。

张闯说："拍结婚照就叫重婚了？我可也咨询了，重婚罪是要有条件的，要么办过酒席，要么领过结婚证，要么以夫妻身份对外公开同居。我哪一条也不占，这么多年，我哪天晚上不回家？"

李湖湖气得直瞪眼睛，说："你别急，我肯定能给你找出证据来。"

婆婆在轮椅上躺得十分难受，她拧了拧肥胖的身子，说："都别说了，我来吧。

"张闯，我们也知道按照法律去磕，肯定累脱我们一层皮。但你妈我有民间的办法。我也不去抠那些法条法理。这个事情你就是错了，你到底有多少财产，我们心里也有数，我说个数，你必须给李湖湖，否则我就对你不客气。

"别忘了，现在你用的那个会计还是当年你妈我招来的。你做假账这个事，不用我再深说了吧。你们这些商场上的人，哪个不一屁股屎？我们娘俩可清白，一个瘫子一个家庭主妇，全世界的警察来调查我们娘俩，我们娘俩也没毛病。

"我替李湖湖就要你500万，这500万你给了，万事皆休，不给咱们就练练。

"再不济我还有别的办法，我找一群老太太，天天陪着我往你门口一堵，写点大字报，宣传一下你道貌岸然，男盗女娼，在外面包养情人，私自生女，转移财产，欺负老婆孩子的事。这事儿你看世人怎么看，你可是个商人，讲的是个信誉。一个这样的老板,卖的东西谁还敢买?谁还愿意买?

"我是你妈,你报警让警察把我抓了去警察又能把我怎么样?"

张闯凄厉地喊了一声:"妈,我是你儿子啊!李湖湖是外人!"

婆婆说:"屁,我儿子还让情人的闺蜜勾引我老公?"

张闯说:"妈,我真的不知道,我真不知道林小青跟她是朋友。我也是后来才发现的,但我发现了又能怎么办,把我爸的事告诉你,你不会气死吗?"

婆婆说:"那我就不管了,那是你们那边的一屁股屎。"

"反正现在我就替李湖湖要钱,你给就给,不给我就按我说的办,你看你妈能不能干得出来那些事。"

张闯的脑袋耷拉下去,用手蒙住了脸。

祝律师和方院长偷偷交换了一个眼神,眼里都有一丝笑意。

祝律师本来是想打一场持久战的。没想到他们双方军队摩拳擦掌,蹦蹦跳跳,费尽神思准备跟对方大干一场。结果天上突然出现一神仙,她咔嚓打了一个大雷,帮一方把另一方都劈死了。

【47】

这炸雷式恐吓让调解以最快的速度结束了。

张闯在婆婆的淫威下乖乖从命,同意了离婚条件。婆婆还补充了一句,"以前说的那些财产分配还作数。那套房子那套车还得给,一百万存款也得给。"

那天张闯像蔫巴兔子一样,从法院跑了,连句话都没跟他们说。

后续还有子女分配,没想到张小双的态度还让人大吃一惊。她坚决要跟着爸爸张闯。最后把俩孩子都判给张闯了。

张小双是这样跟爸爸说的,她说:"爸,我觉得你特可怜。奶奶跟妈对你太狠了。我跟着你,不让你太孤单。你老了以后我孝顺你。这世上还是女儿最靠谱,我哥哥是男孩子靠不住,你那边那个妹妹早晚得出国,将来还得我在你身边。"

张闯感动得痛哭流涕。

她对李湖湖是这样说的:"妈,我不能跟你,我得留在张家。张家未来还有很多财产分配呢,那超市又不是真的不赚钱,我得看着未来的钱。妈,你放心,不管你在哪里,我心都是向着你的。一纸判决书就是一张废纸。你这辈子也太可怜了，该过过自己想要的生活了，无孩一身轻，妈，你海阔凭鱼跃去吧。"

李湖湖又感动得痛哭流涕。

她说："这都是谁教你的？"

张小双说："我奶奶！"

李湖湖想，这丫头可真是袭了她奶奶一身本事。

【48】

一个月后，张闯凑足了五百万，亲自交给了李湖湖，他从这个院子搬走。搬走的时候他哭了。

公公也已经在十天前搬走了。

婆婆对李湖湖说："咱们娘俩应该掏出了他们父子70%的财产。张闯那句话说得没错，现在很多老板都是空架子。

"也差不多啦，何必赶尽杀绝，张闯毕竟还是我儿子。"

李湖湖说："妈，够了，给我这么多钱，我还真有点心慌。"

婆婆说："你个没出息的东西，钱多了你心慌什么？！"

李湖湖自己算了算，她手里有650万现金，就这一笔钱就够她过日子了。

婆婆说："还有大钱等着咱们呢。"

李湖湖说："什么钱？"

婆婆朝着这个院子努了努嘴，她说："这个院子早晚得拆迁，将来又是一笔钱。这是我打下的江山，我怎么能留给那帮鬼头子。李湖湖，虽然张小闯判给了他爸，但这套房子将来拆了迁，都要给小闯，他永远是我孙子，你儿子。"

李湖湖说："知道。"

李湖湖从来不知道自己家还有这么多钱，婆婆说："一个县城数一数二的大超市，老板精明不败家，这么多年怎么会没有这么多钱，要是我不瘫痪，比这还多。"

【49】

这个院子就剩下了李湖湖和婆婆两个人，带着一个保姆小曹生活。

张小双为了全心学习住在了学校。

家一下子冷清下来，李湖湖开始十分不习惯，慢慢也就好了。

秋深了，寒霜降，草木开始凋零，婆婆看着光秃秃的院子，对李湖湖说："李湖湖，你买点白菜籽儿种在院子里，到冬天能长满整院的大白菜，再腌点酸菜，过年吃。这院子没有一点绿色，太难看了！"

李湖湖乖乖去买白菜籽儿，她又恢复了以前被婆婆指哪打哪的生活。她乖乖翻地，乖乖点种，乖乖给白菜浇水。

她们没有谈过以后具体怎么生活的问题，她要不要侍奉婆婆终老？

她们聊天从来没有分过彼此。还用说吗？

这场离婚仗，婆婆算是把心都掏给她了，她就算伺候她八辈子，也心甘情愿了。

【50】

但是，这场离婚仗对婆婆的损耗也不小。她以前是生龙活虎的人，现在忽然萎靡不堪。

以前说话恨不得穿透云霄，把地震个缝。现在说话经常有气无力，哼哼唧唧。

李湖湖觉得婆婆是真的老了。

就在满院的白菜苗长到巴掌高的时候，副院长老方突然约她。

他说："李湖湖，我能约你吃顿饭吗？"

李湖湖说："可以呀，你帮我那么多忙，我还没有谢你呢，这顿饭我来请吧。"

老方说："一定我来请，我有事求你呢。"

李湖湖不知道老方要求自己办什么事。

她在屋里找衣服去赴约，婆婆说："穿你那件白色羊绒大衣吧，你这个女人就穿白衣服最好看，不像我，长得黑，一穿白的更显黑。"

这是婆婆第一次对自己的外貌有一个客观的评价。

李湖湖就穿了那件白色羊绒大衣出去。

临走前又被婆婆叫住，婆婆说："你围一条红围巾，白衣服配红围巾最好看。"

李湖湖围上了，但到车里就摘了。她觉得红围巾像圣诞老人，也太扎眼了。太过鲜艳的颜色，老让她走神。"

饭店约在了最好的一家西餐厅，整个城市就这一家像样的。

李湖湖到的时候，老方也已经到了。

只见老方今天打扮得十分刻意，头发一看就是新理的。

其实理发和穿衣服一样，真正的讲究人都把这些事卡在半新不旧的度上。

以前有个故事，有一个贵族小姐，她妈妈从来不让她穿崭新的衣服去社交，都是把新衣服平常先穿旧一点，再收起来，用到的时候再穿出来。太新的衣服意味着刻意。越是随意又不掉档次的家常，越是不露痕迹的高档。

《红楼梦》里关于衣裳说得最多的一句话都类似这句："她穿着一件半新不旧的夹袄。"

当然这些古怪心思，都仅限于女人。

到了男人那里很简单，男人肯为你收拾打扮，只说明两个字：重视。

老方穿了一身新衣服，新得都让人担心没摘标签，就来见李湖湖。

他点了一份牛排，点了一瓶红酒。桌上插着一枝娇艳欲滴的玫瑰花。

老方对李湖湖说："李湖湖，我今天约你来，主要是想给你讲个故事。"

李湖湖现在对听故事有点恐惧，上次听了娜总一个故事，差点被杀得片甲不留。

她说："是悲剧故事还是喜剧故事？要是悲剧故事，你就别讲了。我自己最近就活得挺悲剧。"

老方说："先是一个悲剧故事，后来就变成喜剧故事了。"

李湖湖说："那你讲吧。"

老方说："二十多年前，我在一个中学读书。因为成绩不太好，没考上中专，就去读了高中。高中读了半年，觉得也考不上大学，我就辍学回家了。我从小父亲就去世了，靠寡母一个人养育。辍学回家，我母亲说，也没什么让你干的，就跟我去卖菜吧。

于是我就跟着母亲去卖菜。有一天，我们隔壁摊子的一对老夫妻，丢了两只土豆……"

李湖湖听到这里，当啷一声，把一只叉子扔在了盘子上。

她瞪大眼睛看着老方。

老方笑笑，示意她别太吃惊。

他继续讲:"老夫妻去抓贼了,后来有一位女孩帮他们看摊子。那个女孩长得太漂亮了,皮肤像雪一样白,头发像墨一样黑,还有一双大眼睛。她帮他们看摊子,把两个准备偷菜的人阻止住……"

李湖湖已经完全没有吃东西的心情了,她把刀叉用布卷好。一块牛排像一块长城砖头一样伏在雪白的盘子上。

"那天那对老夫妻问了那女孩的名字和家庭地址,我偷偷记了下来。回家让我妈一打听,结果说人家在外面上中专呢,是个学霸女神。我这种辍学在家的卖菜穷小子怎么配得上人家呢。于是我妈就让我回学校继续去上学。我回去了,发奋努力,三年以后考上了一所大学。我兴冲冲去上学,又兴冲冲毕业了,回到了老家。我知道那些读中专的人毕业也会回老家。我托人去打听那个女孩去了哪里,结果朋友告诉我,她结婚了!

"她还嫁给了当地的一个菜贩子。如果这女孩一定要嫁给一个菜贩子,为什么当年不嫁给我这个菜贩子?

"我真是哭笑不得。我一直怕自己的身份配不上她,结果我弄了一个身份回来,却把她搞丢了。"

李湖湖已经不知道说什么了。

老方继续讲:"我消沉了很长一段时间,后来就和一个咱们当地的官二代结婚了。那女孩据说一眼就看上了我,非要嫁给我。我也被他们的家世迷惑,就跟她结了婚。我就不跟你说具体是谁了,一说你就知道,在咱们这里,他们家族很有势力,但这些跟我已经没关系了,我们前年已经离了婚。结了婚我才知道,不同身世背景、不同三观性格的人实在是没有办法一起生活,她骄傲霸道,处处占尖儿,也从不干活。这和我理想中的女人不一样。我们离婚后,有一个女儿判给她了。无论如何我还是很感激她,没有她和她的家族,我也不会有今天的地位。现在我们关系很好,经常为了孩子再见见面。

"现在先不说她了,以后你会见到。

"李湖湖,我在法院见到你的起诉书的时候,大脑都缺氧了。我缓了好一会儿神,才意识到,本该属于我的终于又回来了。

"我立刻把这个案子揽了过来。

"我还假借工作之名,听了你全部的故事。其实法官不通过律师是不能约见当事人的。但我实在太想见你。

"你的故事,我听得肝儿疼。当时满脑子想的全是,如果这个女人开始就跟了我,我怎么会舍得让她承受这些。"

"所以你当时哭了。"

"是,抑制不住。"

"我还以为你们法官现在办案子也都像主持人一样,要陪着哭一场。"

"李湖湖,你真是傻得有点让人无奈的女人。"

"傻女人,现在我就开始说目的,我要追求你。我这一次再也不会让别人捷足先登把老婆抢走。面对一个傻女人,我得拿出我的诚意来。李湖湖,我想好了,以后我们结婚,先去做一个财产公证。把你那些财产权固定在你名下,以后跟我永远没关系。我把文件都起草好了,你看看。"

李湖湖看了看,真的是一个财产公证书。

"把我所知道的你的财产都写上了,你要还有私房钱,自己也写上。"

李湖湖说:"我没有了。"

"另外,我还有一份文件,我名下有两套房产,一辆车,还有几十万存款。这两套房子我们结婚后我会都加上你的名字。将来我要先死,这些财产有你35%。对不起李湖湖,我毕竟还有一个女儿,我要把大部分财产留给她。虽然她妈妈家族财产更多,她将来不会缺钱,但这是爸爸的心意,希望你理解。"

李湖湖说:"理解理解。"

老方说:"我把这些说清楚,是不想让这些干扰进程。成年人谈感情先谈利益。少年人才说虚话浪费时间。我们都不年轻了,不要耽误时间了,我要尽快娶你。"

李湖湖看着两份文件真是无话可说。她觉得老方处理这件事情,就好像在法院断案子。

她不知道是该说同意,还是该说不同意。来得太突然了。她离婚后对于会有一个男人踩着七彩祥云来娶她这个事情没有抱过一点希望。她不知道怎么办。

她忽然想到,她还有个婆婆呢。

她说:"不行,我还得照顾我妈,不能嫁人。"

老方笑了笑:"知道那次我去你家干什么了吗?你婆婆已经把我认出来了,她那么聪明,应该知道我的用意。她还问了我婚姻状况。

"你婆婆我也想到了。我会把她当妈妈一样对待。通过离婚这一场战斗,谁都能看出来她对你是真心真意。哪怕为了你婆婆,让我到你们那个院子去生活,倒插门我都乐意!"

李湖湖这回彻底无语了。

老方又补充一句:"对了,你婆婆名下也有不少财产,要是不放心,可以给你婆婆也做一个公证,将来她的财产全是你的,与我无关……"

【51】

李湖湖觉得这可能是世界上最实诚的表白了,全程真金白银鲜花馅儿饼噼里啪啦往她脸上砸。

她被砸得晕头转向。

那天老方送她回家,一直在她车后面跟着。

她进屋后,车子又在门口停了许久。

那闪亮的大灯,把东方的夜空照得闪闪发亮。

她进屋看婆婆,婆婆笑眯眯地看着她。

她说:"傻丫头,被砸晕了吧,我就知道这个小子该按捺不住了。"

李湖湖说:"妈,这你也知道?"

婆婆说:"知道,他那天来跟我说了,我想起来当年确实有这么一个人,这小子很聪明,也很厚道。当年他们孤儿寡母很不容易,为了一个位置跟人打架,我还帮过他妈。他妈是个老实女人。李湖湖,你不知道,对于一个卖菜的人来说,一个卖菜的好位置有多重要。你的真命天子来了。"

李湖湖说:"我脑袋乱了,我要去睡觉。"

【52】

自打这次被表白以后,老方有空就约她。幸亏他工作特别忙,要不然他能天天缠着她。

他好像被吓着了,口头禅就是:"我特别害怕你再被别人抢跑了。"

他后来索性堂而皇之大摇大摆来家里。李湖湖做了饭,他就大摇大摆坐那吃。

婆婆跟他聊得热闹,他一个法院法官,满肚子都是社会故事,给婆婆讲起来热火朝天,婆婆还兴致勃勃地分析,假如她是当事人,她应该怎么怎么办。

婆婆是女中将军材料，被病体困在家中。老方的案子给了她"纸上谈兵"的机会。

一晃冬天过去，春天来了。老方买了很多菠菜豆角辣椒西红柿的种子，学着在那种地。

老方多年在机关工作，没有真正从事过这种劳动，笨手笨脚，婆婆在那奚落嘲讽加贬损，他也不生气。

种子种下去，没几天，就如小宝宝般摇摇摆摆长起来。

有一天婆婆说："李湖湖，你再给我包一顿饺子，这次我要吃黄瓜馅儿的，黄瓜馅儿清香。"

李湖湖摘了第一茬新黄瓜包饺子。婆婆在旁边又碎碎念。

她说："李湖湖，我小的时候一年也吃不上一顿饺子，家里太穷了，过年的时候，别人家包饺子，家家户户都剁肉馅儿。我家没有肉，我也用菜刀梆梆地剁菜板，假装我家也有肉，我太好强，不肯输。剁完菜板再切一棵白菜，包一顿破白菜篓子的饺子。

"我这好强的性格害了很多人，你只是其中之一。我要不是铆足了劲非娶一个最好的媳妇，也不至于拆散张闯和那个娜妖精。

"说起来都是可怜孩子。

"我将来要死了，你还是要让张闯来给我摔盆打幡，只要他愿意，我跟他说那些话作废。还有你公公，我也有点对不起他。是我欺负了他一辈子，他才背叛我的。

"李湖湖，我待着没事就想，我这一生最爱谁，后来我发现我最爱你。从小没人疼爱，大了没有孩子。我没有爱。我觉得你也是，你最爱我。反正我认一个理儿，你把时间送给谁，你就最爱谁。你把时间都给了我，你最爱我。对不对？"

李湖湖都要哭了，说："是！"

婆婆又说："其次我最爱咱们张小双。我离婚要过来的那100万，就是给她要的，将来你要给她。女孩子有钱傍身，不凄惶。咱们俩都是吃了家里没钱的亏。要是有钱，何至于成了命运的牺牲品。"

李湖湖越听越不是味儿："妈，你这都说啥呢，要么是陈芝麻烂谷子，要么都驴年马月的，妈，饺子熟了，吃饺子吧。"

婆婆那天吃了四个饺子就不吃了,说要去睡觉。她困了。

【53】
那天,婆婆一睡就再也没醒来。
李湖湖觉得婆婆这觉睡得太长,去拨拉她,怎么也拨拉不醒。
再一探鼻息,已经没气儿了。
她身下压着一封遗书,上面的内容简明扼要。
遗书两个歪歪扭扭的大字下写着:我王兰香死后,所有财产归义女李湖湖所有。
再下面是:王兰香绝笔。
遗书里还裹着一只金镯子,毋庸置疑,这也是送给李湖湖的。
李湖湖看了看,这封遗书竟然还被公证过。
保姆小曹哭得惊天动地,她说:"我不知道她要死啊,她天天说她睡不着觉,让我一天出去买一片安眠药。这遗书也是前段时间让我出去公证的,说怕死了以后,张闯他们来抢遗产。"
李湖湖觉得她自己的心口像被人猛插了一刀子。
她知道婆婆这是怕拖累她,自己去了。

【54】
婆婆王兰香的葬礼,就在她生活了半辈子的小院里举行。
葬礼全程由李湖湖操持,非常豪华非常壮大,纸人纸马摆了一院子,还有豪华别墅、豪华轿车,轿车里还糊着司机。
她知道婆婆喜欢体面。
穷孩子一生奔的就是一个热闹。
张闯过来作为孝子行了礼,摔盆打幡,都没推脱。棺材也是他买的,柏木鎏金,很贵很贵。
婆婆说得没有错,他们是有挣钱能力的人,再怎么扒也扒不掉人家身上长的本事。
公公也来了,全程一句话没说,盖棺那一刻,才放声大哭。
李湖湖已经哭到流不出一滴眼泪。

【55】
　　婆婆百天那天，张小双考上大学，本省的一个普通本科。小姑娘把自己夸得天上有地上没的，考了个普通本科，跟中了状元一样。她说这对她来说已经足够了，学历就是个敲门砖，剩下的全靠脑子。
　　那年夏天他们这里新来了一个县委书记，到这就大笔一挥，拆拆拆，这里也拆，那里也拆，都给我拆了。百姓赠名"李拆拆"。
　　婆婆的院子被纳入拆迁区，作为补偿，这套院子会变成四套商品房。
　　很快就会有推土机把这里推平，夷为平地。
　　满院子的蔬菜长得正精神，李湖湖心疼那些菜，每天把菜拔完了跑到一个路口去卖。她戴着大草帽，打印一个二维码，坐在那一卖卖半天。
　　有人看见她，偷偷说："你看这是爱家的前老板娘，离婚后混到这地步了，要靠路边卖菜生活。"
　　也有人说："这不是法院老方那个女朋友吗？怎么会跑到这里来卖菜？"
　　李湖湖都不管。
　　推土机去推房子那天，李湖湖和老方一起去看。
　　房梁倒，烟尘起，这座承载了二十年爱恨、委屈、荣辱、喜乐、遗憾的大院子，将永远从世界上消失。
　　用不了多久，一座座高楼就会从这里拔地而起。新的爱恨荣辱喜乐遗憾还会重新装进去。
　　人世翻转，不停变换。
　　老方拉着她的手上车。他们看见公公的皮卡，与他们擦肩而过。
　　老方说："有八卦人士透露，公公和那个林小青已经分手了。那女人怀的根本不是他的孩子。一场闹剧。"

【56】
　　次年春天，李湖湖与老方结婚。
　　宾客满堂。
　　拜高堂的时候，只有李湖湖的父母坐在那里，他们的嘴裂得瓢一样，兴奋之情溢于言表。

老方那边的父母，空缺。在李湖湖父母旁边的桌子上，李湖湖恭恭敬敬，摆了一只龙凤镯。

司仪高声唱着："二拜高堂——"

李湖湖和老方对着那只镯子，深深鞠了下去。

龙头斩

【1】

春寻大半夜顶着一双黑眼圈回家的时候，她妈正蹲在地上擦地板。

"妈，你不睡觉，还在干吗？"

"我睡不着，干点活舒服，顺便等你，在你们城里待得我筋都要化了。"

"我说过让你不要等我的。"

春寻自顾自去洗漱，刚要进卫生间，电话琅琅响起。

"喂。"

竟然是小学同学党小争，党小争在电话里压着嗓子说："春寻，如果你妈妈在你旁边，你就不要说话，听我说。我有一个大秘密，实在憋不住得告诉你。你知道自己还有一个姐姐吗？她找到了我，她说她是你妈妈三十八年前送人的女儿，我也被她吓一跳。她要认亲，打听到我跟你关系最好，当然是当年啦，她就来找我。"

"什么？"春寻被这一个电话劈得外焦里嫩，她喊了出来，嘴巴保持"o"状。

她随后看了妈妈一眼，赶紧掩饰："你说那稿子还要改啊！我刚回家。"

顾不上洗漱了，她急急忙忙回到卧室，钻到被窝里，压低了声音："你快告诉我，到底怎么回事？！"

"我也不太清楚呀，反正人家找到了我打工的店里，把我叫出去，跟我说了这些。她说她的养父母一直瞒着她，直到养父去世，养母中风瘫到床上才告诉她。她现在想认你们，说养母一死，她在这世界上就再也没亲人了，直接找你妈又怕你妈不认，她没有了撤身步，所以才先通过你。"

"她长得跟我像吗？"

"像，不过比你好看点，她眼睛比你大。"

春寻一直对这个儿时闺蜜很无奈，向来口无遮拦张嘴就来，从不掩饰想

· 086 ·

法。她们俩在农村是时最好的朋友,曾经一起上山抓过蝎子,捡过蘑菇,给小鸭子打过针,拿捡来的蛇皮泡过"酒"。

反正是怎么混蛋怎么来的童年。

后来春寻考上高中,党小争初中毕业进入社会,嫁了个开大车的。

她一直很担心党小争这样的怎么在社会立足,后来发现最难的是在家里立足。她婆婆是那种农村里的精明人,最看重一个体面,娶的这个儿媳妇,却从来不看重体面,经常把婆婆的体面按在地上摩擦。

婆婆很恨她。

比如婆婆明明在家包的猪肉大葱饺子,到外面却说是鲅鱼韭菜的。

鲅鱼在内地是稀缺物品,婆婆说是她在青岛打工的女儿特意快递回来的。

"哎呀,那个快递费我看比鲅鱼还贵,顺什么风?还得我特意去镇里拿一趟,党妹儿说了,拿到得赶紧吃了,鲅鱼吃的就是个鲜……"

党小争劈头就来一句:"妈,你说的那还是哪辈子的事?鲅鱼馅儿饺子不是前年吃的吗?"

党妹儿是她的小姑子。

一群人掩嘴而笑。

几轮下来,她婆婆快被她气死了,背地里骂她"缺心眼儿"。

但是,她是那种跟谁不和就躲开谁的人,所谓的"惹不起躲得起",在跟婆婆暴打三场战争之后,她到镇上去打工,跟婆婆保持距离。

她给一个老板卖服装。

她这二百五的性格,没想到在外面挺吃得开,在被服装店老板教育了几顿"过分的实话不许说"以后,她只说"不过分的实话"。

她没有大部分服装销售员的那种虚伪,挺实在,不追着人喊姐,也不时刻献宝一样在架子上随便扯个衣服就说适合人家。

因此她活得也不错。

【2】

春寻猫在被窝里确认再也掏不出啥新信息时,挂断党小争电话,起床去洗漱。一推门,发现她妈正站在客厅里,左手叉腰,右手提溜着一块破抹布,仰着头,与地面呈七十度角的样子抬头望灯。

春寻吓一跳:"哎呀,妈,你怎么还不睡。"

"你还没有洗脸呢,你洗完脸抹完你那一堆瓶瓶罐罐我才能安心睡着。"她妈僵着身子,回头看她一眼。

她忽然觉得她妈在北京生活真的挺遭罪的:被关在一个小房子不说,还没说话的人,只能每天以她为轴心。她对她,就像她当年对她爸一样,她爸从厂子里回来,脱掉工作服,洗脸,洗手,吃饭,吃完饭把鸡窝的门挡上,再把大门插好,一天就结束了,顶多也就七八点。农村没有夜生活,七八点,月亮升起来,或者雪映着天,夫妻俩睡觉,沉眠的鼾声能一波一波飘出窗外。

现在她妈跟她一起生活,经常陪她熬夜,她的洗漱和擦瓶瓶罐罐就等同于当年她爸最后插的那个大铁门。

也像那个故事里楼上的最后一只靴子,楼上的靴子不落,楼下的人无法睡着。

【3】

春寻虽然已经很累,这件事还是导致她失了两个小时眠。

这到底是不是真的?

党小争虽然嘴巴没把门的,大事却从不开玩笑。要是真的,该怎么办?直接告诉她妈?或者自己先回老家看一看?还是跟她哥哥春生先商量一下?或者跟妹妹春久商量一下?

她想来想去决定还是跟她哥商量一下。她哥毕竟是长子,还是公务员,有点主意。她妹……就算了吧,她自己还稀里糊涂……

第二天一中午,她就给她哥打电话,说晚上去他家里吃饭。

她哥说:"好哇好哇,你这大忙人难得过来,把妈也带来,咱们吃个团圆饭,我让你嫂子早做准备。"

"妈不能去,我有事跟你说,得背着妈,饭菜不用准备,我随便吃口就好。"

她哥瞬间有点冷,好像风雨欲来的那种恐惧:"到底什么事,还这么神神秘秘的?"

"没事,见面再说吧。"

她挂了电话,赶紧又赶稿。她在的这家报纸,以前是行业大牛,走到哪都众星捧月山呼万岁,这两年被自媒体冲击得越来越惨,要不是背靠国家重要能源行业,上面有拨款,早该关门大吉了。

她晚上赶完稿子,急忙去赶地铁。从回龙观地铁出来的时候,天地好像换了一番。地铁口一咕嘟一咕嘟往上冒人,像涌起来的一阵阵蘑菇云。

她走到哥哥小区,敲门。春生穿得一尘不染,看上去却一脸疲惫,眼睛下的两只眼袋都快能挤出水来了。

春生让她屋里坐,沙发上却堆满了孩子大人的衣服。春生把那一堆衣服推到一角,给她让了一个地儿。

她一屁股坐下。

"我让你嫂子先回家做饭,她还是没回来,这个女人实在太懒了。"

"没事,现在有几个女人还有时间做饭。"

正说着,大门被打开,嫂子领着小侄女心心进来。

心心到家就扑进了她怀里:"姑姑。"

她赶紧从包里拿出地铁口临时买的一只小熊送给心心。

心心开心地去玩儿了。

"我让你先回家做饭,说了春寻要来,你跑哪儿去了?"

"我跑哪去啦?"嫂子声调挺高,"我接孩子去啦。下午老师打电话说心心拉肚子,拉得裤子上都是。我请假跑回来,又买裤子又带她看病,一直忙到现在。"

嫂子转头看春寻,才把声调降下来:"本来是想给你包饺子的,这不出了点意外,咱们现在包吧,我买了菜。"

春寻赶紧说:"我来不是吃饺子的,是有事跟你们商量。"

春寻把党小争跟她说的事说了,春生听了目瞪口呆。

春生傻站在那里,半天没反应过来,她嫂子站在旁边看着春生,眼睛里全是复杂情绪。

春生终于反应过来:"我觉得,这事不一定作准,就算作准……妈也一定有原因。"

他瞥眼看了看她嫂子。

她嫂子说:"是,一定有原因。"

话是这么说,语气却是一副"瞧你们家也就这德性"的状态。

春寻说:"这个人我们到底要不要认?"

春生说:"如果是真的,那还是……得……认?"

嫂子说:"认什么认呀,几十年没见过面,也没有感情,这时候找上门,明摆着是要上门打秋风。再说你们俩可还有一个不着调的妹妹在老家,这些年往她身上花多少钱了?供她上大学,又给她出首付在老家买房子,说是为了让她在婚恋市场上有点资本,可是她现在,把对象谈哪去了?"

"再来一个农村的穷亲戚,还不吃了你们俩?你们俩都有多大能耐?"

这话说得春寻和春生都有点尴尬。的确,他们俩在北京都属于听着高大上,实际上很苦逼的人群。一个没落记者,一个小公务员,拿的都是死工资。

【4】

春寻那天在嫂子家吃的外卖,鸿毛饺子。那饺子就是一张皮包了一个死肉丸子,一点也不水灵,也不香。

她只象征性地吃了两个。

揣着一腔郁闷回家,星光漫天了,街上到处还是熙熙攘攘的人,她看那些人也都脚步匆匆,心里不禁想:这些人有几个是跟自己一样,去和哥哥商量要不要认妈妈几十年前抱出去的私生女的?

估计没有。

……也不一定。

毕竟人口基数大了,相似的奇葩故事会更多。

春寻决定回家先探探妈妈的底,一路上想了好几个办法,最终还是发挥了记者兼作家的长处,编故事。

【5】

回家的时候,正巧她妈也在包饺子,馅儿碗里有红有白有绿,她问:"这是什么馅儿?"

她妈端着碗往她鼻子底下凑了凑:"你闻闻?"

她闻了一下:"香。"

馅儿里有猪油的味道,还有一股浓郁的花香,像茉莉。

"你买茉莉花包饺子?"

"什么茉莉花,这是槐花!"她妈笑了,"我在小区里摘的,以前乡下都拿它充饥,好吃得很。"

春寻没吃过槐花馅饺子,她总觉得倒腾花啊草啊,是林黛玉薛宝钗那种姑娘干的事。

以前出去采访也经常碰见当地人请吃各种稀奇古怪的东西,她都不敢吃,怕吃了坏肚子。

采访任务重,拉起肚子来,岂不耽误事?

饺子煮出来,果然惊艳,肉香诱人,花香袭人,一咬全是汤儿。

按理说,她妈这么个单身老太太,最适合跟她哥嫂一起生活,顺便给他们带带孩子做做饭。可她嫂子和她妈就是拧不到一起去。她妈把小侄女心心带到两岁半上幼儿园,她嫂子就想方设法把她妈撵出来了。

根本原因是嫂子想把自己的爹妈接来,孩子最难带的两年让婆婆干,孩子上学了就是接接送送的事,自己爹妈完全能胜任。

可没想到,算盘打得精,天不遂人愿。嫂子爹妈正准备收拾东西进京了,她妈突然脑出血,成了植物人。

嫂子爹说带一个植物人进京,纯属找罪受,不如在老家好好养着。他提出让女儿女婿每个月给三千块钱,作为雇保姆的费用。

哥嫂答应了。

嫂子也会算账,嫂子妈是家庭的劳动主力,没了妈,她爸就是添乱的。她爸一生没着过调,吹牛泡女人是他的长处。

后来发生了更狗血的事情。嫂子回家探亲,发现她爸和这保姆的感情不一般。她妈住的卧室没有男人的痕迹,相反保姆的卧室,倒是有男人痕迹。

嫂子向来鼻子灵,闻出了满屋子的烟味儿,扒了扒垃圾桶,发现好几只烟屁股。

嫂子气到倒仰,又能怎么办,把他们拆散,强行把父母拘在北京?那不现实,她爸不会在北京照顾她妈,她还得给她妈雇保姆。

北京一个保姆多少钱?六千起!

索性就这样,反正三千块钱是他们仨一个月的生活费。

爱咋地咋地吧。希望她妈听不到那些龌龊事。

嫂子向来不爱对外说自家丑事,但还是没有瞒住哥哥春生。春生把这事告诉了她妈。她妈对嫂子很失望。

偏巧嫂子还以为这些事情婆家人不知道,又动了让婆婆回去照顾他们的念头。

嫂子给婆婆打电话,说还是奶奶照顾孩子比较好,毕竟这么多年,亲近了。

她妈一听电话来了气,这是拿人当傻子遛吗?你家爹妈出了事,又想起我,用着朝前,用不着朝后。不去!

嫂子自以为自己的把戏没人看穿,还站在道德的制高点批判婆婆,说婆婆贪图享乐,不心疼儿孙。

一家人就这么"隔"了起来。

【6】

一盘饺子没一会儿就见了底。

她妈问她:"你今天怎么下班这么早?"

春寻赶紧推出故事。她说:"今天写的稿子简单,没有专业知识,不费劲儿,是我们行业一个老干部认回遗失多年的女儿的故事。当年老干部下乡修铁路,在乡下认识一姑娘,与姑娘生了一个女儿。后来老干部回城,没带回那对母女。现在女儿找上门,老干部惭愧自己当年的所作作为,给那女儿补偿了一套房——当然不是北京的,是女儿老家的,值百十来万。幸好这老干部有个儿子,财大气粗,也不在乎这点钱……总之是个皆大欢喜的故事。"

她说完这段话就看着她妈,发现她妈的眼都直了,眼里有雾气升起。

"妈,你怎么了?"

"老干部有福啊,这女儿也有福啊。"

她妈站起来说去厨房把剩下的饺子冻上。

春寻不用再说其他,光看妈妈这反应,就知道党小争说的是真的了。

【7】

春寻决定,回老家去探个虚实。

她要摸摸这上门"姐姐"的底。

她知道,如果这个女儿找来了,她妈十有八九会认。

她要看看这个"姐姐",到底是什么状态。如果条件不差,认也无所谓。

如果条件太差，是个要救济的无底洞，那就再考虑一下。

毕竟他们兄妹几人，条件都不怎么好。

春寻订了周末的高铁票回老家，第一站要住到妹妹春久家里。

妹妹虽然不着调，可这事也应该让她知道。

她刚打上出租车就往她妹妹小区走，在车上给妹妹打电话。

妹妹在电话里惊叫："姐，你别上那儿去啦，我把那房子卖了，你来我店里吧，我在金钗路开了一家服装店。"

她一听，气不打一处来，这个妹妹向来爱自作主张，喜欢乱整，这次不知道又要闹哪样。

她让司机转向，往金钗路去。

到了金钗路，很快就找到了妹妹开的店，就叫"十二钗淑女馆"——后面跟着某品牌加盟店的字样。

进店扫了一圈，她更生气了，问妹妹："这店是怎么来的？"

妹妹说是从电视广告加盟的。电视台天天播这广告，说加盟这个品牌的人，都成了大老板。

春寻干媒体的，知道各类型媒体的生存行情，现在电视台越来越不好做，什么烂广告都接，这种加盟的，不是骗子胜似骗子。

春寻仔细看了看那些衣服的定价，都虚高，又问她妹："这些衣服进价多少？"

妹妹说完后她劈头盖脸就骂："你这明显是被骗了。这些衣服的进货价才是它该有的零售价，你随便到全国任何一个批发市场转转，看看这个质量的衣服进货多少钱？

"天天自以为是，自作聪明，加盟费给了多少钱？"

"十五万。"妹妹有点气馁。

"拿这点破烂货又花了多少钱？"

"八万……"

这是把房子首付都掏了。

妹妹不服："什么叫作破烂货呀？这是大品牌，XX明星代言的好不好？"

"狗屁明星，她也叫明星？"

姐妹俩在店里吵架，店里正扒拉衣服的俩女人嘀咕着走了。

她妹妹来了气:"你看你把我的顾客都说跑了。"

"跑就跑,你以为她们还会买你这些价钱虚高的货?我们给你钱是让你买房子有个安身立命之所,不是让你瞎折腾。你看你干的都是什么事儿。"

"你就是见不得我好,我这么努力还不是不想麻烦你们?咱家仨孩子,就我学习差,我在上进。"

"上进找不准方向等于作死。"

春寻气得一跺脚出了店,她被气得肝儿疼。

最近学了个新词,叫"气得子宫疼"。

想到这句话,她又笑了。

无奈的笑。

她走上金钗街,街上车水马龙,热闹不繁华。这个小县城,她曾经在这上了三年初中三年高中。现在处处比肩大城市,却又处处露出乡土本质。

一百多万的路虎与四面透风的驴车一起在街上走。路虎轧了驴拉的屎。路虎里的男女戴着几十万的金表,驴车上的男女啃着几块钱的馍。

这是天堂与地狱交杂在一起的地方。

各阶层人士一目了然。

她决定去找党小争。

【8】

春寻走了十几分钟,就走到了党小争的服装店。这才是服装店该有的样子嘛!抬头一个巨大的广告牌,上书八个大字:蒙娜丽莎时尚女装。

巨大的字印在巨大的牌子上,虎虎生风。店门口的玻璃上还竖着几个大字"内有大码女装",隔着几条街都能看见。

店面宽敞明亮,流苏的水晶灯熠熠生辉。音乐不急不躁,既烘托气氛,还不夺人意志。

这店给人的整体感觉就是:豪华,贵气。

店里人群穿梭如鱼,顾客们昂首挺胸,都是"姐姐我不差钱,只要让我满意"的那种神态。

春寻知道,这应该是他们县里最好的一家服装店了,来这消费等于"身份"。

春寻进店拉住一个小导购，找党小争，小导购冲柜台脆生生地喊了一嗓子："党经理，有人找。"

党小争一看，瞪了下眼睛，随后咧开嘴，踩着"恨天高"摇摇摆摆走过来。

党小争胖，上身阔大，下身细小，这身材穿高跟鞋，格外让人心疼那双鞋。那鞋都被脚背儿撑得狰狞了。

"哎呀，你怎么来了？怎不打个电话？我知道你为啥来，你稍等我一会儿，我马上带你找个消停地方坐。"

她连珠炮似的说了一堆话，拍了春寻一下肩膀，扭头又摇摇摆摆走回去了。

党小争跟柜台一个瘦高女人交代了几句，又摇摇摆摆走回来。

"走，我带你去吃牛排，那地儿安静。"

一家富丽堂皇的牛排店，整体风格与服装店类似。进店以后，党小争自顾自点菜，最后把菜单推给春寻，让她挑个自己喜欢的牛排口味。

春寻挑了黑椒的。

自打见到党小争，她还没找着机会说话。

终于消停下来，春寻跟党小争说："我想了解更多我那'姐姐'的事。"

"你那'姐姐'还有什么事？我都告诉你了呀。"党小争吃惊地说。

"比如她有多高？"

"一米六五吧。"

"白不白？"

"白。"

"那这么说不像常年在农村干活的？"

"不像，不过现在农村人也不大干活，单论黑白看不出农村城市。"党小争歪头看着她。

"那她开什么车？"

"一辆老宝来，挺老的了，车漆都掉色了。"

"哦。"春寻叹了口气。

党小争挺了挺身子，说："我知道你们是怕她太穷，给自己找麻烦。"

"也不全是，在相认之前，怎么也要打听打听的。"

春寻心思被戳穿，但她并不尴尬。她和党小争之间不存在尴尬。

党小争说："也可以理解，现在的人哪个不现实，真要条件太差，我也不主张你们认。"

人有时候不能太喜欢标榜自己高尚,那样找不到朋友。low一点,矬一点,朋友才会多。毕竟都是俗人,吃五谷杂粮,有各种毛病。

春寻又问:"你知不知道她的名字?在哪住?干什么的?"

"不知道——她也没说呀。她到店里就找我,找我就说了那些话,说完就走了,都没容我问。"

"那你们店里有监控吧?我想看看。"

"有,我一会儿带你去看。"

党小争很爽快。

【9】

牛排上来了,黑漆漆一个铸铁盘,上面扣着一个黑漆漆的铸铁锅盖。

服务员上菜不像上菜,倒像是垒墙工人在搬大石头。

服务员把那块"大石头"放在桌子上,对她俩说:

"我要揭锅了,请挡一挡脸。"

春寻有点蒙,还要挡一挡脸?

只见党小争拿起桌上一块餐巾纸,把它抖落开,提溜着一只角,挡住了鼻子以下。

她也只好学她抖开一张纸,挡住脸。

果然服务员一揭锅,盘子里面噼啪乱响,汁水乱溅。

她觉得她们俩现在都可以提刀去杀人了,这蒙面形象特像女刺客。

牛排四四方方,趴在盘子里,旁边躺着一只鸡蛋,鸡蛋旁边堆了一堆菜,菜上盖了一只烤面包。

春寻挺佩服家乡人民这种牛排吃法,这个体积的牛排在北京得三百块一块儿。

这里五十八。

党小争忽然盘起了腿儿,她拿着刀叉,三下五除二就把那块牛排"杀"了。也没管什么左刀右叉还是左叉右刀的规矩。

她"杀"了牛排后,就自己吃,吃了几口就放下了,说要减肥。

春寻也吃了几口,不好吃,合成的肉,就是料多。

估计也是那种加盟店。在小县城里，一般这种火起来的店，都是加盟的，属于大城市成功商业模式的孙子或重孙子。

春寻觉得，这次回老家，最有趣的事情就是吃了一顿热烈的牛排。

她后来调了监控，扒着监控看了半天那个"姐姐"。

确实比她长得好看，可是除了这个信息，她又一无所知。

跟她长得像？跟她妈长得像？跟她哥长得像？

都像，都不像。

人都有心理暗示，想让她像的时候，怎么看都像。想不像的时候，怎么看都不像。全看内心愿望。

春寻觉得不像。

【10】

春寻当天晚上又坐高铁回到北京。她决定把这事儿放一放，又不是十万火急的事。

三十几年的时间都过来了，认亲也不急于一时。

正好这两天单位有两篇急稿，她忙着赶稿，忙到脸发黑。

其间春生打了一个电话，说他倒是挺想认这个"姐姐"的。

"毕竟一母同胞，多个亲人肯定比少个好。"

春寻一直觉得，她哥哥这个人，身上有股天真气。这股天真气，又好又不好。好的是比较真，坏的是比较"傻"。傻起来的时候就有点不圆融，与社会规则格格不入。

这也是她哥一直升不上去的原因。

还有一点就是，哥哥在嫂子与妈妈这事上，心里有愧疚。

他觉得对不起妈妈。

这边亏了那边补，他想给妈妈一点补偿。

总之春生告诉春寻："不能太马虎，要慎重，万一是妈妈的伤心事，或是妈妈的一桩心愿，处理不好，伤了妈妈的心，咱们就罪孽了。"

春寻揶揄他："你不尊重嫂子意见了？"

春生说："尊重什么尊重，要不是为了孩子，早该离婚了。你嫂子那个人，心里眼里只有自己，这些年就是太尊重她了，才有现在的局面。"

"要不是为了孩子,早该离婚了"这句话,她已经听无数已婚朋友说过了。

这一刻,她忽然又挺心疼哥哥,她哥就是她婚姻的样本。看她哥,她真不想结婚。

她哥夹缝中求生存,孩子、老婆、岳父母、亲妈、妹妹……每天应接不暇。

她嫂子又何尝不是?

她嫂子每天"打算盘"。

她不想过这样的人生。

【11】

她这些年也处了几个男朋友,可是这几个男朋友的作用,就是让她越来越认清了自己。

她就是个自私鬼。

本质上她跟她嫂子一样,只是选择的道路不一样。她嫂子是选择了深入红尘去算计别人,而她选择了逃避。

她还是感情上的豌豆公主。

以前还能忍一忍"贤妻良母"这样的人设,现在听到这几个字就头大。

她和上一任男朋友分手,就是因为那男的说了一句"我觉得你除了会写字,啥也不会,娶你我得做好大的心理建设。"

她一下子就炸了:"什么叫'啥也不会'?我还要会什么?会写字不就够了吗?我写字挣的钱可以买所有服务,还要求我上炕剪子下炕刀?"

她与男人谈恋爱,一点瑕疵就如鲠在喉。

谈了这么多恋爱,她也渐渐认清一个现实:许多男人心里都住着一个田螺姑娘,田螺姑娘五讲四美三热爱,全方位无死角地伺候着男人的肉体和心灵。

只是很可惜现在的田螺姑娘都想当妖精,喝酒吃肉浪荡人生,寂寞了就抓个小和尚玩。

那男的分手送她的最后一句话是:"你们这些大龄剩女果然奇葩!"

她差点气死。

大龄剩女最怕别人说她们奇葩。

【12】

她没告诉春生她回老家的事，也没告诉春生妹妹卖房的事。

时间大概过了半个月。

忽然有一天，她又接到党小争电话，党小争在电话里急急忙忙地说："春寻，你快点，我和你姐姐在北京，你快带上你妈和你哥来认你姐！"

"什么？"

春寻的脑子又炸了。

这个姐姐到底什么路数……

【13】

春寻接到党小争电话，脑袋又炸了。这个"姐姐"到底什么路数？

听她在电话里语气那么笃定，她只好连连答应。

挂了电话没五分钟，党小争的微信过来，言简意赅：订好饭店，带上你妈。

党小争如此命令她，她必须得听，党小争不是不靠谱的人。

春寻赶紧给春生打电话，让春生快请假，让嫂子也请假。她去订饭店，让春生回家接妈妈。她特意叮嘱春生，悠着点说："如果妈妈说这辈子没有抱出去的女儿，那就不用出来了，如果说有，就带老太太出来吧。"

她跑到北三环，找到一家写着某省份名字的大厦。这种大厦里面一般都有饭店，富丽堂皇，环境好，来往的人群看上去非富即贵。

这里的菜并不贵，便宜的跟外面的普通饭店差不多，贵的没边儿，可丰俭由人。

她去过北京所有带着省份或者城市名字的大厦酒店，都是跑进去吃人家的小吃：广西大厦的老友粉、贵州大厦的米豆腐、河南大厦的烩面、云南大厦的米线……

一般来尊贵的客人，她喜欢到这里面请客，清静有面儿，这都是她混了多年北京，积攒出来的"经验"。

她是现代京油子。

【14】

饭店正好有包房,她刚安排好,党小争就说:"还有十分钟就到了。"
她赶紧跑下楼,站在大堂等。

十分钟后,果然见一辆通红的大路虎开进停车场,路虎挂着家乡牌子。

她直觉这里面应该就是自己的"姐姐"。

车子慢慢停好,三个车门同时打开,下来三个女人。

其中一个是党小争,又穿着高跟鞋,金鸡独立一样站在那里。另一个是她在视频里扒着看的"姐姐"。

"姐姐"今天一看就精心打扮过,一头长发烫着大卷儿蓬蓬松松铺在后背,穿一条墨绿连衣裙,脚上一双白色高跟鞋。

还有个女人,她不认识,这女人更漂亮,面孔瓷白如雪,好像古画里的女人,一丝儿旁逸斜出的败笔也没有。

她默默地迎上去,党小争赶紧介绍:"褚总,这个就是春寻。"

"春寻,这位就是我那天带你吃牛排的那家牛排店的老板,"她扭头看春寻,"那是她十八家店的其中一家,她叫褚红。这位是我老板,她们是朋友,我老板叫蒋小红。我们正在北京考察一个品牌,遇到了褚总,褚总说择日不如撞日,既然来了,不如顺便把妈认了。"

这句话让春寻一阵头大。

什么叫"顺便把妈认了"?

还是褚红聪明,她马上把话圆过来,说:"小争说话就是幽默,是这样的,我也正好在北京出差,遇到小争们,就想顺便拜访一下你的妈妈。"

春寻点头含笑。

"妈妈来了吗?"褚红问。

这句话问得有技巧了,没提谁的妈妈。

春寻也就势,说:"妈妈和哥哥一起来。"

算是个和谐的开场白,言来语去间已把态表了。

【15】

一行人先上楼,春寻赶紧给春生发了条微信:你们快点。

她没提"姐姐"是开路虎来的这事,好像也太俗了。人们愿意承认自己俗且势利,但总是在行动上不自觉扮高雅。

刚到包间点好了菜，走廊里就有人声响起，春寻说："妈妈来了。"

褚红马上站起来走到包房门口。

只见走廊尽头，妈妈由哥哥和嫂子搀着走过来。嫂子像搀着一个重症病人一样，要知道妈妈还不到六十，身体康健得很。

嫂子也真精明。

妈妈走到门口，上上下下打量褚红一番，拉住了褚红的手，瞬间泪流满面。

褚红也瞬间就哭了。

两人对望，一句话也说不出来。

好久，妈妈才说了一句："孩子，我一直以为你死了。"

【16】

原来，褚红确实是妈妈的私生女儿。四十年前，是1979年，妈妈村里忽然来了一支部队，说是要在他们这里修一座水库。

水库在二十世纪八十年代都是大工程，是不计代价也要完成的那种。

部队一驻扎就是三年，那年妈妈十八岁，已经有人说媒，可她没有看上的，一来二去，她就看上了修水库的一个战士。

那个战士叫李小春。

两个人在接触中产生了感情，悄悄地私定终身。他们约好等水库修完，他就带她回老家。他的老家在安徽歙县，黄山脚下的一个村子，祖上曾经经商，是徽商后裔。

可是就在水库竣工前几个月，却出了事。

那天大坝灌浆，明明晴空万里却突然电闪雷鸣，紧接着瓢泼大雨下来，最恐怖的是，大雨里夹杂着鸡蛋大的冰雹。战士们正紧锣密鼓地忙碌，被冰雹砸得头昏眼花。灌浆的水泥都是调好的，被雨水一冲就会稀释，如果不抢救就会造成巨大损失。人们疯了一样干活，现场一片混乱，有的扯塑料布，有的推车，有的背着水泥袋子跑。

当时李小春正在大坝上，他推着一车水泥往岸上跑，地上全是冰雹，一脚不慎，踩上冰雹滑下了大坝。人们眼睁睁看着他落在了灌浆的基坝里。

那场大雨持续了二十多分钟，雨停以后，部队少了三个战士。有两个都滑下了大坝与大坝永远地筑在了一起。

另一个是被冰雹生生砸死的。

妈妈第二天去看李小春，部队正在开追悼会，只有一张黑白照片。

后来人们说，这是龙王震怒了。他们这条河在地图上看就像一条龙，选择修筑大坝的地方，正好在龙头位置。大坝斩了龙头。

整个大坝修完，一共牺牲了几百名战士。

当时褚红已在妈妈肚子里，春寻的姥爷把妈妈吊起来打也没问出孩子的父亲是谁。

她怕污了烈士的名声。

姥爷誓死要将这孩子打掉，妈妈不去医院，他就各种折磨妈妈。

他让妈妈去山上拉犁、砍柴、磨磨，骑自行车载着猪崽去集市上卖。

可孩子就是稳稳当当，丝毫不受影响。

十月怀胎期满，孩子如期降临人间。

姥爷只让孩子在家过了个夜，就把她偷偷送人了。

那年代，大姑娘产子，是极端羞耻之事，这样的姑娘很难嫁。

姥爷把妈妈关在家里一年时间，才有人上门提亲，就是春寻奶奶。春寻奶奶也听到点风言风语，但他家太穷了，能娶个媳妇就不错，顾不得其他。

嫁人以后，妈妈想了各种办法去寻找那个孩子，还真让她找到了，原来就被送给了邻镇一对不生养的夫妻。

她曾偷偷找上过门，那对夫妻却说，孩子已经死了。说孩子三岁那年，跟养母在河边洗衣服，被水冲走了。

妈妈到河边哭，发现那里正是大坝的上游，她认为是李小春带走了女儿。

这个消息，让她把前尘往事彻底封藏，从此再也没找过孩子。

【17】

故事讲完，所有人都沉默了，悲伤的气氛弥漫在包间，简短的讲述，包含了几十年的沧桑。

菜已经上齐，硕大的圆桌上，杯盘白得发光。玫红色的装饰花躺在一盘糯米藕旁，一盘盐焗鸡黄亮得耀眼，一棵樱桃萝卜安静得如处子一般衬着旁边的一排酱鸭肝。

这一切无不提示着现代生活的美好。

旧时空与新时空撕咬了一番。

良久,褚红才哽咽着说了一句:"原来,我是个烈士的孩子。"

"你妈妈怎么跟你说的?"妈妈问。

"我妈妈去年才告诉我身世,她说我不是他们亲生的,说我的亲生母亲叫秦淑云,也就是你,而我父亲是谁,她也不知道。我自打知道身世,就一直在追问'我是谁'这个问题。我到底为什么来到这个人间?又为什么被送走?我的事业做得越成功,越执着于这个问题。无数个夜晚,我睡不着,就瞎猜父亲身份,我的父亲也许是个木匠,也许是个卖豆腐的,也许是个龌龊老头……可我就是没有想到过,他是个战士……"

妈妈说:"孩子,你的父亲,是个伟大的人。"

【18】

悲伤的气氛持续了很久才被党小争调动出一点喜庆气氛来。

她说:"难怪褚总这么会做生意,原来是徽商后裔,我听说过徽商,他们又吃苦又耐劳,脑袋还贼聪明,最擅长把盐倒到产米的地方,把米倒到产盐的地方。

老板蒋小红批评她:"你以后说话不要这么粗糙,什么叫'又吃苦又耐劳',就吃苦耐劳就够了。"

春寻嫂子却说:"我觉得你们家乡人说话特别有趣,平平淡淡的句子让你们一说,就显得格外幽默。"

这是嫂子第一次夸他们老家人,以前都是鄙视的,说小地方人就是上不去档次。

春寻想,看来这个姐姐还能治治这个嫂子。

嫂子热情洋溢地向褚红讨教生意经,说:"我们这些人其实挺向往你们这些生意人的,至少自由,我们每天朝九晚五,都快憋傻了。"

褚红说:"做生意其实蛮简单,就是研究人。研究人需要什么。"褚红除了有十八家牛排店,还有一个肉制品加工厂、一个蔬菜基地。

她以她的牛排馆为例,她说她大学毕业后在北京、上海都打过工,了解一些城市人民的生活。吃牛排感觉挺高大上的,可吃好牛排很贵。随着经济发展,小城市的人也有吃牛排的精神需求,追时髦嘛,但严格按照大城市一些精品牛排店的做法，小城市人的经济实力承受不了。

于是她就改造。她自己发明了新式牛排：用碎肉攒，然后调配料，把一些中餐的口味加到牛排中间去，调好之后去找肉制品加工厂，让他们按她的配方生产。她讲良心，虽然是碎肉攒的牛排，但都是好肉。做好产品，她开了第一家店，没想到一下子就火了。她又在牛排店里加了很多吸引孩子的元素，比如意大利面、烤鸡翅、炸薯条，等等。牛排店人气很旺。很多老人不爱吃，但年轻人孩子喜欢，他们得陪着来。

第一家店火了之后开第二家，又是人气爆满。有些人跟风学她，但做不出她那味道，一学就赔。慢慢也没人敢学。她紧接着自己做了一个小工厂，专门生产牛排，秘方独家。一来二去，她就开了十八家。每个铺子一年盈利都有一百多万。

她还有一个农村蔬菜养殖基地，在大山里，每天供应新鲜蔬菜进京。她的菜和别人不一样。她的菜养在筐里带土一起进京，筐里都是有机土，摆在超市，蔬菜鲜灵灵水嫩嫩。有些老太太抓起土闻闻，大叫"真是有机肥欤"。菜卖得很好。即使有点贵。

一群人对她的聪明赞不绝口。

她说："其实做生意就是提供给人们最渴望的东西。研究人，把他的'渴望'找出来。"

再繁华的城市，它也有一些小城市没有的东西。再小的城市，也有一些蓬勃发展的生命力。人最怕局限自己的思维，一旦局限自己，就如把自己放进一座高山，久了就"云深不知处"。很多人离开家乡以后，就特别看不起家乡，排斥家乡的一切。其实商机就在这些差异里。要经常从这座山到那座山上看看，再从那座山回来，来回比对。

春寻也不得不佩服这姐姐的头脑。

【19】

讲完生意经，褚红开启了另一个话题。

她说："妈妈，不瞒大家，我想认你们，只是需要亲人，没有别的目的。我能帮弟弟妹妹们的会帮，帮不了大家也别怪我。我知道之前你们调查过我，其实我又何尝没调查过你们，如果你们是一家很糟糕的人家，我也会考虑要不要认，人之常情。在座的这两个，没什么需要我帮忙的，相反以后在北京，我还有很多问题要向他们请教。家里有一个小妹妹，你们帮得不得法。她有上进心是好事，你们把她交给我，两年我准带出来。"

这话说得春寻脸一阵红一阵白。这话可是软中带硬了，三言两语就堵了嫂子那种人的心。她猜她担了妹妹肯定还有别的要求。

果然，褚红又说："我以后照看妹妹，跟在场的几位提个请求，能不能……把妈妈交给我，我从小没有在亲妈身边长大，我想跟亲妈一起生活生活……"

话说到这里，她忽然又落泪。

嫂子先表态了："可以可以，你把妈妈带走吧。"

褚红看看嫂子，又看妈妈："这事儿还得妈妈同意。"

妈妈说："你要不嫌弃我没尽过一天做母亲的责任，我就跟你回去。"

【20】

妈妈第二天就要跟褚红回家乡，嫂子积极地给妈妈买了好几件衣服，说妈妈从这儿回去，不能穿得太寒酸，让家乡人笑话他们在北京混得差。

嫂子还说："咱家怎么这么幸运，天上掉下一大款。这大款一来就把家里最大的麻烦给解决了。"

嫂子还让妈妈好好照顾褚红，她是他们家以后的财神爷。

妈妈终于忍不住顶了嫂子两句："你就别做梦了，你们三个的心眼子加起来也没她一个的多。不要有非分之想，她不是好惹的。我回家，就是想跟亲闺女生活生活，你们不要给我定任务。"

妈妈被嫂子气得晚饭都没吃，早早地躺床上。

春寻写了两个小时稿，跑到妈妈房间，妈妈还没睡，瞪着俩大眼睛出神。

她上了床，从妈妈背后抱住她，把手伸向妈妈的乳房。

妈妈打她的手："都三十多的人了，还摸奶，羞不羞。"

"不羞，没人知道"。

妈妈的乳房现在干瘪得如同一个没有装风的布口袋。

她说："妈，我怎么有种要把你送人的感觉。"

"我永远是你的妈妈。"

"妈,你住惯了大别墅,会不会不习惯我们的小房子了?"
"我最喜欢住的是我从前的小土屋。"
"妈,我舍不得你。"
"想我就回家看。也看你姐姐,你姐她不开心。"
"你怎么知道她不开心?她那么有钱。"
"感觉。"

【21】
妈妈和褚红回到家乡的时候,引起了一些不小的骚动。

褚红的大别墅里,来了很多朋友。他们都来替褚红庆贺。

看穿着打扮,都非富即贵,说话也都特别好听,一口一个"老太太"。

他们都说她年轻,肯定在北京的儿女那也是享福的,还说褚红跟她长得一样,都是浓眉大眼。

以后别墅里就有两个"老太太"了。

褚红的养母姜老太,表现了对春寻妈妈的极大热情,她说自己动不了,就需要有这样一个伴儿。

夜深人静,宾客散去,春寻妈妈躺到自己的大床上,犹如在梦中。

她想起了四十年前的岁月,那时候的人还穿的确良,那时候的姑娘都梳大辫子,那时候的鞋都是自己做的。

想起和李小春第一次见面,她在山上打猪草,下山的时候,看见一个小战士坐在石头上写信。

她悄悄走到背后,听到那个战士在哭。

原来他在给他妈妈写信,说山上虽然苦点,但吃得好,天天有肉吃,猪肉炖粉条,原来北方的红薯粉那么劲道。

她坐在旁边,听他倾诉思乡之情。她没有离开过家乡,不懂这种感情。他说他爸爸早逝妈妈守寡带着他。当兵的机会是一头大母猪换来的。他妈把那头猪赶到队长家,他才能参加体检。

他说他妈从小教他读书,妈妈以前是个大家闺秀。因为这个,他身上总有一股忧郁书生的气质。这个气质特别吸引春寻妈妈,她的身边没有这样的男子。

每天黄昏,他们都在山上坐一会儿。李小春给她讲部队的生活,讲战友们去开涵洞,进去之前都偷偷拜菩萨,有好几个战友进去就再也没出来。

他说部队领导都纳闷了,别的地方修水库死人是常事,但没有像修这个水库这么大伤亡。

后来有一次她又碰见他哭,原来是他最好的一个战友,放炮被炸死了。

那一次她把他的手拉住。

后来就不知怎么有了褚红。

他们的爱情开在山花烂漫的山坡上。

往事不堪回首,不觉已泪湿,真丝枕巾上湿了拳头大一块。

褚红敲门,她进来,穿了一件粉色真丝睡衣,衬得脸也红润。她一点也不像三十八岁的样子。

进来后她喊了一声:"妈。"

这是她第一次正式跟她喊"妈妈"。

"妈,你是想起爸爸了吧。"

"嗯。"

"跟我讲一讲你们当年的故事?"

"来,你到床上来。"

褚红躺到床上,拘谨地看着妈妈,两手抱住自己的胸。

妈妈把她的手拽过来,放到自己乳房上:"来,你摸摸。"

褚红抚摸一只干瘪乳房,像在鉴赏一件宝贝。

"空了。"

"都是被他仨吃的。"

"真羡慕。"

妈妈把回忆里的故事又给她讲了一遍。

讲到她笑着流泪。

笑着笑着就睡着了。

妈妈抚摸她的额头,抚摸她的头发……

【22】

第二天,褚红上班以后。

春寻妈妈走进姜老太房中。

"老姐姐，我们谈谈心吧。"妈妈说。

"好。"

姜老太躺在一张硕大的床上，像一片风干的树叶一样单薄。

"闺女有什么问题？"妈妈问。

"没什么太大问题，就是抑郁症。这孩子苦，从小我们就要求她上进，她也争气，啥都好，就是婚姻不顺利，五年前结过一次婚，一年就离了，那男的出轨，后来就再也不结婚。"

"褚红不是我的女儿。"

这句话让养母惊得差点坐起来："你发现了？"她下身动不了，上身弹了弹，还是倒了下去。

"我的女儿头顶的头发里有一块硬币大的黑痣，褚红没有。"

"我以为能骗过你，唉——"养母深深叹了口气。

"她的病到底多重？"

"随时自杀，我也是没办法，我是她在这世间唯一的牵挂，我在她不敢死。我怕我一走，没人牵着她，她撑不久，就想找你来代替。还有就是……我想还你一个女儿，我弄丢了她……"

"那年我上门找女儿，你说我女儿被水冲走了，那其实是……真的吧？"

"是……"

"那褚红到底是谁？"

"褚红是和你女儿一起收养的孩子，她的父母想生儿子。"

姜老太又弹了弹脑袋："妹妹，你就这么认了她吧，我实在不想把她还给那对嫌弃她的父母。求你了！"

妈妈眼泪流出来。

她轻轻离开姜老太的房间，回到自己房间，想走，打开衣橱，满柜子都是衣服。春夏秋冬内外全齐，光帽子手套就十多套，褚红是真拿她当亲妈了。

她又到别墅里各处去溜达，房子很大，处处豪华，就是没有生活气息。保姆像无声机器人一样在干活。连保姆看着都是寂寞的。

她出了门，这个小城她熟悉，春天要来了，风都开始暖。

不知不觉她到了褚红的店里。

隔着玻璃，她看见了自己的小女儿春久。

春久系着格子围裙,头上包着围巾,一副西方侍女打扮。她费力地搬着一口黑漆漆的铸铁锅给客人上菜,像在搬一块大石头。小丫头笑得比花儿还甜,她轻轻揭开铸铁锅盖,像魔术师揭开了秘密的宝盒。

翻牛排的时候她翻得不好,褚红亲自走过来手把手教她。

她们一个成熟,一个幼稚,像一对亲姐妹。

妈妈离开牛排店,一排人力车经过,琅琅有声。

时光一眨眼就过去了。她还记得当年村里欢迎子弟兵,载歌载舞……

姜老太的声音在耳内回荡:"她随时自杀。"

【23】

她给春寻打了个电话,说:"你二月二一定要回来,我要去拜祭人,你姐姐也去。"

二月二,春寻从北京赶回来。

她和妈妈还有褚红,一起去大坝边烧纸。

褚红的后备箱里拉了一大堆金银元宝加冥币,还有茅台、五粮液、红酒,差点塞满一个后备箱。

纸钱被点起来,火焰跳跃,烟灰袅袅飘向渺茫的水面。

褚红把一瓶茅台咕咚咕咚倒入水中,又倒红酒。

妈妈在另一个地方又燃起一个火堆。

春寻问:"妈,这份是给谁的?"

"给另一个亲人的。"

妈妈没法告诉她们,她的亲生女儿,是1981年二月初二那天生的。

龙抬头的日子。

青玉佩

【1】

二十五年前,妈妈菊英从门外抱着一个小被卷儿进门的时候,李青儿正在给妹妹李玉儿辅导作业。李青儿三年级,李玉儿一年级,青儿一边洗着碗一边冲妹妹喊:"三……七?"

玉儿接:"二十一。"

青儿喊:"四……七?"

玉儿接:"二十八……"

菊英就是这时撞开家里的木门,风风火火闯了进来。她三步并作两步就上了炕,扒了一套被子就把小被卷儿盖上了。

青儿和玉儿都围过来看:"妈,这是什么?"

"孩子。"

"孩子?"

青儿擦擦手上淋漓的水,掀开那小被角,一张拳头大的小脸儿露了出来。小脸上眼睛紧闭着,一张鱼嘴巴似的小嘴一张一合地扇着。

要不是这嘴还在动,孩子几乎没气息。

"哪来的孩子?"玉儿问。

"我收摊儿时路过巷子口,她就在那块大石头上,都快冻僵了。"菊英说。

菊英在两个女儿的学校门口卖煎饼,晚上有一波高峰。

"青儿,你快去烧点火,把炕烧热点,要不这孩子暖不过来。"

炕越来越热,慢慢地,孩子在被窝里开始踢腿,然后听到哭声。一声响过一声。

孩子活过来了。

菊英又让青儿舀来晚饭剩下的粥油,用小勺一口一口喂那个婴儿。小婴儿吃得像头牛。

【2】

菊英捡了一个小女婴这事给这个寒薄的三口之家带来了麻烦。她本来就离婚了,带着两个女儿,日子过得很艰难,现在又多了一个,更加难。

"妈,我们要留下她吗?"玉儿问。

"不留,过两天想办法把她送走。"

可是过了好几天也没办法送走,那年代,小地方没有社会福利院,捡个孩子如果没人愿意收养,就等于砸在自己手里。

菊英摊煎饼的时候也带着她。她把小不点放在一个筐子里,筐子里铺满被褥。青儿下第一节课的时候会从教室出来,给小不点把尿。妈妈一边摊煎饼,一边把孩子尿尿,就没人敢吃煎饼了。

有一次她给小不点把完尿,到办公室拿作业本,青儿是语文课代表,有个男生拿起自己本子闻了闻,大声嘲笑:"李青儿,你把我作业本都染上尿味儿了,我以后更写不出作业来了。"

经他一带动,几个调皮的男生也一边闻一边跟着起哄:"我这也被染上了。"

"我这也被染上了。"

"我也写不出来了。"

青儿站在那里,脸红到脖子根,恨不得找个地缝钻进去。虽然最后老师出来主持正义,训斥了那些孩子,她还是偷偷抹了好几把泪。

当天晚上,青儿就请求菊英:"妈,我们还是把小不点送走吧。"

菊英点点头。

其实有户人家一直想要小不点,菊英舍不得,是镇上的老张家。老张家的独生儿子因为打群架捅死了一个人,被判了死刑,一年前被执行了。菊英一家还去看过拉犯人的车队,全镇的人都伸着脖子看,或好奇,或解恨,或同情。只有老张夫妻,就一个表情,悲伤。儿子刚过去,他们就哭晕在了街道上。

失了儿子,老张一直希望找个小孩再养一下。

那时候,小不点已会翻身,她躺在炕上,总是不停地翻,翻过来,脑袋重重地砸在菊英或青儿脸上,嘴里的哈喇子流她们一脸。

她们一擦,她就笑,越擦她越笑。窗外月光皎洁,万籁俱寂。

玉儿忽然爬过来抱住小不点,亲了又亲:"我舍不得她。"

【3】

大雪初霁的早晨,菊英带着青儿和玉儿去送小不点,为了作纪念,她们还特意给小不点买了一把二手拨浪鼓。

老张家在城中村,一处破烂的黑屋子,远远看去,就像一个煤窑,走到近处才发现是户人家。周围邻居都是高墙大屋,衬得他家寒酸无比。院中一只柴狗在望天,狗身上沾满了苍耳子,也不知去哪块野地打滚刚回来,苍耳子卷着毛和草叶子纠缠在一起。真是人穷狗也狼狈。

菊英带着孩子们走进屋,一片漆黑,灶台上横七竖八摆着一些锅碗瓢盆,一只铁盆里盛着一堆酱色的面条。面条早已失了形,坨在那里。冷风从北门灌进来,吹得窗子呼啦啦地响。门帘飘荡,菊英看见屋里炕上坐着一个女人。

那女人正抱着一只长方形枕头,一下一下地拍打:"我让你不听话!我让你不听话!长大了去犯法,我打死你!"

那长方形枕头,噗噗地直冒"烟"。"烟"是枕头上的尘土,还有枕头里的糠。

女人一头白发鞠着一张褐色的巴掌大的脸,脸上皱纹密布,像梅超风。

玉儿一看这景象,一把抢过小不点就跑出了屋子。

她一口气跑了几百米,菊英和青儿追上来的时候,她呼呼直喘气。下雪了,四人身上皆白。

"妈,我们不能把妹妹给他们,会被打死的。"

这一声"妹妹",催动了母女三人的感情。菊英抱着孩子往家走,姐妹俩跟随。

"嗯,不给了。"菊英说。

那一年,拨浪鼓的声音久久响在冬天的雪地里。

波楞,波楞,像诉说。

【4】

自此,小不点在菊英家扎根,取名"佩儿"。

青玉佩,一块颜色美好的玉也。

玉儿说她以后照顾小妹妹。她说到做到，真的担起了照顾妹妹的任务。

青儿每天早晨五点要起床帮妈妈洗菜，冬天手冻得如胡萝卜一样。玉儿五点半起床，收拾佩儿。六点半，一家四口浩浩荡荡地出发。

玉儿背着筐子，佩儿在筐子里摇着她的拨浪鼓，波楞，波楞，一直摇到学校。

开火第一张煎饼，一定是青儿和玉儿的早餐。菊英把长长的汤勺一抖，一勺煎饼汁就洒在平锅上，煎饼推子顺时针一转，一个圆，再一转又一个圆。三四个圆之后，煎饼成型。煎一会儿，翻个面，打上鸡蛋，等熟一半了，撒上芝麻和面酱，再放两片菜叶子，左右一折一卷，中间一切，一人一半。

菊英的煎饼外脆里嫩。

孩子们都爱吃菊英的煎饼，家长们也放心。一个肯让自己女儿吃的小摊贩，一定是干净的。

饶是如此，生活依然艰难，一个煎饼摊子，撑不起四个女人的生活。

所谓穷生急智，她们没别的生财之道，只有死磕这小小煎饼。

菊英在偶然的机会中，发现学生们买煎饼的时候如果发现鸡蛋是双黄的，就会非常开心。

她去找双黄蛋，恰巧有个鸡场老板说他那双黄蛋多。菊英便把他的双黄蛋都买过来。她把煎饼买卖变成竞猜游戏。小朋友们如果发现鸡蛋是单黄的，就不要钱，白送；要是双黄的，就比以前贵五毛。

这么一来，她的煎饼事业比以前的利润提高了百分之二十左右。

鸡场老板说，一年的新鸡下的蛋就双黄的多，鸡老了，就不下双黄蛋了。他说他这样也没啥损失，这些双黄蛋送到别的地方，也没人多给钱，还不如给菊英，还能创造点利润。

菊英对鸡场老板充满感激。

每天晚上，一家人又多了一份工作：挑蛋。昏黄的灯光下，她们对着灯，一个一个瞪，瞪得眼睛都直流泪。

挑完蛋，还要故意放几个单黄的，以保证游戏的趣味性。

【5】

当佩儿也学会举着一只鸡蛋奶声奶气地说"姐姐，这个是双黄蛋"的时候，菊英和鸡场老板的感情有了质的飞跃。

原因是鸡场老板的老婆死了。

鸡场老板的老婆，是个可怜的女人，半生与鸡屎为伍，死的时候又被鸡屎埋上了。养鸡场设在城郊，当然臭气熏人，但臭的东西也有好处，有一处蔬菜大棚就定期要一些鸡屎肥田。鸡场老板娘那天开着一辆三轮车往蔬菜基地送鸡屎。也不知是飘散的鸡屎味熏晕了后面的一辆大货车，还是大货车司机本就困得睁不开眼。反正大货车直直就奔着鸡屎车去了。

鸡屎车直接从后面被掀翻，老板娘被埋在鸡屎堆里，埋成了一个坟的形状。

当老板娘从鸡屎堆里被扒出来的时候，恶臭久久不散。小镇的人那几天都尽量避开那条道路，以免被熏。

老板娘最后的清洁工作是菊英和鸡场老板一起做的，本就臭不可闻，又在太平间待了几天，更臭，亲戚都不愿上前。菊英和鸡场老板抱着尸体在一个柴房里奋战了三个小时，用了八桶热水无数凉水，才把老板娘收拾干净。

从此老板和菊英有了患难与共的感情。

老板娘死后，青儿就发现，妈妈再去取鸡蛋，总要把自己打扮一下，她还剪掉了常年不变的大辫子，烫了短发。

这种事她以前是不会做的，她心疼钱。直到有一天长头发卖给小贩卖了五十块钱，她才停止心疼那烫发钱。

有一次青儿不小心撞见了不该撞见的事，鸡场老板来给菊英送鸡蛋，在耳房交接，鸡场老板应该是刚吻了菊英，他说："我嘴里有鸡屎味吗？"

"没有。"菊英答。

"我浑身上下也就嘴里没有鸡屎味了。"鸡场老板笑。

菊英也笑："哪有，你哪里也没鸡屎味儿。"

青儿看见，菊英又踮起脚吻了鸡场老板的嘴巴一下。

那年青儿十五岁，已经有点懂事，她并不愤怒妈妈做这样的事情。她也希望这个家里有个男人遮风挡雨，毕竟，她们娘几个太苦了。

从此以后，青儿在心里把鸡场老板当继父，感情上又亲了一些。她和玉儿早忘了亲父的模样，亲父还不如这个男人给她们的温暖多。

【6】

但菊英帮助鸡场老板娘收拾尸体一事,让她的煎饼生意受到重创。孩子们无一例外被家长嘱咐,不许买那个女人的煎饼,她摸过尸体,还摸过鸡屎,晦气。以前红红火火的生意变得冷冷清清。

鸡场老板说:"不怕,大不了跟我一起去养鸡"。菊英笑着说:"养鸡场太臭,我怕孩子们受不了。"

佩儿一听说要搬到鸡场去住,吓得都快哭了。

最终一家人也没搬到臭烘烘的养鸡场,原因是鸡场老板和菊英的婚事黄了。

那天,玉儿和菊英一起去给鸡场老板送饺子,办公室门口有辆小货车,看样子是有人,她们就没进去,在门口等着,结果听到了里屋的对话。

货车主人对鸡场老板说:"老谷,你真的要娶那个煎饼女人?"

"不想娶,可那女人对我动了真心,缠上我了,我有点不好脱身。她哪有城西的牛寡妇漂亮,她就是一土鸡。不过娶了也没坏处,她那三个女儿里,将来怎么也能给我儿子占下一个。"

货车主人应该是个饲料供货商:"娶一送一,划算。"

饲料商又说:"娶了她,你再和那寡妇勾着,日子不要太潇洒。"

透过窗户缝,玉儿看见鸡场老板撸了一把鸡窝一样的头发,露出假害羞真得意的笑容。

菊英已经浑身颤抖。

饲料商又说:"女人就是女人,真好糊弄,跟她说新鸡下双黄蛋她就信新鸡下双黄蛋,她哪知道是我这饲料的功劳,吃我这饲料,千年老鸡也下双黄蛋,哈哈哈哈哈。"

菊英受不了了。只见菊英"咣"地一声撞开门,冲进办公室,把一盒饺子狠狠地扣在了老谷脑袋上,又见地下有一筐鸡蛋,捡起那些鸡蛋就狠狠地往老谷脑袋上砸。

这些鸡蛋都是双黄的,应该就是给菊英备的。

一个个双黄蛋在老谷脑袋上碎掉,上演了一出"二珠戏龙"的大戏。

没一会儿,老谷就被砸成了一棵果实累累的"柿子树"。

玉儿也跟着发飙,她连饲料商也不放过,饲料商也变成了一棵淋淋漓漓的柿子树。

扔完一筐鸡蛋，菊英拉着玉儿回家，头也没回。

那次失恋，菊英哭了三天。她念念叨叨自己对不起学校的孩子，让孩子们吃了饲料喂出来的蛋。她对不起青儿，差点让青儿跟着进了虎口……她对不起玉儿和佩儿，因为滥施好心，让家庭陷入困顿。

【7】

煎饼生意撑不下去后，菊英只好转行。她到了一个肉制品厂灌香肠。香肠发往全国各地，没人在乎她的手是不是摸过尸体和鸡屎。可收入很低，为了帮妈妈养家，青儿上完初中就辍学了，也进了肉制品厂。

灌香肠的车间，常年水汽淋漓，不见天日，没多久，菊英就得了风湿，转到保洁组。青儿一直在灌制车间，每天她站在灌肉机旁，拿着一段肠衣，接在出肉口。碎肉从机器里汩汩涌出来，再汩汩地钻进肠衣，到一定长度，她就灵巧地打个结。

五年后，青儿被老板提升为车间主任，还和工厂里的送货司机成了亲。

这期间，玉儿和佩儿分别上了大学和初中。

当玉儿大学上到一半的时候，她已经能自己负担她和佩儿的学费了，菊英和青儿只给一些生活费就行。

当佩儿上大学可以自己赚学费的时候，玉儿已经博士毕业了。

博士毕业的玉儿找了个博士老公。老公开发了一款 App，赚了好多钱。

时光不负努力的人，随着玉儿和佩儿的自立，菊英一家的生活开始翻身。然而这时候，青儿的家庭却出现了问题。她的司机丈夫老陈出了一次车祸，撞伤了腰，再也开不了车。闲在家的老陈竟然迷上了赌博。第一次把青儿数十年积攒的十万块钱输掉了，第二次欠了十万高利贷，第三次又欠十万。第二次是玉儿还的。第三次玉儿拒绝再给，是佩儿给还的。

赌性不改，第四次老陈又欠了十万。青儿再次跟两个妹妹借钱，两个妹妹却拒绝支援。

青儿崩溃大哭，她找到妈妈菊英，说两个妹妹绝情，见死不救。她怪菊英偏心，这么多年一直牺牲老大。

青儿跟老陈是有感情的，她始终认为，老陈只是误入迷途，一定会改。她忘不了老陈当年为了帮她供两个妹妹上学，开车出去都是带一箱子方便面，从来不吃饭店的饭。现在妹妹们的一个包就一两万,挽救一下迷途的姐夫却吝啬起来。

她说她要起诉两个妹妹,让她们把她这些年付出的金钱归还回来。

菊英默默拿出三十万,对青儿说:"这是两个妹妹给的钱,但是我不能给你,给你你又去堵了窟窿。我们想了一下,要想戒掉你男人的赌,就必须给他找事做。我们已经在吉祥街的繁华地段找好了一个煎饼铺,我带着你男人去摊煎饼。他只有干活的份,钱不能碰到。"

菊英又说:"我知道你这些年心里很委屈,感觉自己牺牲太多了,我告诉你个秘密。这么多年,你有没有怀疑过自己的身世?你有没有验过血?我是 A 型血,你爸爸也是 A 型,而你却是 B 型血。"

"为什么?"

"……因为你也是我捡来的。"

青儿目瞪口呆!

这段话无异于把她从高高的山巅突然推下了万丈悬崖。

菊英静静给青儿讲起当年的故事:

"那年我刚跟你爸结婚,有一天我们进城买药,回来在车站发现了你,你在地下哭得声嘶力竭,那时候也是深秋天气,和我们捡佩儿一个节气,别人都是叹几声气,却不管,我把你抱回了家。你爸爸不想要,我坚持。回到家,你奶奶又大骂我三天,我索性发下狠誓,如果我不能给他家头胎生下儿子,就抱着所有孩子走。那时候计划生育严格,有了两个,就不能生第三个了。结果,我不幸,生下了玉儿。"

青儿听到这些,已经泣不成声。

【8】

一个月后,吉祥街的繁华路口,李记煎饼的铺子开张,掌勺的是菊英,打杂的是青儿男人。李记用的鸡蛋都是附近山上散养的柴鸡蛋。柴鸡蛋又小又黄,需要加两个才能把煎饼铺满,但是因为煎饼好吃,顾客也是日日盈门。

青儿的男人老陈,有了事做,再也没时间去玩牌。

然而就当老陈把煎饼摊得像岳母一样娴熟漂亮时,岳母菊英却生急病身故了。

那天她正站在煎饼铺子摊煎饼,忽然说头有点晕,要坐下休息,这一坐下就没起来。她犯了脑出血,送到医院就再也没醒过来。

五七那天,青、玉、佩出现在菊英墓地。墓碑上,是菊英一生最漂亮的一张照片,还是那年跟鸡场老板谈恋爱照的。栗色的短发打着卷盘在头上,青白的脸上笑得幸福洋溢。黑色的大理石墓碑上,刻着一行文字:

李菊英,世间最伟大的母亲,您的女儿们怀念你。

青、玉、佩敬上

菊英死后,青儿和丈夫一起经营煎饼摊。青儿和男人,都能摊出一手漂亮的好煎饼。玉儿和佩儿也都有了各自的五彩人生。

这只是一个平凡女人的故事。

神厨娘

【1】

牛先生有一个大脑门儿，四十以后又秃顶了，脑门儿和顶联姻，头上一片光明。

牛先生成天在外跑颠儿，晒得多，整个人红彤彤的，又加之他天生有抬头纹，一笑，层层面皮往上面赶。牛先生的脑袋就跟广西龙胜梯田似的，一圈儿一圈儿，沟壑纵横，水光潋滟。

牛先生在一个工厂当采购，很小的一个小工厂，名不见经传。但牛先生在小城的社交面比他厂长都强，大到县长，小到村长，以及很多有钱人，他都认识。

牛先生社交网络的打开，首先还得感谢他的厂长，其次是感谢他老婆。

十几年前，牛先生的厂长要请一个镇长吃饭，到处找饭店，不知道去哪里好。

牛先生说："要不到我家吧，我媳妇儿做饭还吃得过去！"

厂长眼前一亮，问："你媳妇做什么拿手？"

"做豆腐拿手，还会做酱，炖肘子也一流，烙饼更漂亮！我媳妇儿烙的饼，放盘子里，用手从中间一提溜，层层旋起，饼皮金黄，饼瓤薄如蝉翼……"

厂长以为他吹牛，要亲自检验："这样，明天让你媳妇准备一顿饭，我带人去试吃一下，确实好的话就定你那里！"

牛先生很把这当回事，回家就跟媳妇说了，媳妇也很重视。

牛先生媳妇叫彭花，是个特别朴实的家庭妇女，彭花不大好看，一张脸又长又瘦，大眼突突，一双脚也巨大，穿四十一号鞋。

牛先生和彭花站一起，有大头先生和小头太太的感觉。

彭花为了显脸大，没少费心思：先是把头发烫了，显得头发巨多，又把头发弄直，又像两排挂面挂在一只胡萝卜旁。彭花对自己的相貌不太满意。

彭花一生跟吃的死磕，她擅长做饭，什么食材到她手里都能变幻出美味。

· 119 ·

厂长要来，彭花慌得一夜没睡好觉。

她第二天一早四点就起床了，泡豆子，磨豆子，准备做豆腐。

豆腐要做得好吃，必须用当年的新豆子，水也要好水。

牛先生家院子里有口井，是出了名的好水，水质甘甜，矿物质丰富，做豆腐又香又滑。

牛先生去买了一块好肉，杀了一只柴鸡，帮着忙活一天。

彭花做豆腐如绣花，点豆腐时，又如观音拂柳，坐在那里，左手一颤一颤地洒卤水，右手匀速而缓慢地搅豆浆。

豆浆遇到卤水，慢慢结花，慢慢在锅里转起来，像跳舞。

有句话叫"心急吃不了热豆腐"，彭花说："心急更吃不了好豆腐。"

【2】

厂长那天带着几个朋友上门。

一顿饭吃得高潮迭起。

每吃一样食物，就爆发出一阵喝彩声。

"嚯，这个酱是王八莲子酱？多少年没吃到过这个味儿了！"

王八莲子其实就是决明子，他们那里那么叫，把决明子采回来碾碎，和黄豆面一起炒熟，攒成球放到筐里等发酵，长毛以后，再打碎放到缸里，加水，再盖上一块透明玻璃，放太阳底下晒，晒一段时间后，就是香喷喷的酱了。

这种酱，超市里的酱都没法比。

厂长带来的朋友都是苦孩子出身，一碗酱吃得他们眼泪差点掉下来，纷纷忆苦思甜，陈芝麻烂谷子的往事叽哩咕噜往外涌。

往事就酒，没一会儿，桌上就"妖气"蒸腾，"妖怪们"摇头摆尾，龇牙咧嘴，捶胸顿足。

彭花不善社交，躲在厨房干活。席间有一个女人，跑到厨房跟她学艺。

她说："大姐你做饭真好吃，教教我怎么蒸那鸡蛋羹吧。"

彭花告诉她："蒸蛋羹，先放盐，再用开水烫蛋液，再上锅蒸……"

那女人长得比蛋羹还细嫩。听说她是工厂的会计。

酒足饭饱，一群人撤离，月亮升起来，挂在中天，云彩追着月亮走。

人们轮流跟彭花握手，赞彭花手艺，彭花的手像被一张张钳子夹过。

"嫂子啊，你真是天生的厨师啊！"

"嫂子，我哥娶你有福啦！"

彭花一辈子也没听到过这么高的赞美，激动得不知如何是好。

晚上，彭花在疲惫不堪中进入梦乡，她做了一个美梦。

她梦见自己，手拿一根桃枝，撒豆成兵，心想事成，想什么食物就出什么食物，一群人缤纷饕餮，对她顶礼膜拜。

【3】

毫无悬念，厂长把吃饭的地点定在了牛先生家。

为了让自己的厨艺锦上添花，彭花把自己的烙饼又做了改良。

她这次用杏仁油烙的饼，那饼放在盘子里，不但从中间一提，层层薄如蝉翼，还散发着一股异香。

一桌子人都震撼了。

饭局又迎来高潮。

镇长这个老男人最后也吃得摇头摆尾。

饭局的最后，所有人又例行公事一般举杯敬彭花，敬她这个"神厨娘"。

这群靠口活生存的男人，赞美诗唱得花样缤纷。

连一向不爱夸她的牛先生都当众宣布：

"彭花是我这一生最大的骄傲！"

彭花都快昏厥了。

毫无悬念，厂长那年求镇长办的事自然也办成了。

【4】

一战成名，彭花自此有了点名气。

牛先生顺势而为，将家里改造成了一个私房菜馆，取名"彭家私房菜"。

当地的贵族豪绅要请客，都喜欢到彭花的私房菜馆。

她一天只招待一桌，到她那吃饭都要提前订。

"彭家私房菜"自打开张，从没断过客人。

寒来暑往，一晃数年，彭花一头扎进烟火里。

为了做好她的私房菜，彭花全年无休。

春天第一缕野菜长起来的时候，她就挎着小篮子上山了，有些野菜长在悬崖峭壁间，她爬上去采。

野菜回家用水烫过，攥成球，一球一球冻到冰箱，可以吃一年。

入夏要上山采野果，青梅、野杏、山葡萄、山猕猴桃，采回来或酿酒，或做果酱，或做甜点。

碰到漂亮的野花也挖回来，移植到庭院。渐渐地，院中花团锦簇。

她还在院墙外垒了鸡窝、猪窝、鸭棚、兔子窝……

牛先生单独给她造了厨房，厨房里各种设施齐全：磨豆腐的磨、腌咸菜的缸、碎粮食的小机器、大土灶、锯末炉……

牛先生这些年最大的收获是结识了很多人，小城里人脉广泛，手眼通天。这些人帮他办了很多事。

【5】

牛先生总说他一生做的最正确的事情就是娶了彭花，彭花是他的宝。

但人总有老的一天，彭花一转眼就要六十了。

身子越来越弱，越来越爬不动山，也干不了重体力活。

但为了菜馆，她还在坚持。

她做菜也经常犯糊涂，常常放了一遍盐，再放一遍。

女儿说让她歇一歇，把私房菜馆关了。

彭花舍不得，她知道，这个菜馆是牛先生的道场。

他只有在这个道场上辗转腾挪，左右逢源，才有存在感。

她为了他的快乐，愿意牺牲自己。

【6】

有心无力，彭花还是出了点事。

有一次她去山上采野菜，不小心从山崖上掉下来，摔伤了一条腿。

她没有带手机，只能苦等救援。

天渐渐黑了，星星漫上天空，草里虫子在叫。没有人来救她。山里还有狼。彭花想，也许这就是她的最后一夜。

她倚在石头上看夜空，回想自己这一生，也值了，做了最爱做的事，爱了值得爱的人,得到了无数赞美与感谢。

身边的其他女人,哪个有她这福分?

大家都夸她是世上最好的女人。

她自己也觉得是。

她胡思乱想,快到半夜的时候,终于听到有人呼喊她。

"彭花……"

"彭大姐……"

"彭大娘……"

手电筒的光芒从远处摇摇晃晃靠近。

她大声呼喊:"我在这里——"

牛先生看见她,踉踉跄跄奔过来,一把把她抱怀里。

"我的宝啊!"

同行的人个个掩嘴笑。

彭花羞得无地自容。

但感觉断掉的那条腿,都不疼了。

一群人把彭花背回家,像迎接一位凯旋的英雄。

那天找她的人,有几十个,多是吃过她的饭的。

【7】

彭花的腿没好利索,她的私家菜馆就又开张了。

只是她再也不上山,牛先生不许,需要的一应东西,都花钱雇人去做。牛先生说,他太怕失去她。

彭花的手艺又回归,再也不糊涂,很少放错料。

牛先生又恢复了每天迎来送往的生活。

彭花自创了一道新美食,叫山黄花菜馅儿饺子。

一推出,就惊艳众人。

吃过的都赞不绝口,说这饺子金玉其内,富贵逼人,吃了这饺子,拉屎都带光芒。

彭花真是佩服这些人的语言能力,说话能说得让人眩晕。

【8】

也不知从什么时候开始,彭花又犯迷糊了。她经常做着做着菜就在那愣神,或者放过一遍盐的菜,再放一遍。牛先生很怕她得老年痴呆。

端午前的一天,彭花给牛先生的老厂长打电话。

彭花说:"老厂长,我这么多年,在小城闯出了一点名气,全仰赖老厂长当年慧眼识珠。"

彭花又说:"我想请当年那桌客人再吃一顿饭。老厂长您一定一个不差给我请来,我走向社会就由那顿饭起。对了,有个妹妹,她当年还跟我切磋过厨艺,好像是个……会计……请一定帮我请来。"

老厂长已退休,正闲着无聊,每天最大的难题就是如何刷存在感。这是个机会。

老厂长很快邀请到原班人马去吃饭。

日子定在一个周末的晚上。

周末一大早,彭花四点就起床了,泡豆子,磨豆子,准备做豆腐。

她让牛先生又去买了一块好肉,杀了一只柴鸡……

过午,彭花开始点豆腐,一如当年,她观音拂柳一般,稳坐在那里,左手一颤一颤洒卤水,右手缓慢而匀速地搅豆浆。

卤水入锅,豆浆瞬间结成花。

一圈一圈,豆花在锅里跳起了舞……

客人来了。

除了都老了点,没变化。

小院比当年更美,彭花从山上挖下来的杜丁花,葳葳蕤蕤开了满院子。

彭花用了几十年的时间,把日子过成了诗。

饭菜也一如当年,一个不差。

只是在最后,酒席快结束的时候,彭花给每人端上了一碗饺子。

她说:"这饺子,是我新创的,你们都尝尝,味道如何,我好改进。各位都是我的贵人。"

一群人纷纷伸筷子大快朵颐。

白胖的饺子很快在每人面前光了半碗。

有人竖起大拇指:"嫂子厨艺,更胜当年。"

"吃了这饺子，能成仙。"

"嫂子的创新精神，不去当科学家，白瞎了。"

正当一群人口若悬河盛赞彭花的时候。

桌上突然出了状况。

只见牛先生和会计两个人摇摇晃晃倒了下去，紧接着两个人倒地不起，开始口吐白沫，翻白眼。

在场的人都惊呆了。

彭花看此情景，从窗台上端起一碗褐色的水，咕嘟咕嘟地喝下去。

喝完她颓坐在地上，眼泪无声流下。

她说："对不起了，各位，这是场鸿门宴，刚才我喝的是卤水。我给这俩人端的饺子，是断肠草馅儿的。他们俩早有奸情，我被骗了好多年，枉我还以为自己是世界上最幸福的女人。那天我在老牛的手机里发现真相，那女人问他：'你最爱我，还是最爱你那长脸婆娘？'老牛说：'最爱的是你，我那婆娘除了会做饭啥也不会，你才是让我一生快乐的女人。'"

彭花抹了把泪："呵，我被骗得好苦……"

一群人听了这话，个个面如死灰，都以为自己也吃了断肠草馅儿的饺子。有抠喉咙的，有捶胸口的，有捂肚子的。

彭花说："你们不用担心，我给你们端的都是黄花菜的，黄花菜与断肠草，剁碎了，一般无二。我与各位往日无冤近日无仇，何必害你们。"

【9】

彭花和牛先生，还有女会计，三个人都没能救回来。

一个声名在外的私房菜老板，用自己的最后一顿饭，毒死了丈夫和丈夫的情人。

这件事轰动了小城。

一时间人们都在议论。

有人说，断肠草，草断肠，你断我心，我断你肠。

断肠草馅儿的饺子，一下子声名鹊起。

有的夫妻开玩笑，你若背叛我，我就喂你吃断肠草馅儿的饺子。

这成了小城独有的梗。

有人说，这女人真傻，为一个臭男人赌上自己，多不值得。

知情的人会说，理解她，一个人得到的虚幻幸福有多大，知道真相后的恨就有多深。

又有人说，也许老牛的短信只是跟人逢场作戏，信不得的。

可彭花是个钻牛角尖的女人。

她若没有执着精神，怎能封厨神。

神仙二姨

【1】

二姨是个美人，只是老了。

她在娘家排行老二，当地人都管她叫二姨，年纪大的就把二姨前面加个他字，叫作"他二姨"。老了的美人二姨现在也风韵犹存，脸蛋还是圆圆的，年轻时那双又黑又亮的大眼睛迎着岁月侵蚀也不曾黯淡一分。唯一提示年龄的，是脸上那秋后丝瓜一样的褶子，沟壑分明。二姨的大眼睛嵌在这张丝瓜脸上，显得落魄而精神。

二姨一辈子要强，这种强悍女人通常的标配是一个老实到有点废物的男人。二姨的男人老张例外，老张也老实，只不过他的老实只对二姨一个人使。对外人，他精于算计，八面玲珑，口若悬河。

老张在县城开了一家五金店，这些年攒了不少家产。店里的员工啊，顾客啊，上游的供货商啊，没有不恨老张抠门儿的，但老张只是对外人抠，他把对外人抠门儿攒下来的好，都给了二姨。

老张宠二姨，那是出了名的。

举个例子吧，有时候生意上往来，老张陪客户去做足疗，客户闭目养神在那享受，他不行，他唯恐对不起那点钱，一边足疗一边跟小妹请教足疗技法脚部穴位，然后把学来的本事一股脑使到二姨身上，他每天给二姨洗脚，然后抱着二姨的脚捏啊捏。

二姨是个有些虚荣的女人，她喜欢把老张的好宣传出去，张嘴闭嘴"哎呀我们老张……哎呀我们老张……"所以老张没有秘密，大到能扛多少斤大米，小到摊鸡蛋饼放多少油，大家都知道。

每当二姨炫耀老张，听者表面是明星站台似的微笑，心里嫉妒的野火呼啸着燎过高山荒原。

可嫉妒有什么用呢。

二姨就是命好,她连儿子都没生,只有一个女儿张素素,老张也不介意。

【2】

多么幸福的生活呀,可要都这么幸福下去,哪来今天的故事呢,所以这个故事的开头就是——老张死了。

三年前,老张常觉胸闷气短,张素素领着到医院一查:肺癌晚期。

一般得了癌症的病人,家人都瞒着啊,可二姨家瞒不住,二姨是个脸上藏不了事的女人,动不动就泪痕犹挂。

自打老张得病,二姨就变得十分贤良,脚也不让捏了,饭也不让做了,成天问老张:"你想吃点什么?"

老张是个聪明人,天天问想吃什么,这不就是快吃不到了么,反常必为妖啊,一看自己这就是个要命的病。

不到半年,老张就撒手人寰。

老张死前关了五金店,把一大笔财产存在了二姨名下,临终遗言:照顾好素素。

二姨在老张的葬礼上哭得那叫一个惊天动地,一会儿昏过去一次,一会儿昏过去一次,声泪俱下:"老张啊,你走了谁给我捏脚啊,谁给我捶背啊,谁给我早上冲杯热牛奶啊,谁逗我开心哪……"

二姨的这一大串排比,要搁平时,旁观的人得笑掉大牙,这时候听真是感天动地——多凄美的爱情啊。

二姨一晕,大家就七手八脚地掐人中拍后背,她醒了还是接着哭:"老张啊,这么多年你没对我发过一顿火啊,没让我受过一点罪啊,你死了,我可怎么办啊,我可不会照顾素素啊。"

然后就又晕过去了。

三晕两晕可就把张素素吓坏了,张素素没见过什么死亡,她不知道死亡是这么具体地惨烈,不知道一个人的消失就跟没来过一样,像风浪抹过沙滩,瞬间无痕。

爸爸从小宠她,可爸爸说死就死了,死前也没教她以后该怎么活,或者教教她在他的葬礼上怎么哭也好。

她看过别人家的女儿哭灵,都是二姨那个样子的,可那一套她学不会,她只好躲在角落里，捂着脸抽身子。

二姨晕了一次又一次，素素害怕了，爸爸的死还无力面对，妈妈要再出什么闪失，她可怎么办？

当二姨第四次晕过去的时候，素素崩溃了，她坐在地下拍着大腿放声大哭起来。

她这一出，吓得唢呐手都停止了吹唢呐，愣愣地看着她。

二姨一看，这么着不行，自己不能哭死，还有个孩子呢。

老张的葬礼就是在这种悲壮的气氛中结束的，三天圆坟儿时，二姨的大眼睛陷进了眼窝里，颧骨凸了出来。

美人二姨成了薄命相。

我说过，每一个公主的悲催人生都是从失去至亲那天开始的。

张素素也是。

薄命相的二姨在老张死后，彻底开启了"人生以泪洗面"的模式。

可苦了张素素，爸爸一没，妈妈等于死了一半。一个整日哭天抹泪的妈，没人照顾不行，她只好带着老公女儿住回了娘家。

素素在一个镇政府上班，大学毕业就回家乡考了个公务员，自打当上公务员，她就收起梦想，收起个性，整日往乡镇奔波。没办法，工作地在三十公里外，光路上就得一个来小时，她起早贪黑看着挺忙碌，实际上都是瞎忙。一大早过去，到那就帮书记扫个地啊，帮镇长跑个腿啊，或者准备准备什么作文大赛、诗朗诵大赛、歌咏比赛，等等。

最不能忍受的是她每年还得跟着镇里那些高矮胖瘦参差不齐的女同事们一起参加县里的广场舞大赛，当大家一字排开的时候，素素准是站在县领导最容易看见的位置，没办法，谁让她漂亮！

当广场舞的魔幻音乐响起来的时候，素素就跟着那些女人们一起"翩翩起舞"。

那一刻，她觉得整个后半生都死了。

素素的老公小戴也是个公务员，在国土局上班，小戴家在当地有几个当官的亲戚，颇有点势力。

可能家庭条件好的男孩子都有个毛病：没主见。素素的老公小戴也那样，买个内裤也得去问问他妈挑啥色。

他们家最好的人就是女儿豆豆了,乖巧可爱,是一家人精神上的救命稻草。

【3】

没了老张的二姨觉也没了。二姨的卧室,彻夜不熄灯,她在里面瞪眼流泪。

素素劝过几次,结果进了屋就出不来了,二姨非拉着她把这一辈子的苦难史讲一遍,从十岁挣工分为始,以老张死为收梢。

几次之后,素素不敢再去劝了,然后二姨就生起气来。她劈头盖脸地骂素素:"我浑身难受睡不着觉,你们问都不问,还知道有我这个妈吗?"

"妈——"

"你们就是不关心我!"

"不关心你我们会搬回来住?"

"搬回来有什么用,你们陪我吗?"

"妈,你白天睡觉,晚上不睡,我还要上班啊!"

"那你不会劝劝我让我睡觉吗?"

"我劝了啊。"

……

"妈,你的作息都颠倒了,以后白天出去走走吧,别闷在家了。"

"我不去,人家都是圆圆满满的家庭,我一个苦命的寡妇,找谁玩?"

"你别寡妇寡妇的,多难听,再说就算寡妇也可以交朋友啊。"

【4】

二姨嘴上说不出去散步,晚上还是跟着素素出去了。

以前他们娘俩都不爱在小区里活动,二姨是帮老张看店,素素是不喜欢那些大妈们。现在不行了,素素拉着二姨专往那些大妈集团里钻,到跟前还堆出笑脸,做出特别懂事的样子,甚至陪她们聊一些"12楼的孩子是抱养的"、"物业的那个小媳妇前几天难产"、"九楼东门是个小三"等八卦。

一来二去,二姨就被带入了小区的大妈团,她每天都出去跟这些大妈们聊天。

这让素素松了一口气。

可过了几天,素素发现,还是不行,妈妈白天出去玩,晚上还是不睡觉,阴着脸哭，家庭气氛特别阴郁。这阴郁大人还能忍，豆豆那么小，看姥姥哭，以为世界末日，眨巴着无辜的大眼睛撇着嘴哭。

素素忍不住说了二姨几句，二姨就不干了。

"怎么，还不让我想你爸？我就是想他，你们都不如他我才想他！"

"你想也没用啊，日子不还得过吗？"

"怎么过啊，都没人给我洗脚了。"

"明天我给你洗……"

"你会做足疗吗？"

"妈，你别无理取闹好不好？"

"我就无理取闹，你怎么就不能像你爸那样对我好呢？"

"儿女的好能跟夫妻的好一样吗？"

"你就不能学吗？你是你爸的孩子啊，你爸会的你都该会啊。"

素素终于火了。

"你到底是想我爸还是想我爸对你的好？我爸活着的时候也没见你这么情深义重过，还不是经常半宿半宿地骂他，现在你知道珍惜了？"

这几句话，可是捅了马蜂窝，二姨以前确实那样，动不动就把老张骂得狗血喷头，一件小事能唠叨一天。

恼羞成怒的二姨俯仰大哭起来，母女俩撕破脸地大吵，素素满肚子委屈。妈妈总是这么自私，我也是爸爸宠大的宝，她就不知我也很想他吗？

素素冲过去搂着爸爸的照片痛哭起来。

素素一哭，二姨就不哭了。每次都这样，她也见不得女儿哭。

二姨眨巴着眼睛可怜兮兮地坐在那里："你别哭了，别哭了，别哭了……"

素素让老公和女儿先回婆家，她怕女儿在这样的家庭环境中会受影响，老公一听，一脸解脱，带着女儿落荒而逃。

素素看着两人的背影，心里落满了冰雹。

"说好的有难同当呢？"

【5】

在老张死后的半年左右，二姨的思夫之痛，终于还是淡了点。

眼泪流干之后，寂寞趁机横扫而来，枯寂的二姨，每天流连在小区跟那群大妈形影不离，就像趋光的虫蛾，拼命地要挣脱黑暗。

素素家乡这种八线小县城，人员构成很有趣，挤在这个空间里的人很杂，部分人受过良好教育，过着大城市的现代生活，吃西餐喝咖啡唱歌泡吧朝九晚五。

有很多是农村新贵，表面上高楼大厦，华车美服，骨子里还是浓浓的农村思维。他们费力地在城市里过农村的生活，比如把大缸搬到楼道腌咸菜，刨掉小区绿地种黄瓜，各种串门，把整栋楼当作一个村小组，整个小区当作一个村，从一楼到顶楼，家家户户的事情打听一遍，然后聚在一起叽叽喳喳。

二姨的这群朋友当然都是后者，在这之中，她又挑出几个丧偶的深入交往，她总觉得跟这种人有共同语言，同病相怜。她们互对着感伤了一番身世之后，扬起了新的人生风帆，并提出了人生新口号：

"不服输、不服老，打扮起来，找新老伴！"

二姨和这群大妈天天去商场，买衣服专挑鲜艳的，大红大绿大紫，甚至买二十岁小姑娘穿的款式，售货员稍微一提示，她们立刻眉毛一竖张嘴开骂，说人家歧视老年人，非骂到小姑娘们道歉为止。骂完了，觉得浑身通泰跟做了个全身SPA一样："哎呀，太痛快了，一肚子的委屈，跟儿女都撒不出去，全撒给她了！"

人啊，媚俗从恶，一个人行进得很慢，要是有一群人陪着，咣当一下就下去了。

她们在这拍手称庆的时候，一个彪悍大妈听见她们的对话，对她们这种折磨小姑娘的行为十分鄙视："切，我这辈子，从来不玩这种小儿科！"

大妈外号叫大皮缸，因她的屁股大得像一座小水缸一样，走起路来，地动山摇。

大皮缸是出了名的悍妇，一些当官的都怕她，她给二姨她们讲述了自己如何在刚交的新房里扔了一泡屎跟开发商讹来两个车位的故事，又讲了她年轻的时候开一个假烟假酒店往乡下批发烟酒的"光辉"历史，还讲了她怎么跟县政府要了双倍价钱补偿了她家的两亩菜地。

听完了大皮缸的光辉事迹，二姨们觉得自己实在太井底之蛙了，她们立马拜在了大皮缸的门下，并强烈要求大皮缸带她们干一票大的！

大皮缸想了想，就领着她们冲向了对面小区，对面小区正在建设，她们把售楼处一堵,说施工噪声太大,影响了自己小区的休息。

这帮活神仙堵在那儿,售楼处一套房子也卖不出去,经过讨价还价,大皮缸带领众姐妹要来了三千块钱。一千块她据为己有,剩下的两千块二姨们分了。

【6】

二姨的这些行为,素素是辗转从侧面听到的。小县城,转着圈的亲戚朋友,从别人嘴里听到自己妈这种事,素素脸面十分挂不住。

她准备委婉地劝一下二姨,结果刚提了一句,二姨就炸了。

"是你让我出去找人玩啊,我出去了,你现在又来指手画脚,你到底让我怎样?"

"出去玩,也得挑挑人,找点温和善良的人不行吗?"

"人家温和善良的都在家享福呢,哪像我们这群苦瓜!再说我们怎么不温和善良了?"

素素最怕二姨耍混,这问题只得作罢,由她去吧。

二姨们的口号不是"打扮起来,找新老伴"么,有了大皮缸的加入,找新老伴这事容易多了。

二姨很快找了一个对象。

素素发现二姨有新对象这事是从她晚上总往外跑开始的。每天晚上,二姨急慌慌吃完饭,碗筷一收就出门,表情莫名兴奋。

素素跟踪了一天就挖出了二姨的对象,就是小区里打扫卫生的孙老头。

素素不反对二姨再找一个老伴儿,可不能随随便便拉个扫大街的回来。她知道一个老男人混得惨,一定有他惨的道理,老渣男,必须过滤掉。

没等素素找二姨谈这事,二姨自己先摊牌了,说谈了个对象。

素素问老头什么条件,二姨说,啥也没有,没房没车没儿没女没钱,正好入赘咱家。

素素很平静地给否了,理由就是条件太差。

于是电视里母女常有的那些桥段开始上演,只是角色换了个位。

二姨像一个长老了的小白兔一样抗争着自己的爱情:"穷怎么了,穷能证明他就不是好人?"

"至少他穷有可能是因为他不是好人。"

"你真俗!反正我非他不嫁,你不同意,我们就私奔!"

素素嘴撇得能到爪哇:"呦呦呦呦,你们还私奔,你们能奔到哪去?他有个窝吗?"

"我有窝啊!"

这话很明显是要赶素素的意思了,果然老年人谈恋爱如老房子着火,娘俩又炸了。

"那就是个渣男,我不想让你被骗。"

"我看你就是不想让我好,想让我在孤独中憋死。"

"你前几天还抱着我爸的相片要死要活,这么快就找新的,你对得起我爸吗?"

"是你爸不管我的!"

"我看你也不是真爱我爸,你爱的就是被宠的人生!"

"对,我就是受不了没人宠我!"

"这人他代替不了我爸。"

"代替得了。"

"你别天真了!"

"他天天给我打电话,还给我买西瓜吃呢。"

"那也不行!"

"你当女儿的还管老妈谈对象?"

"我不管,你谈得好吗?"

"你谈得好?"

"我至少比你有经验!"

"狗屁!"

这架吵得真是狗血满地,素素看透了,再往下走,就是琼瑶式的断绝母女关系了。

【7】

素素决定去调查这个老孙头。

她必须弄清楚一个男人活到五十多岁,没房没车没儿没女没钱的原因。

如果真是因为外力，她就同意这门婚事，如果不是，坚决制止，她不能让妈妈这只老白兔喂了老狐狸。

凭直觉，这就是个渣男，分辨渣男，素素比二姨可厉害多了。二姨19岁就嫁给老张，哪见过这世界的"奇男子们"，素素毕竟谈过几次恋爱，有经验！再加上她在公家单位常年玩办公室政治，谋算人心是她的本事。

素素发动了七路人马去打听这个老孙头的人品，两天之后，七路人马给回反馈：就是个大写的老渣男！

年轻的时候因为偷东西进了监狱，放出来后去外地混了几年，领了一个女人回来，把家里的老婆抛弃了，后来新女人又和别人跑了，他又出去了几年，在外面又因为偷东西被抓入狱，再出来，就五十了。

素素心里有数之后，不动声色，二姨一次次跟素素商量婚事，软硬兼施，素素就是不同意。

商量不下来，娘俩就打，整晚整晚地打。二姨指着鼻子骂素素："自私，不孝！"

她还把素素的不孝传播得满小区都是，那些大妈们再看见素素，个个皱鼻瞪眼加撇嘴。

素素心想这么下去不行，她妈那人，只能智取，不能强攻，他们娘俩向来相爱相杀，靠打只会两败俱伤。

素素终于想了个主意，她找到大皮缸，给大皮缸一千块钱，让大皮缸去勾引老孙头，断了她妈的念想，事成之后，再给一千。

大皮缸欣然同意了。

果然，没到一星期，素素有天下班一进家门，二姨就哭开了，说老孙头要结婚了，给她最后一次机会，如果她能做通素素工作，还要她，如果做不通，就跟人家去了。

二姨做出一副万念俱灰生无可恋的样子，她的意思很明显，你再不同意，有可能就没这个妈了。

她以为这招肯定好使，没想到素素还是不同意。

二姨不得不又怒了，跳起来骂素素："不孝，混蛋！"

"我是为你好，我不想让你在失去我爸之后，把我爸给你的那点财产也丢了。"

二姨气得哇哇大叫，说："好你个素素，你就是惦记我那点财产呢！"

素素说："那些财产是你的，也是我爸留给我的。"

话说到这份子上，二姨觉得不使绝招不行了，她拿起茶几底层的一瓶农药就往嘴里灌，素素眼疾手快伸手打掉了。

酱红的农药汤子在洁白的地板上蛇一样蜿蜒，娘俩坐在地下开始大哭。

素素是又疼又恨又心惊，她从没想过自己的人生会过成这般狗血模样，那个口口声声想念爸爸的妈妈，一年的寂寞都抵挡不了。

她没想到爸爸一没，这个家需要自己这般劳心劳力。

她想起了十年前上大学的那个素素，那个素素坐在梧桐树下读《边城》，落红成阵，飞花成雨，世界美好得一塌糊涂。那个素素是死在这滚滚红尘里了吗？

【8】

二姨的美梦终于还是破碎了，小区里很快传出了保洁员孙老头企图诈骗良家妇女的新闻。

有好事者这样介绍：

老孙头经人介绍，相亲认识了对面小区的寡妇赵大姐，赵大姐是个富婆，有房有钱儿子儿媳又不反对赵大姐找老伴，赵大姐对老孙头很满意，要招他上门，但赵大姐说再穷也不好空手，怎么也得带点彩礼，就跟老孙头要了一条金项链。

老孙头果然买了一条金项链送去，结果赵大姐一见项链就怒了。赵大姐是个见过世面阅金无数的人，那项链一看就是假的，老孙头被大骂一顿赶了出来。

好事者讲的时候，大皮缸在旁边添油加醋，大妈们都知道二姨和这个老孙头也有故事，纷纷对二姨给予安慰，说幸好发现得早，没想到这个老不要脸的竟然脚踩两只船。

被人比喻成一条破船，二姨的脸红一阵白一阵，当天晚上又抱着老张的照片哭了一宿。

素素去了大皮缸家，给了剩下的一千块。她不得不佩服大皮缸的才干，本以为她会亲自出马，没想到，她转手抛给了赵大姐。

"这种事情，我怎么会亲自出马，我也是要脸的人啦！"

回家路上，素素越想这句话越觉得别扭。论脸面，到底谁更没脸呢？

【9】

二姨再也不去和小区里那些大妈们玩了，她觉得那群人实在没劲，当时拼命撮合她和老孙头的是她们，最终拆穿老孙头真相的还是她们，整个故事里，就她自己是个笑话。

她又开始天天在家待着，按时做饭，收拾屋子，就是不说话，母女俩像合租的一对房客。

不哭不闹不作的二姨，反倒让素素心里更没底，她尽量往二姨身边凑，没话找话说，有时还钻二姨那屋去睡，像小时候那样子。

二姨总是很早就假装睡着，等素素睡了之后，就轻轻地摩挲素素的长发，摸着摸着就压着嗓子哭起来。

素素害怕极了，她总觉得有一场更大的暴风雨在后面，现在是暴雨前的阴天阶段。

她想到的最坏可能是二姨要轻生，她把家里的绳子剪子农药全藏了起来，每天上班提心吊胆，下班回家，看不见二姨就疯狂地到处找。

【10】

就在素素快被二姨的冷漠弄得崩溃的时候，二姨的新节目终于出来了。她没有轻生，她的新节目神仙也想不出来，因为她自己，成了神仙。

据二姨自己说，有七位仙家附到了她身上，这七位仙家分别是两位狐仙、两位蛇仙、两位黄仙、一位龟仙。七位仙家来自祖国的不同地域，操着不同方言，有着不同的脾气和性格。自打这七位仙家到了二姨身上，二姨就开启了八种人格置换模式。

第一次仙家上身，素素被吓死了。

当时她和二姨正在吃饭，二姨的语气神态突然全变了，声音变得非常袅娜，表情变得异常柔婉，怎么形容呢？就跟王祖贤演的那个白蛇差不多。

这位仙家自称是狐三姐，来自两百里地以外的一座名山，她管素素叫"这位小姑娘"，并讲述了他们上二姨身的原因，说："你妈妈太孤独太寂寞了，她心里好苦，正好我们也要找个地方安家，顺便陪她一下。"

狐三姐让剩下的六位仙家也出来见礼，于是二十分钟之内，二姨一个人又扮演了六位大仙，一个大大咧咧的男狐仙，像射雕里的老顽童；一个彬彬有礼的男蛇仙，是个暖男；一个温柔得像水一样的女蛇仙，跟男蛇仙是夫妻。女蛇仙说话比王祖贤还娇嗲，她拉一下素素的手，素素浑身鸡皮疙瘩一层层起。还有一对黄鼠狼父子，那小黄鼠狼还是个经常迷路的小宝宝。还有一个大乌龟，来自长江，三千多岁了，擅长批字算命。

……

素素彻底蒙了。

人世间那一套，素素还能看透一二，这"仙界"的事情，她可是一无所知了。

她在乡镇上班听过不少这样的故事，哪个村子的哪个女人，仙家附体，哪个村子，有位风水大师，并且这种人还很有人气，很多贵人都去看事儿。

素素可是一次也没看过啊。

那天晚上，素素开着灯睡了一晚，也没敢脱衣服，在没弄清楚家里是不是真有几位男性大仙之前，她只好和衣而睡。

以她的了解，妈妈是不可能说出那么多种方言的，也不会现出那么多种性格。她妈妈是个一辈子只会扮演自己的人，连藏点病情都藏不住，怎么能藏得住这么多重人格？

素素观察了两天，几个仙家倒也没什么异常可怕之处，反倒是他们很怕素素，只要素素在家，他们就不大敢上二姨的身，上了身也是偷摸着瞄素素，不敢乱说话。

二姨的饮食习惯也改了，她以前从来不吃煮鸡蛋，现在每顿饭要吃六七个，煮熟的肉也不吃了，专吃些生鲜的黄瓜西红柿之类的蔬果。

素素试着商量过很多次让他们离开妈妈，"仙家们"不同意，说这是宿世缘分，改变不了。

可素素想来想去还是接受不了这样的缘分，她决定以暴力手段驱逐一下。她跑到厨房拿了把菜刀杀气冲天地冲仙家们大吼："都走，再来我砍你们。"

二姨和仙家们都吓愣了，经过几轮较量，仙家们同意暂时离开，临走时撂话："早晚你还得请我们回来。"

仙家们走后，二姨果然整日生病，昏昏沉沉，茶饭不思。素素带妈妈去医院检查,也查不出任何毛病。

二姨日日萎靡下去,连大眼睛也浑浊起来,素素怕了,这么下去妈妈真得交代了。

素素妥协了,她让妈妈把仙家们叫回来,说以后再也不撵她们了。

仙家们兴高采烈地回来,跟素素保证:一定会让二姨开心。

二姨又生龙活虎了。

素素不得不有些相信了,也许这世界上真的有另一个维次空间?

素素过上了十分荒诞的生活,每周都买几十斤鸡蛋,还得买香买纸买烟买酒,那个老顽童狐仙抽烟喝酒。她想只要妈还在,就这么荒诞下去吧,跟几个"仙家"过日子,也没什么了不起的。

【11】

荒诞的生活没过上两个月,素素就向着更荒诞的生活大步迈进了。

仙家们适应调整了一段时间之后,就张罗着要出科看病,实现自己的价值。他们说他们也需要积德行善攒福报,好让"上面"看见,给他们更好的前途和位分。

素素问:"怎么积德行善?"

他们说:"济世救人啊。"

于是没几天,素素家里就人来人往了。

二姨最早给看的是小区里的一个大妈。大妈的儿子在外面有烂桃花,小两口夫妻不和,常年干架。仙家们开出的整治措施是:把卧室的床头调转位置,床底下再放把桃木剑。二姨还带着仙家们亲自上门做了个法。

也邪门儿,二姨整治一顿之后,那儿子媳妇果然不打架了。

另一个就是"大皮缸","大皮缸"病了,成天上不来气,说好像有人掐着她脖子一样。仙家们给"大皮缸"一诊,说:""大皮缸"啊,你以前对自己的丈夫不好啊,你丈夫死于非命,阴魂不散,这么多年一直在你身上附着,要不是你性情霸道,这恶鬼早要了你的命了。"

"大皮缸"听完,当场就服了,第一次低下了高昂的头,她承认前夫是被自己气得跳井死的。

二姨给"大皮缸"的诊治办法是:把她浑身上下打了一遍。尤其屁股部位，二姨抡起胳膊拍打了不下百下，疼得"大皮缸"呲牙咧嘴。

关键是经二姨这一顿毒打，"大皮缸"胸闷气短的毛病真就轻了不少，于是相约再打七天。

到第七天，"大皮缸"的屁股肿得就像挂起来的半片条猪。

"大皮缸"的病好了。

二姨的威名也传出去了。

【12】

二姨名气大了以后，一些大人物就开始上门了。

首先来的是做大生意的。

一个矿老板，黑着眼圈来找二姨，说自己常年偏头疼，疼得睡不着觉，一度都想死。

二姨派"狐三姐"穿越时空去看了一下这矿老板的前世今生，说："你这个人啊，太抠门，哪年哪月，你的矿洞子砸死了三个外地工人，你连尸体都不扒，直接用毛石就给埋了。人家家属上门找人，你愣说结了工钱早走了。你瞒得了人瞒不了鬼神，这三个男人阴魂不散，日日缠绕着你，才让你天天头疼。"

那矿老板听二姨说完，当场就给二姨跪下了，承认二姨说得分毫不差，求二姨救他。

二姨让他准备香火贡品，去超度一下他们。

矿老板开着自己的大路虎把二姨送到了矿洞出口，二姨燃香上供，手捧"圣水"，念念叨叨了半小时，然后烧了一沓黄钱，纸灰捏到水里让矿老板喝下，最后让矿老板清退左右，一脚就把矿老板踹得跪地上了。

二姨让他自己忏悔，真诚地跟这几个工人道歉，并把以前做过的缺德事都说出来。

矿老板说得涕泪横流，说了一个多小时也没说完，二姨听得不耐烦了，说："别说了别说了，我帮你把厉鬼赶出身体吧。"于是二姨把矿老板又从头到脚猛打了一顿。

二姨有根桃木棍，专门用来打人。

也邪门儿，矿老板的病也好了！

最后登门的是政府那些当官的人,他们一般都是很晚才来,锦衣夜行。有一个副局长,让二姨帮他想办法,他准备冲刺某局的正局长一职,问二姨该往哪方面使力?

二姨让龟仙给这局长批了下八字,又让狐仙去看了下前世今生,最后让他找东南方的贵人去,副局长板着脑袋想了一会儿东南方的贵人,眉开眼笑地离去了。

更可笑的是,素素老公单位常年掐架的那两副局长也来了,问二姨怎么整治对方,二姨开出的秘方是:让他们先断掉各自在外面的女人,那些女人都压他们的运,跑官都受病。

二姨间接拯救了两个大房。

素素都开始崇拜二姨了:"真是个神仙!"

二姨白天治一天病,抡胳膊打十几个人,晚上照样精神抖擞,召集众仙家开总结大会,说白天哪个病人治得好,哪个病人还得再来,哪个病人罪有应得,哪个病人人性未泯。

一人分饰八角,独角大戏。

素素也参与他们的讨论,通过这些会议,她知道了很多人的隐私。世界又向她敞开了一扇大门。

素素从小到大接受的唯物主义教育,在现实面前一点点瓦解了。

【13】

素素也有事让仙家们帮忙了。

有一天香客散尽之后,素素走进二姨的房间,很认真地说:"妈,你让'三姐'出来,我有事找她。"

"你……有什么事?"二姨明显很意外。

素素说:"真有事,我的事非'三姐'不可了。"

二姨只得闭上眼睛呼唤三姐,"三姐"来了,用婉转的语调问素素:"这个小姑娘,你有什么事找我?"

素素一听是"三姐",止不住就哭开了,她开始一桩桩一件件地诉说。

爸爸没了以后,妈妈整日状况不断,为了照顾妈妈,素素不得不和老公女儿分居,然后夫妻感情就出现了问题,老公带着孩子在奶奶家过,奶奶对这个儿媳妇一肚子怨气，每次去婆婆家看孩子，婆婆都发作一番，让她搬回去，赶紧给他们家再生个孙子。

老公从小听他妈话，没一点主见，加上在单位处处碰壁，心情不好，跟她也开始生分。她自己对这个男人也越来越失望，自己经历丧父之痛，正是人生最艰难的时候，这个男人不但不帮她分担，还和婆婆站到一起逼她。因为照顾妈妈，素素也疏于对女儿的照顾，前几天女儿在幼儿园门口差一点被人拐走，这事在婆家又一次引发大战，现在已经闹到要离婚的地步了。

"……还有工作上也不顺，单位一个恶心的领导经常骚扰我，我整天和这个渣男斗智斗勇，还是流言不断。"

素素语无伦次地说了一个多小时，涕泪横流，"三姐"看着素素，大滴大滴的眼泪流了下来，她摸着素素的脸："孩子，这些年可苦了你了！"

这句话的语调不是王祖贤的，是二姨的。

可素素在悲痛中没有听出来，她还是拉着"三姐"的手求她帮忙，她不想离婚，不想离开孩子……

"三姐"说："孩子，你这个问题太复杂，我一人之力解决不了，容我们几个商量一下吧。"

【14】

第二天，素素一大早跑到二姨的房间。

"妈，快让'三姐'出来。"

"……他们走了"。二姨淡淡地说。

"走了？为什么？"

"他们说你的问题她们解决不了，在咱们家没法待了。"

素素一听就坐地下哭了。

"他们都帮不了我，我怎么办呀！"

二姨看着素素开始哭。

"……有个人能帮你。"

"谁？"

"我，你妈妈，他们说只有妈妈能帮你，素素，你回你婆家去吧，妈妈不用你照顾了。"

【15】
　　二姨逼着素素回了婆家，回到婆家的素素隔一两天回去看一下二姨，二姨都是乐呵呵的，有时候自己看电视，有时候织毛衣，她还买了许多小多肉，每天跟小多肉聊天。多肉们被赋予了很多名字：张豆豆、张妞妞、张球球、张点点、张羞羞……
　　二姨变成了一个特别好的女人，比老张活着时还好。她常常笑容满面地出去跳舞打牌，还加入了一个学佛的团队，常常去佛堂听经闻法，闲了就到素素的婆家串串门，到那儿就跟婆婆道歉，说自己这两年拖累大家了。
　　二姨变好了，素素和夫家关系也开始转好，她努力地去修复与丈夫和婆婆的关系，但实际上对婚姻和爱情已经失望了，这两年夫家的表现，尤其小戴，在她心里还是埋下了一根刺，她变得很强大，强大到心都是冷的。
　　她想这样也好，万一将来小戴先走一步，她至少应该不会像二姨这般挫骨削皮——可那是多少年以后的事情啊。
　　素素在爸爸没了后，迅速成长为一个成熟的女人。她不爱哭了，笑也不浩荡，是那种洞察一切的笑，是那种任尔东南西北风的笑，是那种凉凉的笑。
　　现在的素素每年还是会代表单位去跳广场舞，她不觉得那是一种耻辱了，看台上坐着的大小脑袋，好多去过家里，她掌握着他们太多的秘密。
　　他们和她一样，都在表演，表演真诚，表演正气，表演淡定。
　　每个人都是自己心魔的奴隶。
　　戏子是所有人一生都要扮演的角色。

|隐形的父亲|

【1】
　　三十七年前，光棍汉长江在外做工回来，在村口的大柳树下歇脚，刚卷着一根烟还没抽，就听见一声婴儿啼哭，转过去一看，一个小行李卷儿斜斜摆在柳树下，蠕蠕动着。他打开小行李卷儿，一个皱巴巴的小脸露了出来，小脸上的小嘴儿向两边撕扯着，一声一声发出猫一般的叫声。
　　"呦，是个小孩儿！"
　　他抱起来，本能地往下看，掀开裹着屁股的红尿布，一只小鸡鸡跟个鼻涕虫一样耷拉在两腿之间。
　　"还是个男孩儿！"
　　他顾不得抽烟了，匆匆卷上小被子就回了家门。

【2】
　　暮色四合，长江的破落小院儿在清冷的月光下更显微寒，窗子上的纸，十停有七停是破的，月光穿过窗格钻进来，屋子里一片清辉，他用自己的被子给孩子萎了个窝，他那个破被子，薄得对着光都能透亮儿，他把孩子放在被子里，孩子竟甜甜地睡着了。
　　他趁这个机会去给自己弄饭，糙渣的玉米糊糊，很快散发出新茬粮食特有的清香，孩子一会儿就醒了，在他的破被子上弹着腿哭，他赶紧过去看，原来是孩子把被子尿了，他没有新尿布给孩子换，就把自己的一条秋裤剪了兜在孩子屁股上，孩子还是挣着脸哭，他想可能是饿了。
　　他把自己的玉米糊糊拿来，撇出上面的一层粥油，把粥油放到另一个碗里，用筷子蘸着一点一点往孩子嘴里送，孩子的小嘴碰着食物，贪婪地吮吸着。
　　他乐了，这是他活了四十年，第一次近距离地接触另一个生命，那么鲜活，那么柔软，带着热气。

他没喂过孩子,他是老光棍,四十岁了,连媳妇都没娶过,但他见过自己的弟媳妇弄孩子。孩子吃上了食物,得到了极大满足,惺惺地眯开了小眼。

这孩子实在算不得一个漂亮的孩子,眼睛细小,嵌在一个狭窄的脑门上,显着很不大气,鼻子也小,两颊又长得很舒展,颧骨又高突着,小小的鼻子孤零零地立在那片开阔地带,显得又挺空落,到了下半部分又拧巴了,下巴挺窄,嘴蛮大,一咧就咧到下巴边儿,下巴全被嘴占去了。

但是,天下的孩子是没有不可爱的,他在月光下瞪着一双晶晶亮的小眼睛看长江,长江的心像被涨潮海水轻打的沙滩。

看着这个孩子的小脸,他才有工夫思考这孩子的来历。

是个男孩,断然不是重男轻女家庭扔出来的多余货,这种家庭生个带把儿的,恨不得拿金篱笆围上,那就一定是个私生子,男孩儿,只有私生子才肯往外扔!

他与这孩子四目相对,开始思考下一个严肃问题:这孩子该怎么办?

他这个光棍汉,每天靠出去给人做小工维持生计,家里连个女人都没有,怎么养孩子?

说起长江的身世,挺可怜的,他家穷,小时候上山砍柴摔下悬崖,跛了脚,就一直没人肯给他做媳妇。他帮着父母给兄弟长海娶了媳妇,但他那个兄弟媳妇,自私刻薄,刁蛮厉害,连她自己的女儿都不爱,怎会善待一个捡来的孩子。

他要是有个女人就好了,他从来没像此刻一样渴望一个女人,可这猛孤丁的,上哪去找个女人呢?现找女人是不现实的,这要是个能跑的半大小子就好了,他去做工的时候可以带着,可惜不是,这是个需要从生命的初始阶段就开始伺弄的小人儿。

他是真想留下这个孩子啊,可是不行,他必须把他送人。

送给谁好呢?

他把村里的人从头到尾捋了一遍,发现没有合适的,家家都有孩子,没有人家缺孩子。

他忽然想起一个人来,村里的江忠实家,原本有一个儿子,长到十岁那年在大河里游泳淹死了,只剩了个三岁的女儿。

这夫妻自打儿子死后就一蹶不振,女人病病歪歪的,总带着泪意,江忠实也颓废,很少说话,日子过得也穷,跟他一样做点小工。

就送给他家吧，没有更好的选择了，他们应该肯善待这个孩子。

思想至此，他心里已经安定了，再一低头，发现那孩子已在自己怀里沉沉睡去，细细的眼睛闭着，嘴也闭着，一呼一吸，没一点声息。

他不敢睡，在炕上一直坐着，月亮升上中天，他就那么瞅着这个孩子，孩子的身体变得暖暖的，那暖意直接传到他的身上，他觉得好舒服，然后他靠着墙睡着了。

天蒙蒙亮，孩子还在他怀里酣睡，他得送他走了，他不希望任何人知道这个孩子的来历，不能知道这孩子是捡来的，必须在江家开门前神不知鬼不觉地放到他们门口，再晚点就不行了。

他忽然变得很舍不得，这一夜，俩人彼此依偎，像是有种微妙的情愫在两个人之间暗暗滋生，整个屋子都温暖了起来，他试着小声管这孩子叫了声"儿子"，然后发现自己吓了一跳。

天哪，儿子啊！他一辈子没喊出过这么动听的字眼儿。

可是还得送走。

踏着微熹的晨光，他出了家门，蹑手蹑脚走到江家门口，江家的破木门是青灰色的，那是木头经年久晒呈现的灰败感，破落，寒凉。

他把孩子放在门口，躲到一边的墙角看，他想好了，江家要是不要这个孩子，他还要回来，他背着他去做工也好，要饭也好，都行。

大概过了十多分钟，江家的媳妇开了大门，手里端着个尿罐子，她一眼看见这孩子的时候，尿罐子里的尿差点泼洒出来，她重复了长江初遇这孩子那一套流程，抱起来，先看脸，然后向下打开尿布，看完尿布，急匆匆裹上被子，又东张西望了一下赶紧关上大门就回去了。

长江跑到那个门前，只剩了一个尿罐子，罐子里的尿轻轻晃动着。他心里有了底，估计这个孩子，有了着落了。

他望着那紧闭的大门，自言自语了一句："儿子，以后这就是你的家了。"

【3】

他踏着沉重的步子回去，收拾收拾去做工，心里空落落的。这一天也提不起精神来，总想回去看孩子，是不是被江家收下了？会不会又发生什么变故？

等到晚上回家，他迫不及待溜到江家门前，只见江家里面人头攒动，村里几个妇女在那叽叽喳喳,他抓住一个问江家发生了什么事?那个妇女说:"哎呦,江家从外乡抱来个孩子,说是远房亲戚家生的,儿子太多,养不起。"

他心里落了底,心想这江家也算聪明,知道给孩子一个体面的身世。

他又高兴又难过,他有点后悔了,这孩子是他的,老天爷送给他的,他又转送给别人,是不是违了老天爷的意?可后悔也没用了,送出去的孩子泼出去的水。

他回了家,抱着那个透亮的被子直坐了半夜,被子上好像还有孩子的气息,一块红尿布从被子里露出来,他拿起来闻了闻,一股小孩子的尿骚味儿,可他觉得这尿味儿一点也不恶心人。

他就那么抓着那块尿布睡了一夜。

【4】

那孩子从此落户江家,取名江世安,意即"一世平安",他成了江家夫妻心里的宝,也成了长江心里的宝。

长江以前跟江家并不特别亲近,但现在为了去看孩子,总得想方设法绕到江家。

"江大哥,锄粪哪?"

"啊,锄粪。"

"今年的谷子长得不错,去年是小年,今年该大年了。"

"是啊,我家小世安全靠这点谷子磨面吃饭呢,要是收成不好,我还得去买,又是一笔开销。"

"啊,没有我那还有,我借给你!"

一来二去,他就和江家混得很熟,世安长到一岁,已经跟他很亲,他悄悄给他买糖吃。

世安四岁的时候,他带着他去看戏,把孩子扛在肩上翻越一座大山,世安在他肩上揪着树叶子,问他:"长江叔,山的那边是什么?"

他说:"山。"

"那山的那边呢?"

"还是山。"

"怎么都是山?"

"也不都是，我也不知道翻过多少座山，会有一条大江，那江叫长江，就是我这个长江的长江。"

"那长江大吗？"

"大，形容不出的大，周瑜的水军排出几十里，诸葛亮排出几百条大船借了十万多支箭。"

世安想象不出到底有多大了。

世安七岁上学，每天早晨背着小书包呱嗒呱嗒走过门前，长江都在心里喊一声：儿子！

世安上小学，冬天要往学校交木柴，他等在他上山的路上，假装遇见，帮他挖好满满一筐树根。

长江跟世安亲，江家人也不疑有他，只以为这是一个老光棍对一个小孩的渴望。

江家穷，也吃不起肉，他就上山用铁丝套兔子套山鸡，套到后就用一根扁担挑下山给江家送去，一路上高唱着：

> 为江山我也曾南征北战
> 为江山我也曾六出祁山
> 为江山我也曾西城弄险
> 为江山把亮的心血劳干
> 行来在中军帐用眼观看
> 见孤灯闪悠悠欲灭复燃
> ……

他喜欢诸葛亮，虽然他的人生轻得不如诸葛亮扇子上的一根羽毛，可想象里，他是英雄霸王猛将军师，运筹帷幄纵横天下。

世安还是内向自卑，他的父母老弱贫穷，他难免在学校受欺负，长江就帮他出气。

有几家小男孩，在自家门口画线，不允许世安经过，世安想回家，要么攀左边的山，要么蹚右边的河，长江看见，就背着世安大摇大摆地走过，还警告他们，再欺负世安，就揍他们。

世安上了中学,不大回家,他就空落落地十分难受,有人给他介绍了个媳妇,是南方来的寡妇,无依无靠,他就娶过来过了一段时日,结果那寡妇没几个月又跑了,媒人拐走他三千块钱。

从此他不再谈娶妻,一个人还是日出去做工,日落就回家,在山崖上唱唱:

> 我和那张翼德兵分水旱
> 哪一家若先到攻占魁元
> 过巴州收严颜作为前战
> 收马超也算得虎将一员
> ……

他能安慰自己的,只有那些跟他命运截然相反的帝王将相的戏曲。

世安十八岁那年考上了大学,江家宴请宾客,满村皆哗,可学费无着,他悄悄拿去三千块,说这钱先用着。

世安上大学的地方在武汉,长江边,他终于看到了那大山之外的大江,是他想象中的样子。

再回来的世安变成了一个青壮小伙,穿着雪白雪白的衬衣,鞋子上一尘不染,看见他的时候,温和地叫他"长江叔",他比小时候长得好看了,那眉目里,有亲近的爱意。

他高兴地又上山唱了半天戏。

世安大学没毕业,江家老太太一命呜呼,世安风尘仆仆回来,披麻戴孝跪倒在灵前,长声痛哭,他举着灵幡带着江老太太的棺材绕村游街,长江却莫名哭得像个孩子,别人不知他哭啥,只他自己知道,自己一生也不会有人给他顶幡挂灵了。

2009年,世安已经毕业工作,他回家的时候,拎着两瓶酒来还长江的三千块钱,长江知道这钱有了断恩义之意,毕竟他们只是邻居,却也收下,晚上又就着新酒唱了半夜的老戏。

长江日日见老,出去做工也不再有人愿意用,就在家伺弄那几亩田地,他和江忠实老汉成了一对,俩人经常在一起唠嗑,但江老汉活得有底气,动不动就说:"我的儿在大城市工作,总要接我进城,我不去!"

长江老无所依,唯一的血脉依靠是他的那个侄子,他对那个侄子也好,可在心里,再好好不过世安。

几年之后的春节,世安带着妻女回乡,花团锦簇的一家人,成了山村一景,他这次回来是要把老父接到城里安度晚年的,老父已老,再无人照料恐生意外。

他临走前想看一看长江,他拎着两瓶好酒叩开了长江的门,却发现小院寥落,泼泼洒洒的月光清白如银,小屋里灯亮着,他发现长江躺在炕上,脸上带着安详的笑容,像睡着一样,手里抓着一块皱巴巴的红布。

长江去世了,死在一个举家团圆的的日子。

世安一点也不害怕,他拿起那块红布,忽然觉得这一切都很熟悉,这灯光,这月光,这斑驳的墙壁,都好像在哪里见过,可他却怎么也想不起来,这是前世?还是今生?

他不会想到,这是他自己的三十七年前,也不会知道,这世上有个人在心里,一直默默地叫他:儿子!

地瓜湖

【1】

牛爷爷的老伴儿忽然死了，忽然到什么地步呢？忽然到她早晨刚从冰箱拿出一只鸡，冰还没化开，人就倒在了锅台上。

老伴儿是脑出血，送到医院没等抢救，人就没了。

这个女人没留下一句话，很像她一辈子的风格，不言不语，默默无闻。

发送老伴儿的仪式很壮大，纸人纸马排了一院子，吹鼓手嘀嘀嗒嗒吹了一天，唢呐声与山风相激荡，显得格外荡气回肠。

牛爷爷有两个儿子，在农村，儿子多，就是势力，加上牛爷爷手里确实有俩钱儿，想着老伴儿沉默了一辈子，总得轰烈一下，于是大操大办。

村里人都来了，有的帮着做饭，有的帮着扯孝布，有的帮着借东找西。媒婆李漏底最善哭，谁家死人，她的哭声最浩大，离主家儿还有半里地就开始嚎："我滴个亲姐姐欸，你咋不言不语就走了啊？剩下这么一家老小可怎么活呀！"

李漏底有个特点，谁死了都会变成"亲"的，"亲姐姐欸"，"亲表妹欸"，"亲姑奶奶欸"……

农村办丧事，主家必须有人跪在路口接灵，碰着这种哭的，得提前搀扶，搀住了才好让人方便地闭着眼哭。哭灵不闭眼睛，就显不出那哀恸欲绝的气势。

牛爷爷的小孙子叫小牛牛，他远远地搀住了李漏底，漏底在小牛牛的带领下往家走，小牛牛人小淘气，忽然大声说："奶奶奶奶，前面有泡屎！"漏底不慌不忙继续哭："我——看——见——啦！"

悲伤的气氛一下子被破坏，葬礼结束！

【2】

老伴儿的死好歹是隆重的，体面的，浓墨重彩的，就是有点不严肃，但这不严肃放在一个被忽略了一辈子的人身上，倒也合宜。

人这一生，怎么也得给人留下点儿值得谈讲的东西，牛爷爷的老伴儿，留下的就是一个值得谈讲的葬礼。

葬礼是短暂的，牛爷爷的悲伤却是绵长的，直到人群散去，他还没反应过来，怎么说没就没了呢？

家里到处是老伴儿留下的痕迹，她下地穿的鞋还好好地摆在柜底下，鞋尖儿残留着一些土，鞋的后脚跟儿被压扁了，说明最后一次穿是趿拉着穿的。墙上挂着老伴儿的一副白手套，手指肚的地方磨得有点黑，发亮，老伴儿没少戴它呀！

牛爷爷把鞋和手套拿出来，找了个大水盆开始洗。他先洗手套，平时老伴儿都是先洗别的干净衣服，再用脏水洗鞋啊袜子之类的。牛爷爷从来没洗过衣服，但是理论很明白。

手套蹭上洗衣粉，搓了几下，一下子就白了，闪着石灰一样白惨惨的光。盆子里是汪洋恣肆的泡沫，牛爷爷把布鞋放进盆里，像海里放进了两只船。他把这两只"船"刷得干干净净，连底子都不放过，把手伸进"船"里去抠里面的泥，脚掌处有几处凹槽，那是老伴儿脚趾头留下的印迹……

牛爷爷的心一下子就疼了。

他用了几盆清水才把这白手套和黑鞋子洗刷干净，白手套晾在绳子上，鲜展展的，获得了新生。黑鞋子摆在窗台上，滴滴答答往下淌水，是两只流泪的船。

牛爷爷突然很后悔，不该洗啊，这么一洗，老伴儿最后的一点儿痕迹都被洗没了。

【3】

牛爷爷夜里总做纷乱的梦，梦见老伴儿埋头干活，梦见她低眉顺眼，梦见她默默静立……就是梦不到一张清晰的脸。醒来发现，自己确实连老伴儿长啥样儿都忘了，也谈不上"忘"，他这辈子就没记过她长啥样儿。

谁让老伴儿丑呢！

当年介绍人跟牛家提亲时就说，姑娘长得一般点儿，但脾气好，肯干，配你家这处境绰绰有余了。

牛爷爷当时的处境确实糟糕。

他爹不是个"本分人"，会做生意，把山里的蘑菇往外倒，卖给城里人，还热爱算命，出门儿串个亲戚也得找找时辰，要是碰上点霉事儿，就赖出门的"时辰不对"。

这样的爹，在那个年代是要受人白眼的，连带着牛爷爷也不被人看好了。

牛爷爷因此没能娶上一个漂亮老婆，得了个"长得一般"但贤惠的伴儿。一个丑老婆有什么好端详地呢？拉了灯，就假装她是莲英！

【4】

莲英，莲英是谁呢？

莲英是当年村里的一枝花，牛爷爷现在还记得莲英当年的美。那脸，白得像月光照在了新糊的窗户纸上，那眼睛，黑得像井里的水，亮晶晶的。两条乌黑的大辫子，一边一个垂下来，在胸前的"大甜梨"上一打一打，全村男人的心都被打乱了。

"大甜梨"是村里一个"老流氓"起的，说是流氓，其实也就是一个嘴上不大干净好说村话的男人，实际上他屁大点儿胆子没有。"老流氓"说莲英那对乳，是辫子敲大的，天天那么吧嗒吧嗒地敲，能不大吗？

后来莲英定了亲，乳更大了，他又说那是男人揉大的。下流！

但牛爷爷就是在这种下流的村话中"爱"上莲英的，别的男人都爱她，他没有不爱的道理。村里闭塞，人没主心骨，容易跟着别人走。

莲英的一生总结起来就是四个字：明珠暗投。

她嫁给了一个叫程天赐的孬人，程天赐上面六个姐姐，生到他儿终于见到个带把儿的，他爹喜极而泣，一激动学着大户人家取名儿天赐——天赐麟儿。

可这个天赐实在是有点不争气，他好像是故意跟老天爷作对来的，既无什么天赐大才，也无什么天赐好命，倒是天赐了一副赖身子——先天性心脏病。

心脏病让天赐动不动就捂胸口，捂了一辈子。西施捂胸口千古流芳，他捂胸口除了给莲英添堵还是添堵。莲英苦了一辈子，又当爹又当妈。

后来天赐死了，被噎死的，莲英那天煮了几个老玉米，天赐拿起一根就啃，结果被堵住了喉咙，然后直瞪眼，上不来气，然后，就死了。

村里每年都有几个死得很奇怪的人，比如被树上的梨砸死的，被山上的树根儿绊死的，被废弃的水井淹死的，等等，加上一些情杀的、仇杀的、自杀的、死得各有特色。

程天赐的死，算是死出了新境界，一个一辈子被心脏病折磨的人，被噎死了！

人生真是很扯淡。

【5】

媒婆儿李漏底给牛爷爷提亲来了。

漏底进门儿的时候，牛爷爷正在吃一只白水煮的鸡——老伴儿死前化的那只。

他在这只鸡里吃出了苍凉的况味，鸡汤放了点盐，还能入口，鸡肉却是"素"的，什么滋味儿也没有，他切了点辣椒，辣椒里再放上盐，鸡肉蘸着辣椒吃，味道终于振作起来。

漏底开门见山，说："老牛啊，我给你张罗一个媳妇儿咋样？你看你这一个人的日子，过得也稀里吧嘟的。"

牛爷爷虽然正处在没有老婆的痛苦当中，但找新媳妇儿这事儿，他还真没想过。没了老婆，日子过得确实糟心，最大的麻烦是吃不上饭。他的两个儿媳妇酷爱打麻将，根本没时间给他做饭吃。打麻将的人是身不由己的，她们的餐点取决于左三圈儿右三圈儿的输赢。牛爷爷适应不了，他一辈子生活规律，早餐必得在七点前吃，最好是带汤的面，晚餐必得喝点粥，要是玉米粥，还得放点碱。

可就这样，他也没想过要找媳妇儿，在老一辈人心目中，换媳妇儿，那跟天下改朝换代一样。

漏底说："早找晚找也是找，不如早找，莲英愿意嫁你。"

牛爷爷一听"莲英"这俩字，一块鸡肉"吧嗒"掉到了碗里。

"莲英？是真的？"

那可是当年的床前明月光啊。

【6】

漏底细数了莲英愿意嫁给牛爷爷的几大理由：

第一，牛爷爷和莲英年龄相当，又都是丧偶，男未娶，女未嫁。

第二，都是本村人，知根知底，没有人品之忧。

第三，现在农村的老寡妇是老鳏夫的好几倍。没办法，男人死得多，肉多狼少。当年的明月光们，现在都是凄惶的萤火虫了。

第四，牛爷爷有个大果园，山上长满果子，每年卖好几万块钱，论经济条件，莲英选谁也不如选牛爷爷。

牛爷爷忽然觉得自己伟岸了起来，多喝了两碗汤。

漏底问："你愿不愿意啊？"

牛爷爷说："愿意！"

这几乎是下意识说出来的。

【7】

能娶梦寐以求的女神，可能是男人一辈子最高兴的事了。牛爷爷和莲英的相亲在牛爷爷老伴儿五七后的第五天紧锣密鼓地被安排在了莲英家。

莲英的两个儿媳妇很积极，牛爷爷的两个儿媳妇也比较积极，她们张罗了一大桌子菜。这四个女人作为最重要的家属主导了这场相亲仪式，别看她们平时都不对付，遇到问题马上结成统一战线，俩俩成对儿，脑袋时不时地碰在一起嘀咕。

上了饭桌子，四个儿媳妇就又打起了牌，还是两人一国，看似忙着吃饭，扔出的每张牌都是试探和较量。四个女人首先就牛爷爷和莲英要是成了到谁家生活展开了讨论。莲英的儿媳妇们说得到她们家生活，她们的妈在家里住惯了，去别人家怕不习惯。牛爷爷的儿媳妇马上说得到她们家生活，村里大多数老来婚姻都是这样，女人上门。

莲英的儿媳妇们说这个坚决不行，她们家离不开老太太，两个孙子还得奶奶看着呢，奶奶要是走了，孙子们受不了。牛爷爷的媳妇寸步不让，坚持让莲英去她们家，说孙子可以带过去，反正两家离得也不远。

相亲的第一个问题就难住了，双方各执一词。没有人问牛爷爷和莲英的意见。

【8】

亲相得有点磨叽，散场后，牛爷爷和莲英，马上又被各自的儿媳妇们上了堂课。

莲英的媳妇们说："妈，如果你去牛家，那就是出嫁，出嫁了以后就是人家的人，你敢保证你将来瘫在床上了，她们拿你当亲婆婆伺候吗？"

这话很明显，意思就是莲英如果出嫁，将来老了病了就得赖在牛家，不要回来了。

牛爷爷的儿媳妇也对牛爷爷说："爸，你一定要把莲英争取过来，不然你去他们家，净去个干活的，谁不知道他家那一大片地十多亩，那两儿子懒得屁眼儿挑蛆，你要去了，就是当牛做马。"

牛爷爷心想，你们就怕我走，就想着给你们拖回来个免费保姆。

牛爷爷当天晚上失眠了，他想了很多很多，第一个问题就被难住，后面怎么办呢？问题多着呢！他和莲英一组合，等于是两人都凭空多出了一个家庭，多出来的家庭不是福事，都是负累。莲英既得伺候自己的两个媳妇，还得伺候他的两个媳妇，他呢，自己家地里的活干不完，莲英那一大片地，也得落他身上。

老年人的婚姻，想的都是自己所需。

可他对莲英是喜欢的呀。

【9】

莲英怎么想的？

牛爷爷觉得得跟莲英商量一下，毕竟这场婚姻是莲英主动的，她也许有两全其美的办法。

牛爷爷等在莲英下地的路上，莲英戴个大草帽过来了，牛爷爷说："我帮你干点活去吧。"

莲英笑笑说："好。"

他们像是相识很多年的老朋友。

两人去地里给地瓜翻秧，漫漫的地瓜秧匍匐在地下，一片碧绿，像湖。

牛爷爷说："莲英，你能去我家吗？"

莲英说:"不能。"语气非常坚定,"我要走了,将来病了瘫了就回不了自己家了,我的儿媳妇们会说,年轻能干的时候去伺候别人,干不动了就回来让我们伺候。"

牛爷爷没说话。

"你能保证我病了你的两个儿媳妇能照顾我吗?能,我就去。我苦了一辈子了,就想到你这享点福,但拿一个不确定的将来换一小段福气,我不敢。"

"我保证不了。"牛爷爷说,"别说是你,我连我自己将来病了能不能得到她们的照顾,都没把握。"

两个人沉默了一会儿,莲英用颤巍巍的语气说:"你来我家吧……"

牛爷爷说:"不行,我要去你家,我的两个儿子肯定提出分我那果园,他们惦记那果园不是一天半天了……"

"那就给他们分了,你净身一个人来我家就好了,我也有这么多地。"

"不行啊,我要是早早把果园给他们分了,将来我也回不去了,我手里没了饵,拿什么钓着鱼?……你能保证你的两个儿媳妇会养我终老吗?"

莲英也说:"不能。"

两个人陷入了沉默。

那天,他们一直沉默地翻地瓜的秧子,地瓜秧多余的枝蔓得掐掉,枝蔓太多就分养分,地里的地瓜就长得小了。

他们都是清醒的人。一个下午,莲英始终跟在牛爷爷身后,牛爷爷想看她就必须回头,牛爷爷却不敢回头,因为他一回头就想起她年轻时候的样子,长长的大辫子吧嗒吧嗒敲在胸前。

他觉得难受。

人生就是不断掐地瓜秧的过程,你得不断把那些看似美好却无谓的东西断掉,否则就容易撼动根基。

"莲英现在的乳,一定下垂了吧?"

牛爷爷不可遏止地想象了一下,但马上觉得自己很下流,"呸呸呸",他在心里骂了自己几句。

莲英问:"你干吗呢?"

牛爷爷说:"有只小虫子钻进了我嘴里。"

【10】

牛爷爷后来娶了一个四川老太太。四川老太太随女儿嫁到这里,她们在四川无亲无故,只好母随女嫁,但这边的男方,觉得娶个儿媳妇还搭了个丈母娘,很不高兴,总想着把这包袱甩出去。

牛爷爷的两个儿媳妇听说了这事,很喜欢,就托了媒婆李漏底说了这个媒,李漏底一说就成了。一辆桑塔纳把四川老太太接回了家。

四川老太太很能干,把牛爷爷家打理得井井有条,牛爷爷又能吃上有滋有味的饭菜了。

可牛爷爷一点儿也感受不到爱情。

他这辈子唯一一次感受爱情,就是在莲英碧绿碧绿的地瓜湖上,她跟在他的身后,他想象了一下她胸前那对乳已然下垂的样子,他"呸呸呸"在心里骂自己下流。她问他你干吗呢?他说有一只小虫子钻进了他的嘴里……

【11】

牛爷爷的两个儿媳妇在村里人面前很骄傲地说起这个四川女人:"年轻能干的时候伺候一下我们老爷子,要是死在老爷子前面呢,她闺女愿意接回去就接回去,不愿意我们找个地儿一埋拉倒,死在老爷子之后呢,往她闺女家一撵就行了。"

没有人比牛爷爷更明白俩儿媳妇的心思,他对这个四川女人很好,他知道其实她和莲英是一样的可怜人。

他带着四川女人去下地,总得绕着莲英的地瓜田走,他怕看见莲英。他总是藏在莲英看不见的地方观察她。

他发现寡妇李漏底经常帮寡妇莲英干活,漫漫的瓜田里,她们灰扑扑的两个身影,就像碧绿大海上,孤零零的两只船。

苦山恋

【1】

阿忍气喘吁吁爬上苦山顶的时候，着实累了个够呛。他一登上山顶，就看见个老头。这老头细高，黑发，花白眉，一张黝黑的脸。

老头老气里透着一股年轻气，年轻气里又透着一股老气，十分矛盾。他大概六十多？七十多？八十多？阿忍猜不出来。说他老吧，一头头发乌黑明亮，说他年轻吧，两道眉毛，白多黑少，脸上又有很深的皱纹。

俩人见面，先瞪着对方待了半天，才说话。

阿忍说："那个，王九九让我来这里住住。"

"啊，我知道，我们王总跟我说了，让我好好招待您！"

说着他就要领阿忍去看他的房子。一路上他在心里嘀咕，这个王总也真是，郑重其事地交代要来一个他很崇拜的朋友，没想到是这么一个毛头小子。这小子细皮嫩肉，嘴上没毛，瘦竹竿子一样，有什么过人之处呢？

阿忍在老头眼里确实其貌不扬，不高，不壮，不像有钱人，不爱说话。

在他几十年有限的人生经验里，贵人必有些异相，比如王九九，一亮相就是个有钱人。他常年系着一条蟒蛇腰带。

听说阿忍是个写作画画的，不知道那么东西有啥门道？

王九九还特意为阿忍装修了房子，刷了白墙，换了断桥铝窗户，一水儿的木床木桌木椅，棉麻的蓝窗帘，飘飘荡荡能与蓝天相应。床上用品都很素雅，隔壁套间还有一个小厨房，锅碗瓢盆俱全。

阿忍貌似很满意。

阿忍自我介绍道："大爷，我叫阿忍，以后就烦您老人家照顾了。"

老头也赶紧自我介绍道："我叫苦山。"

"这座山不就叫苦山吗？"

"那是我们王总用我的名字命名了这座山，其实这座山本来没名儿，我就说不合适,但王总说苦山不苦,叫破了就破了,它会越来越富的。"

王九九一直这样,有点神神叨叨,有时候瞎猫撞死耗子,撞对一些事。

苦山果然不苦,还很富贵。

这座山,就像立在平地上的一座金字塔。朝南一面,一面坡缓缓上去被王九九栽满了桃树、杏树、梨树、李树、栗树、枣树、核桃树。听说这面山坡,早先荆棘丛生,只有一些大松树,栽上这些果树后,就成了花海。只是果树刚栽了七八年,还没长成"势",有点显得山坡"横"了些——山太大,树太矮,树势太弱。

苦山带阿忍去吃饭,第一顿,由苦山请客,阿忍说了,以后自己做,不麻烦人。

苦山带阿忍认识了苦山上的菜园。阿忍被这个菜园震惊了。菜园里的所有蔬菜都是浓缩的精华版,又小又硬。就看那茄子,最大的也就拳头大,但长得精光四射,紫气直冒。阿忍去摘,竟然摘不下来,小小的茄子梗硬梆梆连着茄子树,铁焊的一般。阿忍一掌寸劲儿劈下了一个茄子,苦山直夸:"是个聪明人,我这茄子,就得用寸劲儿,揪是揪不下的。"

摘下来的茄子,沉得坠手,阿忍说:"这茄子能当球踢吧?"

苦山说,你在地上弹一弹,能跳上房。

阿忍果然把茄子往地上猛力一摔,那茄子"嗖"一下弹上了房顶。"哈哈哈,有趣有趣,茄子成精了!"

苦山跑到后院把茄子捡回来:"可不敢这么糟蹋,它会生气的。"

阿忍赶紧道歉。

"地气太硬了,长的东西都结实,你继续摘,我给你蒸茄子吃。"

阿忍又去摘了黄瓜、西红柿、豆角,拔了生菜。这些菜,无一例外,小,黄瓜只长到巴掌长,就不长了,有密密麻麻的刺,一掰开汩汩往上冒水珠,晶莹剔透。西红柿也比茄子大不了多少,掰开红彤彤的沙瓤,直闪光。豆角都像小孩的手指头,碧绿碧绿,脆的,一掰,咔的一声,硬撅撅。

阿忍摘了一盆,苦山从冰箱拿了块猪肉炖了,阿忍一吃,不由得惊叫,一股子浓郁的太阳的味道、风的味道、月亮的味道、蝉鸣的味道、花香的味道……大自然的味道,直冲脑门。

"太好吃了,多少年没吃过真正的菜了!!"

【2】

阿忍和苦山住的房子离得大概二百米远,正好遥遥相对。阿忍在屋子里,能看见苦山行动,但看不清。苦山也能看见阿忍,阿忍的房子比苦山的略高,两个房子分立东西两侧,呈三十度角。两个房子正好稍微斜冲着南方,南方就是聋城。聋城是座小县城,万家灯火,人们繁衍生息,生生不绝。白天乌烟瘴气的,到了晚上忽然灯火一亮,就像到了天上,天上的街市,神仙妖魔,披星执羽,好不热闹。

聋城还有条哑水河,这河正从苦山西侧流过。苦山西侧是断崖,阿忍离开后院,攀几步,就是断崖顶。他在断崖顶,再一次震惊,天,这是什么景象,哑水河荡荡悠悠从北侧流来,擦着断崖流过。青碧碧的水,如一片绿绸,它就那么一路无言,难怪叫哑水,真的是不说话,可是不说话,你看了它想哭。阿忍就在那断崖顶上对着苍山碧水狠哭了一场。

阿忍在山顶哭的时候,苦山在自己房子看见了,他想了想,这小伙子的精神可能有点问题,别是到这里寻死的,到这里寻死太方便了,跳下去,一了百了,青山埋骨,绿水洗心。可是王九九再三叮嘱,这个朋友非常非常需要清净,无"诏"绝不可以打扰。他只是个看山打工的,不敢违逆老板意思。

阿忍哭完就回屋作了幅画,画了一夜才出来。第二天苦山在园子里浇菜的时候,远远看见他把那幅画挂在院边,一幅山水画,山巍水秀。

苦山把摘好的西红柿举过头顶,示意他下来取菜。阿忍下来,却提出要亲自做碗面,请苦山尝尝。

苦山去和面,阿忍摘菜,摘完了菜,苦山忽然跑到菜园看了看,"唉唉唉",连"唉"了三声气。阿忍问他:"怎么了,是我摘菜摘错了?"

苦山忽然脸红了,一张瘦削的老脸,纵横着皱纹,脸红的时候只有眼睛最突出,那是孩子的眼睛。他羞涩地说:"今天有个人要上山'偷'菜,你把最好的都摘了……"

阿忍纳了闷,既然来"偷"菜,怎么还留最好的给人"偷"?可久经红尘的阿忍一瞬间就明白了,这菜是留给一个女人偷的。

阿忍在吃饭的时候就问苦山这个事,苦山非常羞答答地说:"就是山下一个妇女,六十一了,在城里住,隔几天就到山上摘些菜给家人吃。"

"你喜欢她？"

"哪有！我都八十了！怎么还敢喜欢人家，人家才六十一！"

阿忍哈哈大笑，一个八十岁的老头，喜欢上一个六十一的妹子，那种痴憨依然动人。

此时阿忍也终于知道了苦山的真实年龄。

"咱们一会儿吃完饭，我就找事儿到旁边去做，这婆娘来偷菜的时候，最希望我不在家，我在家，她说'不过瘾'，当着我的面摘，是拿，背着我，才叫偷。所以每次我都避开她，等她'偷'完，再来捉贼。"

阿忍也赶紧吃完饭，准备回屋。他看见苦山很认真地洗了把脸，还往脸上擦了点雪花膏，穿了一件雪白的白衬衫出门了。

阿忍在房子里搞创作，却怎么也静不下心。他总盼着那偷菜的老太太快来。这是一个什么样的老太太？让八十岁的老翁春心萌动。

果然，快到中午，一辆火红的电动车滋滋滋骑上了苦山顶。电动车上下来一个粉衣白裤的中年女人，女人确实漂亮，大大的眼睛黑咚咚，高鼻梁，一张嘴巴很巧妙地有弧度，弯成两个"3"对着。她下车就奔菜园，到那就大大咧咧地摘，把漂亮的黄瓜西红柿豆角都摘了个遍。一边摘还一边冲屋子喊："苦山，苦山，苦山，你不在屋吧？又死哪去了……"

屋子里当然没回声。

女人把摘好的菜都放在水泥台上，她摘完，大摇大摆推开苦山的门，到屋里去了一会儿。一会儿又拎着一个塑料袋出来。塑料袋貌似不太干净，她使劲抖了抖，还是不干净，索性掀起墙上的电闸，抽起了水，水从几十米深的井下蹿出来，游龙一般，一条光柱直冲大门蹿出去。女人捡起水管子，用手捏住头，水柱分散成扇状，她冲着地上的菜就浇了起来，顺便洗了洗那个塑料袋。洗完了那些菜，她就浇起了菜园子。菜园广大，水柱冲天，如一条虹一样翩翩落下。女人高兴了，咧开大嘴乐。她端着水管子，在菜园里小蜜蜂般跑来跑去，浇了个痛快。一瞬间，菜园变得油亮亮，她自己也被飞溅的水珠溅得波光闪闪。

浇菜这么一个简单的行为是会让人开心的，没浇过的人不会懂。

浇完菜，女人累了，坐在地上掰开一个黄瓜开始吃。她吃着黄瓜，忽然看见了远处的葡萄架，猫一样跳起来，跑向葡萄架。葡萄架上长满了一串串的葡萄，可是那葡萄非常小，花生米般大，阿忍尝过，还没熟，还很酸。

女人摘了一个放嘴里，脸上立马皱出了千沟万壑，皱出了有一百多个褶。

阿忍看得直乐。

女人把菜园、前庭、后院都扫荡一圈之后，苦山回来了。他草帽里兜着几个桃，到家就端给女人。女人捏起一个，摸了摸，到水池前洗了洗，咔嚓一嘴咬下去，又咧嘴乐了。

阿忍看见苦山在女人一通猛操作的时候，一直在后山桃林摘桃。他摘桃摘得倒像偷桃，一会儿看看桃，一会儿看看女人。好不容易挑了一些又大又红的，还不敢马上下去，得看女人玩耍够了才下去。

阿忍吃过那桃，好吃，天上的蟠桃估计也不如。那小桃子，长得不大，也是硬梆梆，又红又绿又黑，身上一层细沙般的毛，一口咬下去，嘎嘣脆，白色的断面粼粼发光。

女人牙口好，一口气吃了俩。

吃完桃，俩人坐在摇椅上看太阳。

太阳挺大的。

可是他们不怕。农村庄稼人，喜欢太阳，越晒越欢喜。

吃完了，喝完了，女人拎着一兜水灵灵的水果蔬菜，骑上电动车，风一般飘下了山。

阿忍那天晚上又一夜没睡，在屋里画了一夜。

从此以后再摘菜，他就要刻意给女人留一些。不敢摘最好的，不敢摘最大的，还要留出生长量。他大概估出了女人来的频率，每两三天来一回。葡萄熟的时候，他和苦山都自动默契地把那串又大又红又饱满的留给女人。

女人果然吃到了最好的葡萄，吃的时候直转圈，眉眼夸张，说太好吃了。但也只是尝了几颗，就把剩下的装到口袋里，说要留给孙子。

苦山在阿忍面前总有点不好意思，他觉得对不起阿忍，最好的葡萄没留给客人，留给了一个女人。他表现出了一个八十岁的，却还有少年心的、平凡的、朴素的、男人的娇羞。

为了补偿阿忍，他总对阿忍特别好。

有天早晨，他很早就出去了，他拎着一个竹篓，阿忍以为他要上山去采蘑菇。谁知快中午时，拎回来了一篓鱼。他端着鱼篓站在自己的院子对着阿忍比划，阿忍当时正在自己院中打坐。他枯瘦的身形，倒也有几分道气。鱼篓里面粼粼闪光，像端着一篓银子。

阿忍好多年没有吃过野生的鱼了，停止打坐，跑下去看。

一篓子面条鱼，还有小青虾。

苦山说："中午给你做鱼汤豆腐。"他先收拾鱼，去掉鱼头，拔出内脏，用新抽的井水一遍一遍冲洗。收拾完鱼，他也骑上电动车，滋滋滋跑下了山，去买豆腐。

豆腐买回来后，他挑出几尾鱼，放在院中石桌上，仰头对着天空一阵啸鸣，似鸟音，似兽语，那声音盘旋上升，在空中激扬回荡，仿佛天都在颤抖。没几分钟，山北边就呼啦啦飞来了几只大鸟，白翅，长颈，瘦腿。大鸟盘旋两圈俯身而下，轻轻落在石桌上。

"是白鹤！"

阿忍忍不住喊出来。

白鹤抬头看看苦山，看看阿忍，低头衔起桌上的鱼，腾空而起。几只白鹤衔着鱼，在苦山和阿忍头顶盘旋几圈之后，翩然北去。

苦山说："它们在说谢谢呢。"

阿忍着实被这一场景震惊了，他还没有去过北山，不知道北山有什么样的风景，看来大有乾坤。

"北山是鸟的王国，有空我可以带你去看看。"

阿忍吃着苦山炖的鱼汤豆腐，内心一直颤抖，这是大自然最原始的味道，那些鱼，没有任何染污。

阿忍缠着苦山要去看鸟，苦山说："看鸟之前最好先去打鱼。打好了鱼，送到鸟林里，鸟们更愿意和你亲近。"

于是相约第二天去打鱼。

这天晚上，阿忍几乎一夜没睡。他已经很久没有失眠过了。他在红尘中打滚，早已修得心如止水。他觉得红尘中那些乱糟事，不过也就那点东西，争名夺利，爱恨情仇，都如浮云一般，计较的是傻子。

可是他被那几只鸟震得心都酥了，怎么那么美，怎么那么轻，怎么那么干净，他记得那些鸟的眼睛，红如宝石，黑如深潭，探进去，像深入了整个宇宙。

他不是没见过鸟,可是各种鸟已经被人气染污,杂了。

他又半夜没睡,画鸟。

第二天,晨光微起,苦山就在院中对着他啸鸣,他赶紧起床,跟他去打鱼。

他们是踏着一条小路下河的,小路缠着北山走,从路上向山中望,就能看见一片片白翅膀,各种鸟的叫声还此起彼伏,咕咕嗒嗒,空谷回声。

水上的世界更美,太阳还挡在东山外,但天光已现。阿忍跟着苦山登上了一艘小木船,木船有双桨,苦山摇着木船,驶向哑水河深处。一圈圈涟漪荡起,甩向身后,像凤凰摇摇摆摆的尾巴。水面上还有一层雾气,飘飘悠悠的,远山都隐在雾中。水上的雾气竟然能流动,云一样,倏忽向东,倏忽向西。船在雾气中行走,像在云中飞翔。

如此美景……阿忍都想作诗。

苦山将细鱼网撒向水面,那网细得跟丝线一般,亮如银。他缓缓地把网下到水里,像在绣花,又像在点种,凝神静气。阿忍就那么静静地看着他。

下完了网,他开始说话了,"得等个把时辰,网上才会挂鱼。"

他分给阿忍一些饲料:"撒一撒,勾一勾。"

阿忍和苦山就攥着一把饲料,喂小鸡一般往河中撒。

阿忍又想起了那个女人。

"苦山,那个大姐叫什么名字?"

"叫金枝。"

苦山一说出这个名字,自己脸就先红了。暗恋中的人总这样,提到对方的名字都会心神一动,又害羞,又幸福,又怯。

"那你为什么不努力追她呢?"

"我说过,我太老了呀!"苦山不甘。

"不,你不老,你老的只是年龄,你身心一点儿都不老。你的身体依然很强壮,听你啸鸣唤鸟就知道,外面那些年轻人,都没有你这体质。你气脉贯通,中气十足,并且你的……下腹(提到下腹的时候,阿忍指了指他的小肚子)部位,非常干净,没有任何染污,外面那些年轻人,都没你好。"

苦山低头看了看自己的肚子。

"你是说我的肚子很……干净?"

"是,你这一生应该只有过一个女人吧?"

"那当然,我这辈子就娶过一个老婆,当然只有过一个女人……可惜我老婆在十八年前死了……"

"那就对了,你性那里的能量,非常干净,一个人如果性关系紊乱,肚子里会有很多气脉在打架,就像很多……荧光棒?会噼里啪啦在闪……"阿忍双手交缠比画。

"你是神仙吗?小伙子,你咋能看见肚子里的光!"

阿忍忽然像意识到说多了,不说话了,他羞羞地笑笑:"不说啦,不说啦。反正你和金枝两个,就跟金童和玉女似的,干净得一尘不染,我建议你,大胆地追她。"

苦山被阿忍说得嘿嘿直笑,脸上又起了一百多个褶。一个八十岁的老头,被人说成"金童",换谁也能高兴疯了。

"我倒是有心,又怕人笑话,还有就是,金枝儿媳又要生二胎呢,头胎还没伺候完,再生个二胎,她就会继续被困在城里回不来。回不了农村,我怎么和她过日子。"

"她不是有孙子吗?那个儿媳怎么还要生。"

"也是奇怪,他们家,老人不想生孩子,儿媳妇特别迷恋,总认为多子多福。不过金枝总归比我有福,她这一生,有孙子,我这一生命苦,没孙子。我儿子刚有一女儿,就离婚了,又娶了个二婚女人,带来个儿子,那个女人怎么也不肯给我家再生孩子,这是我一生的……疼。"

阿忍赶紧安慰他:"其实后代儿孙也是虚幻,谁能保证自己血脉生生不息,说断也就断了……执着于此,是给自己找不自在。"

不知不觉一小时过去了,俩人闲话家常,说的都是红尘琐事,在这么美的风景中,有点违和,又不违和。毕竟还都是俗人,没出三界外。

太阳已经袅袅地升起来,趴在东山头,送出万丈金光,金光洒向水面,白雾成了金雾,水面像碎掉的镜子,颠簸摇曳,有一些鸥鸟在水上飞行,浮影成画。一对漆黑的乌鸦,在岸边的一棵枯树上缠绕,一会儿冲上天,一会儿缓缓落下,一会儿绕着枯枝盘旋。阿忍远远看去,就像两只翩翩飞舞的黑蝶,有了《梁祝》的味道。

【3】

苦山起网了,他拎着渔网一头往上拽,网就像一片布被扯了起来,随着网起,一些小鱼跟着跃出水面。那些鱼很痛苦,脖子被卡在网眼里,身子在拼命挣扎。阿忍看得心惊肉跳。

苦山让阿忍帮忙摘鱼,阿忍却怎么也下不去手,他一碰到那些鱼,就浑身激灵着缩回去。

"到底还是书生,心里太慈。"苦山说,"可是一会儿你到鸟山去看,那么多小鸟嗷嗷待哺,就知道慈也是不慈,鸟吃不成鱼也会死的……"

苦山摘了一篓鱼,他们收获颇丰,这河里鱼太多了,随便撒个网,就能盆满篓满。

他摇着船向回走,太阳已经完全升起,挂在东南的天空,河面雾气尽退,只剩一波碧水。

苦山唱起了歌:

> 天上的鸟呀一呀一对对,水中的鱼呀一呀一群群,我划着船呀向呀向波心,去见我心里面住着的那个人,心里的人呀她不在凡尘,她是天上的一个仙君,仙君姑娘恋呀恋红尘,与我相约碧水春山深,天上的乌鸦你别叫,岸边的虫儿你别吵,太阳公公遮遮脸,龙王爷爷眨一眨,仙君妹妹说了个啥,我听不清呀听不清……

> 我家住楼台,父母皆不在,爱上邻家的姐儿无人去说白,年年岁岁过如水向南来,老汉一枯船心有千帆在……

阿忍哈哈笑:"你唱得真好!"

苦山说:"谁到了这样的地方,都能作诗。"

阿忍赶紧拿出手机,又让他再唱一遍,记了下来。

【4】

鸟山上没有任何阴气,阿忍原以为鸟山朝阴,一定湿潮,没想到却如春天般和煦。

苦山和阿忍提着一篓鱼,从北山靠西边悬崖处,一点一点往上爬。路如天梯，却并不危险。因为靠近悬崖一侧长了一排柏树，像栏杆一样护着路。走到半路，忽然出现了一棵千年老松，横在路中，阿忍以为路断了，苦山却直接爬上了老松树干，翻了过去。老松并不高，一堵墙一般。

苦山说："一般人爬到这里，就回去了，以为松树挡路，其实松树挡的只是无缘人，它就像个看门神，守着这座山。"

果然爬过去，路又在绵延，一路走一路走，林越来越深。北山上，长满了柏树，都是千年古柏。

地上一层层柏针，踩上去像踩在了一个厚厚的毯子上，光越来越弱，林里绿悠悠的。头顶上的鸟叫声越来越大，也越来越多，偶尔抬头，一片翅膀掠过，纸片一般。

阿忍说："进了树林，反而看不见鸟啦！"

苦山说："别急，前面有两块大石头，可以看鸟。"

他们又走啊走，一路上不断发现漂亮的羽毛或者蛋壳，蛋壳踩在脚下，咔嚓嚓响。

咔嚓嚓走了十几分钟，忽然出现一块空地，空地上两块大石头，都像人一般坐在那里。石头很大，很圆，像两个饱满的大和尚。"和尚"头顶是平的，有一米多直径。二人爬上"头顶"，站在那里，忽然四面八方飞来了一群鸟，有红的，有绿的，有白的，有灰的，有花的，有黑的，有的大，有的小，万万千千，数不胜数……

阿忍说："这都是什么鸟？"

"认不全，它们都知道我是人，我不知道它们都是什么鸟。"苦山说。

"太美了！太令人震惊了！"

鸟像纸片一样在天上飞，令人眼花缭乱，有的结成对，有的连成群，有的只有一只在遨游。鸟声如蛙声此起彼伏，交响乐一般。

苦山坐在另一个"和尚头"上喂鸟，他把鱼伸出手，就有鸟下来啄。渐渐地鸟们排起了队，井然有序，没有任何两只鸟会同时飞下来。有的大鸟把鱼送到树顶的窝里，就有小鸟伸头来抢。小鸟还低头看看底下的两个人。

苦山说："现在夏天还好，鸟们都能捉到鱼，最苦是数九寒天，河上都冰封了，鸟就要饿肚子。我老板王九九，每年都存一地窖的大白菜，专门来喂鸟。还有好多谷子，一年拉一车上山。我为了改善伙食，冬天会把冰砸开捕鱼给它们吃,一个人在一片白茫茫的冰上,那才寂寞呢!"

阿忍都快听哭了,他以前挺讨厌王九九,觉得他俗,抽名牌腰带,都是花纹,看着就闹心。他也有慈悲的一面,只不过慈悲有分别罢了。

苦山说:"原来这山上,没有这么多鸟,这两年越发多了,好多南方鸟,也迁了过来。南方鸟刚来,更不适应。冬天没鱼吃,我就得去抓。"

阿忍努力辨别了好多,还是辨不全。只知道白鹤最多,一片一片。有一种鸟,通体透绿,长一条半米长的尾巴,就像小型孔雀。还有一种鸟,通体幽蓝,头上一撮雪白的绒毛,一点头一颤。最花哨的还是雉鸡,浑身上下得有几十种颜色,一叫就如夜半打更,咕嘟嘟嘟,鼓点分明。

阿忍忽然忘我了,忘记了鸟山之外还有一个红尘,还有亲人、朋友、汽车、城池,他坐在那里慢慢闭上了眼,不说话。苦山喊了两声,没回应,就钻到鸟林捡羽毛去了。

等阿忍再睁开眼,已经黄昏了。苦山捡了一篓子鸟毛,靠在另一个石头上睡着了。黄昏的夕阳从西方透着碧水照过来,河面一片通红。倦鸟都已归巢,鸟林更热闹。苦山说:"我的天,你这小子坐着睡觉,睡得这么香,我都无聊死了,你看捡了一筐毛。"

其实阿忍是打坐入定了。他看了看那一筐色彩斑斓的鸟毛,很高兴,说:"这鸟毛背回家,我有用。"

苦山把鸟毛背回家,阿忍又搂着鸟毛钻进屋里,一夜没出来。

【5】

阿忍决定教苦山一些功夫。他心很年轻,但身体确实有点老了,需要保养,保养得好,身心一起年轻,可以活到九十岁。

阿忍去教他功夫,苦山很认真地学。苦山早已发现这个年轻人有点不寻常。这小子经常在院中一坐坐一天,一动不动,有时候还打拳练武,跟武侠片里差不多。虽然他很瘦,但打起拳来虎虎生风,感觉很有力量。

但是,苦山没想到,阿忍教他的功夫都很奇怪,都是一些动物行为。他让他翻白薯秧的时候,要四肢着地,屁股向天,手脚并用,爬着向前走。要点还是:要拼命撅屁股,撅得酸疼最好。这就导致他在白薯地里干活,像一只狗熊在爬。他以前翻白薯秧,是蹲着,经常腰疼眼花。阿忍说:"你见哪个四肢动物腰间盘突出了？都是直立行走弄的，你就这样翻，就不腰疼了。"

苦山坚持翻了两亩地，果然腰很舒服。

不光腰不疼了，前列腺也好多了。他以前前列腺增生，一夜跑四五趟厕所。

他让他摘桃子的时候，胳膊扶着桃树，拉肩膀，也是拉得又酸又疼最好，这导致他开始摘桃子摘得特别慢，经常在桃树上一吊吊半天，但摘着摘着就快了，胳膊也不疼。

他以前黄昏看风景，都是躺在院中摇椅上，晃晃悠悠看人间。阿忍让他蹲在栏杆前，双手向上攀着栏杆，像大猩猩一样看人间。

他就那样吊在栏杆上，看山下的灯火起了，又灭了，看车如流水，马如龙。

阿忍在手机上给他看一张图，是长沙马王堆汉墓出土的一张帛画，上面全是健身术。阿忍说："别小看这些动作，这是两千多年前祖宗们的功法，跟这些动物学好了，人就健康了。"

苦山每天学一个，精进认真。这导致他在自己院中的行为十分滑稽。

阿忍远远看苦山，就是一个动物变形图，一会儿是白鹤亮翅，一会儿是老虎掏心，一会儿是狗熊爬地。

阿忍给苦山制作了一个礼物，竟是他用捡来的鸟毛贴成的帛画。每个人物都栩栩如生，跟原画一样。

苦山惊呆了，说："年轻人你是大才呀！这么精美的礼物我这辈子没见过，就这幅画，怎么也得卖几千吧。"

阿忍笑笑，说："苦山，我是想让你把身体练好，去追金枝。金枝也很喜欢你。一个女人，哪里买不来一点菜，何苦一星期爬两趟高山顶，电动车的电也是钱呀。"

苦山就又羞了。

【6】

苦山那天拿着他的羽毛图去山下镶镜框，金枝来了，她来以后又大摇大摆地摘菜，把水缸、地窖、米桶都翻了一遍，查特务一样，检查完了实在没事干，就躺在苦山的摇椅上看风景。她好像知道苦山不在家，故意在等他。她摘了一大盘葡萄，躺着吃，捏一个，吃一个，葡萄皮没一会儿就吐出去喷了一地。

吃完了葡萄，她又跑进屋里，把苦山的床单被罩抱出来，扔进洗衣机，咣啷啷洗起来。

院子里很快就是一片破破旧旧的斑斓。

一会儿，她又端出一个筐，里面全是鸟毛，是这两天苦山新捡的。自从知道阿忍能用鸟毛作画，他就经常去捡鸟毛，全是漂亮的。

金枝把鸟毛放进一个大铁盆里，咕嘟嘟烧了几锅滚开的水，倒进去烫鸟毛，一片蒸汽腾起在铁盆上空，金枝拿个棍子转圈拨拉，还捂鼻子。

这时苦山回来了，捧着一个大镜框，金枝对着镜框拜了又拜，像在赞叹。她也跟着帛画上的动作学起来，一会儿像鸟飞，一会儿像狗爬，一会儿又像青蛙跳。

苦山笑得嘴都合不上了。

她学完又去洗羽毛。苦山拿笤帚把她喷的一地葡萄皮都扫起来，埋在了桃花树下。

阿忍很佩服金枝，她怎么知道那些鸟毛需要洗。他洗这些鸟毛，洗了一个下午，晾在篓里一天才能用。

阿忍很担心，他们会一直让他用鸟毛作画，没想到却都没理他，过了几天，苦山在他院中喊他："金枝有礼物送给你！"

他跑下去看，却是一个屁股垫。金枝用土黄透金的棉布，给他缝了一个屁股垫。上面缀着一片片金色布片，像凤尾上的翎毛，波光粼粼，十分美丽。

"她说你送我那么好的礼物，无以为报，就给你做了个垫子，里面都是山上的鸟毛，这是真正的羽绒垫。"

阿忍非常感动，瞬间觉得自己的屁股高贵了很多，他以后将坐在千万鸟的翅膀上，万鸟成托。

"她给你做了没有？"阿忍问。

"做了，做了。"苦山迫不及待拿出来给阿忍看。

他那是墨绿色的，做成了孔雀图案，一片垫子放在那，像铺开了一片孔雀翅膀。

"我这辈子还没用过这么高级的垫子，年轻时饭都吃不上，我妈因为要给我省粮食，活活饿死了。"苦山说到伤心事，有点难过，不过他马上调整过来，不说了。

那天晚上，他们各自坐在自己的垫子上，看月亮。阿忍觉得这垫子确实轻如云，没一会儿又"睡"着了。

【7】

时光荏苒，岁月如梭，苦山上的两个男人，一老一少，就这么过下去。阿忍期间只下过一次山，拿了个快递，是几本书，他今年出的。

他一年只出一本书，多了也不写，写多了心会累，主要是没时间过日子。他觉得日子是过给自己的，书是写给别人看的，不能为了别人亏待了自己。

他现在已经完全了解了苦山，苦山这座山，南面像人孤独的肉身，西面像人孤独的灵魂，北面是人心中的桃花源，东面是人通往万丈红尘的一条曲折小径。东面最普通，却也最重要，所以王九九花了大力气修那条路。苦山如塔，每个人都在塔上修，也忍，忍风生日落，忍四季轮回，忍生死变幻，修一颗平常心。

苦山的秋天很快就来了，秋风秋雨伴着满山秋实。阿忍经常在睡梦中被栗子声砸醒，风雨会把栗子从树上摇下来，噼噼啪啪，响在头顶，跟下冰雹一样。

阿忍穿着雨鞋去捡栗子，一会儿就能捡一筐。红彤彤圆滚滚的栗子就像宝珠，阿忍有寻宝感。苦山撅着屁股翻的那两亩地白薯也熟了，他给阿忍烤栗子，烤白薯，还烤玉米，阿忍吃得满嘴黑烟。

苦山的东面，只有在秋天才最美丽，因为东山长满灌木丛，到秋天一面坡的红。苦山站在东山顶，说："阿忍你看这东山像不像一张百元人民币？"阿忍看了看，还真像。东山还长了很多野山枣，红红的小枣挂在树上，小灯笼一般。苦山钻枣林里摘了一筐枣，划了一身血道道。金枝上来把枣做成了枣酱，装了十几瓶子，存在冰箱，说冬天吃大肉时，腻了可以用来沏水。

阿忍和苦山还经常去鸟林，他去打坐，苦山瞎遛达。他们在鸟林一待就能待一天，鸟林格外能让人静心，在南山待久了，免不了有点躁，鸟林一藏，立马清心。

他们还给鸟林起了个名字，叫翅山，因为都是翅。

冬天来的时候，苦山上的植物万叶落尽，只有北山一片葱茏，绿油油的。松柏穿冬，是它们给冬天的颜色。下大雪时，苦山和阿忍就坐在苦山顶上看雪，看云，看鸟，看山下的哑水河一夜之间被冰封上，千里江山，一条白练绕。

苦山和阿忍吃了好几顿锅子、酸菜鱼锅、酸菜羊肉锅、酸菜白肉锅……阿忍掏钱让苦山去买菜，苦山总是舍不得。有一次他竟然去买了一副猪肺，说："年轻人，我看你也挺穷的，不能再吃得太好。"

　　阿忍吃不下去那副猪肺，只好央求他多打鱼。苦山把冰砸了一个好大的窟窿，放下去两根鱼线，俩人穿着厚厚的衣服在冰上钓鱼，冻得脸蛋红通通。

　　苦山冬天有点失落，因为金枝上来得少。春有百花夏有菜，金枝常来，可到了冬天，她没什么可"偷"，就没理由常来。

　　这可苦了苦山，他日日巴望着山下那个灯火璀璨的小区，犯相思。

　　"你说金枝是不是讨厌我？要不她咋不来？"

　　"我看不是，她喜欢你，要不怎么给你做屁股垫。"

　　"那是沾了你的光。"

　　金枝不来，苦山就只能"勾引"，他"勾引"金枝的唯一方式就是打鱼。只有打上了野生的鱼，他才能邀请金枝来拿鱼，可金枝不知怎么了，经常受到邀请还爽约，有时候等她一天也不来。

　　苦山就压力非常大，越是不来，越要多打鱼备着，万一突然来了呢！

　　有一次苦山的孙女上来了，这是阿忍在这住了半年第一次看见苦山的家人。原来孙女已经工作，在隔壁县当公务员，她给苦山买了一件厚厚的羽绒服，一条羽绒裤，还有一双大棉鞋，可谓全副武装。

　　苦山穿着孙女买的棉衣去打鱼，明显更暖和了。他跟阿忍说："我孙女总跟我说，看你特别面熟，好像在哪见过。"

　　阿忍说："我长相普通，撞脸的人多，不足为奇。"

　　苦山忍不住了，跟热锅上的蚂蚁一样，坐立难安。

　　苦山开始老往山下跑，去打听金枝，看金枝是不是恋爱了，是不是有人在给她介绍对象，是不是要结婚。

　　打听来打听去，也没啥眉目，说啥的都有，有说金枝不找的，有说金枝正在谈着的，有说儿媳妇不让的。

　　苦山还会像以前一样练功，但练得乱七八糟，猴拳不像猴拳，龙爪不像龙爪，倒像是被妖魔附了体的怪。这期间阿忍每天把自己关在屋里写作，苦山更苦闷。

　　终于有一天，阿忍看苦山开始干一个大工程，他在他那边院子里面掏窑洞。那院子开山而建,有一条竖壁,直矗在后院,他在那条竖壁上掏山洞,每天用铁钎戳石头,叮叮当当响。

阿忍知道他是精力无处发散,也太闷。

他说:"掏个山洞,冬天省柴火,夏天省电费。他老板王九九也很赞同。"

阿忍说:"你好好掏,掏完你那边,掏我这边。"

阿忍在他的叮叮当当声中,写完了一本书。他总觉得这本书里有金石之气。

【8】

冬天终于过去了,转眼到了来年,来年桃花一发,万物都复苏了,南山一面山坡的绯红,一直延伸到村里,又从村里稀稀拉拉延伸到城里。

苦山精神头很足,每天装修他的山洞,山洞安了落地大玻璃门窗,铺了木地板,还安了好多亮亮的灯,灯一打开,亮如白昼,完全没有山洞的幽黑感。王九九找人送来了家具,木桌木椅木床,更神奇的是,山洞里出来了一眼细泉,只铅笔那么粗,苦山顺势挖了个池子,把水存住,又放了几尾鱼,山洞立马跟神仙洞府似的,白气缭绕。

这期间金枝上来过一次,对山洞赞不绝口,她摸着那个木床转了几圈,终于说:"我觉得这个床应该配上白幔。就跟武侠小说里那种侠女住的一样,白幔飘飘,洞口进来一个从山崖上掉下来的人,啧啧……"

她说她去做一个白幔,这白幔比较费布,让阿忍帮她盯着跟王九九要钱。金枝以前是个裁缝,只是收山了。

这是阿忍第一次单独见金枝,熟得好像八百辈子亲戚似的,他们彼此都没拿对方当外人,也没有聊苦山,更没有聊苦山那些老少年的心思,好像这事儿大家都懂,没必要点破。

白幔很快就做好,工人来安,啧啧赞叹,确实费布。

山洞有阿忍指导装修,装得艺术而浪漫。但山洞装好,苦山却不进去住。他说那个白幔床,太冒仙气,他一个糟老头子去住,别扭。

等能种菜的时候,苦山就不研究山洞了,完全投入到菜中,他能抱着一把葱的种子,凝视半天,一颗一颗撒下去,像撒心。

他在菜园一待就待一天,黄瓜、豆角、茄子,一一安排。那架葡萄藤,又被灌了好多鱼汤,他说灌了鱼汤,葡萄能长多点。

他又在为金枝孕育瓜果了。

【9】

可是等到桃花落尽,青杏初结的时候,苦山却忽然有一天在他院中放声大哭。阿忍赶紧跑下去问他。他说:"金枝得癌啦!"

这是个晴天霹雳。

苦山说:"难怪她这个冬天不咋来,原来是身体不舒服,前两天确诊,已经晚期了!"

金枝得的是肺癌,已经扩散到头部,医院都不用住了,直接回家,等死。阿忍恍惚想起,那次金枝来,确实脸色不大好。

苦山这个八十岁的老头子,那天坐在地上,哭得肝肠寸断,把地拍得直颤,哭得天上风云变幻。

阿忍默默去厨房给他做了一碗粥,他哭着睡着了。

阿忍也没想到是这个结局,他还一直努力让苦山锻炼身体,好配得上金枝。没想到这个小十九岁的妹妹,竟然没长寿。生命太无常。

从那以后,苦山就蔫了,再也没了以前的少年气,也不练功了,每天垂头丧气。

苦山下山看过一次金枝,跟村里人一起去的,回来又大哭,说金枝那么漂亮的女人,现在瘦得一把骨头,脸都没形了。

阿忍让他多去看看金枝,苦山不敢,他只敢跟着村里人一起去看,他一个人去,怕人说闲话。

阿忍说:"别人不知道你对她的心吗?"

苦山说:"不知道!全世界只有你知道,还有这满山生灵知道。"

阿忍问:"那金枝知道吗?"

苦山说:"我没说过,我觉得她知道。"

【10】

金枝忽然有一天给苦山打电话,说想吃山上的枣酱,还想吃河里的嘎鱼,要是能打到一只野山鸡就更好了。

苦山说鱼和酱都好说,就是山鸡不好说,当初王九九让他来看山,就定下一个死规矩，不许伤害山上的鸟。他承包这座山，就是为了保护那山鸟。苦山决定去别的山上打。

谁知道当天半夜，阿忍正在屋里写作，忽然天上撞下来一只鸟，直撞到他玻璃上，是只母山鸡。那鸟撞得非常狠，直接撞断了脖子。

阿忍知道这是鸟来报恩，把山鸡抱到苦山院里。苦山对着山鸡磕了三个头，下山了。

回来以后他又在屋里哭到半夜。

第二次他又去送了一次枣酱。

第三次他又送了一次鱼。

送鱼回来，苦山忽然就不哭了，一切如常，还是种菜，还是干活，还是做好吃的给阿忍，只是饭菜再没了以前的味道。他做饭经常忘了放盐。

阿忍每天对着苦山的爱情，非常难过，他巴不得他们这一世能永结同心，也同情他们马上就要阴阳两隔。他悲着他们的悲，也喜着他们的喜，这直接影响了他的艺术创作，为了收拾身心，他决定离开一段时间，回趟城，正好城里也攒了一堆事。

【11】

等阿忍再次来到苦山的时候，已经是第二年春暖花开。苦山上，王九九在等他，苦山已经不在了。

阿忍先问金枝，王九九说金枝已经于去年腊月去世。

"苦山呢？"

"重病，已经瘫在炕上了。"

阿忍不信，他拿了一包东下山就去找苦山，苦山家很好找，村里最白的那个房子就是。他被儿媳妇安排在西屋炕上。炕上摆着碗粥，还有一碗炖茄子。地下是尿罐，他被子旁边有好几根土烟卷好的。

阿忍说："你不是不抽烟吗？"

他说："后来又想抽了。"

阿忍忽然明白过来，他是不想活了，金枝是肺癌，他也想得个肺癌。

"苦山你可真傻！"

他说："没想到我还能见到你。"

"我是来给你送礼物的。"阿忍把那个礼物打开,又是一幅画。画上一个女人,粉衣白裤,端着一根水管,在浇菜地,菜地绿油油,水珠白灿灿,女人咧嘴大笑,憨态天成。

苦山一看见,又呜呜哭开了,他说:"是金枝啊,是金枝啊!"

阿忍说:"我给你做这个羽毛画,就是为了解你的相思苦,你看着画,就不难过了。"

苦山说:"没用了,金枝已经死了,我也不想活了,金枝死前对我说,她死后,要在奈何桥上等我三年,三年以后我俩一起去投胎,免得年龄相差太大,又不好意思。"

阿忍说:"这是最后那次你给她送鱼时说的吧?"

苦山说:"是。"

【12】

阿忍的画不但没送出去,还把上次那个健身图也收回来了。苦山说:"这些东西在农村没人能欣赏,白糟蹋了艺术。"

苦山还说:"阿忍啊,我真是对不起你,我有眼不识金镶玉,不知道你是网上那么有名的作家。我孙女都告诉我了,说你叫忍青,她说你写的小说拍成剧,全国人民都爱看。还说你有一年去外国,喝了人家酒吧的一杯酒,就花了七万块。我真是对不起你,还给你买猪肺吃。"

阿忍说:"那是他们瞎编,是七百一杯。"

"那我也苦了你啦!"

那天阿忍从苦山那儿回来,抱着两幅画。王九九正在指导工人垒墙,阿忍站在墙边一看,吓了一跳,何时南山脚下出来一个湖?

王九九说:"这个南山太他娘的硬了,阳气太盛,啥也长不大。我一赌气从西边掏了一个洞,把哑咪河引进来,你看这水一进来,底下绿油油的一片,多好看。我再从底下垒两个大坝,一级一级落下去,再把河水引回去,神不知鬼不觉。"

阿忍不得不佩服王九九的魄力,这么大的工程,他说干就干,半年就干好了,不愧是商人。

他看了看,确实湖面一出来,整个南山场就转了,湖上碧波荡漾,一群野鸭家鹅在水上漂游,碧水映着桃花,阴阳和合,水汽氤氲而上,透上来一丝丝凉爽。

阿忍看见水边有个长头发女人,那是王九九的二婚老婆。女人正在赶鹅,穿丝麻衣服。女人是个大学教授。

王九九说:"你信不信,我今年这桃园,结出来的桃子肯定又大又肥。"

阿忍说:"我信。"

【13】

阿忍把那两幅图放到了苦山挖的山洞,送了王九九当礼物。王九九感慨说:"这个苦山也真是怪,好好的忽然就病了,不过他要不病,我也不能下决心回来。这么好的人间仙境,给一个老头子享受这么多年,我也是傻。"

那两幅画,在水池上方,遥遥相对。水里游鱼在戏,默默无言。

阿忍忽然觉得,这山洞原来是有宿命的,其实就是为了盛这两幅画。

阿忍在这个苦山已经住不下去,王九九回来,这里又是一个场,它将是一个滋润柔美的场,一个阴阳和合的场,一个美丽的人间仙境。

阿忍还是更喜欢有苦山的那个场,单调,直接,热烈,孤寒,决绝……

他住了一晚上就回了城,又过半年,王九九发来微信,说苦山去了。

那天大雪。

有点刺

赛太后

"赛太后"是个外号，拥有这个外号的主人因为太过彪悍，令十里八乡闻风丧胆，所以有人给她起了这个名字。

赛太后长得就彪悍。脸大，眼睛圆，一双剑眉向上挑着，脸上的两块肉瓷实而稳固地矗立在嘴巴两边，动不动就瞪着眼睛"嗯"一声，这一声"嗯"必须是渐渐上扬的，十分具有威力，一般人听到，就不敢喘大气儿了。

这些"一般人"，其实也都不一般，她的三个弟弟一个比一个厉害。老大是个镇党委书记，娶的是副县长的女儿。老二是个生意人，有三家酒楼。老三在北京读书，看着呆呆的，但都读到博士了。

这三个弟弟一到姐姐跟前就毕恭毕敬，不敢造次。因为他们的姐姐相当于他们的"妈妈"。

他们的妈妈在赛太后十三岁那年去世了，那一年大弟九岁，二弟七岁，三弟四岁。

妈妈得的是痨病，整天风箱似的喘，妈妈走后，赛太后就一直照顾这几个弟弟，她给他们做鞋、做饭、做衣服。爸爸没什么大本事，也没钱给他们娶后妈，爷几个就这样相依为命地过了十几年。

赛太后差点儿嫁不出去，有三个原因：一是因为彪悍，二是因为负担重，三是因为克夫。

说起赛太后克夫这事，话就有点长。

赛太后本来不克夫，是后天克夫的。

那一年，县里修水库，他们村子那条河水位开始上涨，眼瞅着就涨到了妈妈的坟地。

赛太后一家决定迁坟，于是抓时间准备。

赛太后准备了一口小棺材、一块黄布、一块大黑布、一根牛骨、柏子莲子棉花籽各一百颗、五枚五帝钱，还有一个用面捏成的小人儿，小人儿还需要再糊个纸棺材。

这些都好说，不好说的是迁坟移骨的人，先生说了，爸爸的属相与死人相冲，不能相见。

这重任就落在了十一岁的大弟身上。

那天夜黑风高，天上星星寥落，全赖手电筒照亮。爸爸找了两个本家叔叔帮忙，待到棺材挖出来，正好到了子时，赛太后和几个叔叔撑起一块黑布盖住棺材，准备让大弟下去移骨，结果大弟却突然蹲在地下哭了。他说："我不敢！"

那样一个山间，深更半夜，草木扶摇，一个孩子突然哭了起来，又恐怖又凄凉，在场的人都无不落泪。

随着大弟的哭声，人人感觉山间有异样的东西在飘荡，汗毛都竖了起来。

爸爸大声训斥："你是长子，这是你的责任，快下去，过了12点就误时辰了！"

可是大弟还是蹲在地下痛哭不止："我不敢，我不敢呀！"

爸爸说："你不敢就只能我下去了，先生说我不可与你妈相见，否则也有丧命之险，要是我也没了，你们几个就更可怜了。"

赛太后说："我下去吧！你们都别下去，本来我也舍不得大弟干这个！"

然后她就一下子跳进墓坑，爸爸惊呼："你是女娃呀，怎么可以干这种事？"

她说："女娃子怎么了？这种事谁不害怕谁就干，我不害怕，她是我妈！"

说着她轻轻推开棺盖，这一推不要紧，她"哇"的一声哭了出来。

本来以为妈妈已是一堆白骨，却没想到妈妈竟然还音容宛在，跟活着时一样。

她大声呼号："妈呀！"

随着这一声"妈"，妈妈很快就如风一般化掉了，只剩一些衣服塌在白骨之上。

妈妈的一头乌发飘在一只公鸡枕上。

她一边喊着"妈妈"，一边取出黄布拣拾白骨，想起这些年来自己又当姐姐又当妈的心酸，真是悲从中来。

人间凄凉莫过于此。

拣完妈妈的白骨，赛太后把那块牛骨头放进棺材，旧坟不可空着，否则容易招人来填充。牛骨头是充数的。

她盖上棺材盖，抱着"妈妈"出了墓坑，又抱到新的坟地，她把妈妈的骨殖放进新棺，新棺里垫着柔软的垫子，她把柏子莲子棉花籽撒满垫子，把骨殖放在这些吉祥的种子上，五枚五帝钱分别放置在尸骨四个方位，又把那副事先准备好的装着面人的纸棺材放置在妈妈身侧，然后盖上棺盖。

弄完这些，她跳出新坑，众人七手八脚填土掩埋，正好过子时。

山间夜鹰惊啼，一片黑云从铅色的夜幕上飘摇而过，几颗星从黑云里钻出来，眨巴着眼睛，像看透世事似的。

从此赛太后名声大震，她成了当地唯一一个敢下坟迁尸的女人，前无古人，后无来者，人们把她传得如神话一般。

说她那天如孙二娘、穆桂英、樊梨花、佘太君附体，一举手一投足尽显巾帼本色。二弟又添了一句话，说赛太后在移骨的时候，他看见一道白光倏忽闪进坟里，撞在了赛太后身上，这更给赛太后增添了无穷神秘的力量。

人们纷纷猜测那是妖，有说是白蛇的，有说是白虎的，还有说是白狐的，总之越说越玄，把个赛太后说得奇之又奇。

民间传说向来没有章法，说到最后又给她扣了个克夫的帽子，说一个碰过尸体的女人，还接触过"妖"，还能有男人镇得住吗？

赛太后也不理会，还是如常行为，只是确实比以前更厉害了，说话声音也高了，脾气也暴躁了，动不动就瞪眼睛。

随着性情的变化，脸上的肉开始扩张，眉毛越长越粗，竟然立了起来。

赛太后把日子过得越来越威武。

他们迁完妈妈的坟，县里就下来政策了，凡是因为蓄水导致的迁坟，政府一律都有补偿，不能亏了村民，村里统一把要迁的坟造册备案，报上去，等发放了补偿再迁。到赛太后家的时候，就省略过去了，赛太后去找村支书，说我家也是因为蓄水迁坟，凭什么不给我家补偿？

村支书说："你家勘测的没有坟就不算。"

赛太后说："我家只是行动快了点，提前把坟迁了……行，你等着！"

过了两天，赛太后又去找村支书，问："给不给我家补偿？"

村支书说："不给。"

她就从口袋里掏出一块大石头,"啪"的一声拍在村支书的玻璃上,玻璃登时碎裂,她说:"给不给?"

村支书有点蒙,还没说话,赛太后又掏出一块石头举着:"给不给?不给,我一天拍碎你一块玻璃,等你给了我补偿款,我从补偿款里拿钱赔你玻璃!"

村支书赶紧去政府给她要补偿款了。

待到补偿款要来,赛太后果然从中间抽出一张,给村支书:"喏,玻璃!"

然后扬长而去。

赛太后自此无人敢惹,几十年后,人们调侃她的彪悍,她说:"逼的,都是被逼的,我家孤儿寡爹,你到那份子上,也那样!"

"孤儿寡爹"这个词又传遍了乡间。

然后就传到了一个老师耳朵里,这老师姓曲,是她二弟的班主任。二弟淘气,在学校整日勾蜂斗蝶,今天揪揪这个女同学的辫子,明天往那个女同学文具盒里放毛毛虫,老师天天叫家长,赛太后就去。

赛太后到学校也不问弟弟犯什么错,就一个劲儿地给老师道歉,毕恭毕敬,态度诚恳。老师觉得这女人挺有趣,及至发现她就是"孤儿寡爹"这词儿的发明者,觉得她更有趣。

他最后还是发现了她的彪悍。

他发现她在为二弟道半天歉后,扭头就会把二弟暴打一顿,她打二弟的手段极其惨烈,小胳膊粗的棍子,毫不客气地往二弟的身上擂,一边擂一边骂:"让你不成人,让你不争气,还等着你出人头地光宗耀祖呢,你对得起我吗?为了你们我连婆家都找不到了!"

曲老师听得直乐,觉得这个女孩真有意思。

他还听说赛太后家里有个擀面杖,比一般人家的长,平时除了擀面,就是教训这几个弟弟,她经常把三个弟弟打得上蹿下跳。

他观察了一下她这几个弟弟,除了二弟顽皮点,其余两个都很争气,年年考第一,都是学霸。

他爱上赛太后了。

他觉得这赛太后真是了不起,一个又有趣又可爱又彪悍又真的姑娘,怎么就没人要呢?

为了接近赛太后,他天天找家长,他可不管什么克夫的传言,他是坚定的马克思主义信仰者。那段时间二弟被打得生无可恋。

时间一长，赛太后也觉出他的情意，接受了他的追求。

赛太后喜欢曲老师。曲老师有文化，从不打人，常年微笑，还能帮她教育三个弟弟。

赛太后和曲老师结了婚，婚后生了一个女儿，生完女儿就再也不生了，她怕生儿子，她再也不想让家里出现男孩了。

他们一起把这几个弟弟供到了大学，除了二弟考了个大专外，那俩都上了本科。

曲老师工资低，赛太后为了贴补家用，啥都干过，贩过水果，卖过菜，倒过煤，开过羊汤馆子。吃过的苦自不必说，说起来能如滔滔江水绵绵不绝，但这些都不重要，重要的是她挺过来了。

这是赛太后的前传。

后传：

赛太后把几个弟弟都供出来后，就过起了田园生活，她在城中村买了个院子，每天看看电视，浇浇花，种种菜，晚上陪着曲老师去跳广场舞，散淡无为。

她跳广场舞非常可爱，务必穿一双厚底鞋，厚底鞋上钉着一块木头，跳起舞来踢踏作响，鞋面子也是自己做的，上面绣着牡丹芍药花纹。

赛太后年轻的时候一直穿灰破的衣服，老了后可劲儿地娇艳，一定要把年轻时的亏空找回来。衣服非亮色不买，大红、桃红、大紫、芭蕉绿……要是某天穿了件宝石蓝，准是那天心情不好。

她还爱去参加各种喜宴，结婚的、乔迁的、生孩子的、考大学的、杀猪的……逢场必到。

到了就表现得周全而热烈，红包包得大大的，吉利话儿说得一串一串响，没有人不喜欢。

人们都快忘了，这还是那个当年下坟迁尸，拿着大石头拍村支书的赛太后吗？她怎么可以变得如此庸常！

那些说她克夫的传说也消失了，她跟曲老师一辈子恩爱平和，妇唱夫随。曲老师整日红光满面，像插在牛粪上的鲜花。

赛太后连面相都变了，变得宽厚、圆满，以前立起来的眉毛渐渐又弯了回来，像一对月牙儿一样伏在眼眶上。

人们愿意结交她，一是因为喜欢她这性格，二是知道她家实力强大。她大弟弟一毕业就考上了公务员，人又能干，在单位备受好评。

她二弟弟大专毕业接手了她的羊汤馆子，然后从羊汤馆子开成了羊肉火锅城，又开了一家海鲜城，后来又在一个旅游区开了一家集餐饮住宿洗浴为一体的酒楼，娶的媳妇也是他当年青梅竹马的一个姑娘，叫严凤凤。

严凤凤是当年的一枝花，也是曲老师的学生。

她小弟弟一直在读书，读啊读啊，都快把赛太后读吐了，读到博士才终于不读了。

她家大业大，却没一点傲慢之心，别人在她这也没一点便宜可占，那些抱着沾光之心跟她结交的人，都不能如愿，她说她不管弟弟们的事，她甚至下令，弟弟们没事不要打扰她，她要过几年清净的日子。

她这些年看他们几个看得都烦死了。

弟弟们也听话，自动消失，不打扰姐姐。

赛太后走上了人生巅峰。

她开始学文化，让曲老师给她讲课，从基础的小学念起，《东郭先生和狼》啊，《王冕放牛》啊，《滥竽充数》啊，等等。

到最后开始读《曹刿论战》《出师表》《过秦论》，然后能看整本整本的书。

她最喜欢老舍的《四世同堂》，读到动情处就抹眼泪，读到气愤处就拍大腿。她还跟曲老师讨论，说那个大赤包就是没良知没文化的败类，国家差点儿就亡在这种人手里，应该拉出去枪毙！

她以前天天讲"仁义礼智信"，其实并不知道"仁义礼智信"是谁说的，直到读了孔子孟子的一些书，才知道原来"仁义礼智信"是这个意思啊！

他们家经常是一个白发先生摇头晃脑在讲书，一个胖大妇人瞪着眼睛在听书。胖大妇人有时候举着擀面杖跟白发先生辩论："你说的不对，我认为宋江就是朝廷派来的奸细，你看他一心想招安就知道，其实他早在上梁山之前就是个间谍，论心机，谁也玩不过朝廷那些人！"

白发先生挠挠头发："山妻说的也有点道理！"

再到后来，白发先生也不得不服这山妻了，对于历史或者文学人物，她总能给出不一样的解释，她说唐僧他妈殷温娇很可能早就跟那强盗有来往，要不然一个丞相的女儿出嫁十八年，连娘家也不回一次，这不正常！就算她能干，她爸也不能干啊！

这些东西，虽然都不能证伪，但也不能证实，反正她胡解一气，却也有一种来自民间的天然智慧。

她后来又去读佛经了，这个佛教文化昌盛的小城，有很多的佛堂，她跟着他们学佛，她觉得学佛很舒心，她都能整本整本背诵《阿弥陀经》，腊八的时候她就跟着佛友们去给环卫工人施粥，那些工人们感动得热泪盈眶。

后来她脸上就现了佛相，脸颊的两嘟噜肉越发圆满，黑洞洞的大眼睛一笑就变成一条线，睁开又炯炯有神，高兴的时候一挑一挑，这一睁一合一挑之间，一张脸就变得十分生动，活像个女版的布袋和尚。

弟弟们虽然平时不打扰，但年节还是要来聚会，他们来的时候就拉家带口，热热闹闹十几口人。

爸爸已经老年痴呆了，时而清醒，时而糊涂，清醒的时候就说："算命先生早就说过，我家那坟迁得好，捧印的，耍秤杆的，捏毛笔的门门出人才，嘿嘿！"

总之没有不美好的，没有不遂意的，没有不称心的，她真是活回了天真时光。

这一年，中秋家宴，一家人又齐聚一堂，连读书读吐了的三弟也领来个女朋友，女朋友也是个博士，没有三弟那么呆，看上去文静雅气。

赛太后很高兴，左看右看觉得十分美好。

但是老大家老二家好像有点不对，老大媳妇中秋的天气脖子上还系个围巾，老二媳妇毛毛咕咕的，一会儿望望大哥，一会儿望望大嫂，像憋了个屁。

她向来狗肚子里盛不住二两油，没什么城府。赛太后疑窦顿生。

再看那老大媳妇儿，更不正常了，明明心里一丝儿笑意也没有，脸上却笑得狰狞。

这要搁平时，老大媳妇见到三弟媳妇，务必把场面话都说圆了。老二媳妇必得拉着女博士说上一筐子废话。今天都不正常。

她那俩弟弟倒是挺热闹，又要开红酒又要开白酒的，明显也是虚张声势，大弟随时都在扫着自己媳妇儿,他偷偷瞪她的时候,正巧被赛太后看见了。

赛太后吃完饭马上把严凤凤留下,说:"严凤凤,你告诉我,出了什么事!"

严凤凤一开始还装,禁不住赛太后几句咋呼,就交代了,她说:"大姐啊,我大哥那职位不保!要出事啦。"

赛太后问原因。

严凤凤细细讲来:

原来这个大弟弟,在单位待了这么些年,起先扎扎实实,倒也顺风顺水,日子久了人倒有些飘了,跟一个女同事不清不楚起来,被大媳妇知道,闹了一通,威逼利诱也没能让两人断开。

大媳妇急了,她跟踪大弟,有一次竟然在一段快速路上把这二人堵住了,二人开车在前面跑,她疯子似的在后面追,结果一冲动就制造了一场车祸。她把那俩人给撞了。大弟倒是没什么事,女方却流产了,原来她已有了四个月的身孕。

气疯了的大弟,回家就把大弟媳妇给打了,大弟媳妇脖子上有块淤青,就是这大弟掐的。大弟媳妇也不好惹,她一看身为公务员的丈夫已经把婚外情发展到了这个地步,可见不可救药,她就提前做了准备,她知道这大弟回家得收拾她,就提前开了录音,把整个过程都录下来了,录音里有大弟承认自己犯错的事实。挨完打她一赌气就把这录音连同一封实名举报信送到了纪委。

实名举报的信,纪委很重视,就立案调查,这案子就如秃子头上的虱子一般,现在正等着剑落下来呢,估计老大的职位不保。

赛太后一听,大眼珠一翻,背过气去。

醒过后就一通哭。

"我这命太苦啦,就想过两年清静日子都过不了。我对不起我的亲娘啊,我对不起国家,对不起人民!"

赛太后好多年没哭过了,还是迁坟那一次哭过一回。一晃几十年了。

严凤凤也陪着哭,一开始小声陪着,后来就越哭越大声,把赛太后都比下去了。

赛太后问她:"你怎么也这么伤心?"

严凤凤就说:"大姐啊,我比大嫂还苦哇,这些年你不管家,家里都乱套啦,大嫂子还能来个鱼死网破,我连鱼死网破都不敢,我家那个贼东西,也成天招斗小姑娘,店里稍微有点姿色的他都不放过,我抓都抓不过来了。"

赛太后这倒不意外,她这二弟本来也不是个省油的灯。

"我不但不能管,我还得给那几个妖精调解争风吃醋,我也想制造一场车祸哇!"

赛太后一听严重了,这都要出人命了,她拉着严凤凤的手说了一句:"姐对不起你们!"

"等我收拾他们!"赛太后说。

赛太后从地上起来,钻进了厨房,她拿出自己的大擀面杖,对严凤凤说:"你先回去,别在这碍事,我给他们打电话,收拾他们!"

严凤凤赶紧跑了。

赛太后把三个弟弟都叫回来。三弟刚回北京就被她吓唬回来了,她说自己中风,要死了。

三个弟弟一进家门,她咣当一声就把门关上,不管三七二十一,抡起擀面杖就揍,擀面杖像孙悟空的金箍棒一样,耍得虎虎生风,打在两个大弟弟身上,鬼哭狼嚎。

赛太后打着打着,俩弟弟就给她跪下了。

大弟两鬓都斑白了,四十多岁的年纪,正是人生好时光,却把自己作成了现在这副样子。赛太后又气又疼。

她问他:"你媳妇还有没有可能原谅你?"

大弟耷拉着头:"没可能了,闹大了。"

赛太后泪流满面。

她一急,气血攻心,就犯了心脏病,直直地倒在地上,豆大的汗珠子冒了出来。

三个弟弟手忙脚乱把她送进医院。

到医院才知道,她大弟的胳膊,被她打折了。

大弟弟挺着一条折胳膊,上了几天班,就被免职了。

小城里向来喜欢就一件事情热热闹闹地议论几天,然后再集体把这件事忘掉。一段时间后再提起来,就会有人说:"哦,那个人啊?知道!"

大弟和大弟媳妇离婚了,严凤凤还在无穷无尽地杀蜂灭蝶中。

三弟那几日在医院照顾大姐,赛太后的脸上又没了佛相,眼睛又大了,因为时不时要瞪,眉毛又立了起来,她问三弟:"三儿,你告诉姐姐,你们这些搞学问的都可以怎么变坏?"

　　三弟弟说:"也就学术造个假啥的,或者弄个项目骗点国家资金。"

　　"你会不会学那些?"

　　"不会,姐,我是您教育大的,最讲究仁义礼智信,我要做坏事,天打五雷轰。"

　　三弟说这话时坦荡无畏。她心甚慰。

　　也是因为这小子三十多了,刚入社会,还没被污染——幸亏还有一个好的。

　　赛太后把手递到三弟手里,说:"扶哀家起来,我要回家,镇宅!"

老鸳鸯

【1】

夏末秋初,防火工作任务很重,乡长王大春决定亲自带队下去巡视。

他带着分管林业的副乡长,还有人大主席、宣传委员、组织委员、计生干事等一行人出发。

"去石虎寨吧,那里林子多!"

面包车呜呜开进了石虎寨,果然,刚进村不久,就看见一片树林子里有烟冒起。

乡长说:"赶紧去看看,谁在燎地边儿?"

一行人浩浩荡荡又蹑手蹑脚地走,正走着,感觉有窸窣动静,乡长摆手:"大家不要动!"

乡长一个人先像老猫一样袅袅地走了过去,忽地他跳了起来:"哎呀我靠!"

"乡长!"人大主席提醒乡长在说脏话。乡长忙捂住了嘴。

乡长都骂街了,一定不是什么好事,剩下的人赶紧包抄围上,漂亮的女宣传委员一探头,也跳了起来:"呀——",也捂着脸背过身去。

一行人都傻眼了!

原来树林的草地上,滚着两个人,衣衫不整,从裸露的大腿上可以看出,俩人头发和身体颜色是反着的,大腿黑的,头发白了,大腿白的,头发黑着呢。

一幅不甚香艳的春宫图。

是一对老人。

乡长与黑身子老头铜铃般的眼睛对视,只见他花白的胡子,紫红的面膛,脑袋上的头发根根直竖,像一头暴怒的老狮子。

乡长掉过了头去:"还不快把衣服穿好!"

俩老人慌忙爬起来穿衣服,满脑袋都是草叶子。

人大主席很想笑。副乡长也很想笑。甚至那俩女同志也很想笑，但是谁也不敢。

乡长心想，真他妈倒霉，碰见这么一对丧气冤家，都说看见男女搞那事儿有损人运气，我下半年还想被提拔提拔呢！

俩人穿完衣服，绕到这群人面前，拜堂似的齐刷刷先鞠了一躬："对不起，献丑了！"

一群人终于忍不住都笑出了声。

【2】

乡长气得刚要大手一挥让他们滚蛋，忽然想起冒烟的事还没问，他说："这火是谁点的，村里没宣传不允许起明火燎地边吗？"

"我！"

老太太脆生生回答，还举了手。

老头扯了扯她衣襟表示反对："不对，是我！"他也举起了手，像课堂上回答问题的小学生。

"你什么你！"

老太太啪地给了老头一个大耳光："忘了你来的时候火已经着起来了吗？到这看看没什么可帮忙的才要搞那事儿……"

乡长表示很烦躁："都带走！送派出所先拘起来！"

老太太喊："不能拘他，这是我放的火，你们拘他干什么？"

副乡长也说："都带走，都带走，到派出所去说！"

【3】

回乡的车上，一群人盯着这对为老不尊的老人，又想笑又不敢笑，乡长很苦恼，他一直在心里盘旋，到底看见这种事会不会影响运气。

老头羞得恨不得把脑袋扎裤裆里去，老太太倒很大方，东一眼西一眼地瞥这群人。

"知道纵火的后果吗？"副乡长说。

"知道，拘留。大喇叭天天说。"

"那你们为什么还顶风作案？"

老头紧张得都快哭起来了。

老太太安慰老头:"甭害怕,咱俩是干部家属,他们不会把咱怎么着的,等咱儿子来了就没事了。"

这句话引起了一车人的兴趣:"你们的儿子都是谁呀?"

老太太又撇撇嘴不说话了。那架势好像皇太后出门,被叫花子得罪了,一会儿皇帝来了能把叫花子碎尸万段似的。

【4】

乡长亲自下乡,这么快就抓了纵火典型,回到乡里,众人免不了恭维几句,这个说事必躬亲,那个夸雷厉风行。

乡长通知派出所来人,跟派出所一起来的,是老头老太太的儿子们。

一胖一瘦两个男人,进了乡政府大门。乡长一看,原来都不是外人,竟是石虎寨和丁郎庄两个村的村书记。

石虎寨的村书记石铁虎,胖,一张大饼脸,眼睛细长,一笑眼睛净剩眼皮儿了。丁郎庄的村书记丁小北,瘦,瘦得跟猴子似的,浑身上下就一双大眼睛突出鲜明,像一只饿了半年的小青蛙。

"乡长,老太太是我妈。"石铁虎一脸皮笑肉不笑。

"老头是我爹。"丁小北谄媚里透着卑微。

"原来是你们俩的爹妈呀,"想到刚才那副样子,乡长差点儿笑出来,"进来说吧!"

乡长对这俩人的家事稍微了解一点,这俩人一个丧父一个丧母,家里老婆都是母夜叉。

"既然是你们的爹妈,一个孤男一个寡女,都有情有意,为啥你们不成全他们?"

"这个……"石铁虎支吾。

"那个……"丁小北也说不上来。

俩人吭哧吭哧,石铁虎都快变成石铁牛了。

"到底怎么回事!"

"一言难尽。"丁小北说。

【5】

乡长看他们那副吃了苍蝇屁的纠结相,决定亲自去问老头老太太。

敲开人大主席办公室的门,老头老太都在,宣传委员和组织委员也在。

老太太正扒着宣传委员细嫩的小手给她看手相呢:"你这婚姻动得晚,但一旦结婚就离不了了,结婚之前有段情劫,这劫不好过,非得流几缸子眼泪不可。"

宣传委员表示好奇:"大妈你真会看相?"

"嗐,我年轻的时候跟一个师傅学过几年,后来师傅云游去了就不学了,她老人家要不走,我早成方圆百里的神算子了!"

"你真厉害!"组织委员也表示佩服。

老太太的话好像正戳中了宣传委员的痛处,她的眼泪在眼圈儿里打转儿。

老太太说:"女人嘛,年轻的时候总有几年脑子进水,慢慢就好了。"

乡长看到这里,赶紧打岔,这宣传委员的情劫就是他。

他对这姑娘有点意思,花言巧语哄到手,又定不下心来与她成家。一晃已经两年,姑娘为了他,终身大事都在耽误着,眼看着日日蹉跎,最近正在闹脾气。他也很闹心。

乡长说:"大叔大妈,你们的儿子都来了。"

老太太站起来:"这俩王八蛋来得这么快,果然都是'要脸面'的人。"

老头儿用手蒙住了脸。

乡长生气地说:"作为干部家属,你们不以身作则支持儿子工作,还公然带头燎地边儿,冲这个,我就可以把他们的书记免了!"

乡长其实没权力免书记,他吓唬他们。

谁知他们不但不害怕,还高兴地跳了起来。"啊,那太好了,求您快免了他们吧。"老头儿说。

一群人面面相觑。

老头继续说:"我们是真的希望他们都当不成书记!"

乡长追问缘由,老太太讲起了故事。

原来这老头老太自小认识,一前一后丧了偶,于是有了情。经过一段时间田间地头革命工作的感情培养,两人决定在一起并结婚。

但此事却遭到了儿子们的强烈反对。原因是还有一年要选举,他们的儿子都反对他们结婚,把户口迁到对方村里,还要把党关系迁过去。他们都想再竞选,老爹老妈的票都失去,这个不能忍。他们都希望爹妈把对方的户口和党关系迁到自己村,这样可以多一票。

他们俩对爹妈的争夺,从开始的圆桌谈判,变成了跳脚骂战。俩媳妇本来就刁,后来更刁,也加入其中。

"这么大岁数了,就考虑自己那点小情小爱,有点大局观好不好?"

儿子们也扬言,只要自己这方进到另一村,那就生不养,死不葬,让对方去负担吧。

一对有情人莫名其妙成了罪人,谁也不敢用黄昏恋赌明天。亲儿子都能这样翻脸无情,何况挂靠过去的假儿子呢?

二人只能就这样当野鸳鸯。

"俺们俩比牛郎织女还惨。"老头说。

老太太说:"当了官的人都是疯子!"

乡长默默在心里又骂了一句街。

"乡长,既然事情到了您跟前儿了,您就帮帮我们吧。"老太太收起刚才的大咧咧,开始抹眼泪。

宣传委员也陪着哭:"乡长,您就帮帮他们吧!"

乡长刚要承诺,突然一拍桌子跳起来:"这事儿不对呀,我抓你们,是因为你们私自纵火,不是要给你们保媒呀!"

"纵火是小事,保媒是大事!"老太太说。

【6】

乡政府食堂养了一只大狗,它忠实地趴在门口听八卦,大嘴咧着,好像也觉得这事好笑。

乡长去找那两个村书记,俩人在屋子里正在吵架。

"我说到我们村儿,你看现在闹的,丢人都丢到领导这来了。"

"到什么你们村儿,你这次选举没危险,为什么不帮帮我?我现在每一票都至关重要。"

"我怎么没危险,我的票就不重要了?"

瘦子丁小北盘踞在沙发上,胖子石铁虎在地下转圈。

"你俩别吵了,现在处理你们父母纵火的事。"乡长一脸铁青。

"乡长,您高抬贵手吧,别拘留了,就快选举了,我们俩爹妈都拘起来,我们还选个什么劲儿!"

"他俩顶风作案,没法儿宽容。"

丁小北急得要哭。

"有一个办法,"乡长说,"你们承认他们的恋爱,回去让他们结婚,户口谁也不迁不动,想在哪里生活就在哪里生活,还要一视同仁孝顺,你们能做到吗?

他俩面面相觑。

乡长说:"当官是很重要,可也得讲点人伦吧!"

两人惭愧成了虾米。

【7】

乡长还是决定帮这对老人,他虽然也不是啥高贵人士,但在一对苦命鸳鸯面前,他想当成全者。

乡长亲自将俩老人送出大院儿。临行前,他偷偷把老太太拽到墙根儿处,问她:"大妈,我问你个事儿,你说是不是真的看见别人干那种事儿就会倒霉?"

"别听人瞎说,没有的事儿。"老太太呸了一口,唾沫喷了乡长一手背。

她拉着乡长的手上下端详了一会儿,说:"孩子,我嘱咐你一句话,顺其自然,命里有时终须有,命里无时莫强求,我看你也是为权力着魔的人——"

"那我到底命里有没有?"乡长问。

"有!"

老太太啪地打了乡长手一下子。

她又把乡长往墙根儿深处拽了拽,说:"孩子,我再嘱咐你一件事儿,你离你们乡里那个宣传委员远一点,那个孩子命太硬,专克当官的。你给她摊事儿干,让她自己把煞气杀一杀,你不要沾她,会影响仕途。"

"真的?"

"那当然,我一般不给人算!"

乡长竟然信了。

【8】

老人离开后。乡长像一只大公鸡一样垂着脑袋在乡政府大院儿转了一圈儿又一圈儿。忽然,他又开始招呼人:"都跟我下去,再抓个典型回来,老百姓要把山都点了,千秋万代的罪孽。"

一群人呼啦啦又出来,他看了看人群里的宣传委员和组织委员,往回摆了摆手说:"女的都回去吧,不用你们去了。"

宣传委员默默转头。组织委员暗暗舒了一口气:"终于不用再强行陪绑去当电灯泡了。"

翌日。

石虎寨与丁郎庄交界的山坡上,有一片谷子田,大谷穗儿个个像姑娘的马尾辫一样在风里一跳一跳。谷田之中站着好几个稻草人,有一个用了黄渤的头像,有一个用了孙红雷的头像,有一个用了王宝强的头像。

三个人手里都端着一把枪。

俩老人手里各拿把剪子在三个大明星间穿梭,他们扳起一个谷穗,咔嚓一剪,像剪掉个姑娘的辫子。

老头说:"我现在都不敢上街,羞愧。"

"羞愧啥,又不是杀人防火。"

"还是羞愧。"

"就你这个人,一辈子把个脸当回事,当年要不是你害羞,我会嫁给我那窝囊男人?幸亏这回让乡长撞见了,解了咱俩的围。我都感谢乡长。"

老头也感谢乡长,但他还是羞愧。他说:"以后少出去就得了,正好多干活。"

老头剪下一只谷穗,揉碎,扔出去,有小鸟叽叽喳喳来啄食。

天上有流云飘过。风很暖,山坡上"黄渤""孙红雷""王宝强"都端着枪,笑得很灿烂。

她

他到雁翅镇当书记那年，正好四十二岁，鸿运当头，雄姿英发，一日看尽长安花。

他第一次给全镇干部开会，好像坐在向日葵田里，下面全是圆脑袋大笑脸星星眼。

他是有理想、有抱负的人，为官一任，不作为，不如回家种红薯。他不为财，不为色，只想造福一方。

然而茫茫的"向日葵田"里有一张脸吸引了他。

这张脸不是葵花，是玫瑰，白的那种。

她坐在角落，好像在听，又好像没听，好像很认真，又好像不认真。别人呱呱鼓掌的时候，她只象征性拍两下，但她一直看着他，带着探寻。

这个女人不俗，他想。

他按照僧人的戒律要求自己，非礼勿视，非礼勿听，非礼勿言，全部精力用来工作，春天防火，夏天防汛，忙着筹善款，忙着做实事。

他还是忍不住关注她。

她有个不大不小的职位——副镇长，负责全镇畜牧、水利、民政，鸡鸭鹅狗鳏寡孤独都归她管，是最不重要的一个副镇长。

别的副镇长一天来汇报一次工作，她这种一周也就来一次。

这年纪，能熬到这个位置也不容易。

每次她来，都有板有眼，不卑不亢，那态度，既不巴结他，也不惧怕他，汇报完就走，不像其他人总想方设法做点高兴的事，表现表现。

她越这样，他越觉得挠心。

她到底是个怎样的人？

他生了促狭心。

每次下乡，他都特意检查一下她的工作，有时假装无意地对村干部说：

"带我到你们村的五保户家去看看。"

有时候检查救济物资的发放。

有时候检查养殖场的排污。

都井井有条,没疏漏。

难道真的是冰山美人?

她越这样,他越好奇。

她越这样,他越不敢轻薄。

她越这样,他越喜欢。

可不敢妄动。

这种感觉,就像生了病,像聊斋里住在荒郊野外的书生,馋上了狐狸精。

有一次他表扬她,说她工作干得好,严谨认真,公正廉明,低调务实。

她第一次对他露出了笑脸,带牙齿的那种。

她有一排整齐的牙。

白玫瑰第一次绽放了。

下次她再找他汇报工作,送了他一包茶、一盘生普,一看就是春茶叶子做的那种,一壶下去,浑身透汗。

他知道是好茶。

他不知道她对他是有意还是无意。

有意吧,只是一包茶而已。

无意吧,这是她送的茶,她不像随便送人茶的人。

他把茶藏起来喝,午饭过后沏一杯,茶香袅袅,他如入茶林,她的气息氤氲不散。心底的岁月静好。

他好像已经爱了她。

锥心蚀骨。

不可自拔的那种。

有一次,他实在没控制住,给她打电话,说司机派去干别的事儿了,要她开车到她娘家村里去下乡,因为有人举报他们村书记滥用职权把救济物资发给了不该发的人。她是管这口的,又是她的娘家。

这一番话,已经露了相。他是书记,说去哪儿,一声命令就是了,哪需这般啰嗦解释。

她开车带他去，一路上表情平静，好像这事儿跟她没关系。

到那儿证明，举报纯属子虚乌有。

村书记是她堂叔，非要留他们吃饭，他半推半就应了。

饭桌上，他充分表现了一个乡镇书记爱民如子的作风，不端架子，不打官腔，两腿一盘就上了炕。

自自然然喝了一杯酒，话匣子打开，村书记不断跟他夸她，说她从小品学兼优，要不是家里困难父母没儿子，她肯定留在大城市，可惜回了乡镇，嫁了个人，唉，终是思想有差距，离了……

她咳了一声，暗示堂叔，堂叔噤了口。

都是他想听的，可惜不让说了。有关她的一切喜怒悲欢，他都想了解。

村书记家的墙上挂着一张他们大家族的全家福。一个老太太怀里抱的据说就是她。那小婴儿脸蛋儿肥肥，眼睛细细，吐着小舌头，一派天真。

他心想，本来这么可爱，怎么长大这么素了。

他好想摸摸那张嫩嫩的脸……

他甚至在村书记脸上看到了父亲般的光芒，都想喊他一声"叔"了。

回城路上，月明星稀，他佯醉不说话。

她也不说话。

路过一片湖，湖水映着月光，像一片刀光剑影在水面闪烁。

他说："把车开到湖边去。"

她就真的开到了湖边。

他说："我们看看月亮吧。"

她就真的跟着直直看月亮。

一轮圆月碾盘那么大，又亮又白，月中一片浓淡暗影，像水墨画敷在了灯前。

他忽然抓住她的手，把她从驾驶位扯过来抱进怀里，说："我好喜欢你，你知道吗？"

她竟然没挣扎，回答说："知道。"

像回答他平常询问的一件小事。

他借着酒劲儿吻了她，月亮在天上晃了晃。

他得到她太容易了，没想到的顺。

心心念念的人儿，他捧着她的脸，既兴奋，又不安。

他说:"你怎么会爱我?"她说:"因为我看出来我们有相似的灵魂。"

他不太懂,什么样相似的灵魂?

他爱她。不确定她有多爱他,他继续用力。

他一有空就去看她,本来早晨 5:30 起床,改成 5 点,特意钻到她家里去看她吃饭。

他给她买了一枚钻戒,不大不小,寓意情比金坚,圆圆满满。

她戴上后很欢喜。

可有一次开会,他放眼望去,看她的手指是空的。

他大发雷霆,把一个犯了错的村干部骂了一顿。

晚上他在她家里发疯:"你为什么不戴我的戒指?是怕别人知道我爱你吗?"

她委屈地说:"我只是不爱这些奢华东西,在家偷偷戴戴就好,出去张扬就不好了。"

他像大家长:"以后一直给我戴着!不许摘!"

她就一直戴着。

她表现得好像很爱他,又好像不太爱。

她给他买一切随身用的东西,笔记本、圆珠笔、水杯、墨镜、手机壳。可她很少缠他,竟有点招之即来,挥之即去的意思。

他很气,就不断地发火。终于她也肯时常对他撒撒娇了。

他爱惨了她。

办公室恋情藏得再好也藏不住,开始有人在后面偷偷议论他们。不说别的,就说他们开会时偶尔碰撞的眼神,被人捕捉到就形成风浪。虽然他们每天装得像不认识。

他们都知道,这种事对他们前途无益。

感情进入平淡期,平淡上来,激情褪去,理智萌芽。

他有时候开始瞎琢磨,她跟我好之前,是不是也跟别人好过?她这个副镇长怎么来的?这位置也不像她这种无权无势冷淡寡素的性格能争来的。

想多了,自己都唾弃自己。

怎么能玷污他们纯洁美好的感情。

否定了她不就等于否定了自己?

因为他干得好，上面要调动他，平级调动到水利局当局长。他挺不开心，没有提拔的调动都是耍流氓。不升官还不如在这里，这里他轻车熟路。

且有她。

他把这事儿跟她说，带着伤心，没想到她却一丝伤心也没有，还一脸兴奋地说："求你个事儿，你走之前，帮忙让我当镇长吧。"

他像被人抽了一鞭子，痛从心起。

装也要先装一装嘛，你这个女人，眼里就只有权力，没有情意，跟我到底还是有所图。

他很擅长掩藏情绪，明明心里千军万马咆哮，却摸着她的脸蛋云淡风轻："亲爱的，这事儿哪用你说，我肯定帮你把这事儿办好。"

这事儿之后，他对她更疑，疑她是个猎男高手，登着男人的肩膀当阶梯，爬权力这座山。

他真的去找组织部长，还加了几个其他的部下，希望一起提拔。

组织部长多聪明的人，一张脸平淡如佛，不动声色，却满眼江湖，说："你的意见很重要哇，我们肯定重点考虑。"

他去水利局上任了。

上任以后才知道领导为什么调动他，原来县里要开发一条河，河道两边的地要拆迁，涉及几个村子。他书记当得出类拔萃，最擅长拆迁这种事。

她也如愿当上了镇长。

她到了另一个镇，叫凤鸣镇。恰好就是要开发那条河的所在镇。

凤鸣镇有书记，跟她搭班子。新书记干了两个月，就被调到了另一个局。

她竟然当了书记。

这是什么操作？

连他都吃惊了。凤鸣镇的书记也到了一个重要的局，也会参与这个河道的整治拆迁。

她升迁的速度成为奇迹，半年三级跳，惊了一塘春水。

自从他离开，他们两个人的关系就断了，没说为什么，就那么断了。聪明人不动语言，动气息。但藕断丝还连。

她逢年过节还会给他送礼物，一盘乡下大娘做的豆腐，一篮春天新采的香椿芽，一只放养在山巅的小山羊，都是让司机代转。

她送他的礼物与别人不同，桩桩件件都在提醒他，她懂他。

真正的崩溃来自一次调度会。

在县里，还是与这片河道开发有关的会议，相关部门都到场了，凤鸣镇的前书记也在，他和前书记坐一排。

当两人都掏出本子记录，赫然发现，撞"本"了。

灰色磨砂皮，左下角一颗五角星，一根红带子当书签，顶端拴着一颗小葫芦。

这是当年她买给他的本，她说这本子有格调，暗藏美感。

他心里骂了一大串，爱之深，恨之切，越骂越心痛。

他赶紧翻开本子，没想到还是被那前书记看见了，前书记大惊小怪："呦，李局也好念旧，也还在用凤鸣镇的本子。"

他嘿嘿尬笑："没用完呢，懒得换。"

他气死了，不再接受她的礼物，特意嘱咐司机，她再送礼，一律拒绝。

他在微信里跟她说，我不爱吃那些东西了，以后不要送了。

她回了俩字，好的。

她向来如此，随顺着他。你要她激情一点，她就激情一点；你要她冷淡一点，她就冷淡一点。

二人在各自的轨道上忙成了陀螺，一个项目的成功需要多方人马配合。

他不再分心于男女之事，他厌了倦了，自以为看破了女人。

招惹女人就等于与虎谋皮。

项目进展很快，开始垒大坝，机器昼夜奔忙，人员不得休息。

7月的一天，天降大雨，整整下了一夜。他一夜未眠，他的心伴着雨声咚咚直响。垒了一半的大坝会不会塌？真塌了领导会发怎样的脾气？

他睡不着，披衣出去，刚凌晨5点，只带了一把伞，伞到了风雨中，像泥石流中飘着的一叶萍。

他开车直奔工地。

远远就看见河边站着一个人，一身明黄的雨衣，裹得严严实实，看不出男女。

但这人一走路他就看出来了。

是她！

他们是有过亲密接触，身心交付过的人，熟悉彼此的任何一个小动作。

她跑起来，奔向一个小钩机。那钩机趴在一片黄土中，黄土已被雨冲得四散乱流。到钩机前，她就跳上了踏板，又解下了雨衣，把雨衣糊在了窗户上。

他猜肯定是钩机驾驶舱没关严窗户。

他走上前喊她。

她回头看见他，很吃惊。

紧接着她大骂："这帮笨蛋工人，干活太粗糙，明知今天有雨，还忘了关窗户！"原来她也有暴躁的一面。

他大喊："你那么急干什么？施工方的财产，损失也不是咱们的。"

她说："不是咱们的，车坏了不耽误咱们工期？耽误工期不怕出大事？"

他说："你下来！"

他像以前那样命令她。

他看着她："你下来，我上去！你这样磕着碰着怎么办？！"

她撇撇嘴，跳下来。他又跳上去。

他们一瞬间回到了从前。

驾驶室玻璃有一条巴掌宽的缝，一件雨衣正好盖住。

她打着他的伞在风中摇曳，继续打电话调人。

没一会儿，大队人马呼啦啦就过来了，有她的下属，有他的下属，有施工方的人。

他一直趴成一个大字粘在窗户上，像个大壁虎。

一群人看着他。

他回头看那乌压压的人头，露出苦笑。

一直有人传他和她有事，这回又该起风浪了。

她似乎倒不在意，继续安排工作。

安排完就走了。

他也只好自己淡淡地离去。

他回家病了一场，感冒发烧，发烧时满脑子都是她。

这到底是怎样的一个女人？

她拼命当官到底为了什么？

她到底都爱过谁？

有没有爱过我？

又一日，相关单位到凤鸣镇开会。工程快完工了，一片平湖出来，碧波为心，山形为抱。

一群人在会议室坐定，办公室给每人发了一个本子，灰色磨砂皮，左下角一颗五角星，一根带子上系着一颗红葫芦……

跟他的，和那个前书记的一模一样。

一位副县长赞美："这本子挺好看，谁挑的？"

办公室主任赶紧说："这是我们书记亲自挑的，全机关人手一本！"

他听了这话，像有人把他从深不见底的深渊中捞出来，放到山清水秀的田野，四周鲜花缭绕，泉水叮咚，百鸟朝凤。

他好像终于懂了她。她一直是她自己，是他的白玫瑰，是他的朱砂点，是他的女神。

她可能不无瑕，但她一直有个"初心"。

她在群魔乱舞的环境中，像个小狐狸，真假难猜。

他想跟她缓和点关系。可她好像却再也不爱他了，她不再喊他老李。不管人前还是人后，她都开始喊他，李局。

卧龙湾

【1】

在燕山深处，有个叫卧龙湾的小村子，一共三四百口人，却很出名。因为那个村子出大官，出过一个省部级高官，出过一个乡镇党委书记，还出过一个乡长。

像乡党委书记这样的官，在当地来说，也算很大很大了。

有人说，书记在县城住着别墅，穿的秋裤都是鄂尔多斯的，很豪气，书记的老婆每天就是拿着喷壶在阳台上浇花。

由此他们想象那个从不回来的省部级高官，一定是更有钱的。

有人问从外面回来的年轻人，说乡书记和省部级之间差着几级？这个颇有知识的年轻人就给他们解释：乡书记一般都是科级，科级完了是县处级，县处级完了是厅局级，厅局级完了才是省部级……

乡民们掰着手指头数：啊，中间隔着三级啊，那得怎么有钱！

他们想象省部级高官过的日子，肯定不是人过的日子，至少得像龙一样。

又说，这省部级高官既是出自这里，他们怎么还对这个高官这么陌生呢？

这话说起来就长了。

这个高官是两岁时被他妈带走的，他亲爹确实是地地道道的卧龙湾人，只是在他一岁那年，他爹出去打鱼，就再也没回来。

卧龙湾，是个风水先生们眼中的绝佳风水宝地。

它好就好在在一个龙的怀抱里，卧龙湾背靠群山，群山远看就像是一条盘旋的巨龙，龙头朝西，龙尾朝东，山下是一条宽大的河，龙头直伸入水。龙头一回望就勾卷出了一个圆圆的水泊，水泊平静如湖，这几十户人家就在水泊边居住。

锦上添花的是，龙身的山脊上是明代的古长城，那长城就像一道龙脊一样，顺着山脉一直绵延。

所以，卧龙湾自古以来就出大官，清朝出过几个进士，后来又出了这些人。

那是20世纪50年代，高官的爹死后，他家的日子就没法儿过了，他妈带着三个儿子在家勉强支撑。那年快过年，家家户户都在置办年货，他家一分钱也没有，他娘就在家抱着三个孩子痛哭，过年的饺子都吃不上了。

到了夜里，他妈做了一个梦。梦里有个白胡子老爷爷对她说："你别哭啦，明天让你大儿去赶集，去赶集就什么都有了。"

他妈说："我家一分钱都没有，怎么赶集呢？"

老爷爷说："你让他去就好了！去就好……"

抱着试试看的想法，她第二天天没亮，就把大儿子唤起来，让他去赶集。大儿挺不情愿，也说没钱。

她说："你就去吧，去看看也行。"

于是大儿委委屈屈地起来，大冬天的，连件像样的衣服也没有，就光板儿套了个小棉袄出门了。

那时正是隆冬腊月的天气，外面北风呼号，滴水成冰，大儿紧裹小棉袄哆哆嗦嗦往集上走。正走着，前面看见五个人，正嘻嘻哈哈一路走一路聊天。他想，这几个人也这么早赶集，路上又黑又怕，不如跟他们做个伴儿，于是尾随在五个人后面。

走了没多远，他发现地上有一沓钱，立马捡起来了，心想肯定是前面那几个人的，就追上去，说："几位叔叔，你们谁掉钱了没有？"

那几个人互相看了看，又检查了一下自己的口袋，都说没有。

他拿着钱不知如何是好，那几个人嘻嘻笑着说："你捡的就你花了呗。"

他想家里正没钱过年，就揣着钱到大集买了菜，买了肉，回家给妈妈，一家人欢欢喜喜过了个年。

自那以后，这高官家就不穷了，有吃有喝。又过了一年，有人给高官母亲做媒，高官母亲就带着三个儿子改嫁到另一个村子去了，从此与卧龙湾断了往来。

所以说要让这高官对卧龙湾有感情，那就不现实了，他走的时候才两岁，还啥也不知道。

有人说，那寡妇怎不带儿认祖归宗？

有人说，你见几个女人改嫁后还一直往原嫁处跑的？

有人又说，兴许那高官到了那边，被当作了亲儿养大，隐瞒了身世。

反正这高官只知继父家，不知生父家。

但又说这高官母子好像对这卧龙湾还是有所关照，那个乡党委书记就是他提拔起来的。书记对外说，他家跟高官家有交情，当时这高官的母亲在村子日子过得艰难，也没人搭把手，是他的奶奶好心，曾给她送过一斗高粱面……这是有恩哪！

当然，这都是书记自己说的，属于一家之言，也没人可以验证真假。

后来流言就越传越广，许多人都信以为真。

但这个乡书记是个口碑不大好的官员，据传他贪了一个亿，他做的很多事情都有损这高官的形象，这高官在当地的口碑也就不大美好起来，但很快，这形象又得到扭转了。

那一年，高官突然要回家乡看看。

这可了不得，县里到处张灯结彩，洒扫修葺，连离高官家三十里外的村子都得把大街抹得干干净净，怕高官来了万一要有兴致要到处走走。

卧龙湾也家家户户自发地把街道打扫得很干净，他们也抱着一丝希望，高官会不会到这出生的地方看一眼。

后来高官回来了，只是一直在县里待着，被县里各路官员围着，那乡党委书记，正好管着那高官继父的乡镇，又名正言顺地在旁随侍。

最后一天高官终于去了老家，他的继父家，卧龙湾的人们都跑到那儿去看。

他们一看到高官，就吃惊了，这怎么跟他们想象的完全不一样啊？

那高官穿着简朴的棉布衬衫，一双普通的皮鞋，衬衫里还穿着一件吊栏背心。这就让他们大大惊骇，他怎么还这么穿？现在的年轻人不都说穿衬衫就穿衬衫，干嘛还在里面套个背心，老土！

更让他们大大惊骇的是，那高官一点也不傲慢，平易近人得就像一般乡村老头，他拉着当年小伙伴的手叙家常，给那些年长的送礼物，还去他老家的园子里捧了一把土。

他的家乡话说得又地道又溜。

只是到了也没提去卧龙湾的事情。

卧龙湾的人越看越心酸，越看越难过，就灰溜溜地回了自己村。

到村里就唉声叹气，说咱们村的人怎么都这么瞎啊，知道这是个龙，当年就应该把他妈供起来啊。

墙根儿有几个晒太阳的老人,这些人对他们说,你们这些老辈子人,真是不给后代积德,当年咋就不知道帮帮人家呢,怎么还让凤凰嫁出去了?

那几个老年人就羞愧地低下了风烛残年的头。

卧龙湾的街道被扫了个牛舔的一样,高官也一脚也没踏进来。卧龙湾人的心,跟着高官的回乡,颠了七八个过子。

人虽然没来,但他们还是一厢情愿地认为高官是卧龙湾的人,高官有如此前程全仰赖于卧龙湾的好风水。

【2】

高官们的事,再怎么热烈,也只占据乡民少数的时间。卧龙湾的人,还是以自己生活为主,他们自己的生活也精彩纷呈,虽然不富裕,但靠山吃山,靠水吃水,也算衣食无忧。

卧龙湾人的生活,最多的是玄幻色彩,他们山里水里都是故事,说几个有趣的:

卧龙湾村前的大水泊是个聚宝盆,里面总能捞上来十几斤一条的大鱼,有时候还能捞上小王八。

据说小王八都是一只老王八的后代,老王八成了精,甲壳都有磨盘那么大,到了满月的夜晚,老王八就到岸上炼丹。他的头有小脸盆那么大,口里噙着颗珠子对月吞吐,说那珠子也有拳头那么大,在月光下莹莹发光。

很多人都看见过老王八炼丹,他们出去打夜鱼,经常碰到。

他们说那老王八是个好酒的老头,有人下水捕鱼,给他倒上点老白干,他就让人多捕点,不倒酒,他就净让人捞点手指头大的虾米小鱼子。

所以人们捞上王八从来不吃,都是放生,人们出水打鱼,都带酒。

再说说村里的史姓人家。

卧龙湾的村民,一共两姓,一家姓史,一家姓吴。两家的祖先都是当年修明长城的劳工,后来落地为兄弟,就在这里繁衍生息了。

长城修了几十年,兄弟俩早没家了。

吴家一直很兴旺,代代相传,繁衍了几十家,上文说的高官们都是吴家后代,但这老史家却很奇怪,一辈一辈下来,最后竟然绝后了。

史家的最后一个人是个老光棍，这老光棍日子过得恓惶，也就没甚心气，他好喝酒，也爱骂街，性格粗鲁，有点破罐子破摔。

说有一年，史家光棍在自己院里打井，打着打着，突然发现一条小蛇，蛇有筷子长，也有筷子那么细，小巧得如同一只蚯蚓。小蛇通体碧绿，泛着莹莹的光，一看绝非凡品。

这老光棍不管，一铁锹下去就把那蛇切做两半，然后扔到外面了。

晚上在家吃饭，他突然发现那小蛇就在桌子上，完好无损，他心想我还杀不死你了？这次他赌气拿来菜刀，一刀下去把蛇断成两截，又把它扔到外面了。

再回来，发现那蛇居然又回来了，还在桌子上趴着，他生了大气，用刀把蛇剁做四截，然后拿着四截蛇到村子东南西北走了一圈，把蛇分别扔在了四个方位。

这回那蛇没回来，他高高兴兴吃了个饭。吃完了饭，他又到大街上跟人讲了讲，说这事很好笑。

当时就有人觉得大事不妙。

果然这人第二天就没起来，都日上三竿了，也不见家有响动。过了晌午，人们砸开门，先看见一条小蛇盘在炕上，樱桃大的小头正瞅着那老光棍。有人上去一摸老光棍鼻息，已然咽气了。

人们赶紧跪下来祷告，说："蛇仙娘娘，他是无知人物，冲撞了您，您别计较，既然人也死了，就让我们把他发送了吧？"

那蛇开始不走，人们又找来黄纸和点心，再三祷告，它才倏忽一下钻出了窗子。

人们把这老光棍好好发送了，因为他是史家最后一个，倒也都没有薄待他。

自此这卧龙湾就只剩了吴姓一族。

后来吴姓一族也杂了，招了几个姑爷，就掺进了外姓。

吴姓一族后来也是人口越来越少，大部分人都搬出了卧龙湾，村里就剩了一些不愿离去的守业老人。

这些老人是打死也不愿意出去的，他们很享受卧龙湾日出而作日落而息的生活，山上野花烂漫，园中瓜美梨甜，闲了就摇着一只小船到水泊里荡荡，再有时间就摇出龙头到湾外的水域上看看鸟。

那湾外的水面很开朗，有成群的大水鸟盘旋洄飞，浪花拍打着礁石，有碎玉腾空般的美丽。烟波浩渺，独钓寒江，他们不懂桃花源，但知道那是画里的生活。

【3】

卧龙湾后来没了。

下游要修一个水电站，水位要涨起来三十多米，为了修水电站，卧龙湾的所有居民都得搬迁，卧龙湾的所有房屋和建筑都将沉入水底。

卧龙湾的人不愿意走，但即使他们故土难离，即使他们痛哭流涕，也拗不过政府的强势。

卧龙湾的大部分风水沉入了水底，龙头被全部淹没，水泊被淹平，最后露在外面的只剩下了龙的脊背和龙脊背上的一些古长城。

这样一来，长城与水倒来了个亲密接触，人们站在长城上，就能听见水浪拍打着墙砖的声音。

政府的宣传说，这是一个绝好的旅游景区，水与长城交相辉映，就像冰与火一起跳舞，以后全世界的人们都可以坐着快艇，在长城上看水天一色。

这是世界绝无仅有的奇观。

事实也确实是如此。卧龙湾被淹没后，每年夏天，游人蜂拥而至，他们赞叹着水上长城的秀美，却再没人知道这水下的故事。

像卧龙湾一样被淹没的村子，有无数个。

后来据说那高官又回了一次乡，这次他已退休了，再也没了先前的前呼后拥，说他悄悄雇了一艘船，到卧龙湾的遗址，对着卧龙湾的方向，焚香祝祷，跪拜磕头，久久没有离去。

有人说那是在祭奠他的父亲。他从来没忘了自己的故乡。

水库建好后，卧龙湾一带，再没出过县处级以上的官员。不光卧龙湾一带，整个县域都没出过。

他们说大坝把风水破了。

乡长王木棍

我在村里工作的时候,遇见了一个副乡长,他叫王木棍。

王木棍当然是他的外号,他真名叫王林昆。当年刚参加工作的时候,他还是一个小喽啰,跟当时的乡长去北京截访,乡长在大院儿点名:"王木棍,王木棍……"

一群人哄笑,他红着脸夹着笔记本从办公室跑出来,恨不得一头撞死,唯有责怪爹妈,不该给他起这样一个有歧义的名字。

他爹妈也没想到后俩字儿拆开是根棍儿不是?

从此他这个外号就流传下来,一直到他当上副乡长。后来人们继续简化,直接称他为"棍儿乡长"。

棍儿乡长无才无德,全靠老婆当的官。他老丈人是县里一个老干部,明里暗里帮他,五六年就把他弄成了副乡长。

第一次领教棍儿乡长的草包,是因为俩老太太。

那一年年终总结,棍儿乡长带着几个乡干部到我村参加会议。

开完会就被俩老太太截住了。

俩老太太一个外号"狐大婶",一个外号"狼外婆"。

听名字都是不好惹的主儿。

狐大婶和狼外婆让王木棍给"评评理"。

狐大婶说:"王乡长,您听我说说冤屈。我家门前有棵梨树,每年都长金黄金黄的梨,那梨子又酸又甜,薄皮水多,咔嚓希脆……我家梨树有好多年了,春天开白花,夏天长绿叶儿,村里人都喜欢到我家梨树下待着。我家梨树下就是村里的广播站、聚义厅、众贤堂……"

王木棍听到这,以为狐大婶要卖梨。紧接着狐大婶转了话锋,她说:"没想到,我这么好的梨树竟然闯了祸,今年十月一日,郎秀英和村里一群人在我家梨树下乘凉,突然,我家梨树上据说掉下了一颗梨,正砸在了郎秀英的脑袋上。为什么说'据说'呢？因为这事我没看见，那天我小女儿回来，带我到镇上去赶集了。他们说是我的梨砸到了郎秀英脑袋，目前我还不能承认。不过郎秀英确实受伤惨重，得了脑震荡，住了半个月院。但郎秀英出院，就跟我要钱，让我给她报销住院费。你说我冤不冤？梨树虽然是我的，但大门外的土地是公家的，他们也是自愿到我的梨树下聚集，被梨砸到，属于天灾。还有就是，是不是我家梨砸的，这还是个悬案。当时在场的有七个人，刨去郎秀英，还有六个。这六个人分四种情况：有两个说是我家梨砸的，有两个说不是，有一个说'没看清'，一个说'确实听到有梨掉地的声音，但砸没砸到脑袋不知道，是先砸到脑袋再掉地下，还是擦着脑袋掉地下，还是离脑袋有一定距离掉地下，这事儿说不准……'"

王木棍听到这儿要晕，正好旁边的狼外婆也不干了，她一把扯过王木棍继续说："王乡长，您别听她扯那么多没用的，被她家梨砸到这事儿，我敢发誓，我没有撒谎。要撒谎就出门让车撞死。她家那梨先砸到的我的脑袋，又弹到了地下，摔成了八瓣儿，汁水遍地……可见梨之脆。"

王木棍以为狼外婆也要帮狐大婶卖梨。

狼外婆继续说："我郎秀英在这横河村儿也生活了有七十年了，吐口唾沫是个钉，难道我还冤枉她不成？要说她胡玉仙，我在她家梨树下被砸晕，全村人都拎着鸡蛋西瓜柚子去看我，她竟从头到尾没露面。你说都一个村子住着，就算是两旁事人，有个病，也该去看看。她太没人情味儿了！我现在跟她要钱，不是钱的事儿，是情的事儿！"

"你说我说的在理不？"狼外婆看着王木棍。

王木棍还没说话，那边狐大婶又抓住王木棍的衣袖问："难道我说的就不在理？！"

王木棍脑袋拨浪鼓似的摇了摇，表示为难。

这时候，我给他使眼色，暗示他这事儿不要管。这事儿很复杂，但他曲解了我的意思，以为我冲他眨眼睛，是在挑衅他，意思是："嘿，小样儿，看你能不能解决农村基层的这些磨叽事儿！"

一般乡镇干部，都特别怕人说他不接地气，不了解基层，说他绣花枕头不中用。加上他平时跟我没交情，我俩没默契。

只见他大手一挥，说："等着，这事我来给你们分析分析！两位大嫂，今天我宁可不吃中饭了,也要把这事儿给你们掰扯清楚。"

我继续冲他挤眼睛。

他更来劲儿了。

俩老太太一听,像看到救星一样,一边一个架着王木棍。

他们三个热火朝天朝我办公室走去。

我怕出事,也只好重新锁车在后面跟上。

那天我本来要回家吃黄瓜馅儿饺子的,看这架势我的饺子要泡汤。

到我办公室,俩老太太又把各自的理由摆了一遍,各说各理。王木棍踌躇半天,他觉得狼外婆更有道理,她都发誓了!(其实农村老太太,发誓的话也不能信。)他忽然大手一挥又做了一个惊人的决定,说:"让那天在场的人都重新来作个证吧,这个事情再捋捋!"

我一听,倒吸一口凉气。

我理解他,他那时正在运作当乡长,急于立功出政绩,但这事不适合他出政绩。

俩老太太举双手双脚赞成,大赞王木棍英明。

她们纷纷去打电话。

狼外婆:"喂,贾玉莲哪,你到村部来会儿,乡里王乡长正给我们解决梨砸脑袋的事儿呢,你过来给我作个证!"

那边明显不乐意,支支吾吾,狼外婆赶紧强调:"到这你就有啥说啥就行了,又不是让你作假证!有啥好顾忌的。"

那边吭哧了好一会儿终于答应,但要"吃完饭"。

狐大婶这边也不顺利,也是靠连挤兑带忽悠地叫来了俩人。

还有一个说"没看见",一个说"没看清楚的",两人都各自打了一遍电话邀请。必要时刻王木棍还邀请了一下。

一通电话打完,一个小时过去了。

等所有人都来齐,一小时又过去了。

都来了以后,这些人又把各自的所见所闻说了一遍。

他们都坚持原说法。

没一会儿就打了起来,狼外婆指责那俩说"没砸到"的昧着良心说假话!说明明他们都看见梨砸她了,就因为他们平时和狐大婶关系更好,就帮狐大婶!

狐大婶也骂那俩说"是她的梨砸到的"帮狼外婆一起冤枉她。

"冤枉人是要下地狱的,她给你们多少钱,你们帮她敲诈我!"

同时狼外婆和狐大婶一起指责那俩说"没看到"和"没看清"的。

"有没有同情心!眼看着乡亲有难,不出手帮忙,都房顶开窗户吧?"

那俩人指天誓日。

一群人吵成一锅粥,王木棍头大了。

这事儿越掰扯越乱,越打越厉害,想要弄清楚,双方阵营必须拉出一个改口供的,否则2:2平,永远没胜负。

王木棍就给他们做工作,希望有人改口供:

"你们一定要真诚啊,要如实讲述所见所闻,撒谎是要担责任的。这事儿目前还上升不到法律,要真到了法庭上,每说出去的一句话,都算呈堂证供。"

农村人最怕听法院,一提法院就与坐牢划等号。他们害怕了。害怕之前先咋呼,几个人矛头纷纷对准王木棍:"王乡长,你啥意思?你就认定我们在说假话呗?你有什么证据?!"

王木棍犯了众怒,最后他决定用快刀斩乱麻的办法结束这个事件,他把"惊堂木"一拍,大喊道:

"这事儿这么定了!胡玉仙,你回家给郎秀英拿两千块钱,无论如何人是在你家门口出的事,你逃脱不了干系!"

他那"惊堂木"是我的一个玻璃老虎。

他一拍,把我的玻璃老虎都拍断了。

我好生心疼。

狐大婶立马不干了,她跳起来把胖腰一拍,一脚前一脚后拧着身子,脑袋呈45度角倾向王木棍,大喊:"我就不给!要给你给!凭什么捕风捉影的事让我赔钱!"

王木棍说:"再怎么着人是在你家树下出的事,你就该负责,梨就像阿猫阿狗,你家的阿猫阿狗咬了人,不也得赔钱?!"

狐大婶说:"阿猫阿狗咬人有伤口,梨砸人有伤口吗?!"

王木棍被噎住。

狐大婶继续说:"我看你这个乡长就是乱断案,我早听说了,你外号叫王木棍,就听你这名字,说细了是个棍儿,说粗了就是个棒槌!"

王木棍平常最恨人说他是个棍儿,这回一下子由棍儿升级为棒槌,也激动了!

他从我的大办公椅上跳下来,直接冲到狐大婶面前:"老太太,你说谁棒槌!你说谁棒槌!我告诉你,你这是侮辱国家公职人员,信不信我拘你!"

"你拘呀!"

我看不妙,赶紧跳到俩人中间,伸开双臂,像大雁展翅:"都消消气,消消气,这事儿以后再说!来日方长!"

幸亏我在证人到来之前已先通知了我那几个村干部。他们吃完饭都来上班了,一个个肚子很圆。

他们到这一看,先把狐大婶骂了一顿:"胡玉仙,不管什么原因,你都不能说领导是棒槌!领导大中午不吃饭给你们解决这事,工作态度已经很感人,解决得满不满意可以说,不能骂人!"

农村干部都得有点家长作风,对村民得像小孩子一样,心里慈爱,面儿上霸道。

一群村干部黑着脸镇压,这俩老太太才不敢再闹,瘪着嘴不说话。

王木棍赶紧趁机溜掉。

我看他狼狈逃上自己车的样子,心里也骂了一句:"这个棒槌!"

其实这事儿,村里一个委员早解决了。

事情确实是这么个事情,情况也是这么个情况。

狼外婆确实是在狐大婶家的梨树下晕倒的,但到底是不是被梨砸的,谁也搞不清楚。这种事情的处理办法就是最好大事化小,小事化了,用真情感化他们,说服乡民们握手言和。

那委员处理这事儿的时候,他先到狼外婆那边说:

"你说你脑袋被梨砸到,但目前你只有两个证人,人家那边也有两个。那俩证人一个是人家的三婶,一个是人家的侄媳妇,那俩人都是不可能翻供来帮你的。剩下那俩,一个说'没看见',一个说'没看清'的,明显就是不想蹚浑水,你要把他们拉下水得费多少力气?欠多大人情?就说那个张巧心吧,从来事不关己不开口,一问摇头三不知,都多少年了,到你这就能破例?

"就算你能证明你是被她家梨砸到的,又有哪条法律规定就一定要赔你钱?目前我还没听说过。是你自己跑到人家梨树下待着。

"这事儿你住院一共花了五千,要打官司告她,也得花五千,都乡里乡亲住着,快别闹了,闹上法庭多难看!

"这样,你别闹,我找人帮你跑那个意外保险理赔,村里不都上着一百块钱么,能报不少呢。里外一算,你也花不了多少钱。"

"我尽量到她那边给你要点钱,要多要少您别埋怨,给你盖盖脸儿。"

他又到狐大婶那边说:

"无论如何,郎秀英是在你家梨树下出的事,你都该负有一定责任。谁叫你那梨长得好呢?梨可能也是看上了这个脑袋,想逗她一下,结果她那么不禁逗,差点被逗傻了。"

狐大婶一听这话,先乐了,她这个人平时就喜欢开玩笑,喜欢别人吹捧她。我那委员投其所好。

她一乐就好说了。

"所以我说,你就大度点儿,乡里乡亲住着,给她补偿一点,要我说就给她一千。她出了这样的事,就算不是你家梨砸的,作为乡亲,你也得买点东西去看看她,一买东西就得花二三百。刨掉这二三百,你也就多花个六七百。六七百在你家算啥?你家日子这么好,小意思!"

狐大婶家确实条件不错,俩闺女都在外面做生意。

她一听这话,没犹豫就兴高采烈地同意了。

其实她也想给补偿点,就是不能被压制着补偿。

她欠的就是这顿吹捧。

第二天本来就要经场合解决这事,结果那天突然临时开会,就把这事耽误了。

俩老太太心里惦着这事,就跑到村部看热闹。结果俩人一见面又论起了是非,一论,又打了起来。

打起来就想找人再评评理,听说乡里王木棍在,就决定越个级。

结果就发生了前面的惨剧。

这个事情王木棍遇到的时候应该怎么办呢?

他应该认真听取两方陈述,假装思索,然后推脱,说他需要把这事儿再了解一下，等了解清楚再给裁断。

一般在基层当官，有几大窍门，比如说："说话看场合，办事得花钱，报喜别报忧，个人风头出不得，前任的事别管，少说话多请示，棘手的事就拖，拿不准的事集体拍板！"

他听完陈述，扭头问问村里处理过没有，如果已经处理好，最好坚持"原判"。如果没处理好，就要认真听取村里意见，把这事尽量摁在村里解决。

实在解决不了他再参与。

王木棍就犯了"棘手的事儿没拖"这一条。

他一个大乡长，上来就亲自参与解决俩老太太梨打脑袋的事，算什么事？

这事后期还很麻烦。

狼外婆坚持认为王木棍提出的两千块方案非常合理，让狐大婶给。

而狐大婶一千也不认了。

狼外婆天天到乡政府去找王木棍，让王木棍给她执行这两千块钱。

王木棍去找狐大婶，狐大婶继续骂他是"棒槌"。

乡里找村里，村里也很为难。这是已经处理过的事情，如果支持王木棍那一套，等于伤自己村干部的威信。如果支持自己村干部，狼外婆又不依不饶。

狼外婆成了乡政府的上访钉子户，每天一大早就到政府门口堵王木棍。

王木棍看见狼外婆就跑。

乡长书记看见王木棍就生气。

我看见王木棍就紧张。

就怕他再出什么幺蛾子。

最后还是我找到村里的一个矿老板解决的。我跟矿老板要了一千块钱，让狐大婶把这一千块拿给狼外婆。

矿老板也很生气，说："我招谁惹谁了呀，我也就在你们村开个矿，怎么俩老太太梨打脑袋的事儿也让我兜底！"

我说："这事儿现在不是梨和脑袋的事儿了，是民众的麻烦，你作为当地龙头企业，为民众排忧解难不是天经地义吗？"

这事就算翻篇儿。

听说王木棍还在锲而不舍地想当官，即使屁股上一堆屎，也想坐到大席面上。听说他每天忙得脚打后脑勺,拼命拉关系,搞应酬,但越干错误越多,错的越多越忙,他给政府引来了好几拨上访的,乡长书记恨不得求神拜佛把他送到别的乡镇去。

日子就这么过下去。

他怕那俩老太太,也轻易不去我们村。

我巴不得。

可是不久,我还是又遭遇了王木棍。

这次是间接遭遇的。

有段时间,我压力特别大,工作家庭都让人焦虑,一焦虑就严重失眠,一失眠就暴躁,一暴躁了就得罪人。

我知道这样下去不好,就想办法解决。

我想来想去找到一个排解压力的好办法,就是打麻将!

我有仨哥哥。

这仨哥哥都特别可爱,他们的人生理想都特别简单而实际,就是吃好喝好玩好,仨饱俩倒,喜欢的人都在眼前儿,不喜欢的人都滚去一边儿。

他们天天苦恼三缺一。

他们仨跟别人打牌吧,怕钱输给别人心疼。跟自己家人玩吧,我们家又没这样式儿的配合他们了。

他们喜欢我,但也嫌弃我。他们觉得我一个女孩子家家的,天天精神抖擞与天斗与地斗其乐无穷的样子,简直就是精神病!

他们想要一个随和、可爱、娇滴滴、软萌萌的妹子,要能时常跟他们喝酒、吃肉、打麻将,就更好了!

我确实太忙,没空搭理他们。

他们盼望的春天终于来了!

某一天我找到他们,对他们说:"从现在开始,你们每天陪我打俩小时麻将。"

他们高兴异常,以为我转了性。

于是我们兄妹几个搬桌子,沏茶水儿,数零钱,热热闹闹开局。

一打起来,他们更高兴了,说我这样的牌搭子简直天下难寻啊,从来不算牌,从不怕点炮,想出啥出啥,输了钱就掏,一秒钟不耽误。

幸亏注儿小，要不然我得把身家都输给他们。我们打麻将，一二三块的，二五八定将，不讲飘不想傍，谁点炮谁掏钱。因为不能飘不能傍，也没大输赢，七小对一条龙点个炮，也就二三十块钱。

于是打呀打，我天天输。

一开始他们特高兴，赢了我的钱就去喝小酒，吃大餐，哥三个把我们县城的小酒馆大排档吃了个遍。

人生巅峰。

我输完钱就回家了，不陪他们去吃饭。

打麻将是为了开心，吃饭会发胖。

可是过了一个多月，我这仨哥哥崩溃了。

他们认为我有病。

他们觉得一个小妹子，天天肆无忌惮输给哥哥们钱，要么是身体得了绝症，要么是老公出轨，在转移财产。

老公出轨，这么转移财产也是天下奇闻。

还有就是，这三个五大三粗的大老爷们儿，天天赢一个小妹子的钱，也让他们感到羞耻。

再打麻将，他们就想方设法躲着我点炮，但我总能精准打击，一炮而红，一点炮就迫不及待追着给钱。

这仨大哥都觉得钱要咬手了。

于是仨哥哥研究了好几天，决定用残酷的人心教训教训我！

你不是喜欢输钱吗？不是不拿钱当回事儿吗？不是乱出牌乱点炮吗？我们给你弄一对手，让你见识一下人心的厉害！

这个"对手"叫赵准儿，是个女人，据说精于算计，贪得无厌，巧舌如簧。他们说如果我还想把钱输给这种人，就证明我脑子确实有病。

就得往唐山五院送送。

他们三兄弟每天都找理由缺席一个，让这个女人替补。

这女人怎么形容呢，乍看第一眼，风摆杨柳，眉毛鼻子眼睛头发腰，全是弯的。

一说话一眨巴眼，嘴皮和眼皮齐翻飞，脸上像装了几片风扇叶子，风一动呼啦啦闪。

我不太喜欢这种女人，太精明，太薄。

一般哪儿哪儿都小，哪儿哪儿都细，哪儿哪儿都薄的人，看着就没福气，但我没办法，也得陪着一起打。

一打上发现完蛋了，这女人确实厉害，她把把赢我钱，我把把给她点炮。

我发现她打牌先研究人。

她坐我下家，老盯着我打出去的牌看，没几局就摸清了我打牌的规律。

她发现我打牌喜欢先打边儿和眼，再打风头子。她就追着我也打边儿和眼，手里留着风头子。等我打风头子的时候，她手里肯定已经凑成了一对风。

我一打，她"梆"就碰上！

碰完了风头子，就等着我正常打牌了，她这时候肯定又凑好了一个绝妙好搭子，就等我点炮。

知己知彼，百战不殆，牌场如战场，此话真实不虚啊。

我这个随心所欲打牌的风格在她面前输得落花流水。

两个哥哥看得直瞪眼。

为了避免他们把我定性为"精神病"，我也只好费点心思研究牌技。

我决定也记记牌。

她看我要记牌，就给我捣乱，老没话找话找我聊天。

我本来记性就不好，数学又差，打牌上面很没天分，她一捣乱，我脑袋就蒙了。

她老问我问题，比如："你老公一个月挣多少钱？"

我如实说。

她听后就很崇拜我，说我真有本事，能找到这么能挣钱的男人。

其实我那老公，一个月赚的钱，在北京挺一般，拿到老家算高薪而已。

然后她就问我工作。

"听说你和你们村里那个矿老板老山关系挺好？那人真有能耐！开那么大矿！"

我说："认识而已。"

虽然我打牌很臭手，但工作上的事还是很警惕，不熟悉的人绝不乱说话。在一个小县城里，社会关系复杂而又局限，谁跟谁有仇，谁跟谁有爱，这些都算秘密。瞎说八道会出事。

我们一边打牌一边斗心眼,倒也一派虚假繁荣。

本来我不想跟他们玩了,我打麻将是为了放松,不是为了斗心眼,仨大宝贝给我弄这么一个主儿,让我无比心累。

我想跑,但哥哥们不干,他们还坚持认为我有"病"。

他们怕我这样的牌风去上大赌场,把家产都输光。

赵准儿通过打牌,也自认为跟我建立了亲密的友谊关系,每天也雷打不动地叫我,叫得情深意切,情意绵绵,仿佛我不去就对不起全世界。

除了打牌,她还爱上了跟我聊天,一聊就聊半小时。

有一天她打电话过来,让我帮忙出主意,说是情感问题。

她跟我说:"我从小特别可怜,被亲生父母送出去养。结果养父母那边对我也不好,要我只是为了招弟。要不是我们村里已经有了三个招弟,我也就叫招弟了。我养父给我起了个名字,叫'准儿',就是下一胎'准生儿子'的意思。

"也许是因为我这个名字,也许是因为别的,我的养母确实生出来一个儿子。但这个儿子有毛病,痴痴傻傻,不说话。我弟弟有病这事,早年也没看出来,十几岁才发现。发现他有病之前,养父母对我很差,动不动就打骂,学也不让上,所以我初中都没毕业。发现弟弟的病后,他们又对我好了,因为要指望我给弟弟治病。弟弟的病一直当三叉神经疼治,后来发现不是,是脑子里面有一个瘤。瘤子压迫着神经。为了切掉这个瘤,得做开颅手术。没钱,养父母就跟我要,我和我前夫的婚姻就是被他们'敲诈'没的。

"现在瘤子切掉了,弟弟还是不大聪明。养父母和弟弟就全挂在我身上,让我养他们。我又没工作,没特长,就只好混迹牌场,靠赢俩小钱过日子。我发现我最大的特长就是打麻将,我只要一听麻将稀里哗啦的声音,就兴奋!"

听赵准儿讲她的身世,倒也是个可怜人。

我这几个哥哥肯定也是在棋牌室认识的她。

哥哥们说,她平常也接点"业务",碰到那种不太讨厌的男子,也挺"大方"。

哥哥们说她是一众孤寡老头老太的甜心,陪他们聊天,帮他们跑腿,陪他们打麻将,顺便赢他们的钱!

再往下听,终于听到了她要找我解决的问题。

她说她爱上了一个男人,这个男人有身份,她想从他身上捞点钱。

但是,这个男人是个玻璃耗子琉璃猫,夺泥燕口,削铁针头,蚊子腿上想榨油的那种,嘴巴说得天崩地裂,落到实处一个镚子儿也无。

她问我,如何让男人给她钱?

我在这方面实在没什么经验,给不出什么意见。加之我对这种三观不正的女人也没什么好感,就敷衍她。

我说也许他确实没什么钱呢,现在当官的不都有钱,形势不好了。

她说:"不对,他有钱!前天我还亲耳听他跟一个包工头打电话,他帮那包工头拿下了一个工程,那包工头给了他两万。我说'这两万给我两千花花呗',结果他说'这两万马上就有用途,你先等等,有了再说'。"

"你说这孙子,竟对我一毛不拔!"

接着她又说:"我分析了一下,他可能确实也是没什么钱,他天天张罗着就是想挣更多的钱!大河涨水小河满,他有钱了,我就有钱了。"

"小李,你说这事儿我怎么帮帮他呢?"

我不知如何接话。

她等了一会儿:"小李,我求你个事呗,我听说你在你们村里和山老板关系特别好,你看你能不能帮我去找找山老板,让他去找找县里书记,让县里书记给我男人弄个乡长干!"

嚯,我一听,在这等着我呢!

说是让我帮忙出主意解决感情问题,其实是想求我帮她找人。

我必须问问她这个"大官儿"是谁了。

我弱弱地问:"冒昧问一下,准大姐,你那……爱人,他是谁?"

"王林昆呀!"她说。

"我以为你知道呢,我都暗示你好几回了,他就在你们乡镇。小李,就当姐求你,你帮姐这一回,等他当了大官有了钱,我的日子过好了,姐终生铭记你。"

我吓出一头冷汗,又弱弱地问:"准大姐,你做这些事,王木……王乡长,他知道吗?"

"不知道!"

"我想给他个惊喜。我想着我要帮他办成了这么大的事,他娶了我都有可能!"

我觉得这事儿必须得回复她一下,就字斟句酌地说:"准大姐,这事儿是这么回事啊,我和那个山老板呢,确实关系不错,但也没到让他帮忙去运作一个乡长的地步。且现在我们村里还有事求着他,他还没办,所以……"

她说:"没关系,没关系,等他办完你的再办我的,你想着我这事儿就行了。"

我说:"好。"挂断了电话后,我立马屏蔽了她的朋友圈,也设置了不让她看我朋友圈,没敢拉黑她,是不敢得罪这种人。这种笨人,坑起人来,分分钟让你想去自挂东南枝。

这个赵准儿,也就牌桌上那点小聪明。

从那以后,我戒了打麻将,坚决不再与赵准儿碰面。为了让哥哥们放心,我调动所有本事,认认真真跟他们打了一晚上麻将。

那天晚上,我铲了他们仨。

他们终于见识到了我"牌技"的厉害,不再担心我输光家产。

工作上还经常能看见王木棍,他还是那么忙,成天满头大汗呲牙咧嘴的样子。

又过了一年,我不焦虑了,我不失眠了,我不暴躁了,工作和生活都渐趋向好。人生度过艰难期。

没想到有一次去乡政府开会,我又碰见了赵准儿。

只见那天她抱着一个孩子,拉着一个箱子,穿着一双细高跟鞋。那高跟鞋目测得有七八厘米,她描眉画眼,风摆杨柳……

外加梨花带雨。

她抱着孩子坐在乡政府大门口号啕痛哭,说王木棍骗了她的感情,让她怀孕生了孩子,却不管她。现在她和孩子都无家可归,找不到王木棍,就只好到工作单位找,他害惨了她,求领导替她们母女当家作主。

全乡干部群众都在那儿围着听她哭诉。

王木棍不敢出来,据说从后院跳墙逃走了。

乡政府发生这样的事,是很严重的事,国家的党员干部出现这种败类,简直就是耻辱。

有好事者去看那孩子,跟王木棍长得如出一辙!

她在那哭,影响实在不好,乡长就出来给她解决,可这样一个女人,抱着个孩子,送也没处送,只好让她住在办公室。

当然是王木棍的办公室。

王木棍的办公室在一楼,紧挨着传达室,那之后很长一段时间,人们出入乡政府办事,都能看见一个女人抱孩子扒着玻璃往外看的样子。

那女人巴掌大脸,细眉细眼。

王木棍不敢上班了,不知躲在哪里。

又过了半个月,王木棍被开除。据说还查出来一些其他经济问题。

赵准儿说过:"得不到,我就毁了他。"

她做到了。

王木棍离开政府大院那天,赵准儿也被清理出了办公室。她要告的人已被处理,跟政府没关系了,再赖在政府就等于"冲击国家机关"。

她想让王木棍再赔她点钱,但王木棍变成了社会人,耍起赖来更肆无忌惮。她也没有办法。

再然后,又听说王木棍离了婚,在老家找不到工作,远走他乡去打工了。

五六年过去,王木棍都杳无音信。人们很快就忘了他,忘了曾经有过这样一个有点笨,有点作,有点过分积极的副乡长。

铁打的营盘流水的兵,人间道场,你来我往,翻手为云,覆手为雨,皆是虚幻。

人们更关注自己,没空一直盯着他人。

听说赵准儿又结了婚,嫁给谁不知道。

我家楼下有个市场。市场上有个屠夫,屠夫以前在市场上卖肉,三年前市场拆迁,屠夫也就搬了家。我吃不惯别人的肉,还馋屠夫的那口肉味儿,就到处打听,有人告诉我说他在红椿街开了一个店。

我找到那个店,一进门,就看见了老熟人。

赵准儿。

当时赵准儿正举着一张牌,看到我,拿牌磕了磕脑袋,说:"啊,小李!"

我说:"准大姐。"

"你怎么回来了？听说你又回北京啦？"

我说："是的。"

赵准儿变胖了，可能是屠夫家营养太好。

她一胖，脸上的细眉细眼就像摁在了饼上，有了唐宫美人的气韵。

只见那个店，左手靠墙边摆着一个肉案子，右手靠墙边摆着一个麻将桌。赵准儿坐在麻将桌前气宇轩昂，如女将军。

他们一个牌桌，一个肉案，竟也相得益彰。

我说："我买半扇排骨。"

屠夫也气宇轩昂地去给我剁排骨，"梆梆梆梆"声势惊人。

赵准儿一边打牌，一边跟屠夫说："老公老公，把那只猪蹄给她，让她熬个汤，这是我熟人。"

于是屠夫捞起一只猪蹄就扔进了我的袋子里，很是大方。

我说："孩子呢？"

她说："上学了，一会儿就去接。"

我知道这时候不该问孩子的事，但实在按捺不住好奇心。

她好像也不在乎。

她继续打牌，一个秃顶老头"梆"地打出一张发财。她哗啦把牌一推："哈哈哈，胡了！"

她还是那么牌技惊人。

我当年"沉迷"打麻将，后来换了一个猪蹄当礼物。

也算世事无常。

直到今年，我才又听见王木棍的消息。

当年在乡里认识的一个大姐，今年退休了，退休前邀请我吃饭。

我们觥筹交错，感慨时光易逝岁月如梭，大姐特知足，说虽然没当上什么大官，只当到了一个副乡长，但平平安安退下来，也算知足。由此又想起王木棍，说可惜了那个年轻人，当年一步错步步错，大姐说他现在混得特别惨，在南方干装修呢，刷墙。

她还给我看了一下他的照片，整个人都变了，瘦得麻秆儿一样，脸上一点肉也没有，又因为满脸溅满灰点子，都看不清五官。

我说："他这样的照片是怎么流出来的？"

大姐说:"这不是我那外甥嘛,在深圳买了房子,找装修,上门一工人,一听说老家话,就问了问,说叫王林昆!"

有点俗

处女证

【1】

"我有处女证,在保险柜里。"

"你把处女证拿出来给我看看。"

"保险柜的电池没电了,指纹打不开。"

"没钥匙吗?"

"钥匙在公司,办公桌里。"

赵远志和卢漫漫两人这样对话的时候,赵远志的手正摁在卢漫漫的小肚子上,要往下走,卢漫漫双手抠住他的手往上提,不让下去。

"你这是折磨我!"

"没办法,请你尊重我!"

此刻两人衣衫凌乱,卧室里灯光暧昧,窗外一轮大月亮,正是良辰美景的模样。赵远志一脸热气,满眼通红,卢漫漫则眨巴着一双无辜的大眼,紧闭双唇,凝神静气地看着他。

赵远志噌地站起来,麻利地穿衣服,把皮带卡扣拉得咔咔作响。他使劲抹了一把脸,把头发又堆了堆,扭头出屋,去泡茶。

卢漫漫在床上慢慢坐起来,前后左右调整了调整真丝睡衣的带子,那睡衣薄如蝉翼,怎么整也盖不住内里的春光。

客厅茶壶扑扑作响,赵远志也气得像个茶壶。

卢漫漫又袅娜地从卧室飘出来,坐在他身边,拉着他的手:"亲爱的,不要急嘛,早晚也是你的,这贞洁,我都守了三十二年了,难道在最后一刻前功尽弃?"

"谁在乎你是不是贞洁呀,我在乎的是你!"赵远志说。

"我在乎呀!我在乎自己是不是一个纯洁的、干净的、一尘不染的女人。我要把最纯粹的自己,留给我最爱的男人。"

说着这话，她又拿手去摸赵远志的脸，赵远志把她扶正，对她说："你要不想让我碰，就不要老勾引我，我是个成年大男人，受不了这个！"

　　卢漫漫又委屈了："你们这些臭男人，就知道色情，俗不可耐，就不能谈个纯纯的恋爱？"

　　赵远志瞪了她一眼，无语，不说话。

　　赵远志都三十二了，谈了无数个恋爱，什么样的女人都见过。

　　他的前女友们，环肥燕瘦，各有千秋，有政府公务员，有私企老板，有文艺画家，有保险业务员。他也算遍尝人间美色的人。

　　他现在就想结婚生孩子。他爸妈想孙子都想疯了。

　　两个人喝了几口茶，卢漫漫站起来："你等着，我去厨房煎牛排，我们吃饭。"

　　她又像一阵风一样飘到了厨房去。

　　没一会儿，厨房飘出牛排的香气。

　　赵远志决定忍着，经历这么多女人，又碰着个处女？是捡了个宝？

　　很快牛排被煎好，摆上了黑色的大理石餐桌。桌上摆着一个烛台，卢漫漫把三根蜡烛点燃，她又把一瓶鲜花理了理，抽掉了蔫的。关掉大灯，餐厅半明半暗，气氛起来了。

　　她拉着他的手，把他扯到餐桌旁："来，我们吃烛光晚餐。"

　　那天他们吃了饭，又跳了一支舞，她才放他回家。舞跳到最后，她又撩他，他又试了试，又被拒绝。

　　"我有处女证！不可以！"

【2】

　　他们是经人介绍认识的，公司的一个女同事李檬，看他单身，非说有一个绝品优质女，特别适合他。

　　一见面，果然惊艳。女人有着孩子般纯净的面庞，一说话却有着商场女强人强悍的气场。

　　听说她自己开公司，还是两个，在北京北三环边，有自己的独立住房。

　　她这年纪，这般作为，在婚姻市场算大龄，在事业战场上，绝对算年轻有为。

那天他开车上三环,夜风一吹,他感觉自己就像把铁器,刚从熔炉里提溜出来,现在又放到水里去淬了。

老想上床被拒绝,他觉得自己像个老流氓。再约会,他尽量不去她家,他说他受不了她动不动的勾引,更受不了她心如钢铁的凛然。

两人只好到电影院去看电影,到小胡同去吃小吃,到香山去看红叶,到八大处去拜佛。俩大龄青年把恋爱谈得纯情无比,堪比琼瑶阿姨剧。下大雪的时候,一个在前面走,一个在后面跟,后面的脚踩进前面的脚窝里。踩出几百米,美丽的女主忽然回头抱住男主的腰……啊,天地苍穹,日月旋转,它们都得为这人间至美的画面赞叹。

他还得陪她去坐旋转木马、碰碰船、摩天飞车。像俩孩子一样。

她还是偶尔强行拉他去她家,理由是必须得吃吃家常菜。她说美丽的爱情要有烟火气,她除了能在商场赚钱,其实更爱家务。她无时无刻不在暗示他,她是一个极品难得的好女人。

但每次她一撩他,他一动情,她就喊:

"我有处女证!"

【3】

他快被憋死了。

他想过放弃,这样的恋爱谈得太折磨人。他身体也吃不消。他这块纯钢,今天火里炼炼,明天水里淬淬,就快废了。

他每天天人大战,憋得受不了时,就把手机里可以上床的女人都扒拉出来看一遍,最后决定还是忍住。人家那么高贵,你就像个瘪三一样,不惭愧吗?

不能找女人,就找男人吧。他给一哥们儿打电话,想约出来喝酒。哥们儿在电话里说:"来家里吃吧,你嫂子炒的小龙虾,不比餐馆差。"

他不好意思去人家里吃饭,想要拒绝,那边嫂子却叫上了:"赵,快来吧,正好有个事要跟你说。"

人家说有事,你不去,显着要躲事似的。他答应了,拎上别人送的两瓶杏仁油,一盒茶点,去了哥们儿家。反正他自己也不开火,用不上这些。

一路上他都在调整心态,得把嫂子的形象由恶魔向仙女转。他每个哥们儿,口中的老婆,都像恶魔一样,都一身缺点,自私、霸道、懒惰、败家。

他觉得每个嫂子都还好,有的热气腾腾有生气,有的幽默可爱很单纯,有的温柔沉默像淑女。

敲门,开门的正是嫂子,一张肿眼泡的脸迎了上来。

原来嫂子刚做了双眼皮手术。

餐桌上一盆火红的龙虾尾,嫂子仰躺到沙发上,说:"你们吃,我吃不了,怕发炎。"她摇着两只小脚丫,十个脚趾甲的甲油通红明亮。

赵远志赶紧恭维:"你看嫂子,多好,自己不吃辣,还给你炒龙虾。"

哥们儿有一点骄傲,说:"这是我老婆最大的优点,不将就我吃饭。"却把平常对老婆爱花钱、不恭敬婆婆、脾气大的吐槽都憋回去了。

两瓶啤酒下去,赵远志想到卢漫漫也挺爱做饭的,就把自己的苦恼吐了吐,说:"最近谈了个女朋友,竟然还是个处女,不让碰。处女好是好,就是这样忒折磨人。"

他说这话的时候,是带点骄傲的。男人嘛,向外说起自己女人是处女,都有点小嘚瑟。

哥们儿果然瞪大了眼睛羡慕,说:"哥们儿,你捡了个宝啊。这年头还能碰见处女,稀奇。"

尤其在听了这个女人还是个女强人,条件那么好之后,更是掩不住地羡慕:"了不起,了不起,没白等,没白等,难为你等了这么多年。"

赵远志又忍不住把卢漫漫的照片拿出来给哥们儿看,哥们儿更是大呼小叫。

嫂子也从沙发上弹起来,跑到他手机上看了一眼。只一眼,她就"哈哈哈哈"大笑起来。

"赵,别怪嫂子没提醒你啊。恕我憋不住,这女的明显有问题呀。她说她是处女,你们真的信吗?反正我不信。在北京这种地方,三十二岁事业有成,又漂亮,反常必为妖!反正我身边的朋友没一个这样的。"

嫂子的那双小眼睛,夹在两片馒头片一样的眼皮中,精光四射。

"我们公司上千人,也没有一个这样的奇葩。还弄个处女证,这不明显此地无银三百两吗?真处女也没必要弄个证呀!"

哥们儿站起来,生气了,吼嫂子:"你能不能别捣乱?你身边那些女人都三观不正,就见不得别人好?"

"不信就打赌,她要是个真处女,我就把我今天这刚做完双眼皮的眼睛戳瞎！"

赵远志那天非常尴尬，觉得都是自己不通人情世故引起的，跑人夫妻面前谈论什么处女不处女的问题。明显这嫂子就不是处女嫁给哥们儿的呀。

他在出租车上一边往家走，一边满脑子乱麻。嫂子说的两句话，像雷一样在他脑袋里炸。

一是："反常必为妖。"

二是："她若真是处女，就把眼睛戳瞎。"

他想想，也有道理。

他心里的疑惑也不是一天半天了。他也从来没有真信过，她是处女。

他让司机转车头，去卢漫漫家。

今天非把这个问题搞清楚不可。不搞清楚，是还存有一丝希望，怕真伤了一个宝。

到卢漫漫门口敲门，好久才来开。

开门以后，只见一个女人披头散发站在面前，一身酒气。她眼睛上的睫毛膏都堆在一起，像揉起了两只大蚊子。

开完门，她又去厕所吐了。

他把她扶到床上。

她开始哭，说："亲爱的，我正要给你打电话，让你来陪我，我喝多了。"

"今天签个大单，应酬场上不得不喝，从这些老虎嘴里扒食吃，太不容易了。"

他说："以后我陪你去挡酒。"他拉着她的手，直奔主题，"你那处女证到底在哪里？没关系，没有也没关系，就算你不是处女，我也喜欢你。"

"我真的是……处女。"

她说完这话，竟然睡着了。

他望着她那张美艳却凌乱的脸，忽然间疑惑更大。他更相信了嫂子的话。

这时她的手机响，有微信过来。

有密码，他打不开。

他忽然魔从心起。

他试着把她的手抓起，拿起指纹试了试，竟然开了。

第一个未读消息就署名"老香"。

他打开看了看，如五雷轰顶。

【4】

只见那个"老香"跟她说：

"乖，你要听话，嫁给赵远志，我真的是为你后半生考虑，他真的合适。"

他从后往前翻，都是二人密密麻麻的聊天。

大段大段都是卢漫漫对"老香"的表白。

"亲爱的，我做不到，我做不到爱着你去和别人上床，所以我谎称是处女，让他不要动，我在为你守身如玉。"

"你再想想，我等你回心转意，我宁可和你这样过一辈子。"

"我看不上那些年轻男人，他们浅薄幼稚，不成熟，都没你这些思想。"

"我跟他谈恋爱，每天都好累。"

"可是我给不了你幸福。"

"我很快就会退了，他很快就会上位，我暗中帮一把，以后你的业务还丢不了，钱最重要，丫头，别感情用事！"

他看到这里，惊出一身冷汗，这个"老香"，是熟人？

他赶紧打开详情，发现手机号码和头像都不熟悉，应该是小号联系。他截屏保存，发给自己手机。然后再删除。

他再翻她和其他人的聊天记录。其中一个闺蜜聊得最多。

那闺蜜竟然是他们的介绍人！单位的同事李檬。

"檬，说实话，我也喜欢赵远志，可思想和境界一和老沈比，就差得太远，老沈毕竟多年征战，见识格局不一般。"

"我当年一个三流大学生到北京混，是老沈把我带出来的，他的好已经刻进我的灵魂。"

"可老沈快六十了。"

"老沈那边实在没有希望，我再接受赵远志，我现在让他陪我谈恋爱，我年轻的时候没时间谈恋爱，现在要补全。"

"没有十全十美的人，不要欺负老实人。"

"哼，你以为他是老实人？他一天到晚就想跟我上床，一看就有过很多女人，他现在找我，一是看我有钱，二是看我漂亮，三是看我有处女证。"

"你那处女证,掩耳盗铃自欺欺人罢了,也就他这种傻子能信。"

"不管怎么着,他信了,我必须要搞清楚,他是为钱跟我在一起,还是为人跟我在一起。"

"对了,你赶紧给我问,哪家医院处女膜修补术好?"

那边李檬回:"我这两天有点忙,过两天给你问。"

和李檬的聊天记录,都是她大段大段在说,李檬很少回复。

"檬,难道我错了吗?今天赵远志跟我吵架了。求婚我没答应,说我浪费他时间。难道我就是他要赶紧娶回去生孩子做饭的女人吗?

"我怎么确定他不是为了钱跟我在一起?!

"今天老沈把我拉黑了,我急眼了给他打电话,他也急了。我感觉老沈在甩锅……

"檬,我也想有个正常的恋爱,我也不想这样分裂地活着,可是我也没错呀,我喜欢钱怎么了,谁不喜欢钱?在这大城市没钱行吗?!

"檬,赵远志又求婚,为什么他求婚老求婚,他就不能等等吗?等等我从老沈的感情中走出来,等等我把处女膜修补好。"

"你要的太多了,食得咸鱼抵得渴,漫漫。"

"檬,我整夜整夜失眠,我的胸部有硬块,我不会得乳腺癌了吧。

"檬,我今天去看心理医生了,医生说我压力太大,中度抑郁……

"檬,我知道你白天说的对。不,我不要破坏我在赵远志心中的形象!钱我要,美好的爱情我也要!我年轻时亏掉的都要补回来。我什么都要!"

"你疯了……"

剩下就是卢漫漫无数次找李檬,李檬偶尔回复一两次。

她一个人在那里自言自语,痛不欲生,恨天怨地。

再找。

李檬回:"漫漫,我最近在离婚,你先照顾好自己,我处理完自己的事情就管你。"

她又在那里嘲笑李檬:"你看你,嫁给爱情怎么样,还不是一地鸡毛?还不如我,至少还有钱。"

……

【5】
看到这里,赵远志额头上的汗已经一层一层沁出来。
他赶紧把这些聊天记录随便截了几个屏发到自己手机。
然后一一删除。
他关上手机,把手机扔在卢漫漫枕头边,扭头出了门。
开门上车手还抖,他坐在车里,抖了三分钟都停不下来。
是那种灵魂深处的恐惧。
他不知道一个人怎么可以可怕成这个样子。青春美丽的外表下竟然是这般扭曲分裂的灵魂。
他到家翻出那个截图,看着那个手机号,老沈,公司只有一个总经理是姓沈,年龄也是五十多岁。
他找出一个平常不用的手机打过去,响了半天那边才接,那边只"嗯"了一声他就挂了。
不用再多听,就是那个老沈无疑。
他这是成了人家谋算的猎物?他确实在竞选总经理,并且大大有望。这卢漫漫明显跟自己公司一个高层关系匪浅。
他赶紧给卢漫漫编辑了一条微信,说两个人不合适,他觉得配不上她,他想了想,还是应该找个普通点的女孩子为妻。她太完美了。
他想分手也尽量让她体面。
可是第二天下班后,他就在公司的十字路口被卢漫漫堵个正着。
卢漫漫气势汹汹:"赵远志,分手是你一个人说算就算的吗?我不同意分手。我这样一个女人,冰清玉洁,肯跟你好,你还不识好歹。"
他看着她在那里演她的"冰清玉洁",感觉每个毛孔都在渗毒。
"我们真的不合适,你看我今天刚查出来的,前列腺增生,有可能转癌。"
幸好有准备。
他今天真的去医院做了个检查,前列腺真的增生了。憋的。
卢漫漫拿起检查报告,看了看,小脸立刻由怒转柔。
"有病治嘛,也不至于分手。"
这时候他妈的一个电话救了他,说他爸脑血栓加重了,让他再看看北京有没有更好的药……

他赶紧故意把他爸的病说得更严重:"没事没事,就算我爸以后终身瘫在床上,我也会照顾的,不行我就辞职回老家。"

他摆着手,说有事先走,卢漫漫瞪着眼睛竟然没有追。

那天晚上,他又绕回公司,看着卢漫漫离开。

他看卢漫漫上了别人的豪车。车子汇入主干车流,像汇入了一条火龙。大街上红男绿女,纷纷加入,像一颗颗流荡的灵魂。

他站在写字楼上看这城市,忽然觉得这城市,无边无际得大,大得像个海。人是海中的鱼。海中的鱼儿们以为自己可以遨游无际。其实这城市小得放不下一颗心。放不下贪情贪爱的心、贪名贪利的心、贪权贪色的心。等鱼儿们游了一圈回来,发现自己少年不再,初心难守,回头无岸。多么悲哀。

【6】

那年过年,他还是没有女朋友领回家。一群亲戚吃饭聚餐,天南海北回来好几个表弟表妹。有的携妻带儿,有的形单影只,都彬彬有礼。

他又把自己打扮得君子一般,衣冠楚楚,谦逊温和,坐在桌上,一举一动都带着大城市的贵气。

胖成球的俗气小姑咋咋呼呼:"你看我们远志,就是优秀,要模样有模样,要学历有学历,工作也好,就是太挑,这是要找个什么样的姑娘。"

他有礼貌地笑笑,不想反驳,也不想承认。

他看着桌上的其他表弟表妹,也个个跟他类似。他想,这几个衣冠楚楚的肉身下,是不是也都藏着一个个满目疮痍的灵魂?

负心

【1】

十五年前,她大二,在宿舍百无聊赖,舍友六个,四个都去约会了,剩下那个是年级学霸,目空一切,一心学习,目的是要考研出国。

正在这时,收音机里传来主持人发布的交友信息,一个男孩说自己诚恳善良,幽默有趣,诚心交女友。

她鬼使神差按照那个手机号码发过去了信息:"你好。"

那边很快回信:"你好。"

就这样两人聊了起来。

聊了三四天,两人见面,三四天里两人已聊成知己。隔着屏幕都展现了自己美好的一面。男孩说自己都没谈过恋爱,第一次交友,就找到了知音。女孩说,自己也是,冥冥中遇上,一定是有缘分。

两人的见面,安排在了女孩学校的小公园。他们的大学竟然只隔一条马路。

见面后,男孩的感觉是眼前一亮,女孩的感觉是一落千丈。因为女孩漂亮,人群中也是扎眼的那种。男孩实在是普通得不值一提,甚至是有点丑。

女孩为显自己不是那么世俗,违心地和男孩聊着,男孩表现出了超常的社交能力,殷勤地对女孩好。

男孩不断约女孩,女孩没有男朋友,空窗寂寞,也就不断赴约。久而久之,两人的恋爱关系也就确定。

虽然女孩心里一直有点不甘心,但是没办法,有个人总比没个人好。

男孩全心全意对女孩,只是二人都特别穷,周末去商场,只能干逛,什么也买不起。女孩看看这个,看看那个,不说话。男孩也不说话。

最后女孩有点生气,不知道跟谁生气,只好怪这贫贱的生活。

男孩看出来女孩的不高兴,周末就去搬家公司打工,挣辛苦钱,想着让女孩的日子过好点。

终于存够一百块,男孩说:"我请你去吃自助,华府街上,有家海鲜自助,门牌上画着一只大龙虾,看着就好吃,一百块,正好够。"

女孩欣然赴约。

琳琅满目的海鲜,两人吃得忘乎所以。只是吃到后半段发生了不愉快的事。

女孩的手机在桌子上丢了。也许是两人都去拿东西的时候,也许是两人低头猛吃的时候,被人顺了。

那还是十几年前,诺基亚时代,女孩的手机是爸爸搬了半个月砖给她买的,里面处处是血汗。

女孩一下子没了胃口,泪在眼里打转。八百块钱呢,满脑子都是爸爸在工地上灰扑扑的身影。

女孩倔强不肯哭,不肯在男孩面前表现得太没出息,一个手机而已,丢了就哭,家里得多困难才这样。

男孩也不说话。不敢说我给你买一个,因为他也没钱。

两人对着满桌狼藉默默无语。

女孩生气了,这是什么男朋友,这点"担当"都没有。要是个有钱的,就不至于这么窘迫了。

女孩下定决心,不能贪恋他一时的好,回去得分手。

回去的路上,发生一件事,更坚定女孩分手的心。

男孩竟然真的只装了一百块,回学校连坐公车的钱都没有。

女孩也没带钱,两人只好顺着马路往回走。一直走,一直走。饭店离学校八公里。俩人一路上也没话,女孩不说,男孩怯怯地来拉女孩的手,女孩甩开不让。

那天是圣诞节,刚下过雪,白雪映着满街的琉璃彩灯,分外妖娆,张灯结彩衬托着俩人的贫穷。

【2】

走了一个多小时才回学校,当女孩喘着粗气赶在熄灯前跑上宿舍楼的时候,她的脚已经磨出血了。

她蒙着被子还是忍不住落下了眼泪。她发誓,以后不要过这种穷苦的生活。

正好,丢了手机,隔绝了与外界的联系,与男孩也可以分手。男孩竟然也没来找，好几天没消息，蒸发了一样。女孩就坡下驴。

不上课的时候她就在宿舍宅着，翻书看，跟学霸学习，收心要考研。

一个月后，同宿舍的姑娘捎话上来，说楼下一个男孩在找她，请她一定下楼一趟。

她下去了，看见男孩在楼下站着，黑了，瘦了，两只眼睛晶晶亮。

男孩拉她手说："走，去小公园一下。"她鬼使神差又去了。

到小公园，男孩从自己的帆布包里掏出一款手机，诺基亚中档的一款红色，很漂亮。

"给你买的，赔你一个，都是我不好，没有看住你的手机。"

"你哪来的钱？"

"我又去做了个家教，赚了一点钱。"男孩的眼睛还是晶晶亮。

她又被感动了。

不可否认，一个手机有着不可抵挡的魅力。她心里对他的嫌弃冰消瓦解。她假装轻松地收下，脸上的颜色多云转晴。

男孩鼓起勇气狠狠抱了她，他把她抱得很紧，抱她的手都微微颤抖。

那天他吻了她。

他的吻像七月突如其来的雷，悄悄地炸开，凶猛而热烈，然后是密不透风的雨。她也被他的热情点燃了，她像一棵风中摇摆的树。

十几天后，女孩在一个破烂的宾馆交付了自己，男孩还是如第一次吻她那样虔诚而小心，像是一个穷人突然得到了一块大蛋糕。

初夜就是这样潦草而慌乱，以至于很多年以后，她还一直耿耿于怀这件事，她讨厌那宾馆墙上的蚊子血。讨厌那床上因蹂躏过久而破败不堪的床单，讨厌那盏滋啦啦响着的吊灯。

她的想象里，应该是鲜花和玫瑰，衬着她的美丽。

当然这一直属于女孩的隐秘心思，男孩一无所知，男孩自得到女孩起，就变得快乐自信。

他满心希望，希望这是两人的开始，未来的几十年后，还有结局，那时候他们含饴弄孙，一起回忆年少初相识的时光。

然后是正常情侣的故事，接吻，做爱，吵架，和好。女孩仗着男孩的爱，经常耍小脾气。一件小事男孩要千般哄万般认错才会原谅。她享受那种因为不讲理而换来的重视,看着男孩着急焦躁,她心里就痛快。

俯就的感情本就有恃无恐。

女孩也找了个家教的工作,没办法,两个人都太穷了。男孩还要拼命搬更多的家来赚取开房钱。

同甘共苦的日子里,俩人竟也生出甜蜜的真心。

有一次女孩去一个小区做家教,正好看见男孩在那个小区帮人搬家。那是一个老小区,没有电梯。她看见男孩那么瘦的身子,扛着一个冰箱一点一点往楼梯挪。他一步一颤,牙关紧咬,走到单元门口的时候,冰箱被上面一个插国旗的竿子碰了一下,差点倒掉。男孩迅速旋转身子接住了冰箱,冰箱的棱角正磕在男孩的额头。

女孩捂着嘴巴躲在墙角哭了。

晚上,在他们约会的小公园,女孩摸着男孩头上的包问:"怎么弄的?"

男孩说:"宿舍里几个人打闹,扫把头磕的,不碍事。"

女孩踮起脚抱住男孩的头吻,泪流满面。那是她第一次对男孩主动表达爱意,男孩激动得不知所以。

【3】

一晃到了大四,女孩和男孩的感情已由热烈转为平淡。

平淡就意味着危机。

毕业在即,所有大学生都在彷徨该何去何从。

宿舍的那几对恋人都分手了,唯一没分手的那个,男友条件最好,男孩是另一个城市的富二代,男方父亲能给女孩安排工作。

学霸不出意料地考上了魔都一所名牌大学的研究生。

女孩开始权衡利弊面对现实。生活是赤裸裸的,残酷的。女孩不断问自己,这一生真的要跟着这个只会用最笨拙方式对自己好的男人吗?他哪里都好,就是太穷。

她内心兵荒马乱,算盘珠子噼啪作响。

最终,算盘还是打败了爱情。一个月后,她跟随学霸到了魔都。她对学霸说:"你读书,我工作,我们互相照顾。"

因怕见面狠不下心,她只给男孩留了封信:对不起,你给不了我想要的生活，我去追我自己的梦想，勿念。

这封信简单而决绝。

到魔都，她就换了手机号，她在学霸的学校附近租了个地下室，在就快弹尽粮绝之前找到份销售的工作。她一点也不喜欢销售工作，但她也非常珍惜那份工作。

没办法，她没资本去挑。

她是背负了一个负心之名出走的，如果不能出人头地，那她既对不起男孩，也瞧不起自己。

不成功便成仁。

好在大城市从来不排斥有野心的人，一年后，她换到一家更好的公司。新公司的老总很欣赏她，给了她一个经理当。

在新公司，她才发现，销售是看给谁干的，好公司的销售，不那么委屈脸面。她在新公司学到很多东西，越来越像个社会人。后来当然很俗套，那个老板"爱"上了她。

她初入社会，迷茫空虚，很容易落入温柔陷阱。她跟他上过一次床，可只上过一次，她就止住了。她可不想当什么小三，更不屑什么二奶。她毕竟是个冷静的人。当她发现自己陷入这种关系的时候，脑海里就出现了男孩。想象中男孩鄙夷地看着她：你离了我，却陷入那种境地，你的高贵在哪里？

她从那个公司辞了职。一瞬间的想象成就了后来的她。

她是带着经验和技术出来的，也带出了部分人脉。辞职后她自己开了个公司，自己开始当老板。

她真是个做老板的料子，她冷清，清醒，狠绝，吃苦耐劳。后来公司慢慢壮大，几年后，她身价几千万。

她在魔都买了大房子，买了好车，她去任何一家餐厅吃饭不用看菜单。她真假包轮着背，也没人看得懂。包假人真，她那一身的气派在那里。

创业过程中她嫁了个公务员，但是随着实力越来越悬殊，她和丈夫的感情越来越差。丈夫竟然背着她出了轨，丈夫说："你那么强，我在你面前没有存在感，男人是需要被女人崇拜的，你天天鄙视我，我很痛苦。"

她偷偷去看了一眼丈夫的小情人，一个又丑又弱的小女子，她公司最次的那个前台都比她优秀。

看过之后她立马离了婚。她无法容忍自己跟这种人相提并论，跟这种人共同使用一个男人。

她带走了他们唯一的孩子。这场婚姻唯一可怜的是孩子。但是没关系，缺了的，她可以用钱去补。这世上大部分东西都可以用钱补上。她带着孩子过最好的生活，读私立学校，住别墅，出国旅游。孩子好像也没什么痛感。

就像她，她对这场婚姻也无太大痛感。她甚至感谢公务员，是公务员给她提供了一个精子，让她这一生，有了当妈妈的圆满。

她的潇洒让那些深陷家庭鸡毛蒜皮中的女人羡慕不已，她们都觉得女人就该像她一样霸气。

只有她知道，自己的心里始终有个洞。

【4】

十五年后，大学同学张罗聚会，班级群里群情激昂。她一直装死，不想参加，她掂量了一下，这群人里没有配得上她身价的人。奈何有人硬是艾特她，说美女老板不到，这个聚会减色不少。

无奈她只好冒出来应约。

她一说话，移民美国一直装死的学霸也冒出来说会回来，十五年了，下次再见老同学又不知道猴年马月。

她换了个稍低调的车赴约。她不想在这种聚会上出风头，高者俯就低者才会皆大欢喜。她要太张扬，一转头，这群人不定有什么难听话等着她。

气氛热烈而虚假。一群人互相嘲笑又互相吹捧，嘲笑当年的各种糗事，吹捧现在个个不老。

其实哪个不老？没一个不老的，没一个眼角没有风霜，没一个身形还宛如少女。

变化最大的是学霸，学霸现在糙得像个汉子。她当年可是恨不得自绝于人民，现在却拼命地想和大家结成异性兄弟。

学霸发表演说："半生的理想就是出国出国！以为出了国就是上天堂。谁想到出国也就这球样，女人还是要赚钱！还是要结婚，还是要生孩子，还是要剖腹产，还是要背奶！你们看，我随身都带着背奶器，一会儿去卫生间就得挤下奶。"

学霸把背后一款 LV 大包摇得叮铃咣啷响。

同学们都笑出眼泪。

学霸初为人母,正是崩溃期。十几年的时光过去,学霸也俗了。

她很少说话,更多倾听,但话题很快还是引到她身上来。大家都说她成功,当年看她就非池中物,早晚成大业。

她礼貌应和,并不张扬。

有同学垫话拉近乎:"以后有机会,也带带我们发财?我们可是亲同学。"

她继续含笑,点头,打太极。

最后是她结了这顿饭钱,同学们都看见了,没人阻拦,也没人说什么,没人觉得不应该。

大家都来客气地和她告别,说一些言不由衷的话。

她觉得很寂寞。

学霸过来抱了她,说:"亲爱的,我们两个算是难兄难弟呢,当年只有我俩去了魔都。"

她回抱学霸,说:"是呀。"

学霸接着说:"我打算回国了,还回魔都,我们又可以在一起了。"

她马上在心里盘算,该怎么还学霸当年带她的一份情。

【5】

人群散去,就剩她自己,她踩着自己的影子走向停车场,却发现一辆黑色的宝马堵了她的路。

她绕车看了一圈,感到诧异,那么多停车位,为什么这车偏偏挡在她面前?

她给酒店前台打电话,前台说:"车主马上过去,不好意思,给您添麻烦了。"

一个人影从暗处走来,越走越近,越走越近,到跟前,她发现了。是他。

"亲爱的,你回来了。"

"你怎么知道的?"她诧异,乍见他,有一丝慌乱,马上下意识抿了一下鬓角,怕自己哪里不亮丽。

负心出走的人,不敢狼狈见前人。

她看他,他老了,肚子有点凸,脸上有油光,中年之态明显。

"过得不错哈。"她指指他的车,转移话题。

他笑笑:"没你好,你是刻意低调。拜你所赐,被最心爱的女人抛弃,我前半生的目标就是挣钱。"

她尴尬一笑。

"放心,我现在并不恨你,早过去了。你刚才问,我怎么知道你在这里,你们那个学霸的老公是我同学,他告诉我的。"

"哦。"她不敢再说什么。

他忽然上前一步抱住了她,她被箍在他怀里。

相同的怀抱,不同的感觉。当年他哪里都是骨头,现在哪里都是肉。

"我就是想看看那个狠心的女人现在是不是足够光鲜亮丽,还不错,不负我望。"

她下意识地抱住了他,像当年一样。

他却松开了。

"我没别的意思,就是回味一下。"

她也赶紧收回感觉。

"希望你以后继续幸福。"

他开车离开,离开前摁了一下喇叭。

他和她就以这种方式,十五年后再见了一面。没有一点多余的情绪,好像云淡风轻,又好像故往情浓。

她开车上路,把当年走回学校的那条路走了一遍,城市流光溢彩,沧海桑田。

每一个爱过的人都被装在身体这个口袋里,你想拿出来时,随时可以拿出,拿不出时,他就沉在袋底。

面杖

【1】

沈安永在北京工作八年，正赶上了北京的汽车摇号，当年没钱没资格，买不了车，等到有钱有资格去摇号的时候，发现号比人金贵一万倍。这么说吧，摇到一个号，不亚于过去一个穷书生摇身变驸马。

八年过去，沈安永在这个城市小有所成，连老婆都娶到了。他妈一直说他很难娶老婆，太老实，八竿子打不出个屁来。但就这么一个内向腼腆的小城青年，却愣是娶到了一个白富美——他博士生导师的女儿。

沈安永跟着导师做研究，整天切人肉。他是医学博士，专攻直肠癌的病因探析及研究。导师做手术的时候，他就拿把小剪子，看见病灶部分就一剪子剪下来，拿去做切片。

除了切人肉分析人肉，他大部分时间给导师当跟班儿司机文秘助理修理工，一来二去，接触了导师的女儿。

导师女儿丛丛大学毕业，没考上研究生，这对于导师来说，简直是"奇耻大辱"。但也没办法，他工作太忙，放在人肉上的精力过多，放在女儿身上的精力就太少，导致女儿是个彻彻底底的学渣。

丛丛从小就喜欢结交乱七八糟的人，初中就谈恋爱，恋爱对象一个比一个不靠谱，不是染杂毛的，就是瘦猴子一般随时都能跳上一段街舞的。最近的一个是个富二代，开个小奔驰，跑起来呜呜响，轮子都是五彩的。

丛丛和富二代分手得益于一只狗。

她爸去年夏天把她从平谷派出所接回来，她和富二代以及一群狐朋狗友去偷人家老乡的瓜，结果被老乡放狗咬，还被扭送到派出所。

从派出所出来，小情侣俩就打起来了，丛丛怪富二代只顾自己跑，把她扔给狗。富二代说自己从小怕狗，见了狗连自己都忘了，哪还会想到女朋友。俩人由担当问题进而上升到一个怕狗的和一个爱狗的如何一起生活的问题，进而扯到吃西瓜是切着吃还是挖着吃的问题,越说越偏,当场就掰了。

导师看女儿吵架,心花怒放。

丛丛从小养狗,那大狼狗追上来的时候,闻了闻她身上有狗味儿,放过了她,继续去追富二代。

【2】

就这一件事,让丛丛彻底收心,决定回头是岸。浪女回头金不换,导师激动得热泪盈眶。

感情上,她瞄上了爸爸的学生,这傻小子太好了,长得好看,低调奢华有内涵,十项全能。她说那些富二代没鸡毛意思,都是自私自利的家伙。

事业上,她找了个工作,在一个影视公司做策划。

这桩婚事,导师也没反对,学生变女婿,家庭业务两相宜,总比以前那些二流子强。

就是沈安永穷了点,但是有骨头不愁肉,两害相权取其轻,这算好结局。

婚房导师出了一半钱,沈安永的妈是个工薪阶层,不富贵,但是有气节,为了给儿子挣个地位,他妈愣是把自己三线城市的一套大房子卖了,自己搬到一个小公寓,多出来的钱全贴给沈安永买房子。

房子就在学校附近,一个老小区,离医院近,离导师岳父也不远。

丛丛婚后很快就怀了孕,俩人一直在摇号,以前不急,现在迫在眉睫,不能孩子出来还没个车开。

丛丛果断让沈安永放弃摇号,去排新能源。

北京的确没办法,放开车牌,路上堵成一锅粥,收紧车牌,导致很多老北京都摇不上号,更加排斥外地人,来京早的外地人有的家里好几辆车,招招摇摇,让人生气。

沈安永执行老婆命令马上去排,很快指标就下来了。

丛丛不知道又使了什么法子,从导师爸爸那里又弄出来一笔钱,去提了辆特斯拉。沈安永的妈本打算再赞助一笔,但是这么高规格,自己实在没钱,只好选择无视,直接闭嘴,最后才知道,特斯拉首付百分之二十,巨额贷款钱落到了沈安永头上。

提车像提菜,却在充电桩这个问题上卡了壳儿。

除非住别墅，自己家院里立牌坊也没人管，与人群居，动动哪里，都是事儿。

俩人找物业，物业说，这个需要小区代表开会，安在哪儿，怎么安，得他们签字。

沈安永先找小区代表，组织这帮人开会。好嘛，炸了锅了，没一个同意的。

有的说："小区里车已经够多了，怎么还买？年轻人克服点，多走路有益健康。"

有的说："你车充电，用小区电费吗？"

沈安永说："不会用大家电费，供电局给我单独安电表。"

有的说："你想安哪里？"

沈安永说："我想安在我家楼下，挂在外墙上。"

沈安永家住二楼。

这帮老头老太撇撇嘴："哼，那你先找楼下商量了吗？"

沈安永看了看，代表里没楼下的，先去找楼下的。

代表们说："你们楼下的要让安，再找我们说话。"

沈安永去找楼下的邻居。邻居是对老人，说明来意后，老头很大气，说："安吧，也不碍我啥事，反正所有窗户外都停满了车，停谁的不是停……"话还没说完，就被老太太打断："你瞎表什么态，你论证过了吗？安那个东西有没有危险？会不会爆炸？走不走咱家电？有没有噪声？有没有污染？"

沈安永说："这些都没有，都没有……"

"你说没有就没有？我得问一下，你先回去吧，我找人论证！"

沈安永回家，很沮丧。丛丛过来，一问情况，从厨房拎出一箱子柴鸡蛋，又拎出两条湖南腊肉，咚咚咚就下了楼。这些东西都是她爸爸的病人送来的。有一年一个病人竟然从农村给爸爸背来半头猪，连排骨都没卸，爸爸愁坏了脑袋。

沈安永跟着下楼，到楼下，老太太正在推让东西："你给我送啥也不行，我就是不让安，我问了我姐们儿了，说那东西有辐射！"

沈安永是理工生，一听辐射，立马辩驳："阿姨，那东西没辐射，再说离你家外墙还两米远呢，挂在公共位置，墙壁这么厚，有辐射也穿不过去。"

"反正不行，我就是不让安！你敢安，我就给你砸了。"

丛丛的鸡蛋和腊肉被推出来，小两口垂头丧气回到家。

【3】

沈安永决定放弃楼下这个位置，另谋出路。丛丛又备了一千块购物卡，给物业负责人送去。负责人说，唯一的地方是小区门口保安室后墙，那正好还有个车位，谁家事也不碍，但还得去找那些居民代表。

居民代表又开会，叽歪半天，还是没谈下来，谁也不同意，保安室也是公共的啊，你挂出来一个小箱子，影响小区形象，碍我们的眼。

卖车公司给了两张表，拿着去供电局申请电表，都需要盖章，这些人不同意，物业不敢盖。

沈安永为此愁得直失眠，丛丛咬牙切齿，大眼珠子滴溜溜转。

"行了，他们不仁，咱们不义。不就是盖两章吗？咱不用他们了，我找人抠了盖上，与人方便，自己无害，这些人就是心理阴暗。"

丛丛麻利地搜到了一个刻章电话，预定好，果然第二天一个印着"某某物业公司"的公章就到了手。

丛丛狠狠地盖上，撅着肚子拎着表就去供电局。

供电局不辨真假马上来人拉线安表。

走程序需要一群人点头的事情，一个假章搞定。丛丛是学渣，学得一手的歪门邪道主意。丛丛说："你找人去商量，没人会同意的，都怕担责任，都想揩点油，咱先安上，他们再跳出来反对，也需要勇气。毕竟不是他自己的事情，为自己的利益赴汤蹈火，为公共利益谁愿意出头？"

物业负责人默认丛丛的做法对，睁一只眼闭一只眼，也没管。

充电桩就这样安上了。

新车太太平平充了一个月电，保安们都知道这是物业默许的，也没说啥。丛丛会来事，又买了一堆水果放在保安室，保安们都乐意给他俩好好看车。

丛丛产检都是自己开车去。

她有一次回来发现，充电的车位上被占满了东西，有三轮车，有电动车，有梯子，还有一个咸菜缸……满满当当。

丛丛去问保安，保安们无奈地耷拉眼皮："今天一群老太太来闹，说凭什么你家能占用公共资源，她们也要占占，那些东西就是她们扔在那儿的。"

丛丛气得直胎动："都有谁家？"

保安一个个告诉了，其中就有楼下老太太。

丛丛知道不是保安的事，没生气，直接回了家。晚上沈安永回家，俩人一商量，先礼后兵，先一家一家去串门儿，不行再想别的办法。

又拎着礼物挨个儿串了一遍，还是不行。

"你在墙上挂东西就得允许我们在地上摆东西。"

"可我墙上挂东西不碍别人事，你们却占了一个机动车位。"

"我们好几家才占一个车位，你一家就占了一面墙。"

"国家都鼓励新能源。"

"我们不鼓励。"

【4】

沈安永垂头丧气回了家。

小两口周末回家把这事跟导师爸爸说了，导师爸爸推推眼镜，看了看女婿："你有没有说你在三甲医院工作，是专门治疗癌症的？"

沈安永摇头："没说过。"

导师爸爸叹口气："你呀，不通社会人心，你只要说你是治病的医生，说我是咱们医院的知名专家，再夸大一点，说你二姨或三舅是另一个医院的心脏病专家，心脑血管专家也行，一切事情都好办，尤其是面对老人，这群人现阶段最怕死。"

丛丛一拍大腿："我忘了这茬儿了！"

导师说："你学来的那些都是不入流的小伎俩，大伎俩还得靠实力撑着。"丛丛一点就通，趁遛弯儿的时候就有意无意把自己爸爸是知名专家的事透露出去，果然人缘儿暴涨。

有个老太太两眼放光地跑过来套近乎："听说你爸是谁谁谁啊？号好难挂的，我妈以前得了直肠癌，到你爸医院，那可没少遭罪。"

丛丛说："你那时候要认识我就好办了。"

第二天丛丛就注意到车位上属于那个老太太的电动车被移了地方。

咸菜缸没动，婴儿车没动，梯子也没动。

丛丛不着急，一个个来，她在孕期，思虑也不能过重，这样不利于胎儿生长。

这期间沈安永的电动车都没法充电,实在快没了,开到附近的商场去充。为了省电,这车能不开的时候就不开。

结果没等再行动,梯子也自己撤了,看来是那个老太太的功劳。

咸菜缸是楼下老太太的,她最顽固。

【5】

这一日,沈安永下班已经十一点,刚到家还没换鞋,就听到楼下有人叫得比夜猫子还凄厉:"救人啊,救人啊!"

沈安永噔噔噔蹿了下去。

楼下围了一群人,原来是楼下的老大爷昏迷不醒了,老太太在哭喊求助,初步怀疑是脑出血。

保安问谁能给送一趟,两个年轻人默默退出,走了。

最后老太太拉上沈安永:"小伙子,你有车,快帮我送一趟吧。"

沈安永迟疑了一下,丛丛闪进来,举着苹果手机:"大妈,我开着录音,咱先说好,送一趟可以,但我们这是做好事,路上大爷有个三长两短,你可别赖我们!"

"不赖,不赖,不赖你们!"大妈带着哭腔。

丛丛俩手一划拉:"大家都给做个证哈,我们医生家庭出来的,实在忍不住救死扶伤,但人心难测,不得不防。"

一群人七手八脚把老大爷抬上车,沈安永开车出了小区。

沈安永拉着老头老太往医院走,夜色微澜,马路上车流如过江之鱼。

丛丛挺着肚子在楼下转悠了一圈儿,不放心,到街上拦了一辆出租车。

丛丛在手机软件上能定位自家车的位置,沈安永肯定得把老大爷往自己医院送,她打开一看,忽然发现车子竟然没在道路上行驶,而是开到了路边一处充电桩。

"沈安永,怎么回事?"丛丛电话打过去。

"车子没电了,得先充点电。"沈安永很焦急。

"没电了你接这种活儿干吗?"

"我也不知道没电啊,停车的时候有电,车子停着不开,放没了。"

丛丛说:"你等着,我打车去找你。"

丛丛坐着出租车呼啸着赶到,结果出租车师傅不干了,说:"这种病人我可不管拉,死在我车上,好几年晦气。"

丛丛掏出二百块钱:"我给你加二百,救人一命胜造七级浮屠。"老太太扑上去扯住司机胳膊:"你不拉,我也不让你走。"

出租车师傅摇摇头,只好跟沈安永一起把老大爷倒到出租车上。

一群人赶到医院,直接送进手术室,结果医生出来宣布,脑子里的血都出满了,救治希望不大。

老大爷被送进重症加护病房。

老太太当场放声痛哭,沈安永这时候才联系上老太太的女儿。

等老太太的女儿从郊区赶过来的时候,已经凌晨四点了。

【6】

沈安永把老头老太太交给女儿回了家,两口子谁也没睡着。

"这算不算是报应,车子没电,主要原因在她。"沈安永说。

"她不一定这么认为。"丛丛愁眉不展。

"大爷脑出血,本来就耽误了时间,在路上又倒腾一遍,也许大爷救不过来,会和我们有关。"

"我们要是不做好事就和我们无关了。"

对一个医生来说,见到病人没救,比什么都难受,沈安永闷闷不乐去上班。

晚上回家,沈安永说:"大爷没啥希望了,爸爸安排了医院最好的医生去会诊,也说没救。"

果然,楼下大爷在医院昏迷了四天,呼吸停止,去世了。

丛丛只见到大爷女儿出出进进帮着料理丧事,也不叫什么丧事,要不是女儿胳膊上有黑纱,谁也不知道这家死了人。大爷连家都没回,直接从太平间被送进了殡仪馆。

大妈又作妖了,有一次在楼下放声痛哭,骂沈安永:"车子没电你管什么闲事啊,你害死了我老头子的命啊,没有金刚钻你别揽瓷器活儿啊!"

一群人围着,丛丛在家做胎教,听得心烦意乱,竟然没有一个人为她家说一句话。

她拎着宜家的一根擀面杖就下了楼,到楼下把擀面杖一举:"咱们今天说道说道,盐打哪儿咸,醋打哪儿酸,车子为什么没电,我家买车不碍任何人事,充电也不碍任何人事,你就是心理阴暗见不得别人好,非给我捣乱,结果自己搬石头砸自己的脚。求着我们送人去医院,车子要是充电方便,至于没电?再说我当时在你去医院之前怎么说的?我们是做好事,一切后果不负!"

丛丛调出那段视频,视频里,老太太哭着喊着:不赖,不赖你们!

丛丛越说越激动,拎着大擀面杖就冲着那咸菜缸去了,到那咣的一声把咸菜缸砸碎:"我再看谁给我捣乱,我见谁砸谁!"

老太太本来在哭,见这架势,不哭了。

老太太的女儿买菜回来,见到这一幕,反而没怪丛丛,只说她妈受了刺激,请担待点。

丛丛瞪眼:"把打出租车的二百二十二块钱给我,我还替你们掏了二百出租费呢!"

那女儿脸红一阵白一阵地从包里拿了三百,丛丛愣是从包里又找回七十八。

自此没人敢惹丛丛,咸菜缸的碎片被保安收拾干净扔进垃圾桶。

沈安永的车位又腾了出来。

【7】

一个月后,老太太被女儿接走养老,楼下房子被挂到中介。

三个月后,丛丛的女儿出生。小区里来了很多看望的人,有的送来了鸡蛋,有的送来了小米,有的送来了小玩具。

大妈们都对这个小孩表示喜欢,说长得真是好看,集合了爸爸妈妈所有的优点,跟姥爷肯定也像。

沈安永的车子再也没因为充电出过问题。不但如此,小区里有再想买新能源车的车主,安装充电桩的时候都十分顺利,没人出来捣乱。只要不碍事,大家都愿意提供方便。

有一次导师爸爸来看外孙女,被小区的大妈围上:"听说你在研究癌症哦,有没有进展?"

"目前还没大的进展。"

"怎么才能避免得癌症?"

导师爸爸说:"当个好人,开心点。"

一群人纷纷点头。

婆婆的对手

【1】

离国庆还有一星期,吴小莉就开始百爪挠心,办公室里的女人们都在安排出行,有的要去三亚,有的要去丽江,有的要回婆家,有的要回娘家。快递跟炸弹似的往办公室投递,花花绿绿的小孩儿泳衣、各地的土特产、登山的运动鞋、火车飞机上闭目养神的眼罩,应有尽有。

吴小莉就想回娘家,她爸妈六十多了,留在北京她最难过的就是不能常常尽孝。

她心里扎着个刺,公公一个月前就念叨:"一年没去看亲家了,得找机会去看看你爸妈。"

她一点也不想让他们去,她认为亲家这种关系,一辈子只要见两面就够了,结婚的时候见一面,谁先死去的时候去送送。

可她公公不这么认为,他认为亲家就得互相打扰。

吴小莉结婚后,生孩子没人带,就把婆婆接了过来,可公公也离不开婆婆,也一起挂过来了。一家五口挤在一个五十平米的小两居,房子小得只能把墙上都挂满了柜子,乱七八糟的生活用品全上了墙。

公公在这儿就跟神似的每天正襟危坐,她也只能一本正经地像要进香的女香客。

她不能裸胸穿着睡衣在家里晃。

一到周末,公公就要求去郊区放风,这个城市的人均居住面积太小,不去透气会被憋死,出京的各大高速上挤满了车子。

结婚四年,他们去过吴家四次了。去吴家其实也是一种放风,还管吃管住。

【2】

第一次去吴家，是吴小莉结婚那年"五一"，亲家要来，吴小莉的妈问她："他们都喜欢什么？"

她说："南方人就是每顿得吃点青菜，别的好说。"

她妈就让她哥到超市买了一捆豌豆苗，十五块九一斤。

豌豆苗端上桌，婆婆大惊小怪地叫："多少钱？"

她妈说："十五块九。"

"哦哟，一斤小菜要十五块九，你们这地方就是这个不好，在我们那里两块九都不用，地里到处都是。"

吴小莉妈妈感觉受到了鄙视，怎么，北方不长豌豆苗就低人一等吗？

公婆豌豆苗一口没吃，倒是把她妈做的一个大肘子吃了大半，盘子里就剩了肥肉一片白。

【3】

第二次，是公婆把她爸伤着了。

那是一个春节，吴小莉孩子小，南方没暖气，不想折腾孩子，她想的是自己带孩子回家，让公婆在北京待着，顶多留下左李陪他们，或者他们自己回南方也可以。

可是公公不愿意，说过年回老家太吃亏，要包太多红包，不如在北京待着，他说还是去你家吧，你家热闹。

吴小莉是个懦弱的人，平生最不会的就是拒绝别人。

于是那年她又把公婆带到了自己家。

这次公婆又整新节目。婆婆在厕所里拉屎，拉完了捂着屁股跑出来："哦哟，你们北方人真是可怜，大冬天在外面拉屎，冻得屁股都麻了。"

一群人看向婆婆，吴小莉爸爸当场就一脸黑线。

按理说这种亲家关系，在对方面前要保持起码的"优雅"，什么屁股啊屎啊等词汇应该避讳一下。

可她婆婆不，她婆婆是个炮筒子。

她婆婆虽然是个炮筒子，直来直去惯了，但对公公有一种谜之崇拜，公公是个乡村教师，她认为自己一介农妇嫁了个文化人十分光荣，一辈子都在"承恩"。她认为公公就是戏曲里唱的状元一般的人物，公公在家里什么也不用做，只要每天背着手指点一下"江山"就行了。

公婆也是一物降一物的关系。

吴小莉知道，公公其实一点也不高大上，他那点墨水，到北京，保安都能秒杀他。

小区门口有个保安，是个国企的车间主任退休的，跟女儿生活，闲着没事打零工，公公跑到人家那去充大尾巴狼，被一群保安撑回来了，说："你还显摆呢，你一个月退休工资才两千多，我们这个唐大哥，一个月六千多，人家还在挣钱。"

这事是隔壁那个寡居的刘大妈告诉吴小莉的，刘大妈看上了"唐大哥"，特别爱跟人聊"唐大哥"的事。

婆婆从厕所跑出来，公公也跑到厕所看了看，出来两眼放光地给吴小莉爸爸诚恳"建议"："亲家，你家厕所应该安个浴霸！"

"浴霸？"

看吴小莉爸爸有点蒙，他又补充了一句："浴霸！我儿子他们家就有一个，洗澡用的，暖和！"

吴小莉爸爸不是不知道浴霸，他是反感公公的这两句话，什么叫你儿子他们家？那不也是我女儿的家吗？！

他心里不快，嘴上没说，只冷冷说了一句："我们都习惯了，我们屁股上的皮厚。"

吴小莉妈妈当时正在用一个土灶做饭，她没表态，但灶膛表了态，一只炮仗不知怎么跑进了灶膛，妈妈一点火，炮仗"乓"地一声响了，把一口大锅崩漏了。

一家人终于转移了注意力，开始研究锅，不再纠缠屁股。

【4】

第三次更尴尬。

那次是"十一"，他们到了吴小莉家，公公先是发现了吴小莉家里的浴霸，咋咋呼呼从厕所跑出来："亲家，你还真安了啊！这回冬天不用再冻屁股了。"

吴小莉跑到厕所一看，真的，水泥墙的厕所里，顶棚挂着一个浴霸，明晃晃四个大灯泡,像四个大眼睛明亮灿烂。吴小莉把浴霸打开,厕所晕黄一片,她感觉浑身一热,眼里的泪差点要下来。

她爸还是介意被公婆说拉屎冻屁股的话了。

公婆还是处处找一些小事情鄙弃一下吴家,以此来抬高自己一点。他们那点小心思很明显,让吴小莉的爸妈意识到吴小莉找了他家左李,是高攀了。

这让吴小莉很不爽,她爸妈更不爽!

吴小莉的妈偷偷问过吴小莉:"你婆婆家到底条件怎么样?"

吴小莉不敢说实话,不敢说下了高速要开一百多公里山路才能到家。不敢说公婆家的房子晚上躺在床上能看见星星。不敢说公公这个小学老师,只有七八个学生。不敢说他们村子里还养着好多牛,牛屎像磨盘一样摊在路面上,人要跳着走。

这次的节目是公婆打了起来。

四个老人,不光要在双方家庭上比个高低,四人内部,也进行了一场婚姻质量的比对。

婆婆看到吴小莉的爸爸每天一大早就起床,先给一家人烧洗漱水,然后又拿着笤帚扫院子,然后又喂狗,最后又去认认真真地给吴小莉妈妈打下手做饭。

婆婆终于感到一点不平衡,原来男人还可以这么勤勉啊!对比自己那个,他简直就是一摊臭狗屎。

那天,婆婆早起帮吴小莉妈妈做饭,公公起来后就去洗漱了,一边洗漱还一边逗狗,被子都没叠。

吴小莉爸爸看到后,帮着叠被子。婆婆看到吴小莉爸爸叠被子,莫名其妙地冲公公发起了大脾气:"你个老东西,怎么这么懒,连被子都让亲家公给你叠?你是废物吗?没手没脚吗?"

公公糊着满脸的泡沫子,被婆婆这么劈头盖脸一骂,脸上立马挂不住,说:"我说我不叠了吗?我让亲家公叠了吗?我只是先洗脸,一会儿就去叠的。"

他这一辈子,没被这个女人教训过,突然被教训,本能反抗。但这么一弄,倒好像是吴小莉爸爸有错处了,他不该替公公叠被子,以显出了公公的懒惰。

婆婆那天像是打了鸡血，骂起来没完："这个好吃懒做的东西，一辈子衣来伸手饭来张口，你要是死了，一定是懒死的。"

吴小莉一家三口在老家没地方住，要到县城哥嫂家去住，一进门就看见四个老人当庭站立，气氛十分尴尬。劝也不是，不劝也不是。

打破僵局的还是她妈。她妈忽然叫起来，说："那只猫叼了一条鱼上房了，赶紧追！"

于是一群人开始追猫，吴小莉公婆拍着屁股在房下吆喝，那猫叼着鱼，泰然自若地坐在房顶把鱼一口一口啃了。

一片精致的鱼骨从房上飘飘落下。

以至于那天中午的鱼汤里，只剩了一条大鲫鱼孤零零地躺在盆里。

这次吵架，给吴小莉爸妈彻底造成阴影了，她妈每次再打电话，都试探着问："你公婆可好？你那儿还过得下去吗？"

吴小莉真是心大，也不知怎么的，她公婆在北京也不是那么能作，基本还能忍受，秘诀就是由着他们摆弄就行，不干预，不评价，不配合。

吴小莉是个公司的会计，老公左李是个程序猿。他们两口子都有点"难得糊涂"。

程序猿最大的特点是两耳不闻家务事，一心只在乱码中。他们家的啥事他都后知后觉，比如吴小莉说她婆婆可能想要个金链子，他会一脸蒙地问："我妈喜欢金链子吗？""怎么不喜欢，她都念叨三次了，说隔壁刘大妈那个金链子才15克，看上去像30克的样子。"

一对"糊涂蛋"，所以老的作点，倒也无事。

【5】

吴小莉知道她公婆，他们可能太自卑了，老想到亲家面前证明自己不差，结果老是用力过猛。

吴小莉这次跟妈妈说国庆要回家，她妈在那边很开心，但紧接着吴小莉说："我婆婆他们……他们，也要去。"

她妈就沉默了。

她感觉这次是妈妈的底线了，她知道她妈那个人，压到底下会反弹。

"妈，你要不乐意，我想办法让他们不去。"

"来吧,没事!"那边沉默了一会儿忽然说。

还有这句话里竟然有点爽利的痛快。

吴小莉有点没底,赶紧说:"妈,你别让他们难堪。"

"放心吧,你妈是只千年老狐狸,从来只智取不斗勇。"

吴小莉刚松的一口气,又提了起来,不知妈妈要出啥招。

妈妈不说这个话题了,说了些别的,说当时就不应该让他们去给她看孩子,说她和爸爸也可以的,哥哥家孩子大了不用他们。谁想到吴小莉这个缺心眼,养孩子没等毛干,就把公公婆婆请神一样请来了。

【6】

国庆一放假,吴小莉一家就起了个大早上路了。这次公公婆婆给吴小莉的爸妈带了一罐子辣椒酱,辣得鬼都伸舌头那种。

辣椒是公公在马路上的大马车上买的,马车挂得通红一片,也不知道是怎么进的京。

吴小莉婆婆采用了她老家的特有手法做这个辣椒酱,不明来路的朝天椒加上婆婆鬼斧神工的手艺,产生了奇妙的效果,只需要筷子一点,就能辣得人怀疑人生。

婆婆抱着辣椒罐子进家门,上次见面的阴霾一扫而光了。她腾出一只手抓过妈妈的手:"大姐姐,我们又来打扰你啦。"

吴小莉妈妈也笑得像花似的:"说什么话,都是一家人,放假不回家还要去哪里?"

"啊哟,你是不知道,我们现在回老家都不放心喽,放下小孙孙,老家那边的人,一直在打电话让我们回去,可是哪有时间哦,孙子是咱们的命根子,你说是不是?"

"是是是。"吴小莉妈妈连连点头。

吴小莉公公奔了猪圈:"啊呀亲家,你这小猪仔养得好欢实啊。"

三头猪昂着脖子"昂昂昂"地迎接着远方的客人。

"昨天杀了一头,锅里炖着肉呢。"吴小莉爸爸说。

公公又奔向了肉,果然厨房的大铁锅里呼哧呼哧往外冒气。

公公掀开盖子,上下左右闻了闻:"在城里吃不到这么好的肉啊!"

一只大狗也在地下徘徊，被肉香勾得狗鼻子也在一直吸溜吸溜乱动。

门口有汽车的声音，一个男子高声喊着："吴叔，吴叔，我是玉堂。"

一群人又重新跑出门，只见一辆奥迪车，后面跟着一辆皮卡停在大门边。皮卡车斗里是一个大水桶，桶里放着十几条大胖鱼。

一个三十多岁的青年，眉清目秀，大眼睛闪闪有光。

青年说话了："一到节假日，山庄里面的鱼就被钓得乱七八糟，我们那儿也吃不完，只能请你们帮助消化消化了。"

吴小莉爸爸赶紧介绍："这是村里的能人玉堂，前几年在省城打工，这两年回家乡搞生态农业，把我们这的玉米棒子、红薯干，还有蔬菜瓜果，都打包装发到城里，挣了老多钱了。"

年轻人腼腆笑笑："哪有，都是辛苦钱！"

"辛苦钱也要靠脑子活，没脑子是辛苦钱也挣不来的。"

"哪能每次都白吃你的鱼！"吴小莉的妈妈坚持留玉堂吃饭，否则就不收这鱼，又加了一堆正好小莉回来，亲家也在等等的言语。

最后玉堂终于答应，把这些鱼送出去再折回来吃饭。

一群人目送奥迪车离开，皮卡摇摇晃晃跟在后面，桶里的水花溅起来，明亮亮地弹上天空又噼里啪啦落下来。

两条大草鱼，都有三斤多，吴小莉爸爸在水池子里收拾，用剪刀剪开鱼腹，鱼肠子鱼肚子鱼心肺汩汩冒出，鱼血艳红。

他又跟公婆介绍了几句玉堂："这孩子打小没妈，从小吃百家饭穿百家衣长大的。长大后有心，经常回报我们这些当年照顾过他的人，我家小莉妈妈没少给他缝裤子。"

公婆认真地听着。

"我家小莉当年非要留在北京，这要是回老家……"妈妈插话。

"别瞎说！"

妈妈刚说了个头，被吴小莉爸爸堵回了后半句。

一个小时后，玉堂拿着两瓶酒进了家门，说鱼送完了，第一次见吴小莉的老公，回山庄拿了两瓶好酒。

两瓶五粮液矗在餐桌上，塔一样镇在那里。玉堂健谈，一杯酒下了肚，就打开了话匣子，开始回忆吴小莉的童年，从吴小莉小学开始，一直讲到高中毕业，说吴小莉是班里的班花，当年有多少男同学喜欢，一群男孩子早起半小时就为了看她一眼，说吴小莉当年是多么招老师喜欢，一群人犯了错，只要里面有吴小莉，就可以免受惩罚……

他讲了老半天，最后终于讲到："哎！哎！哎！我们本地的好白菜都被你们外地的猪拱了。"

左李被玉堂灌了一杯酒就倒了，眼睛发直，摇摇晃晃，也不敢辩驳。

灌完了左李，玉堂灌公公，公公也没酒量，两杯又倒了，然后玉堂又开始对公公进行新一轮女神教育："你们难得娶到这么好的儿媳妇啊，又漂亮，又厚道，又能干，天哪，你们几辈子修来的福气。"

"你知道小莉出嫁，我们这儿有多少男人哭吗？好像左家娶的不是个儿媳妇，是菩萨。"

公公"哈哈哈哈"地一直应和，也不敢说什么。

婆婆没醉，听得要崩溃了，在那拿筷子一直戳那只鱼眼睛，鱼眼睛被她从眼眶里戳出来，都要烂了。

吴小莉拿筷子去夹那最嫩的鱼肚子，她心里笑得翻江倒海。

她早明白了，这都是她妈导的戏。玉堂是没妈没错，在弄生态农业也不假，可他根本没鱼塘，也没山庄。至于一群人起个大早就为了看她一眼，那更是瞎扯。她小时候根本没那么招人喜欢，倒是没少被他们往帽子里扔蚯蚓。

不管怎么说，公公婆婆是被唬住了。这顿饭以压倒性的胜利挫了公婆的锐气，公公后来看她的眼神都有点崇拜。

婆婆的眼睛瞪得比鱼眼睛还圆，连她最爱吃的肘子也没动一口。

那罐辣椒酱被玉堂抱走了，他说小莉家人根本受不了这辣，倒是他最好这一口。

最后，这顿饭吃完，公婆待了两天就吵着回北京了。

回京的路上，公婆像被霜打的茄子，一路无话，只好靠睡觉掩饰被摧残的难过。

回京后，吴小莉给妈妈打电话："妈，你床头的抽屉里，我给你留了四千块钱。"

"你给我留钱干什么？"

"你买鱼买酒的，不都得花钱吗？五粮液呢！"

"什么五粮液！我可舍不得给他们喝那个，我让玉堂拿五粮液瓶子装的咱们这的××大曲，我知道你那左李不懂酒。"

吴小莉一口水差点喷出来。

"妈，你是怎么说动玉堂去演戏的。"

"那还不简单，我说你家左李要升部门经理了，要管七十多个猿，我这个丈母娘怕他骄傲，帮着敲打敲打，省得成了陈世美。"

"你没说我公婆那些糗事？"

"没有，我傻啊，这种事能说吗？我不能那边灭了火，这边扇起风，让村里人知道我找这么对二杆子亲家，还不笑掉大牙？"

吴小莉心里只是暗赞："姜还是老的辣。"

吴小莉妈妈问："他们以后还会来吗？"

"应该不会了。"现在公婆连她家提都不爱提。

"闺女啊，妈今天要正式给你补一课，以前的三十年，妈一直教你谦虚、懂事、忍让、礼貌待人，但是面对无知还不懂珍惜的人的时候，你得有点态度。这种人小火苗子一起来你就给我灭下去，不然你以后没法儿过的。"

这话说得无比郑重。

"我知道错了。"

妈妈又补充："人和人相处，不是东风压倒西风，就是西风压倒东风，我不希望你当一棵没骨的小草，我希望你当大柳树。"大柳树看上去柔软，但风很难吹倒。

这话又粗糙，又直接。不知怎的，吴小莉听了，忽然有点想哭。

七嫁

【1】

她叫青柳，当年嫁过来的时候，真是媚如春柳，她说她第一次嫁人是在外省老家，老家那男人是畜生，喝酒后就打人，她受不了家暴就离婚了。后经媒人介绍，嫁到我们这儿，这边的男人老实厚道，只会种地，好像天生就欠着别人八吊钱，看人都不敢。

她一米六七，男人一米六五，总让人想起武大郎和潘金莲。她腰肢软得也如春柳，把村里所有女人都比了下去。我们这边的女人以椭圆形居多，她们常年奋战在麻将桌上，坐圆了肚子，而她那平平的小腹，像宽展的荷叶，兜得住露水，也兜住了男人馋涎的目光。

所有人都说她一朵鲜花插在牛粪上了。

也有人断言："这是个祸水！"

没两年，果然就坐实了她的祸水之名。村里传出了她与有钱阿贵的风流韵事，说她夜不归宿，天天在阿贵的家具厂鬼混。

有浪荡子去听墙根儿，回来说她的叫声如夜莺一般婉转。那一段时间，石牛村关于夜莺的话题占据了大街小巷。听过"夜莺"鸣叫的人就像看过七仙女洗澡一样骄傲，没听过的人就无端自卑，心痒难耐，夜里能把房顶的蛛网都瞪得差点着了火。

于是越来越多的人去听墙根儿，村子里一股鸡鸣狗盗的气息，最后一个去听墙根儿的是阿贵的老婆阿香。阿香揣着一身肥肉闯进家具厂的大门把这对狗男女揪出了被窝，他们三个人打了个罗圈儿架，也不知是谁扇谁的耳光一直在噼啪作响，那一晚上家具厂的几只大狗叫得好像遭遇了群狼。

像所有捉奸故事一样，高潮过后就是大婆无休止的咒怨和小三越来越猖狂的逼宫。最后的结局是阿香心死退出，青柳成功上位，两家纷纷离婚。阿香离婚后，青柳那个废物男人也乖乖地办了手续，他屁都没敢放一个，就夹着个小行李卷儿去外地打工了。他也知道臊得慌。

有奸情的人终成眷属,但人们虚伪而势利,昨天还和阿香称兄道妹,今日就把青柳奉若上宾。谁都知道捧新人臭脚比替旧人伸冤要来得划算得多,所以青柳的婚宴也热闹非常,街坊四邻们为他们的婚宴跑前跑后,还奉上大大的红包,闲时与她一起畅想她的青柳时代。

可是婚后的日子并不好过,阿香留下一子,才十岁,小小年纪就性如倔牛,那孩子恨她欺窝与她势同水火,经常在大街上骂她"婊子"。

她有一次没忍住给了那孩子一巴掌,结果孩子奶奶立马冲上来一头把她顶了个跟头,晚上就跟阿贵告了一状,阿贵给了她一巴掌。

第二天她跑大街上哭诉:"后妈难当呀!"

有人献计:"你也快给他生个儿子吧,你生一个,大的就没那么娇气了。"她斜斜眼睛瞅那人欲言又止:"这事儿……顺其自然吧。"

她为了显示自己是个好后妈,一口一个管那孩子叫"儿子",可那孩子并不领情,还是管她叫"婊子"。

与"儿子"的摩擦不断,日子不顺遂,阿贵是个急性子的人,烦躁这些婆婆妈妈的事,就对她日渐冷淡,一来二去外面又养了小三。

那小姑娘才十九,比她鲜嫩妩媚,她啁啾的夜莺鸣叫也留不住阿贵了,款摆的腰肢也缠不住,她成了秋后的蒲扇。只一年时间,她重复了阿香的命运,整日在大街上咒骂小三,成了怨妇,人们一开始帮她咒骂,后来就有人呛她:"你是现世报喽!"

正在此时,祸不单行,村里又有人从她家乡娶过来一女人。那女人丑而长舌,为了尽快融入新环境,不惜揭她的老底以作资本:"哦哟,说什么只嫁过一次啊,还被打,瞎扯!她在那边就已经嫁过两次了,第一次是跟一个同村人,后来出去打工,认识了城里的一个老板,那老板死了老婆,也没儿子,想让她给生个儿子,她绝情绝义地跑回家跟这同村人离了婚,结果跟那老板过了一年,也没生出儿子来,老板带她到医院一查,哎呦,两侧输卵管堵塞,没生育能力。那老板一看马上把她踹了,人家年纪大了,耽误不起。"

人们睁大了眼睛。

"这样的人,反正再从我们那边找是不好找了,索性就到了你们这边,她听媒人说你们这边生活好,就兴冲冲来了,说先过来再说,也没挑男人啥样。"

"啊——"，人们恍然大悟。

"难怪挑了个那样的！"

"难怪没见她怀过孩子。"

【2】

春柳和阿贵离完婚，其实已经是四嫁四离，这一年她才二十七岁，阿贵又娶了那个十九岁的女人，新人笑，旧人哭，不过是一两年的事情。

离了婚的青柳，到了镇上打工，她在一个饭店当服务员，后来认识了她的第五任丈夫，秦山。秦山是个卖菜的，每天早晨都往她这个饭店送菜。秦山长得高大威猛，从车上往下卸菜的时候，胳膊上的肌肉绷得像一只僵老的角瓜。

青柳很喜欢秦山，可秦山有老婆，她再不敢破坏别人家庭了。

更真实的原因是，秦山也实在没什么抢头，老婆不美，有个儿子，又没钱，一个菜贩子抢过来有什么用。

事情的转机发生在秦山身上。那一年，秦山的老婆生二胎，到县里医院，从头天早晨生到次日半夜，孩子也生不下来，医院让做剖腹产，他老婆死活不肯，说费钱。她说自己头胎就是生的，二胎也没问题。结果到最后孩子要宫内窒息了，再不剖腹就大人孩子都有危险，这才强行剖腹，等到把孩子拿出来，老婆还是大出血死了。

那孩子一生下来就没了妈，是个小女孩，秦山三天没送菜，青柳自己去菜市场买菜，看见秦山家的菜摊空无一人，临近的摊主都说秦山崩溃了。

青柳为那女人不值。

过了半个月，秦山再次送菜，整个变了个人，一脸的黑气，眼睛布满血丝，高大的身躯竟然有了弯。

青柳说："没想到秦大哥对嫂子这么痴情。"

秦山撇撇嘴，却说了一句："穷人哪讲什么痴情，不过是生存罢了，她这么一走，扔下个孩子，日子简直没法儿过。"

青柳又动了心思，她想自己是一辈子也没有孩子的人了，现在有这么个孩子唾手可得，不如嫁给秦山。这孩子从小就养着，长大了一定和亲生无异。她又嫌秦山穷，但转念一想，秦山虽不富裕，但也是个好过日子的本分人，关键是孩子的诱惑太大。于是她主动追求秦山,每次秦山送菜她都在那接着,天天俏俏,虽然秦山并无心看她,但她相信那只是个时日问题。

这世上没有不吃腥的猫。

功夫不负有心人,果然在一个日光毒辣的早晨她把秦山引上了自己的板床。那时正值炎夏,七八点钟就已热浪袭人,秦山卸完菜已经浑身是汗,青柳说:"秦哥,你到我宿舍去洗把脸吧,凉快凉快,这大毒日头,出去就中暑了。"

秦山乖乖就去了,他在跟着她一起走的时候就知道这后面得发生点什么。所以到宿舍,当青柳把一个凉凉的毛巾搭上他胸口的时候,他一把把青柳抱到了床上。

在那个床上,他们完成了一场盛大的欢宴仪式,秦山是在发泄他对生活的憎恨,青柳却是享受自己筹谋生活的胜利果实。

那果实的味道不错。

后来她和秦山顺利结婚,人们一片叫好,说这是天作之合,他们太般配了,秦山的女儿需要个妈妈,青柳的天残正好填补这个空白。

也有好事者给秦山说青柳的过去,青柳提前就打好了预防针。她说:"我过去是做了一些错事,但那都是有点苦衷,我一辈子最想要的就是个孩子,哪个女人不想终身有靠?现在跟了你,你给了我孩子,我从此肯定绝无二心。"

秦山不傻,他认为青柳说的有道理。他还是那句话:"穷人哪有资格讲什么情情爱爱,就活得动物一点就好了。"身体舒爽,精神其次,何况他精神上也并不亏空,青柳比他那死掉的粗糙老婆风情万种了不知多少倍。

外人的话竟然一点也影响不到这对夫妻,两个人的日子过得红红火火。为了给青柳和孩子们更好的生活,秦山没日没夜地干活,他为了进点便宜菜,不惜多走出一百里的距离。

青柳对那女儿也视如己出,别人妈妈能给的,她都给,只除了母乳。

可是没过上两年,秦山就出事了,他去外地进菜的时候,因为疲劳驾驶,撞上了路边的大树,当场死亡。

这一次事故是青柳人生中最大的打击,因为她最在意。以前的几段婚姻,她都没怎么走心。这次就像一辆旧车,正准备收拾从前洗心革面要长途跋涉的时候,它却莫名其妙地自燃了。

青柳从没那么撕心裂肺地哭过，她哭自己残缺不全的身子和如浮萍般的宿命，但日子还得过，发送完秦山，她就跟公公婆婆谈判，以后怎么过？小女儿怎么办？

公婆说女儿最好给她，他们老了，照看那一个孙子已够吃力，实在无力再照看这个小的。

他们是吃定了青柳会对那孩子好。

青柳同意了，她不是没有过一瞬间的犹豫，孩子毕竟不是她亲生的，她如果就这么离开，还可以一个人吃饱了全家不饿，可带着个孩子，就大大地辛苦了。

可她放不下那孩子，那孩子从不知有别的妈妈，一心只认她一个妈妈，她对她有一个女儿该有的所有依恋。晚上睡觉她会摸着她的耳朵，当摸到她脸上有泪时，她就腾地坐起来，抱着她大声哭泣，说："妈妈你为什么哭了？"

秦山的大车没上保险，所以赔偿一点也没有，她和公婆分了家，又等于净身出户。最后商量的是，青柳还是留在秦山家，奶奶帮忙照看孩子，但她要每个月给五百块钱。她去找了个工作，在一个洗浴中心。

青柳在洗浴中心的宾馆部，一个月工资是1500，上24小时休24小时，除去给孩子奶奶的钱，只剩一千，日子过得紧巴巴。但她是青柳，她从来不甘于生活寂寞，她很快就改善生活了，因为认识了阿坤。

阿坤是个混混，在小城有点名气，没什么大本事，就干点偷鸡摸狗的勾当，要个债，放个贷，帮人打个架啥的。混混自有混混的生存之道，他看上她，也是看上了她的一种"气度"。

什么气度呢？就是那种扛造的气度。

有些女人就是扛造，脸上就能看出来，她们永远一副无所谓又无所畏惧的表情，好像天塌下来也是一道风景，先赏了再死，没什么大不了的。她们不受道德法律伦理的约束，活得自我而自在。这种女人是"大才"，不娇情，不娇气。后来阿坤就拿她做起了生意，他让她去勾引客人，等把他们勾上了床，他就以丈夫的身份带着几个弟兄进门捉奸，把那客人勒索一顿。

这"生意"做得也风生水起，因为天下有无数这种管不住裤裆又死要脸面的人，他们出了丑事，只好想办法掩盖。

被青柳勾上的男人形形色色，有老板，有教师，有公务员，还有一些怕老婆的小商贩。这么简单的一种"仙人跳"的游戏,也不知被人类玩了几百年了,还是长盛不衰。

那两年,青柳和孩子都过得不错,女儿小公主似的进了县里最好的幼儿园,不知道的还以为这是哪个富庶人家的小孩。

只是后来就出事了,她有一次又钓了一个干瘦男人,那男人带着一个壮汉来给钱,那壮汉一看她就怒目圆睁,上来就给了她两个大嘴巴,然后报了警。

原来她已不是第一次遇见这壮汉,壮汉第一次是给他小舅子平事,这一次是给他的亲弟弟平事。他一见她就知道遇见团伙了,果断报警。没办法,小城太小,客户圈子重叠,露馅儿了。

那壮汉是个大老板,死盯着公安要判他们,他们到里面也是一审就都交代了,可有一个问题,他们自己交代两年时间共计勾引了十一个人,十一个人一共出了三十八万的"保留名誉"费用。但去调查那十一个当事人,除了这老板的小舅子承认,别的都一口否认。

证据不足就不好定罪,小混混阿坤也有点人脉,最后那老板盯着审阿坤其他事情,阿坤还有一次抢劫,那被抢劫的正好肯配合。最后根据抢劫罪定了案,阿坤被判了五年。

最后青柳被释放了,但也在看守所待了小半年。出来后她就与阿坤划清了界限。他们当初为了戏演得真,办了个假结婚证,假结婚证自然不用去真离。

这是青柳的六嫁,虽然法律无效,但动静比哪次都大。

【3】

青柳的公公婆婆后来撵走了她,他们嫌她丢人,说让她带着女儿滚得远远的,最好再也不要回来。

青柳就真的走了,她也觉得在这个地方待不下去了。她又回到了她的老家,到那边她说这女儿是她自己生的。谁说她不会生孩子,她到医院一治就好了,又不是没有子宫,小问题。

到那边没一年,她又嫁人了,嫁的是个小商贩,卖麻辣烫的。说她回去后又去了一个饭店打工,在面点部蒸包子,一天要蒸五十屉,她已没了美貌,只好老老实实出卖劳动力。

那小商贩就在她隔壁,虽说买卖不大,但每天人山人海,并不少挣钱。

小商贩离婚带着个女儿，比她女儿大四岁。

他们就这么天作之合地又到一起了，应该用了当初勾引秦山一样的手段。

这故事是我在洗浴中心洗澡的时候听说的，我洗完澡，上楼去做按摩，那个按摩的姑娘给我讲，她说："你不是写书的吗？写写我们这以前的一个服务员吧，她的故事很传奇呢。"

我说："好，你给我慢慢讲。"于是她就讲了两个小时。

那洗浴中心就是青柳以前玩"仙人跳"的地方。按摩女说她刚参加了青柳的婚礼，她为此特地去了趟青柳的老家，她们是朋友。

她说："青柳这个女人其实本质不坏，她只是太想过好日子了。其次就是她有缺陷，她不会生，但特别想要孩子，你不知道，这种人的心理有多自卑，越自卑就越错乱，最后弄得半人半鬼的。可是想过好日子有错吗？谁不想过好日子。"

我说："'半人半鬼'这形容挺恰当的。"

她说："唉，你说我们这些底层人，哪个不是半人半鬼？"

我竟然无言以对。

那天我还吃到了青柳的喜糖，大红纸包着，上面硕大的喜字金光闪闪，那喜糖跟别人的没区别，都是一样的甜。

|秋奶奶的鸡|

【1】

秋奶奶已经很多年不养鸡了,她以前养鸡是因为家里穷,卖鸡蛋能供儿子上学,或者谁家有个人情往来,也可以拿鸡蛋充数。那时候鸡蛋金贵,秋奶奶每天早晨都去鸡窝摸鸡屁股,有蛋的就圈起来,没蛋的就撒了。

家里只有儿子能吃上鸡蛋,秋奶奶摊鸡蛋饼那是一流,她把鸡蛋用水和面稀释一下,撒上点盐和葱花,再往油锅里一倒,蛋液"滋啦"一声打个转儿,等一会儿再翻个个儿就可以出锅了。

秋奶奶摊出来的鸡蛋饼油亮灿烂,颤巍巍像一座金山一样,是儿子最好的早餐。这鸡蛋饼儿子吃到上大学,后来他毕业留在县城,秋奶奶就不养鸡了。她决定当几年闲散人,家里喘气儿的除了秋爷爷,其他一律不养。

【2】

那一日,小孙女儿回家,秋奶奶发现她很喜欢邻居家的几只小鸡,小孙女儿追着小鸡一直在跑,粉嘟噜的小宝宝和一群黄嘟噜的小鸡,煞是可人。

秋奶奶灵机一动,她过去抱起孙女儿:

"宝宝,奶奶也给你养两只小鸡,你说好不好?"

"好!"小孙女奶声奶气,"养十只!"

"养十只就养十只!那养了小鸡,你经常回来看小鸡,好不好?"

小孙女儿说:"好,天天回!"

秋奶奶乐了:"不用天天回!一周回一次就好!"

【3】

秋奶奶想把小孙女儿勾回来,已经好久了,这事还得从头说起。

秋奶奶两年前把儿媳妇得罪了,当初在儿媳妇怀着孙女的时候,大家都猜男女，所有人都说是个男孩，连儿媳妇的妈也说："你看那肚子，尖尖的，是个男孩哟！"儿媳妇回家，村里人也都说："你看那走路姿势、那后腰、那肚皮形状，肯定是男孩！"

秋奶奶当然很高兴，要说农村人，哪个不喜欢孙子呢？她整天乐得合不拢嘴，走路都要飘了，看儿媳妇跟九天仙女儿下凡似的。

儿媳妇开玩笑道："这要不是孙子，您老可咋办？"

她说："不能！这么多人看还能看岔？你二姨拿一本宫里传出来的秘籍推了，是孙子哩！"

儿媳妇不置可否。

可就那么多人，还是看岔了，等到孩子出了产房，秋奶奶一家人被告知："是个女孩。"

秋奶奶一下子蒙了，她追着医生问："不是孙子吗？不是孙子吗？怎么突然变成孙女儿了？"

那医生估计接生累蒙了，正在烦躁，说话挺不好听，她大声训斥秋奶奶："你们家人怀什么我就接生什么，我可不会把你们家的孙子变成孙女儿，再说了，我说老太太，您这孙女怎么了？孙女就不好吗？你们这些个老人家呀，就是重男轻女，自己是女人，还嫌弃女人，您觉得好意思吗？还不快去看看你儿媳妇！"

秋奶奶这才想起来儿媳妇，赶紧去看，儿媳妇已经哭了，她像条卸了鳞片的鱼一样躺在床上，眼泪吧嗒吧嗒顺着两边太阳穴流，秋奶奶意识到自己刚才错了，赶紧解释道："我不是那个意思，我不是那个意思，这不都说是孙子嘛，突然间变成了孙女，我有点难以接受……"

好像没解释清，儿媳妇拧过了脸，她赶紧又转过去："我不是那个意思，我不是那个意思，你听我说，我不是嫌弃孙女，其实我也挺喜欢孙女的，这不是一直都说是孙子嘛，我就白高兴了一场……"

还是没解释清，儿媳妇的眼泪又出来了，秋奶奶急了，又加紧解释："你别哭，你别哭，没关系，孙女也没关系，咱们还可以生二胎！"

这"二胎"俩字一出口，儿媳妇的脸可就呱嗒一下撂了下来，她抹抹眼泪，冷冷地说："妈，您别说了，我也不知道这个是啥，我也没做过 B 超，反正不管是啥，我都喜欢，您也不用等着生二胎了，我们不允许，你回去吧，这有我妈在就够了……"

秋奶奶求救似的看着儿媳妇的妈，结果这亲家母瘪瘪嘴露出一副看待阶级敌人的表情："亲家，您回去吧，生啥我们姥姥家人都喜欢！"

这咋还都赖她了？秋奶奶就只好回家了。

【4】

秋奶奶被儿媳妇"撵"回家这件事，很快传遍了亲戚朋友圈。她非常委屈，其实说真的，她真没那么重男轻女，她只是确实更喜欢孙子些，但生不出孙子也没关系，她其实也挺喜欢孙女的，当年为了几十块钱的独生子女费，她一狠心给自己做了绝育，后来看见别人家都有闺女，她嫉妒得眼睛都疼。儿媳妇当时要说怀的是个孙女，她也能欢天喜地。可现在说什么也没人信了，她这黑锅背定了。有的亲戚还上门来给她上思想政治课，说现在时代不一样了，生女孩更好，女孩是招商银行，男孩是建设银行，你不能那么思想封建……

为此秋奶奶都失眠了，她每天晚上在床上翻来覆去想这点事儿，越想越后悔，越想越窝心，越想越严重，这把儿媳妇都得罪了，以后可怎么办哪？以后还等着儿子媳妇养老送终呢。

睡不着她就捶秋爷爷，秋爷爷说："别的我都不怕，大不了老了我吃点耗子药，现在我就想看孙女！"

一提孙女秋奶奶更心疼了，她也想看孙女，可现在孙女在姥姥手里，他们看一次很难。

孙女出生后，她硬着头皮去看过几次，结果都不咋美好，儿媳妇冷冰冰的，他们之间好像隔着王屋与太行两座大山，不透气儿。她辛辛苦苦准备些礼物，儿媳妇不说嫌弃，也不表现欢喜，不表现欢喜就等于嫌弃。

要说她的礼物，都是她认为最好的了，她扯了好多旧秋裤，洗干净了打算给孩子当尿布，结果儿子说现在小孩子都不兴尿布了，都穿纸尿裤，她看了看那纸尿裤，粉嘟噜胖乎乎的，尿满了呱嗒一下扔到垃圾桶，她好心疼。她找裁缝做了两个小罩衣，结果拿过去给孩子一穿上，孩子姥姥哈哈大笑："活像个小地主婆！"

秋奶奶深深感到了自己的没用，她觉得自己被排挤出这个家庭系统了，她的儿子也成别人家的人了，孙女也不会跟他们家亲。

【5】

为了不失去儿子和孙女，及至孩子大点，她就怂恿儿子把孩子往家带，儿子也听话，周末就带回来，可孙女到家就哭，也不让她抱，她从小没跟着爷爷奶奶，对爷爷奶奶没感情。

怎么把孙女勾回来，成了秋奶奶的一块心病，也就在这时，她发现了孙女喜欢鸡。

她决定用鸡把孙女勾回来！

孙女走后，她立刻命令秋爷爷到大集上去买十只小鸡，然后对这十只小鸡进行培育，小米高粱全都备下了，几天之后，颤巍巍的小鸡已能健步如飞，她赶紧给儿子打电话，让她把孙女带回来。

孙女一回来，果然看见那群黄嘟噜的小鸡就眉飞色舞，也不喊着回家了，也不哭了，跟奶奶一起喂小鸡，把小鸡摆在手上对着阳光照，放在地上追着小鸡跑，祖孙俩和小鸡玩了一下午，到走的时候孙女还恋恋不舍，秋奶奶趁机跟孙女约定："过几天还来？"

孙女说："来！"

"鱼"已经上钩了，秋奶奶很高兴，她更加重视这几只小鸡了，每天弄一些新鲜蔬菜，把菜叶子剁成碎末和在米糠里，再加上粗盐、胡萝卜，配成营养餐，简直比人类的食物还精美丰富。她要把这些鸡养成世界上最聪明的鸡、最美丽的鸡、最善解人意的鸡、最功勋卓著的鸡、最特立独行的鸡，她还指着这些鸡冲锋陷阵诱"敌"深入呢。

她怕晚上黄鼠狼把鸡叼走，就把它们挪进屋里，伴着鸡们"叽叽叽叽"的叫声，她连睡眠都好了。

小孙女为了鸡果然愿意回家了，每次到了老家，都和鸡们玩上半天，秋奶奶秋爷爷也趁机套近乎，他们给鸡戴帽子，还给鸡挂铃铛，慢慢地跟孙女也建立起了感情。

可有一样不好，这些鸡长得太快，也就三五个月，小鸡就长成雄赳赳气昂昂的大鸡，这十只鸡，有六只是母的，四只是公的，因为吃得太好，它们毛发鲜亮，斗志昂扬，每天在院子里走来走去，宛如将军一般。

小孙女毕竟是小孩心性,不喜欢大鸡,她喜欢毛绒绒的小鸡,就嘟囔:"大鸡不好玩!"

秋奶奶又命秋爷爷去买小的,这回千叮咛万嘱咐:"千万不可再买太多公鸡,公鸡不下蛋,只会耀武扬威地走,还特别费粮食!"

秋爷爷又买了十只小鸡,这十只小鸡都是母的,它们又陪伴了孙女几个月,很快又长大了,等到再长大的时候,孙女就说不喜欢鸡了,她说喜欢小鸭子。

秋爷爷又去买了几只小鸭子。

小鸭子跟小鸡不同,小鸭得到水里去,秋爷爷就在院子里砌了个水泥池子,专供小鸭游泳,小鸭又让孙女高兴了些日子,在这过程中,孙女已经有很多鸡蛋吃了。

秋奶奶摊鸡蛋饼的绝活儿又有了用武之地,她把鸡蛋兑点水,再加点面粉,放点葱花,往油锅里那么一撒,"滋啦"一声,又是一张蛋饼。

小孙女吃得满嘴流油,临走的时候还能带一篮子鸡蛋给她妈妈,她妈妈早就知道她经常回家了,倒也不说什么,只说每次别把衣服都弄脏了,回去一趟就跟个土猴子一样。

秋奶奶听了这话如临大敌,赶紧又想办法解决这卫生问题,她每次在孙女来前就把那群鸡啊鸭啊用刷子刷一遍,再把羽毛挨个擦干净。

秋奶奶家的鸡鸭,是世界上最漂亮的鸡鸭。

【6】

为了哄孙女,秋奶奶家的动物越来越多了,他们后来又添置了两只鹅、一只狗、两只兔子、一对画眉鸟,还有一头小毛驴。秋奶奶和秋爷爷每天为这群动物奔忙,家里成了动物园。

孙女给这群动物都起了名字,两只鹅一只叫"哈哈罗"一只叫"罗哈哈",一只狗叫"汪大皮",两只兔子分别叫"大眼睛"和"眼睛大",小毛驴叫"donkey",秋奶奶听不懂,就叫"大K",小鸡小鸭们分别叫"安娜""爱莎""佩琪""小巧儿""大将军""李逵"等。

像"小巧儿""大将军"和"李逵"这样的名字都是秋奶奶和秋爷爷起的,他们在孙女面前已很有话语权了,小孙女现在非常非常爱他们,她说他们是"世界上最好的爷爷奶奶"。

最大的亮点是小毛驴,小毛驴可以骑,秋爷爷给它配了一副红彤彤的鞍子,他经常让孙女骑着毛驴,拉着去游街。

小孙女骄傲地唱着:"我有一只小毛驴,我从来也不骑……"

这副场景在村里非常张扬,已经快要人神共愤了,有人说:"一个丫头片子,宠成了公主,又有什么用!"

秋奶奶就骂他们:"多管闲事!"

【7】

这样的日子过了几年,很快小孙女就上小学了,她妈妈给她报了很多很多辅导班,周六要上英语和奥数,周日要去练跳舞,还要学古筝。她没有时间再回奶奶家了,小毛驴的鞍子都蒙了尘。

见不到孙女,秋奶奶就硬着头皮往城里跑,她发现儿媳妇好像也不那么排斥她了,会笑着脸跟她说话,会问她累不累,秋奶奶把家里的鸡蛋、鸭蛋、鹅蛋都拿来,等孙女放学就告诉她:"这是安娜下的,这是爱莎下的,这是小巧儿下的,这是佩琪下的……"

她还说:"小毛驴很寂寞。"

有时候孙女也会和爸爸妈妈一起回老家,老家的哈哈罗和罗哈哈已经长得半人高了,伸着大白脖子要拧人,孙女一招呼就停下,汪大皮越来越赖皮了,据说已经结婚,只有大眼睛和眼睛大还是那么温顺,瞪着呆萌的眼睛,最庞大的群体还是那群鸡,它们"男生"昂首挺胸地在院子里溜达,女生姿态妖娆地在那儿摇摆。

孙女跟妈妈一一介绍他们的名字,妈妈渐渐也明白了,她的婆婆并不是真的重男轻女,就算以前重过,这么些年,肯费尽心思地去讨好一个小女孩,也尽可折恕了。

儿媳妇的脸很柔和,眼睛里好像有泪光闪烁,秋奶奶知道她们之间的两座王屋与太行,已经被搬走了。

可她依然很伤感,她说:"我这一院子的动物,都是给我孙女养的,现在我孙女这么忙,以后还会更忙,大了还会离开家,我以后就只能跟它们过了,它们也没了用武之地。"

儿媳妇转过头,笑笑说:"妈,您别着急嘛,很快它们会又有用武之地的……"

秋奶奶不明白,看儿子,儿子笑着说:"妈,我们打算要二胎了,你这些动物又有新用处了。"

秋奶奶一拍大腿,来了精神:"真的呀?你们真的打算要二胎啦?"

不过这回她可长心眼了,高兴之余,她狠狠地强调了一下:

"这回也是,生什么都好!"

|死不了|

【1】

纪老头的老伴儿十年前去赶大集,被一台桑塔纳撞了,送到医院没抢救过来,没了,死亡赔偿金得了二十万。

对方也是个穷家主儿,赔这么多算倾家荡产了。

这二十万一直在纪老头手里把着,他对两个儿子和媳妇说:"这钱我先拿着,早晚是你们的,放心,没不了。"

两个儿媳妇心知肚明,这是拿捏呢,怕把钱都给他们,自己落不到好了。老人都有点这弯弯心思。

"哼,这老爷子,鸡贼。"两个儿媳妇心想。

那也没办法,不能逼着老头把钱掏了啊,这话说不出口,好歹得顾全点脸面。

于是只好拼命表现,都想把纪老头往自己那院接,说是为了照顾方便。结果老头说:"我不去,我有胳膊有腿,也能跑能跳呢,不用你们伺候,我还要在我的老院子自己过。"

"自己过就自己过,反正我们请过了,你也别挑理。"

这第一局,俩媳妇算打个平手。

【2】

纪老头自己在小院子过,虽说寂寞点儿,倒也自在,就是饭做得不大好吃,早餐油条豆浆,街上有卖的,午餐不行,做起来有点艰难,烙出来的饼跟坐过煤堆的小孩屁股似的,乌漆麻黑。

他还天天去下地,地里的草被拔得一棵不剩,生化武器屠戮过一样。

这么一个又勤劳又富有的老头儿,就被村里人盯上了。

有人给他介绍对象,说:"纪大爷,你这岁数也不大呢,再找个老伴儿吧,我给你查看查看。"

老头说:"我不要,没用!"

这消息马上被俩媳妇知道了,她们站在大街上骂:"哪个浪张的,没事找事,都七十多了还叫岁数不大?夜里还能干点啥?一看就是盯上我们公公那点钱了,想把自家包袱甩出来!"

这话一出,就没人敢张罗了。但这事儿还是把纪老头的吃饭问题解决了。她们怕纪老头万一哪天因为吃不上好饭愤而续娶,把这一份家私让外人拨弄了去,不约而同地招呼纪老头去家里吃饭,今天到这家吃饺子,明年到那家吃炖肉,纪老头的生活滋润起来。

他富贵不淫,早餐还是自己吃,豆浆也没喝一碗倒一碗,油条也不多吃一根儿,还是下地干活儿,不但把自己的地收拾了,俩儿子的也收拾一番。

俩媳妇一高兴,伺候起来更加精心。他也就这么过了十来年。

【3】

纪老头到了八十,不行了,油尽灯枯,要死。去医院检查,哪儿也没什么大病,但哪儿也不好使了。医生说这也得开刀,那也得换,心脏得安起搏器,安起搏器有风险,岁数太大了,有可能死在手术台上,还有那腿,关节老化,换一个进口的假的也行,但没什么意义。这要是全身报废零件都换下来,得百八十万!

两儿子一合计,不能冒险,死在手术台上不划算,不如回家挨着,还能挣点儿光阴。

纪老头就回家了,专门等死,他不怪儿子们不给他治,儿子们要真给他治,他也会抵死不从。他知道自己该死了,一个连饭都吃不下去的人,还能活多久?人一辈子吃多少饭都是有定数的,他现在半碗小米粥就饱。

这期间俩媳妇也算尽心尽力,换汤换药地伺候着,他很满意。

临死前,他把两家子都叫到床前,交代后事。

他把自己的存折拿出来,说:"这二十万,我这十年自己花得不多,每年卖点粮食贴补着,不大动这些钱,这起子看病,花了点儿,现在卡里还剩十六万,你们两家儿把这钱先取出来,一家八万分了。我这破房子,以后要折合着卖了,你们就一家一半,不卖呢,就这么放着,东山上的地给老大家,离你那个山坡地近,南沟的地给老二家,离你那片果园近。还有块河边我开荒的整地,你们一家一半。我门前这菜园子也一分为二,园子里那棵老杏树,每年打了杏,你们就一家一半分了,我本打算一家打一年,但果子有大小年,那么着不公平……"

纪老头一边说着,一边让老二媳妇拿笔记着,洋洋洒洒记了一大篇儿,大到房子土地,小到水缸擀面杖,总体来说十分公平,两媳妇听得都掉泪儿了。

遗嘱说完,他让两儿子在上面都按了手印儿,媳妇们的心可算是呱嗒一下撂到了肚子里。

这些年悬的啊!

【4】

剩下就安心等死吧,可总也死不了。纪老头眼瞅着气若游丝了,一晚上又缓过来,吧嗒吧嗒嘴儿又吃半碗小米粥。

这一日,天光暗下去,雪沫子满天飞,纪老头又不行了,大口大口捯气儿。鼻子下面两片白胡子跟小白鸟的翅膀一样呼哒呼哒扇,看得人心惊。俩翅膀扇着扇着又平静了,只见进气儿,不见出气儿,好像又要不行。

儿子们守了一宿,第二天又好了。

纪老头死得千回百转。

有一天,这俩白翅膀儿终于不扇了,像是咽了气,摸摸,确实也是咽了气,儿子呜呜叫着"爸、爸"。儿媳妇们也"爸呀爸呀"地号哭声四起。

这回可是死了,他们七手八脚把装老衣裳给他穿上,赶着他身体还热乎又七手八脚把人抬下去,放到地上的一副旧门板上。

吹鼓手到位,孝布子扯起来,刺啦刺啦响,一片白一片白,村里帮忙的也都上前儿,张罗饭的、打坑的、糊纸的,人潮涌动,待到喇叭嘀嗒嘀嗒吹起来,算是宣布纪老头的正式死亡。

俩儿子从这十六万里拿出六千八去买了一副棺材,剩下的开支也打算在这里出,发送完了再分钱。

村里有交情的都来吊纸,张大娘,李大妈的,伏在尸体上号哭一阵。

纪老头穿着宝蓝色云锦万字纹寿衣,戴着一顶清宫电视剧里那种圆顶小帽,脑门处镶个"红宝石",身上蒙着黄布,脸上盖着一片蒙脸纸。

他是个体面的死人。

到纪老头那个堂妹回来奔丧的时候，可就热闹了，堂妹眼泪成串儿成串儿地流，趴在身上一声"哥"长，一声"哥"短地叫，拉拉扯扯，捶胸顿足，哭得声气凝噎，恨不得要死去一般。

突然，她发现纪老头的蒙脸纸动了动，底下像有气息，她停下哭来瞅着，又动了动，堂妹一把扯开蒙脸纸。

"哎哟我的哥呀，你没死啊！"

这一声石破天惊，人们纷纷围拢来看，只见纪老头瞪着眼在那捯气儿呢，鼻子下的两片白胡子还在扇呼。

纪老头真的活了！

不可思议。

俩儿子当即命令吹鼓手停下，孝布子也不扯了，造厨的摆纸的也都暂停，人们七手八脚把纪老头挪上床。他捯了会气儿，彻底醒来，又吃了半碗小米粥。

半碗小米粥下去，又精神了。

他一看这阵势，就知道咋回事，瘪瘪嘴，不好意思地说："对不住大家，让大家劳烦了。"

所有人都哭笑不得。

俩儿子命令，别的人马撤下，厨子继续，丧事变喜事，大宴宾客，庆祝老爹重生。

起死回生是大喜事，这顿饭吃得热烈异常。但俩儿媳妇可有点闹心，在那儿嘀咕，这通折腾得损失好几千块，喇叭已经吹了一小时，不能不结钱呀，管亲戚们这顿饭也是白搭的，人没死，又不能收人家礼钱……纸人纸马可以退回去，不算损失。

她们又想，这老头，省了半辈子心，到了整这么一出。以后再死，这亲戚们还得来一次，有听说过订婚退婚吃两顿饭的，没听过发送人也吃两顿饭的……

【5】

纪老头人醒过来，思维马上就跟上了，他一看这阵势，心里合计，这回可给儿子们添麻烦了，死就死了，还活过来干吗？

最麻烦的，是活过来也不知道还能活多久，钱可都交出去了，没了钱牵制，他可不敢保证他们还能像以前那样对他好。

得想办法给自己打算一下。

他灵机一动，想起个主意。

到儿子们来问他感受的时候，他说："阎王爷不让我死啊，说你妈寿数没到就没了把她那点寿都给我了，这次是鬼差喊差了，到阴曹地府一对证，说我还差阳寿呢，阎王爷就让我回来，本来我不愿意回来，阎王爷说不行，你得回去，你身上带着你老伴儿的福，你回去，儿子们发旺，我一听，就回来了。"

儿子们悲喜交加，就问他："那您还有多长阳寿啊？"

他也不知道自己能活多久，就说："天机不可泄露，阎王爷不让问。"

这可好了，俩儿媳妇一听这个，对他糟蹋了几千块钱的事也不介意了，又把他当成宝，抢着让他到自家院里去住，他不去，只说："你们每天把饭给我送来就行了，多看看我，我不愿折腾。"

儿媳妇没法，只好照做，每天变着花样做吃的，过来就给他捏肩揉背，巴不得他长命百岁。

【6】

儿媳妇们也怀疑过纪老头是说胡话，但又不敢不信，这事儿谁也没办法证伪，又不能去找阎王爷对证。只好宁可信其有，不可信其无。

于是纪老头又筋筋道道活了一年，这一年里，他偶尔还能下地溜达溜达，看看园子里的杏花，瞅瞅菜地里的菜。那杏树结果子的时候，他还吃了半个。

"没想到，我还能吃到今年的杏。"纪老头感慨。

村里有些闲人，爱来问他阴曹地府的事，他就胡诌一通，说底下没你们想得那么凄惨，跟人间一样，也有红瓦房……

说去阎王殿的路，是一个长长长长的通道……

到了冬天，他又不行了，这回可是真不行了，状态急转直下，输液打针都无济于事，很快就昏迷不醒。

儿子们有了前车之鉴，也不敢随便往下抬，就守着。

有一天他忽然醒了，红光满面的，儿子们赶紧围上来，他说："这回我可是真要走了,你们好好的,别打架,分家还照着年前那个分,发送我,别破费了。"

然后就不说话了。

儿子们又哭成一团,儿媳妇们也哭得惊天动地。

他听着他们哭,在心里对自己说:"对不起你们喽,骗了你们,我最该感谢我老伴儿,活着的时候照顾了我半辈子,死了给我留下一笔钱,死了又活了又以她的名义编瞎话儿骗了一年好时光。"

感谢完老伴儿,他就闭上了眼睛,鼻子下那两只小白翅膀,慢慢地终于不呼哒了。

一小时后,发丧纪老头的唢呐声又滴滴答答悠扬地吹了起来。

我不是钟无艳

【1】

和铃正在娘家吃饭,接到前夫程天翰的电话,说小三希蓝蓝因为救他们的儿子被车撞死了,现在已经被送入医院太平间。

和铃一口馒头噎住,问:"你,你说什么……希蓝蓝死了?"

"是,就在刚刚……"那边已经隐约有哭声,和铃的妈用筷子敲着桌子说:"你快问他,敦敦怎么样?"

"敦敦怎么样?"

"敦敦没事,就是有点吓着了,所以你快到家里看看他。"

和铃放下筷子,穿上衣服就要走,馒头卡在嗓子眼儿,上不去也下不去,很难受。

"阿弥陀佛,报应哦,这个小狐狸终于死了!"和铃的妈双手合十,对着一碗粥闭眼念佛。

和铃皱眉重重喊了一声"妈",旋风一般出了门。

一路上竟有点腿软,希蓝蓝是她此生最恨的人,她抢了她的老公,甚至还抢了她的儿子,她巴不得她早日被车撞死,可今天突然听到消息说她真死了,她竟高兴不起来。

电话里说得很明白了,是为了救他们的儿子才出的事。仇人成了恩人,她直觉未来有点麻烦。

风风火火赶到前夫家,家里弥漫着哀伤气息。公公坐在阳台上一言不发,婆婆在沙发上红着眼睛掉眼泪。

婆婆身边还坐着个一岁多的小姑娘,希蓝蓝生的,叫黛丽。

婆婆努嘴暗示敦敦在自己的小屋,她开门进去,儿子正在玩一个小火车,木质的车轮子在地上呲啦呲啦蹭得直响。

她扶着敦敦肩膀:"敦敦,告诉妈妈,放学怎么回事?"

敦敦小嘴一撇就哭了:"爸爸的车今天限行,蓝姨去接我,我们打不到车就往地铁的方向走,结果对面冲过来一个大车,要撞我们,蓝姨推开了我……"

和铃摸着孩子的小脸:"好了好了,宝宝,不怕。"

外边的小黛丽不知为什么,哇的一声哭了。

和铃出来看婆婆,婆婆这两年有病,根本看不了孩子,希蓝蓝生了孩子就全职在带,此刻的黛丽拽着奶奶摇来摇去。

一岁多的孩子,刚会喊爸妈,天黑后孩子都找妈妈,黛丽一声一声喊着妈妈,小脚丫一跺一跺落地有声,奶奶被拽得直喘粗气。

和铃把孩子抱过来安抚,孩子竟不哭了。

"这个希蓝蓝我也一直不喜欢,从她进家门,我就没给过她好脸色,没想到在关键时刻,还有这么大义的一面。咱敦敦要不是有她,肯定也被撞了,她关键时刻推了敦敦一把……"婆婆说。

"以后可怜了这个小丫头了。"

和铃给黛丽冲了奶粉,又蒸了碗鸡蛋羹,喂完后,孩子安静地睡去。

快十点,程天翰回来,一脸铁灰,头发炸起来,好像被手揉过无数次。

他说去了趟交警队,原来撞他们的是个渣土车,白天城区不让进,司机侥幸以为能逃过警察,结果在学校门口遇见了警察,加油门要跑,慌乱中冲过护栏跑到对面。

"那车有保险吗?"和铃问。

"没有,只有交强险。"

"那赔偿很不乐观。"

"嗯。"

和铃不想跟前夫探讨太多赔偿事宜,说了句节哀顺变,就要领着敦敦走。

"我带敦敦几天。"

"要不你就住这吧,这几天你多照顾一下爸妈,麻烦你了……"程天翰说。

"我住这不合适,你老婆刚走了,我就回来……"

程天翰突然意识到这个问题,搓搓手:"我糊涂了。"

【2】

和铃做了一晚上的噩梦,一会儿梦见希蓝蓝挽着程天翰的手从一个饭店走出来,一会儿梦见希蓝蓝直勾勾看着她,说他们才是真爱。一会儿又梦见希蓝蓝满脸是血哀怨地看着她。

她就着这些梦又把这些年的酸苦生活回忆了一遍。三年前,她发现程天翰出轨,对象就是这个希蓝蓝。

希蓝蓝是程天翰医院的一个实习小护士,程天翰是泌尿科大夫,希蓝蓝在外科。希蓝蓝借着搭车为由每天跟程天翰一起上下班,没用多久,就搭到了一起。

事情很快就被她发现,车上有黄黄的长头发,还在车座的缝隙里掏出一个避孕套包装的一角。

和铃拿着那个边角质问,程天翰承认了。

承认之后竟然是一定要离婚。

巨大的绝望加耻辱,和铃身心俱疲,离就离。好在程天翰不算渣,给她一套房子做物质补偿。那房子本来是他们买了要一家三口搬出去的,就这样成了她的个人财产。

儿子判给了前夫,孙子是公婆的命根子。

她当时也认为儿子跟着爸爸更合适些,论经济实力,还是前夫家更好些。

随后那两人终成眷属,他们暂时没买房,又跟婆婆住在一起。

按理离婚前夫并不算苛刻她,可是她还是恨,恨得咬牙切齿,他是在她一门心思把日子过好的时候釜底抽薪的,他毁灭了一个女人所有的生活理想。

他越是不亏欠她越是好像羞辱她,他自伤财产那么多也要和别人在一起,不正说明她一无是处而希蓝蓝弥足珍贵吗?

那房子她一天也没住就卖了。她用那笔钱在自己公司附近买了一套。没想到走了狗屎运,她买完房子,那房子就被划进了某小学的重点学区,价值一下子翻了倍。

她每天住在几百万的学区房里还是恨意绵绵,恨得睡不着的时候,就想像古装电视剧里的恶毒妇人一样缝俩布人,每天往他们胸口扎几针。

和铃时不时把一些房子的信息传给婆婆:要不是有人搅局,他们一家还生活得好好的,应该也生二胎了。

婆婆一直讨厌希蓝蓝,她总喜欢拿希蓝蓝和和铃对比,怎么对比怎么觉得和铃好,和铃没那么多事,踏踏实实过日子,希蓝蓝一副孩子心性,每天就知道买买买,也没个人妻的样子。

【3】

希蓝蓝没火化的这几天,都是和铃下班来照顾家里,小黛丽一到晚上就找妈妈,哭得声嘶力竭,只有和铃能哄。

程天翰每天回家都交代几句交通事故的事,对方愿意赔偿二十万,交强险可以报十来万。一共也就三十多万。希蓝蓝那边的家属要求希蓝蓝的赔偿金和他家一半,因为她的妈妈需要养老。

程天翰都答应了。

希蓝蓝的火化定在周六下午。

火化那天,和铃抱着小黛丽到了火葬场。希蓝蓝被化了妆,嘴唇被玻璃划开的口子也进行了缝合,脸上盖着一层寒霜,很不好看。

希蓝蓝的妈搂着棺材哭了个惊天动地,要往火化炉里送的时候,突然看见和铃。

她指着和铃:"她为什么不戴孝?我女儿是为了她儿子才死的,她为什么不给我女儿戴孝?"

程天翰走过来,小声哀求:"要不你也戴一个孝?"

"我不,我又不是她的什么人,我俩的关系,我给她戴孝不合适。"

"我女儿是你的恩人!"老太太把"恩人"俩字咬得异常重。

和铃气结。

程天翰又央求:"看在儿子面子……"

和铃看看晶棺里希蓝蓝的可怜相,心软了,不情愿地从孝盒里拿出块白布系在头上。

把希蓝蓝往火化炉里推的时候,小黛丽忽然"哇"的一声哭了出来。

一个美丽的女人就这么顷刻间化为灰烬,零星的骨灰由程天翰捧着走出来,骨灰盒都被烫得热乎乎的。

临别,希蓝蓝的妈走过来,她对和铃说:"别忘了,我女儿救了你儿子,你以后也要对我外孙女好一点,人要讲良心!"

这句话,让她浑身一冷。

【4】

安葬完希蓝蓝,好像所有人都认定了和铃要和程天翰复婚。

婆婆天天求她帮着回家带孩子,有时候她加班她就一直打电话:"黛丽找你呢,她把你的拖鞋都摆门口了……

和铃顶不住,只能一遍遍过去。

孩子越看越跟她黏,时机差不多的时候,婆婆就打感情牌:"你看,你本来就是这个家的人,现在绊脚石离开了,正好你回归原位,你回来,最合适……"她不敢接这样的话,每次都岔开。

程天翰也渐渐开始表达复婚的意思。有两次提出让她住下,她动了一次心,可还是放不下骄傲,再晚也走了。

程天翰到她单位找过她一次,俩人约在咖啡馆,曾经亲密无间的两个人,经历一些人生颠簸后变得有点客气。程天翰给她买了一条巴宝莉的围巾,诚恳道歉说离婚这件事对她伤害太深,现在诚心悔过,希望给他一次机会,要重新追回她。

和铃那天没忍住,在程天翰的面前哭成了泪人,这几年的委屈太多了,以前他也道歉,可总觉得没这次真诚。

她开始认真考虑复婚这个问题。

她妈不同意,"凭什么我们要回去给小狐狸的孩子当后妈?你现在离婚无孩,工作稳定,再找个条件好的男人不难,干嘛要在一个男人身上吊死?"

"敦敦毕竟是希蓝蓝救的。"

"那是人的本能,在危机的关头,希蓝蓝手里就是捏着一只猫也会扔出去,她救了你儿子,不是什么伟大母爱高尚情操,你不必为此背负压力。"

和铃的妈向来有点混不吝,说话自成逻辑且固执无比。

和铃为此辗转难眠,前半夜觉得应该复婚,后半夜又觉得不该复。前半夜想的都是希蓝蓝的恩情、黛丽的可爱、婆婆的通情达理。想起她和程天翰,大学时就谈恋爱,程天翰暗恋一个女生,她给他出了很多主意追。可那女生不喜欢他,追了一年也没追上,相反倒是她和程天翰因为接触多,慢慢产生了感情。

后半夜想的都是自己因为被出轨受的伤害,这三年,她自己流了多少泪,咽下了多少苦,她是怎样艰难地重建了对这个世界的信心,怎样又树立了活下去的勇气。这些只有她自己知道。

如今她刚刚要走出阴霾了,峰回路转,生活又给她出了这么大的难题。

日子一天天过下去,和铃和程天翰的复婚之路看上去越来越平坦。与之相对的,是家里希蓝蓝的痕迹越来越少。硕大的结婚照被取下了,希蓝蓝那些花里胡哨的衣服也都被打包扔了出去,就连小黛丽也快忘了母亲,"妈妈"都不会喊了。

一日婆婆要扔一盆蟹爪莲,和铃阻止,婆婆说:"这花是希蓝蓝买的,枝不枝叶不叶的,看着怪别扭。"

和铃知道这是婆婆在表忠心。

她妈持续反对:"好马不吃回头草……好了伤疤忘了疼……好男人不会让心爱的女人为他掉眼泪……"

离婚后,她再没进过程天翰的房间,那日她进屋给他收拾,竟然在枕头底下发现一颗心形的平安扣。

平安扣上是两个人照片,程天翰笑得眼睛都没了,希蓝蓝偎在他怀里,甜蜜得像个孩子。

心好像突然被刀剑洞穿。

纵然把家里清理得干干净净又能怎样,那个女人在他心里,还占据着不可替代的位置。

【5】

她不能复婚,她想了想,终于明白,她这一生都在做他的备胎。希蓝蓝和那个当年的大学同学是一个类型。他对别人求而不得的时候,她是退而求其次;他发现新的真爱的时候,她就是一块绊脚石;他疼痛失去的时候,她又是回头的避风港。

这世上总是不缺那种以为别人会对他一世情深的人。

程天翰在以为时机快成熟的时候,又去单位找她。这次手笔更大,他给她买了一枚钻石戒指,就是为了求婚。

他说:"和铃,我们去把手续办了吧,考虑到我以前的错误,考虑到这个事情会对你有点舆论压力,我准备风风光光再娶你一回,戒指是第一步,酒店婚车你随便挑,只要我能做到,我都给你补上。"

和铃盯着那枚戒指。

想起当年第一次结婚,程天翰也不算寒酸,该给她的都给她了,就是因为这些好,她以为他爱她。

其实不是,她只是合适,他只是个不差的男人,知道娶个女人得给起码的尊重。可这尊重和爱无关。

鸡汤里都说,看一个男人爱不爱你,就看他舍不舍得给你花钱,可是有一种男人,他不爱你,也舍得给你花钱。

他找你就是找另一个妈。

和铃把戒指推回去。

"谢谢你替我考虑得这么周全,可是我不想和你复婚了。你还是留着送给他人吧。"

程天翰愣在那里:"什么?"

"你讲了这么多,也没讲过一句'我爱你',甚至上次结婚也没讲过,我以后要结婚,只会嫁给真爱我的人。"

程天翰继续发愣。

"你知道我为什么不想跟你复婚了吗?你有没有看过一个电影,梅艳芳、郑秀文、张柏芝演的,那电影叫《钟无艳》,那里面有个齐王,齐王有事的时候就想起钟无艳,无事的时候就想起夏迎春。"

"钟无艳也有明白的一天。"

程天翰无言以对。

【6】

和铃拒绝程天翰的事,肯定瞒不住婆婆。再次去婆家的时候,婆婆一副了然的神态,看她的眼神都没了温度。

她建议婆婆给小黛丽找个保姆。

婆婆眼泪吧嗒吧嗒开始掉:"我其实就想让你回来!"

"我不能回来了。"

"可是希蓝蓝是为了救你儿子死的啊,你就不该替她照顾女儿?"

"我不能为了报恩,就把自己后半辈子的幸福搭进去。"

婆婆有点不爱听:"跟我儿子复婚就会搭进你的幸福?"

天下的妈妈都不待见听人否定她的儿子。

"不要用道德绑架我。"

"我原来高看你,现在来看,其实你不如希蓝蓝,希蓝蓝是平时讨人厌,关键时刻不掉链子,你是平时哪都好,关键时刻看出本性。"

婆婆第一次对和铃说出了重话。但和铃没妥协。

人是社会动物,和铃拒绝复婚这事,迅速传遍了亲戚朋友圈,有说和铃傻的,一把年纪了,衣不如新,人不如旧,干吗不回头,过了这村可就没这店了。

有说和铃忘恩负义的,那小三毕竟是为了她的儿子死的,她怎么就不该报恩帮人抚养孩子?

有说她狠心的,这么好的还儿子一个完整家庭的机会,她不珍惜,非得让儿子将来再多一个后妈。

只有她妈挺她:"你们懂个屁,我姑娘又不是个螺丝,摘下来几天再铆回去还能正常使用。我闺女是有血有肉的人,凭什么不能有自己的想法?"

说什么的都有,但闲言虽然不少,只要不在乎,也倒不是事。

只是小黛丽,貌似很可怜,找了几个保姆,也不习惯。

【7】

春去秋来,一年过去了。

和铃那一日去婆婆家接儿子,在楼底下竟然看见程天翰正要开车送一个姑娘离开。

那姑娘长得宽额大眼,大长腿,竟有点像希蓝蓝的样子。

其实还是那个大学同学系列。

程天翰只用眼神跟她示意一下就走了,她猜这是他新交的女朋友。

她很好奇,有些男人找女人,为何总是死磕一种女人。

果不其然,一问婆婆便知,这又是医院新来的女护士,处了三个月了,今天到家就是见家长的。

婆婆说那姑娘到这一看小黛丽就有点不高兴,说:"我们是要生孩子的,你这已经有两个了，想想办法吧。"

一个姑娘，要不是拿定了男人，不敢到这就这么霸道地表达观点。

没人敢接她"想想办法"的话，这种办法怎么想，扔掉一个？

婆婆叹气："我打死也不会让这丫头进门。"

"这话上次你就说过了，我们都知道你那儿子要是迷上什么，不到手是不会罢休的。"

婆婆想想，忽然来了气："都是你不肯跟他复婚的结果！"

"这怎么还赖上我了？"她不卑不亢地回过去，"我要是去年和他复了婚，兴许现在又在忍受男人出轨的煎熬了。"

和铃现在嘴不饶人。

婆婆的眼泪又刷地一下流了下来。

【8】

儿子一直报告着奶奶家的情况，家里天天在打架，爸爸想把他的抚养权给她，但是奶奶不同意。

"你想跟妈妈吗？"

"我跟谁，都是属于妈妈的。"

儿子这么说，她欣慰至极。

"他们吵架都不背着你？"

"背着，但那个家就那么大，有什么听不到的。"

儿子二年级了，已经像个小大人。

和铃分析，程天翰又被人拿下了，家里两个孩子，他必然要处理一个。

和铃脑子里开始转悠事。

再一次去程家的时候，她特意挑程天翰在家的日子。她提出一个方案：她想领养小黛丽。

公婆和程天翰都惊得瞪大了眼睛："你领养黛丽？"

"黛丽现在是程天翰追求爱情的障碍，我领养最合适，正好我欠她妈一份情，也省得被人戳我脊梁骨。"

"何况我是真的喜欢黛丽。"

一家人没说话，这提议让他们反应不过来。

小黛丽两岁了，由于常年和老人在一起，这孩子性格沉默寡言，她安安静静在沙发上拆一本贴画书，完全不关心一群人在讨论她的去留问题。贴画书上都是小动物，大公鸡、小猫咪、小狗都被她贴在了脚趾上。

她保证会视黛丽为亲生，会负担她的生活。领养她，完全是不想欠着这世上任何人的情。

【9】

领养黛丽一事，和铃等了好久，有三四个月，她都以为不会等到了。

结果那天接到程天翰电话，说见面聊聊。

一见面才知道，原来小女朋友怀孕了，还是闹着要把家里的孩子处理一个。否则她就去打胎，就要分手。

程天翰想放弃敦敦，可一提放弃敦敦，他妈就要在家里割腕上吊。

"所以权衡之下，我们决定，把黛丽给你。"

和铃还是有点震惊："你忘了和你海誓山盟的希蓝蓝？"

程天翰说："人总是要往前看的。"

和铃提出领养黛丽，其实是有点试人心，她不相信他会做出这种事。她做了两种备案，答应或不答应，答应了，她就养，她是真的喜欢黛丽，虽然离婚了，再带一个孩子不难。

不答应，那也没关系，生活继续。

和铃真想去希蓝蓝的坟前给她颁个"世上最可怜小三"奖，希蓝蓝啊，你看这就是你一心要抢的男人，现在为了一个新女人，都要把孩子送给别人呢。

和铃答应过几天去接黛丽。

既然要领养，就认真做领养的准备。和铃把家里的一个小书房改装成儿童房。

她带着一份协议去婆婆家。

公婆看完协议，瞪大了眼睛："什么，黛丽将来还要分这边的财产？"

"黛丽以后的生活由我负担，但说来咱们这种领养其实是不合法的，她亲爹还在呢，所以我只是照看。黛丽是你家的女儿，根子还在你家，只是为了要给她爸爸的幸福让路才不得不牺牲离开的，她应该有权继承这个家里的财产。"

一家人沉默。他们无法辩驳和铃的要求。

"我们再想想吧。"

过几天,婆婆打电话:"和铃,我们想了想,还是把敦敦的抚养权给你吧,黛丽留在家里更合适。"

和铃没想到婆婆能放弃敦敦。

到底她没见到那种人和人之间极度自私无情的样子。

和铃看到自己最恨的第三者没被辜负竟然有点欣慰。

和铃去跟程天翰商量抚养权变更的事。程天翰很不好意思:"我上次被闹得糊涂了,才说出了放弃黛丽的话。"

和铃笑笑。现在听到前夫被另一个女人"折磨"得稀里糊涂的话,像听一个别人的故事,已经不难过了。

和铃说:"虽然不能正经领养,我以后也会待黛丽如另一个孩子,如果你们不介意,我可以经常接她出来,让她和敦敦在一起。"

程天翰说:"好。"

和铃觉得这样挺好,既然不是一路人,就桥归桥,路归路,她很庆幸自己没有因为要报恩去复婚。因为亏欠就搭上自己的一生,实在愚蠢。

她相信自己一定能找到喜欢自己的人。

现在这样挺好,进退自如,她欠希蓝蓝的,可以用各种方式去还。

|亿万前夫的爱|

【上】

甘糖糖的名字里，三个字全是甜的，她的命却实在有点苦。

也不是说她出身多么不好，从小又穷又惨，缺爹少妈，或者缺吃少穿，或者人人嫌弃她是个女孩虐待她伤害她，这些都不是，而是她陷在一场骗局里很长时间。

我一直觉得人生被骗是很苦的一件事。被骗一时，苦。被骗很多年，苦。被骗一生，更苦。要是被老天爷骗，就更苦海无边。

每个人来这个世间，都该是体验人间真善美的，在第一个"真"字上就遭了呛，不苦算什么？

我第一次见甘糖糖，是2014年。那时候还在村里工作，有一天我认识的一个矿老板儿子结婚，打电话让我去参加婚礼，我答应了。

头天晚上看了一夜的小说，早晨起来就有点晕乎乎的，眼看着9点多了，我赶紧起床洗漱穿衣打扮，拿起一个红包就往婚礼跑。

酒店在亚滦湾，我开车就往那儿走。亚滦湾酒店在水库旁边，风景漂亮，装修豪华，是当地有钱人请客宴饮最常用的场所。

到那儿一看，果然彩旗飘飘，人山人海，豪车云集。

唐山的豪车，天下闻名，参加一个有钱人的婚礼，就等于看了一场车展。我巡视着一辆辆豪车走进大厅，大厅里果然衣香鬓影，音乐飘飘，两排礼仪小姐穿着旗袍挂着彩带在迎宾。小姐姐们个个一米七多的个子，净白的脸儿，咯哒咯哒地踩着高跟鞋，像舞台上的小天鹅。

礼仪小姐的背后是两排大长桌，桌上摆着几个大红箱子，桌后又坐着两排西装革履的小哥哥。

有钱人的婚礼，收钱收得像五百强公司面试一样，宾客来了先经礼仪小姐引导直奔大长桌，到那报上自己姓名，报上礼金数目，再把钱交给他们。

红箱子是用来装钱的。有人登记，有人点钞，有人入库，每道手续都三方签字。

在一水儿的花红柳绿中，我注意到一个女人特别显眼。

这女人穿了一身儿月白的旗袍，旗袍上面隐隐泛着银光，什么花色也没有，胸口别着一枚红色胸针，大灯一照，熠熠生光，像水晶的。

只这一抹红，暗示了喜庆。

除此之外，她头上盘着发，头顶发窝处别着一枚发卡，也像水晶的，又像钻石，粼粼闪光，看不清楚。

女人净白的鹅蛋脸，一双大眼睛春水迷蒙，睫毛忽闪忽闪的。

她不像别的大眼女人那么抢眼，她的大眼给人一种空茫感。这女人给我留下了深刻的印象。

我拿着红包直奔"罚款台"，把名字报上，登记数字，一千块入了他们的"库"。

我扭头往二楼跑。通往二楼的台阶又高又长，我哒哒哒哒跑上去，喜庆的音乐像流水般泼出来，人像一头扎进"水"里。

大厅里人声鼎沸，人们一坷拉一坷拉地围坐着，舞台的高光处有一张大大的婚纱照，婚纱照上男孩西装革履，女孩白纱低胸。

我一直觉得婚纱照就是看男人的地方，女人都长得一个样儿，影楼的摄影师能把全天下的女人都P成一个样子，但男人有差别，男人还保留着他们本来面目的色相。那男孩挺好看，浓眉大眼，谦谦君子似的。

我就纳闷儿了，心想我们村张老茂这两口子长得都不咋行，怎么儿子这么好看呢？

我找了个女人多的桌子坐下。11点了，气氛越来越热烈，人越来越多。我这桌人很快坐满了。

很快我又悲哀地发现，我这一桌子的人，竟没一个认识的！

再看看其他桌子，也没一个认识的！

咋回事？

张老茂跟我有很多共同的朋友，应该很多熟人，难道还有别的大厅？不像呀，这婚礼不像有分会场的样子。

于是我抬头继续扫视……

忽见头顶挂了一个条幅,条幅上写着:热烈庆贺新郎常小龙与新娘张小晶的新婚大典!

怎么,这小子不姓张?!

他怎么跟他爸爸不一个姓!

我立刻扔下手里的瓜子,抓住旁边的一个大姐问:"请问这是张老茂家的婚礼吗?"

那大姐看了看我,愣了个神,说:"不是呀!这是常有信家的婚礼呀。"

她说:"张老茂是谁?"

我一拍大腿,完蛋了,走错"片"场!

我站起来,再次扫视了一下全场,确认确实没一个我认识的人,就往外走,一边下楼一边心里斗争,刚才交那一千块钱,是要回来呢?还是不要回来呢?

要回来吧,人家大喜的日子,来这么一出,肯定不吉利。

不要回来吧,一千块呢!我跟他们家一毛钱关系没有,以后有关系的可能性也不大。就算以后有关系,还能把这段讲讲?不行,得要回来!还得去另一家呢,我就拿了这一千块钱!

我下楼梯,只见那白旗袍女人正领着一个穿得溜光水滑的背头男上楼梯,那男人一看就是个有钱有势的。

只听那背头男说:"小唐(糖)啊,你是越来越漂亮啦。"

白旗袍女人说:"哪里哪里,这两年也老了。"

由此我知道她叫小唐(糖)。

到楼下去要钱,西装革履的小哥说:"这个得跟唐(糖)姐申请。"

我就站在大厅等她,没一会儿,她就袅袅娜娜地下来了。

我走上前,不好意思地一笑,对她说:"那个,姐姐……我呢,走错了婚礼片场,我以为这是我一个朋友家的婚礼,所以,我给了你们一千块钱……那个……"

她一听,吃惊地捂住了嘴巴,想笑又没忍住,应该是也感到意外,说:"哎呀,没关系,没关系,错了,来来,我们给你退了。"

我跟着她走向大红箱,那一刻,我真恨不得找个地缝儿钻进去。她没有一丝嫌弃和不满，只听她跟一个西装革履说："小张，把一千块钱退给这个妹妹，她走错'片'场了。"

西装革履的小哥哥上上下下打量了我几眼，一脸嫌弃，他把账簿子拿出来，让我自己找名字，又让我从上面画掉自己的名字，把一千块退给了我。

我拿着钱屁滚尿流地跑，临走前跟白旗袍女人挥手说"再见"，她笑眯眯地看着我。

我心想再也不要见了，丢死个人了。

我一边往那边婚礼跑，一边骂自己，骂自己二百五。我长那么大干了无数的蠢事儿，但比这蠢的还没有，这次蠢得登峰造极，人神共愤。

这事要传出去，能被别人笑话一辈子。我心想一定要保密！

水边一共俩酒店，不是这个，就是那个了。没两分钟，我就到了另一家，也是红旗招展，彩旗飘飘。

一进大堂，就见我们村会计叉着腿坐在一楼大厅登记呢。他一见我就呲牙大喊："村支书，你咋来晚了呀！"

我说："我有点事儿，耽误了！"

我把一千块钱交给他，扭头就往二楼跑。

二楼又是一片音乐的海洋，我扎进"海"里。一股熟悉的气息扑面而来，整个二楼大厅里，就没几个我不认识的人！都是熟悉的脸蛋子，他们热情地招呼我，把我让到了一个比较尊贵的桌子。一屋子人说的全是我们村张三李四王二麻子鸡鸭鹅狗的那些事儿。

那顿饭我吃得噎得慌，因为一直对另一个婚礼感到愧疚，心里不断默默念叨："你们千万不要因为我就不吉利，千万要百年好合，白头到老！"

吃饭的间隙，我抬头看婚纱照上的新人。这新郎倌儿长得跟我们村张老茂一样！都是那么黑，都像矿石一样黑，都一呲牙，把眼睛挤没了。

那是我第一次见甘糖糖。

真的是好几年过去了。

因为甘糖糖的美和我自己的二，我对这件事印象非常深刻。

为防止被别人揭发，我主动向人们交代此次"罪行"，说我走错过婚礼现场，我二得人神共愤。

原来那是一个亿万富翁家族的婚礼。

这家人姓常，在当地跺跺脚就颤三颤那种，资产据说几十亿。他家最重要的一个人物叫常有得，常有得还有个哥哥叫常有信，有个弟弟叫常有才。

甘糖糖是常有得的老婆。

那天结婚的是常有信的儿子。

也就是说甘糖糖是新郎倌儿的小婶。

我第二次见甘糖糖，又是在一个婚礼上。但这个婚礼与那个婚礼已不可同日而语。

这个婚礼发生在 2017 年。

我在村里离职之后，就回了北京，但我还是无比热爱着家乡的生活。

主要是离不开家乡的吃的。

我试着回北京生活过一段时间，非常难受。北京的菜都是大棚里长的，肉都是养殖场养的，一出门就堵车，动不动就雾霾。我感觉我就像猴子被圈进了动物园。

我在家乡吃惯了天然有机食品，呼吸惯了新鲜空气，于是我大部分时间还在老家赖着。

那时候我已开始写公众号，反正写字在哪儿都是写，我在老家特别喜欢去参加农村的酒席，因为农村酒席好吃。假如有谁家要结个婚给我下通知，我必然先问："是在县城的酒店办呢？还是在村儿里办呢？"

如果对方说在县城的酒店办，我必然找个理由推脱。哪怕这个人跟我关系还不错。如果说要到村儿里去办，我必然想方设法也要去吃一吃。哪怕这个人跟我关系一般般。

我最迷恋的是农村酒席上的大肘子。

我们老家那边的人做肘子那真是一绝。最好是农村家养的猪，新鲜带皮带骨的后腿肉，刮干净毛，清水泡一泡，再换一锅清水煮一煮，让肉变紧实，再把柴烧的大锅放上油，把肘子抹上酱或是蜂蜜，放到油锅里烧一烧。

烧肘子的场面很热烈，像小孩放鞭炮，都一跳一跳的，烧肘子有专用工具——大铁钩，耙子那么长，铁钩子是用来钩肉的，避免热油溅到皮肤。

肘子烧出通红糖色，再用大铁钩钩出来，放到一个大盘里。

再烧一锅油，炒好葱姜蒜、八角和花椒，放点盐，扯上一锅水，把水烧开，再把烧好的肉放进锅里大火煮。

大火煮一会儿，再转小火，然后小火那么一直焖着去。

最好只用一根柴，一根柴把一锅肉煮熟。

这很像《金瓶梅》里宋蕙莲烧猪头，宋蕙莲也是用一根柴把一个猪头焖烂的。

煮熟以后再捞出来，上蒸锅蒸，蒸锅蒸上半小时后，肉里的肥油都被逼出来了。这样的肘子，肉皮紧实，肥肉软烂，瘦肉入味儿，尤其肉皮像大美女裙子的拉链，牙签一碰，呲啦弹开。

农村人各有烧肘子的手法，我妈就是个顶级高手，她烧肘子能把自己烧出名气，谁家有红白喜事，都请她去烧肘子。只是这几年她老了，味觉触觉都严重钝化，非常退步。

我到农村去，主要是找跟我妈同级别的高手，在心里面让他们华山论剑。

我妈说："看肘子，最重要的是看肥肉，好肘子的肥肉像棉花一样软，像雪花一样白，还得冒亮光。"

北京市场上的那些猪肉，算什么呀，无论你怎么炖，肥肉都是脆的，用刀子一划像切西瓜一样呲呲裂开。

我后来发现，还有一种肘子，比这个更高级。这肘子除了像棉花一样软，像雪花一样白，还得有透明度。

你们见没见过一种和田玉？和田玉除了有羊脂白的，还有一种荔枝肉感的。荔枝肉感的玉不算白，但是透，阴亮亮的。

我一个卖玉的朋友就经常说，好玉和好肉之间常常傻傻分不清，好玉就像好肉，常常让人想吃一口。好肉也像好玉，看着就油润养人。

顶级的肘子，肥肉不死白，而是透明飘白花。

我那天在这个婚礼上就吃到了这种顶级肘子。

那天我扒开那个肘子皮，内心震惊了一下，这肥肉晶莹剔透，飘着白花，又软，用勺子可以轻轻舀起，透过飘花的肥肉，可见瘦肉粉色的纹理。

这肘子只有我们县王不留的猪能做出来。

我又尝了另一道菜——东坡肉。还是这种顶级猪肉，酒却不是寻常黄酒，那黄酒至少十年以上了。

王不留何许人，是我一朋友，也是一神人。

王不留是个矿老板，有钱以后不改农民本色，还念念不忘种菜、打谷、做豆腐那一套，天天在家练习。

他后来嫌不过瘾，就包了一座山。那山上左边养人参，右边养黑猪。人参是去东北买苗子一棵棵栽上去的。他拿着人参苗子带着人满山转，看哪块地方好就栽一棵。那山是原始森林，山上都是我这么粗的松树。他说他老了以后就拿这样的人参养身，相信这样的人参能像孩子一样护他。因为人参除了原始胚胎是假，后期环境全是真的。

为了保护他的人参，他把那山封起来，各种修路挖沟设障，还装摄像头，那山只有他自己一人以及他最亲密的朋友可以进去。

他嫌养参太寂寞，就在另一个山头上开辟了一个猪圈，专门养黑猪。

那猪圈背靠松林，面朝参山，藏风聚气。猪圈非常大，可以跑猪，猪的卧室都是挖的山洞，冬暖夏凉。猪们吃饱了就在场子上狂奔乱跑，以强身健体，渴了就喝山泉水。王不留的喂猪水，是打了一百多米深的机井抽上来的，伪造成瀑布样，水帘洞一般。

猪们吃的是野草，喝的是山泉，野草里可能还掺进一两棵人参，寂寞了就跑步，无聊就在"窑洞"前看月亮。我管他的猪叫"清泉望月猪"。

这样的猪长出来的肉奇香无比，没有任何腥味儿，用这种猪的肥肉去炼油，核桃大的一块肥膘最后能炼成花生大，用这种猪去做肘子，才能肥肉飘花。

这婚宴上的肘子就是王不留的猪！

我认识王不留，主要也是因为馋。

朋友们都知道我爱吃肘子，就带我去吃他家的肘子。

他家的肘子当然让我叹为观止。

后来认识他老婆，一论，原来我们俩竟然是远房亲戚，我还得管她叫大表姐。大表姐叫凤丫，自从认识我，就无比喜欢我，认为我有文化，想让我用文化去"打败"王不留，她总怀疑王不留在外面同小姑娘"眉来眼去"，希望我劝他"从良"。

先不说王不留。

我又尝了尝其他菜，也道道让人惊艳，没有一道敷衍。

这桌菜是不惜成本在做。

厨师是谁呢？

我赶紧跑出去问。那天结婚的是我远房姑姑家的一个儿子,我问我姑姑:"这厨子从哪儿请的?"

姑姑说:"县城请的呀,贵死了!别人家一桌五百,她家要六百!"

我心想六百她也是个赔,先不说王不留的猪肉卖不卖,就是卖,一斤猪肉十几块,一个肘子四斤多,加上工钱料钱就得一百块。还有那东坡肉,一瓶酒就多少钱……

我不吃了,去找厨师。

在后园的菜地里,我又见到了甘糖糖。

那天是个艳阳天,姑姑家在水边,风景秀丽,菜地连着水,成群的野鸭在水面上嬉戏。

只见她穿着一身雪白的厨师服,头戴一顶厨师帽,正在掂大勺。

大勺里是一锅松仁玉米。

她还是那么漂亮,浓眉大眼,净白的脸庞,只是这漂亮缩在一身厨师袍里,又被一只热气腾腾的大勺压着,有一种苦劳感。

她为了撑住这繁重的体力劳动,眼睛里用了力,她这一用力,就再不是当年那空远悠远的眼神了。

我上前问她:"你认识王不留吗?"

她看了我一眼,因为关心着火候,又看向了她的菜,一边炒菜一边说:"认识,怎么了?吃出肘子肉是王不留的了?"

我说:"嗯。"

她说:"我下乡干厨师一个多月,你是第一个吃出肘子是王不留的的人,他们都以为我技术高超,其实不过是把料用到顶级了!"

我说:"你为什么呀?!你这样做菜明显在赔本儿呀,你这么玩不是有毛病吗?"

她说:"没事!闲着干啥!太闹心!必须得干点啥,干这个开心!"

我知道她原来的身份,就算我脑子再缺电也知道一个亿万富豪的老婆突然跑到农村去炒菜,肯定碰上大事儿了。但我不能在这场合问,这场合人来人往,她还炒着菜,我一问,她绷不住了哭了怎么办?

我就转移话题,说:"姐姐,你还记得我是谁吗?"

她看了看我,眉头皱了一下,但没想起来。这时候她那锅松仁玉米已经炒好了，一个跟她年纪差不多的胖女人端着盘子在旁边等着，她拿大长勺子咔咔一扒，扒两下，盛满一盘，那女人端起送上桌。

我跳到她另一边，说："还记得不，那年，你们家有个小小子结婚，我去参加婚礼，把钱给了又要回来那个……"

她瞪了瞪眼睛，张了张嘴，恍然大悟的样子，然后就笑了：

"啊，我想起来了！"

我说："是吧，姐姐……咱俩加个微信吧！"

她把菜盛完，从围裙里摸出手机，跟我互加了微信。

我想了解她。那天吃完饭，我磨蹭了好半天都没走，想看她怎么收拾场子。

要搁平常我到农村吃饭，就像妖精采食香火一样，吸口气就跑了。

我发现自始至终，都只有她们两个人。

那天有一桌喝酒的，磨叽到两点才散，她们就一直等着。

期间她们洗了所有桌子的碗筷，用的就是姑姑家的自来水，自来水是村里供的，一大坨洗洁精倒进去，所有的盘子碗就像雨后泥石流中的漂浮物。

因为太脏，这俩人一遍一遍地涮，一盆一盆地倒水，很快姑姑就不高兴了，嘀嘀咕咕给脸色。

等那桌人喝完，又把那一桌的碗筷都收拾了，她俩才抬着最后一个桌子上车。

她们开来的是一辆小厢货。

她竟然会开手动挡车！

我对她越发感兴趣了。

小厢货出了门。

我开车跟在她后边。

厢货在前面摇摇摆摆地走，我在后面摇摇摆摆地跟。她没有上大路，而是选择了一条小路，这条小路通往县城，全程绕着水库蜿蜒，风景是一顶一的好，但路却不太好走。

昨天下了一夜雨，水库涨水涨上来，淹了一段路，今天水退下去后，路上还有泥。我见那厢货毫不犹豫就轧上了一个泥坑，一下子就陷住了。

后轱辘噗噗打滑，刨出来的泥点子像笤帚甩水一样，糊了一地。

甘糖糖下了车，跑到后面，叉腰一看，发了愁。

我也正好到跟前，也跳下车。

到那也叉腰一看，我说："这事儿麻烦了，这种我以前遇到过，除非用工具铲点干土放上去，否则出不来。"

她去找铲子，她们车上啥都有，就是没有铲子。最后她把一个炒菜铲子拿出来，拿铲子去铲土，干土放上去，发现不管用，和湿泥一搅和，只是泥巴更干了点而已。

我说："拔点草吧，把草垫到轱辘前，增大摩擦力。"我们仨又到路边去拔草，一人拔了一大把，放到轱辘前，还是出不来，草被轱辘碾碎了。

我说："这样，你先让我过去吧，我到前面拉你，你在后面爬。"

我那天开的是一个微型小越野，四驱的，比她那车还有点劲儿，小心翼翼蹭过去，发现没绳子，又找半天，最后发现只有她脖子上一条红色围巾可以当绳子。

她说："把这围巾拿下来吧！"

我说："太可惜了，真丝的。"

她说："没办法了。"

她果然解下红围巾，先系上自己的车，又把另一头系在我车的后杠上。

我后杠有个铁鼻子，防止被追尾的，正好拉车使。

我上车，加油门拽，她在后面，加油门爬。两方共同一使力，厢货终于出来了！

再看那围巾，已经被抻得变了形。

我说："姐姐呀，你这样玩不行啊！咱跟谁有仇，别跟钱有仇！你肯定还没吃过钱的苦，你要像我一样吃过钱的苦，就知道钱比世界上大多数东西都亲了！"

她听我说完这话，忽然眼圈儿泛了红。

那时候已经下午四点多，秋天落日早，大日头红彤彤地斜向西边，照着蜿蜒远去的河流，河流就像那红围巾一样，流光溢彩。

只是红围巾的生命刚才已经结束了。

我说："我知道你肯定跟王不留关系好，改天让王不留请咱吃饭，咱好好唠唠。有困难我帮你，我以前的工作是专治各种有钱人不服，现在的工作是专治各种感情不顺,你说怎么样?"

她重重点了点头。

我那天救援完她就先跑了。

我一边开车一边给王不留打电话,跟他说这个甘糖糖。

王不留一听,先重重地叹了口气。

原来甘糖糖真是遭受了重大挫折。

几年前她确实是万众瞩目的阔太太,且阔太太了很多年。

甘糖糖二十多岁的时候就在北京认识了她男人常有得,那时候还在上大学,刚要毕业。常有得已经事业有成。他的矿业公司要在北京成立一个办事处,其实就是钱多了烧得慌,要在北京研究着怎么投资。

甘糖糖去应聘,一眼就被这常有得看上了。

甘糖糖身上有一种干干净净的气质,美而不俗,艳而不妖,尤其一说话,就能暴露她的小孩子心性。

常有得问甘糖糖:"你喜不喜欢唱歌?"

甘糖糖说:"喜欢呀!我最喜欢邓丽君,每次去唱歌都唱邓丽君的歌。"

那时候很多矿老板都在大学校园里包着小情人,他们鉴别小姑娘也有一套。常有得心想,这姑娘要么太真,要么太假。

小姑娘们一般都掩饰爱唱歌这种事,都说自己爱"学习"。他发现她提到唱歌的时候真的是在讲述唱歌这件事,无假无杂。

于是他把她娶了。

娶了她后就高调炫幸福,把她宠得跟公主一样。

带她出入各种社交场所,带她学礼仪,学文化,出国见世面。

金钱的加持,加上爱的滋养,她越发美丽动人。人们都说她纯净得像仙女,不染纤尘。

他任由她喜欢什么就学什么,她说她喜欢画画,他就给她请了一个北京画家亲自传授。但学来学去,发现她最爱画的不是山川草木,也不是什么花鸟虫鱼,而是他常有得。

甘糖糖的画只有一个人物,就是常有得。她把他漫画化,每天画一些他与家中阿猫阿狗鹦鹉金鱼的日常。

比如跟狗去看夕阳,常有得穿得少"冻成狗",而狗一脸惬意。

常有得抓鸡，鸡们配文："来呀！抓我呀，大王！"

常有得去钓鱼，鱼们在水下开会："如何防止被'恶魔'常有得钓走。"

有一张画是常有得一边打电话一边吃饭，因为电话内容不太美好，他眉头紧锁，画上他家的阿猫坐在旁边，配文："暴殄天物，你不吃，给我呀！"

常有得还给甘糖糖开过画展，观者如鲫。人们爱他老婆的才华，更羡慕他们的富贵。

都说有钱人富贵不仁，冷漠无情，甘糖糖的画充分表现了一个有钱人家温暖而琐碎的日常。

原来王子和公主的生活不无聊，真是百姓望尘莫及。

甘糖糖成了阔太太中的佼佼者，无人能超越。

他宠她宠得毫无下限，连她只给他生了一个女儿就没再生，他也没有怨言。

因为常有得宠妻，社会形象特别好，连省里的大官都表扬他，说他尊重发妻，是重情义，是道德模范，说他给商人做了良好的表率。

其实这事儿反常，反常必为妖。但反常的事情在当事人眼里常常都被当作奇迹。

甘糖糖就一直没怀疑过，也不是没人跟她说过，说不想生儿子的有钱人这地球上没有，她不愿多想。

美丽的梦境容易是泡泡，是泡泡就得破。

甘糖糖的美梦破碎在三年前。

三年前常有得得了肝癌，查出来时已经晚期，甘糖糖听了如五雷轰顶，差点哭瞎了眼睛。住院期间，她不离左右，一个月瘦了十斤。

直到常有得离开后，一份遗嘱揭开真相。

原来他并不止她一个女人，他在外面还养着一个，那人为他生了两个儿子，最大的那个儿子只比她的女儿小一岁。那女人还当着公司的会计，她的妹妹还在县城上班。这些都是常有得安排的。这些事情，家里人都知道，就她不知道。

别人家都是家里留着黄脸婆，外面包着妖精三。常有得反其道行之，家中宠着美若天仙的妻，外面养着相貌平平，但又能生儿子又能管事业的女人。

他名利双收，里外不吃亏，赚尽风光。

常有得的遗嘱，将财产大部分划给了两个私生子。留给甘糖糖的财产，只一些浮财，一套别墅、一些现金，还有一些珠宝首饰。幸亏有钱人的零花钱也数目可观，据说有几百万。

女人在常有得死后就堂而皇之上门，接管了公司的一大部分股份。

甘糖糖被扫地出门，成了社会的一个笑话。

她几乎崩溃，经常跑到常有得的坟前去"问"他，甚至还要刨了他的坟。

常家人在常有得死后全都变了脸色，那个平常"温和善良"的婆婆都说："谁生儿子，谁就是正主儿，常家只认儿子，你这么多年，也就是个花瓶罢了。"

人间魔幻！

我说甘糖糖为什么不告他们，他常有得涉嫌重婚，打官司是可以主张重分财产的！

王不留说："你看你又激动了不是，别忘了她前夫是常有得呀，在唐山你告常氏家族，哪个律师敢接？在这里她甘糖糖能翻出什么浪？"

我气得猛踩油门，车直往前蹿，在电话里大骂："你们这些臭男人，没有一个好东西，满嘴的仁义道德，一肚子男盗女娼。尤其你们这些矿老板，能修出商人的精明，书生的卑劣，政客的虚伪，但你们怎么变，骨子里也他妈是个农民！你们这些人，黄金万两不如一个儿子！情义千金不如一个儿子！胸脯四两还不如一个儿子！美人如玉更不如一个儿子！你们只要拿一个儿子去试，就立刻秒变回真身——农民！"

王不留听了，在那边"嘻嘻嘻嘻"地一直"嘻"，他由着我大骂。我上来脾气向来口不择言，满嘴跑火车。

"所以我才把满山的猪让她吃，都不说什么呀，我就是在替我们这种男人赎罪嘛！"

……

我说："她那些肘子真是你山上的？"

他说："那可不，你说以前一直不离不弃，嫂子长嫂子短地叫着，现在吃我几头猪算什么？可你不知道，她吃得也太快啦，我那一圈猪，都被她吃了四头了！"

我说："她下乡炒菜，就是为了羞辱常家？"

他说："那可不，也不知听哪个大师说的，说人间阴阳债，阳的打不过，那就来阴的。常家仗势欺人,就在名声上臭他。大师说让她把常家的恶行散布出去,自然会有天地间爱打抱不平的'神仙'出手帮忙。"

"这都哪儿跟哪儿啊?"

我一听这路子,挺像我认识的一个风水先生,但我压着没提,继续跟他聊。

我说:"你等我想想办法,拯救拯救你这些清泉望月猪……我倒也不是想帮你,主要是想帮帮这个大姐,我不能让她赔着钱羞辱常家,要羞辱,也得挣着钱羞辱,我听这种故事太生气了!"

王不留说:"姑奶奶呀,您就别添乱了,什么事儿您一掺和,就更热闹了!"

【下】

我那天晚上回到家,竟然为这事儿失了眠。

跟我一毛钱关系没有,为一个仅见过两次面的大姐,我辗转反侧,惆怅不已。

想来想去,我忽然想到一个人,她叫李湖湖。

李湖湖就是《龙凤镯》的人物原型,我称她为"被两只土豆影响一生的女人"。她的前半生颇具戏剧性,后面就平淡许多,发送完婆婆后,就过起了闲散太太的日子。

我想把李湖湖介绍给甘糖糖认识。这俩一个无聊得要死,一个气得要死,正好搭伴儿。

她俩有很多共同点,都极端美丽善良,又都有相似的被欺骗的遭遇,又都爱做饭,肯定会投缘。

我想让李湖湖帮忙去管账,那甘糖糖肯定就少赔点。

因为李湖湖家是开超市起家的,做生意最有一套,甘糖糖最缺的就是生意头脑。

我给王不留打电话,让他在山上准备一桌饭,我要请几个小姐妹吃饭。

王不留听说我要拯救他那些清泉望月猪,也积极筹备,把菜做得非常丰盛。

在一个落日熔金的秋后傍晚,我们一行人聚到了王不留的参山。

李湖湖果然在听了甘糖糖的故事后，绷不住泪流满面。

她拉着甘糖糖的手，一个劲儿地搓人家："妹妹呀，我太理解你那种感受了！那感觉就像你给人捧出去了一颗心，人家说这是一坨屎！我一直以为我是被骗得最惨的，没想到你比我还惨。你这么漂亮，这么单纯……你放心，以后我帮你！你不就是要下乡做饭吗？我陪你一起去！"

我一听，成了！

旁边的凤丫也跟着凑热闹，她说："不就是下乡去做饭吗？我也跟你们去！我现在过够了这种天天打麻将的日子了，我也要下去锻炼锻炼！"

王不留直摆手："你锻炼什么呀？这有啥好锻炼的！"

凤丫说："就允许你天天胡作非为？不允许我也胡作非为一回？我也跟她们一样，下去羞辱羞辱你！"

王不留直吸气。

我也跟她们承诺，有空就会去帮她们洗碗。

王不留在旁边走来走去，百爪挠心。他的猪是保住了，老婆又赔出去了。

那顿饭吃完以后，她们仨就成立了一个公司，叫"糖嬷嬷"美食餐饮有限公司，取意要像容嬷嬷一样狠辣无情，揭尽天下负心汉的皮，扎烂他们那被狗吃了的心。

我们四个建了一个群，叫"湖辣糖群"，也很重口味。

凤丫和我外号都叫小辣椒。王不留管凤丫叫傻辣，管我叫变态辣。因为我曾盖着公章上过访，还把县里的领导堵在大街上骂过棒槌，他说谁沾我谁倒霉。

那天我们把会议开得热闹而精彩，奇思妙想不断涌现，仿佛我们开的不是一个美食公司，而是万国大会。

李湖湖加入后，果然甘糖糖那些不切实际的操作都被否了，就比如用清泉望月猪做肘子，就必须立刻打住。六百块钱一桌的酒席，用仙猪去镇场子，不是侮辱仙猪吗？

王不留到此终于摸着胸口长舒了一口气，他总算保住了他的猪。这是那一晚上他听到的最开心的事儿了。

她们还要开发一些新菜，加入南方系列。北方的酒席千篇一律，八百年不变，时代早变了，要更新换代。人们吃惯了大鱼大肉，现在必须让菜品更清淡、更健康、更漂亮。

甘糖糖见多识广,这事儿归她管。

李湖湖负责管账和采购,所有跟钱搭边儿的事都得她同意,严格控制成本,不挣钱的买卖坚决不能干。

凤丫帮忙打杂,帮着宣传。

李湖湖和凤丫都拿死工资,不入股份,投资都由甘糖糖来。每个月挣钱超过一定数额,她们都有奖金。

我看热闹不嫌事儿大,也贡献了很多主意,甚至提出要把所有餐具全部换掉,换成网上那种又清雅又精致的盘子。农村酒席上的盘子太难看了。

还要换桌布,红事铺红的,白事铺白的。

王不留在旁边一直"啧啧啧啧"地嘬牙花子,嘴都快嘬烂了。

那天晚上,山上的风特别大,吹过森林像吹过大海,呜呜呜呜,涛声如潮。

那天的月亮特别大,照着满山黄灿灿的金叶子,光芒万丈。

猪们在猪圈偶尔跑几圈儿,腾起一地烟尘。

三个女人的时代来临了!

理想常常很丰满,现实往往很骨感。

糖嬷嬷美食餐饮有限公司的业务开展并不是很顺利。在我们开完那个激情澎湃的会以后,冬天就来临了。

北方的冬天,下乡去做饭,这事对几个养尊处优惯了的女人来说,难度不是一般的大,但架子已经支撑起来了,钱也没少投。尤其在我的建议下,还跑到南方一个窑厂定做了一批瓷器。

那些精美的瓷器闪着金钱砸出来的光。专用于红事的肘子盘,红艳欲滴,仿佛一朵花。

专用于白事的肘子盘,黑色鎏金,仿佛老古董。

光这俩盘子,一个就 128 块。

去南方一趟我们花了两万多。

万事俱备,只欠开张。凛冽的寒风中,实在下不去手,一群人只能互相鼓励。

最后还是恨意战胜了怯懦。

甘糖糖带着她的三名员工终于下乡了。

菜做得还是那么好吃。

苦也是真苦。

这样一个组合,在当地掀起了不小的轰动。毕竟这几个人也都算是有头有脸的女人。

效果很好,订单一个一个地来,人们都想让亿万富翁的老婆给他们炒菜吃。

结婚的婚宴,对新娘是个教育:"看,结婚以后不上进,就得跟她一样去炒菜!"

死人的白宴,对死者是一个尊崇:"看,我把最有钱的人的老婆都给你请来做饭了,你安心上路吧!"

因为业务太多,我也得经常下去帮忙。有时候白天陪她们洗一天碗,晚上回来还得写文章。

我终于尝到了爱管闲事带来的苦楚。

经营过程中,这几个人也有摩擦,比如李湖湖的认真,一毛钱她也要上账,动不动就扯着甘糖糖报账。

甘糖糖被报得神经衰弱。

比如甘糖糖的不计后果,她为了让菜好吃,还是不计代价去采购。

我们那边有一个乡镇,产狗牙蒜,顾名思义蒜瓣儿跟狗牙一般大小,但真是好吃。

甘糖糖为了烤生蚝,亲自开车去买蒜,买空了人家半亩地的产量。

我们在家剥蒜剥得也是生无可恋,真的比瓜子还难剥!

凤丫发脾气了,说:"爱剥你们剥,老娘不剥了,老娘宁可回家跟王不留吵架。"

李湖湖也发脾气,说:"这点蒜比肉都贵,你能不能改改你那阔太太的毛病?"

甘糖糖委屈得直哭:"我习惯了,能用好的,将就不了赖的。"

"你已经不是亿万富翁的阔太太了好不好,现在做个饭,你穷讲究个啥?"

这话扎心,甘糖糖一听,哭得上气不接下气。

一群人又得哄。

几个人每天活得像幼儿园小朋友。

后来定下理念:公司以羞辱人为主,不以当食神为主,所有人要牢记这一初心。

为此我还找人写了个字挂她们墙上:

"辱"。

其中也受过各种阻挠,常氏家族的人受到了影响,托人找到李湖湖的二婚丈夫法官大人,说甘糖糖这种行为无异于往常家人脸上抽鞭子,李湖湖在"助纣为虐"。

法官大人说:"我完全管不了李湖湖,李湖湖是个独立的人,她只要不干违法乱纪的事儿,没人管得了她。"

还有人找到我,说你毕竟也是个"作家"了,动不动跑农村去洗碗,成何体统?

我说:"'作家'是最不成体统的一群人,'作家'要是成了体统,天天一本正经,人模狗样,就产生不了好作品了。"

来人被我气得翻白眼。

还有人威胁王不留,说你再让你老婆跟那几个女人瞎鬼混,就断了你和常家的业务(他和常家有业务来往)。

王不留说:"我老婆我也管不了,这老婆跟她们瞎鬼混是给我留脸,要跟男人去瞎鬼混,我就可以原地爆炸了。"

在艰难中前行,在磨合中完善,这个小公司竟然摇摇摆摆一直没赔钱。

不得不佩服李湖湖的精明。

随着业务增多,常家的名声也越来越臭。人们愿意用这个班子,一是饭菜做得确实好吃,二是厨师们实在太美。

慢慢地,这个厨师班子就稳定下来,逐渐只接一些精品单。

她们把价钱提上去不少,消掉一些业务,这样所有人也不那么累了。我们也不用亲自去洗碗了,把碗拉到工厂去洗。

甘糖糖又招了两个人,把她们培训出来,她只在旁边指导。

她一心研究新菜品。

开发菜品的过程中,我幸福极了,经常被请去品尝各种菜,嘴和胃得到前所未有的满足,同时内心也因害怕发胖而时时煎熬着。

到此我终于得到了一些好管闲事的福利。

一开始谁也没想把这个公司开下去,都想的是不赔钱恶心恶心常家拉倒。现在这个样子,关它好像没必要了。

这班子已经养起了好几个工人,帮她们谋了生,这事儿意义也很大。

尤其甘糖糖那保姆,特别开心。当年她舍弃常家,跟了甘糖糖,主要是受不了常家人虚伪,她说常家人虚伪到什么程度?前一秒说甘糖糖是女神,扭脸儿就说她是"傻娘们儿"。

现在在这边,她活得特别有尊严,甘糖糖还给她封了个总经理。

报复常家这个事,好像越来越弱了,因为也见不到什么明显效果。常家还是那么赫赫扬扬,还是跺跺脚就颤三颤。

我们也就很少提,免得甘糖糖郁闷。她自己也很少提,好像已接受了命运。

主要她现在活得也不错,每天忙忙叨叨,热热闹闹的。

一个人只有爬得越高,见了更好的风景,才不会盯着低处的阴沟怨气横生。

但这事,我们以为没报复成常家,好像又报复到了。因为去年十一我又参加了一个婚礼,见到了常有信。

常有信面黄肌瘦,印堂发暗,两眼无神,吃饭时既不喝酒,也不吃肉,还拿着小药瓶,一看就有病。

事后我问同行的一个朋友:"常有信咋这个气色?"

那朋友说:"别提了,抑郁症,严重得很,经常想自杀,动不动跑楼顶,全家人看着,随时发送了。"

我说:"这么严重?"

他说:"这家人常年拿人当傻子,终于人外有人天外有天,常年打雁被雁啄了眼了。"

我说:"咋回事?"

他说:"我给你讲几个事哈。"

"首先呢,是常家老太太去世……"

老太太去世前,常有得就曾挑中一块墓地。那时候常有得还活着。他说那山里的地势和清东陵慈禧太后的地宫一模一样。如果把亡人埋进去,可保他家族百年昌盛。

于是常有得就以旅游开发的名义跟村里商谈,说要在那儿建景区。小破村被人看上搞开发,哪个不开心?那村干部就热情洋溢地跟他们签了协议。他花两万块一年,圈了人家村子几十亩的山。

工程队没多久就上了山。村民开始还挺开心,以为沾光的时代到来了,结果建着建着发现不是搞旅游,而是建坟墓。

有些村民就挺不乐意，有一个村民就留了心，他先找人偷偷看了那个墓地的风水，据说确实是个风水宝地，又说那风水宝地很压人。一旦埋了坟，山下整个村庄都被压运，以后别说博士硕士，连个普通本科生都考不上。

这村民就利用这点拉拢民心，正好这时候，常有得他妈死了。

常家要往山上埋人，兴师动众把棺材拉到山下，却怎么也上不了山，全村人扛着锄头、镐把、汽油，拦在路口。

理由是，你说建景区，没说建墓地，景区不管，埋人做梦。

常家人做了各种工作，也上不了山，对峙了一整天。

最后还是落败，紧急跑到清东陵的万佛园找了个公墓埋了。照原定时间已经晚了十八个小时。

那个墓地，花了三百万，白修了。

钱在常家还是小事，他妈下葬时辰被耽误，这事儿对常有信打击不小。

一来二去就坐了病，他怎么也想不通，他家这么有钱，怎么还有做不到的事！

还有一个事。

那个取代了甘糖糖进常家的女人，是个心机非常深沉的人。她跟常有得在一起的时候，就开始布局，先生俩儿子稳住地位，再把妹妹安插进系统。然后让妹妹利用工作之便，掌握了常家一系列违法犯罪的证据，例如什么超边越界，盗采矿石，瞒报矿难，偷税漏税，等等。

当年甘糖糖输得落花流水，跟这女人太强势也有关系。她拿着这些东西威胁常家，常有得乖乖投了降。

后来就与常有信争权夺利，常有信明显不是对手。

所以常有信的抑郁症越来越严重，他的豪门恩怨搞不定！"

我说："活该，虚伪、自作聪明的人，早晚也就是个精神分裂。他们一天天脑袋向东想，嘴巴向西说，身子向南走，还得有颗心堵在北面怕人拆穿他。你说他累不累？"

朋友说："有道理。"

我说："那这么说，那个插足别人婚姻的女人是最终胜利者了？"

他说："也不一定，常家看似树大根深，其实是危机重重，他们有很多违法犯罪的事情，一旦有人纠缠，就得进去一大片，首当其冲的就是这个女人……据我所知,有人真要搞他们呢……"

我把这些跟甘糖糖讲,甘糖糖先是吃惊,后竟是惋惜。她说被迫出局也许对她不是坏事。

我说:"也是,你躲开是非,表里如一地活着,反而是幸事。如果人生成败按开心与不开心算,你是成功者。要按财富看,大部分人都是失败者。"

去年的九月份,甘糖糖送女儿去澳大利亚留学,我们都以为过去陪读两三个月也就回来了,谁知道疫情忽然就来了,她竟被困在澳大利亚将近一年。

公司还在经营,"湖辣糖群"里每天都是一些瞎扯。

直到半个月前,她才买高价机票回国,在顺义被隔离十四天后,我们集体把她接出来。

大家一起去吃饭,我怕她想不开,还在劝她,我说:"你这个事,就这么看。你就当上了一课,虽然跟人蹉跎了几年,但也学了点本事,你用这一身本事也可以活好后半生,什么坑啊,骗啊都别计较了,放下吧……"

甘糖糖笑了笑,说也许没我们想得那么惨。

她给我们摸出一枚发卡,说:"你们知道吗?这次在澳大利亚,经历了一件事。有一天我戴着这枚发卡进了一家钻石店,被那个店的全体员工围住了,说我戴着他们的镇店之宝。细问才知道,原来这枚发卡就是他们的镇店之宝。

2014年,这枚发卡从他们店卖出去,上面全是一克拉的钻石,整枚发卡换算成人民币,大概三百多万。

那年常有得确实去过澳大利亚。"

我们目瞪口呆。

"当年他给我,也没说多贵重,就说戴着玩,别丢。"

"可能那时候他就在布局了,或者他知道自己早晚有一天会辜负你,提前做了点补偿。"

"谁知道呢,这事儿也没法问了,人死了,去坟地问也不回答你。算了,管他呢,总之他也就是个普通男人。"

我们都趴那儿看那枚发卡,近看才知道是什么图案,一朵兰花。

那兰花上镶满钻石,熠熠生辉。我们都还是第一次摸这么贵的礼物,饶是平时都不迷恋钻石,也被那光芒闪了眼。

我们问她:"你回来打算怎么办?"

她说:"卖了发卡,再开俩店,一个开茶馆,另一个开私房菜,国外待了一年,还是更爱老家这热气腾腾的生活。"

我们都说支持她。

"以后还可以再开个画室,再开个酒庄,怎么也得把我身上这一身本事抖落抖落呀,别'辜负'了常有得那么多年的'栽培'……"

锦鸳宫

【1】

在一个四线小城里，有一个最大的洗浴中心，叫锦鸳宫，这名字一听就觉得艳情。老板是个五十岁上下的人，叫老谢。老谢有点谢顶了，但面色红润，声如洪钟，还有青年人的豪气在。

他手下有几十个女工，楼上做按摩的有三十多个，楼下搓澡的有三四个。整个洗浴中心除了停车场的保安和烧锅炉的工人，基本全是女的。

老谢与别人不一样，他对他的员工有点过分地好。逢年过节，他必会请他的员工吃饭。他引着他的莺莺燕燕在隔壁合顺大饭店包个桌，又弹又唱，热闹非凡。

老谢的宴席必饮酒，饮酒必读诗，老谢最喜欢苏东坡的《江城子》：

> 十年生死两茫茫，不思量，自难忘。千里孤坟，无处话凄凉。纵使相逢应不识，尘满面，鬓如霜……

每次读到最后他都会把自己读哭。以至于到后来，锦鸳宫的姑娘们个个成了"诗人"。

老谢逼她们学，从古代的李白、杜甫、苏东坡、陆游，到现代的顾城、北岛，乃至余秀华，她们都认识。

他经常考员工背诗，背得好的有奖励，背不上来就罚扫地。最后，洗浴中心的保洁阿姨被辞退了一个——挨罚的姑娘太多，活不够干。

为了不被罚，姑娘们个个用她们那不甚灵光的脑袋死记硬背那些拗口诗词，干这一行的，哪有几个学霸，最后都像歪嘴和尚念经，念跑了意思。

比如：那个撑着油纸伞的姑娘，106房间点钟——调度这样说。

月圆一百次也不能打动我，休息十分钟就行——搓澡的芹菜这样说。前半句是余秀华的诗。

客人到我们这儿洗澡,只为把夜洗掉——后半句是木心的诗。

需要多少人间灰尘才能掩盖住一个胖子——原诗:需要多少人间灰尘才能掩盖住一个女子。

再比如:

长亭外,古道边,一行白鹭上青天。

天苍苍野茫茫,一树梨花压海棠。

垂死病中惊坐起,笑问客从何处来?

仰天大笑出门去,无人知是荔枝来。

问世间情为何物,两岸猿声啼不住。

天生我材必有用,一枝红杏出墙来。

……

她们用这种方式给疲累的生活加点盐,到老谢考察诗词的时候,经常把他搞崩溃。

老谢在小城颇有名,都说他一个万年黄金单身汉,坐拥几十个美丽佳人,肯定比古代的皇帝还幸福。

老谢也不理会,张口闭口还是对姑娘们称呼:"'宝贝儿们''孩子们''丫头们'……"

【2】

老谢还有一个奇葩之处,别的用工单位,都是给员工租大房子,像赶鸭子一样把员工轰进去住着。他不,他除了给员工租了大宿舍,还把自己的一套小房子腾出来给员工当"爱巢"。

所谓爱巢,就是员工家属探亲时做临时居所之用的,姑娘们都是外地人,跟家里人常年两地分居,家里人来,住宿舍不方便,住宾馆住不起,租民房来不及……他疼员工真是疼到骨子里。

当然,这爱巢的申请规则,就是背诗背得好的优先选日子。

【3】

锦鸳宫有个镇店之宝,叫留仙,这姑娘人长得好,又踏实厚道,一手按摩手艺十分了得。满店的按摩技师有一大半是她带出来的。留仙深得老谢喜欢,把她提了班长,管理这些姑娘。但她有个毛病,就是不会背诗,是死活也不会那种。人体几百个穴位记得很熟,一到背诗就一塌糊涂。那句"天生我材必有用,一枝红杏出墙来",就是她发明的。

她对爱巢从来连申请机会都没有。把诗越背越糟糕也是因为她,锦鸳宫一多半姑娘是她徒弟,徒弟们都想让着她,让她得到爱巢居住权。

这一日,老谢发了狠,说虽然你诗词背得一窍不通,但也允许你爱人探亲一次,最近你赶紧安排他过来!

留仙只好点点头。

【4】

这一日,前台迎来一个南方口音的年轻男子,这男子穿着一件白得发黑的背心,背着一个黑得发白的包。

前台说:"你想洗澡可以先把包寄存在前台。"那男子摇摇头说:"我才不呢,这里都是值钱东西,我要背着进浴室。"

前台没理会,让他背着东西进了浴室。浴室里有一格子一格子存衣服的柜子,但明显那个柜子也放不下他的那个大包,他就把包背进了浴室。

浴室氤氲,蒸汽缭绕,四周靠墙是一个一个打好的小隔断。每个隔断上都有一个大花洒,他把包放在一张搓澡的床上,自己去花洒下洗澡。

花洒一开,他"哎呀"了一声,说这花洒像大炮一样,站在它下面有被炮轰的感觉。

角落里一个刷手机的光膀瘦汉扑哧笑了出来。

他隔着雾气,伸着头在这空旷的浴室找寻,终于找到瘦汉,只见瘦汉一张脸,清隽异常,皱纹沟壑分明,但是肤色红润,还是很精神。

"你是干吗的?"浴室此时洗浴的人很少。

"我是搓澡的。"

"那一会儿你帮我搓搓。"

"好。"瘦汉冲他笑笑。

这年轻人接受完炮轰,自己躺到床上。瘦汉问他:"你没有澡巾吧?"

"没有，澡巾？"年轻人有点蒙。

"就是这个东西。"瘦汉捡起上一个顾客扔下的一条澡巾给他看。那澡巾长方形，手能伸进去，两面很粗糙，有磨砂感。

"见过见过，这是谁的？能给我用吗？"

"这是上一个客人扔的。"

"那就用这个给我搓吧。"

瘦汉有点吃惊："你不嫌脏？"

"不嫌，能脏到哪里！"

瘦汉给年轻人一搓，年轻人就如杀猪般嚎叫了起来。

"疼死啦！"

瘦汉说轻点。

轻了他又不满意了，说："你给别人搓要费很大力气，给我不怎么用费劲，要不你给我打点折吧。"

瘦汉摇摇头："我们搓澡是不打折的，都是十五块一位，不贵。"

"搓一个澡你能提成多少钱？"

"百分之四十。"

"也就是六块？你们老板很黑，应该给你百分之五十。"

"老板要建房子，要办手续，要包揽水电燃气，要经营打点，也是很有风险的，当老板也不容易。"瘦汉说。

"你这人还挺向着老板的。"年轻人说。

"都是人，换位思考还是要有的。"

他俩一个像病人，一个像医生，医生在给病人做手术，只是这个病人是清醒的，不断对手术方案提出意见。

"楼上还有按摩吗？"

"有，有几十个技师。"

"技师怎么提成？"

"也是百分四十。"瘦汉倒是什么也不隐瞒。

"这个你们老板可就黑心了，不该只给技师百分之四十，技师可是技术含量很高的工种，又都是姑娘们，不该苛刻她们。"

"那你觉得多少才合适？"

"我觉得应该给她们提百分之六十才合理!"

"哈哈哈,"瘦汉爆发大笑,"你真是有意思。"

"我要去楼上感受一下。"

"到楼上可不要讲价哦!"瘦汉说。

【5】

年轻人在楼下被搓得像头被烫皮的白条猪,浑身都是红的,他穿着洗浴中心的衣服就上了楼。

到了楼上,早有接待人员接待。

"你们这按摩都分几档?"

"有六档,六十八元单做足疗。一百零八元的含肩颈和头部一次。一百三十八元做肩颈、头部和足疗一次。一百八十八元做全身加足疗一次。二百三十八元做肩颈、头、采耳、刮痧。二百八十八元做全套。"

"全套都含什么?"

"就是全身按摩加足疗,加采耳,加刮痧。"

"没了?"

"没了……先生。"

接待员是个圆脸胖乎乎的姑娘,一对大胸呼之欲出,脸白得像玉石一样。她特意加了"先生"二字,以示她明白他的言外之意——他们这里是不含那些服务的。

年轻人也看不出是高兴还是不高兴。

"那给我来个一百零八的。"

姑娘把他领到一个写着一百零八的房间。这房间在阴面,窗户外面是一个小区的居民楼,房间有点暗,有点小。

"记着,不要让你们的16号技师来,其他的找个技术好的。"

姑娘微微一笑,拿着对讲机喊了一句:"11号技师,106上钟,11号技师,106上钟。"

等那边有了回应,姑娘就退了出去。

【6】

年轻人观察这个房间，墙上挂着一幅书法，是句诗词：落霞与孤鹜齐飞，秋水共长天一色。

年轻人不认识孤鹜，念成了狐鸟。

没一会儿，进来一个二十岁左右的姑娘。

姑娘长得高高瘦瘦，两条大长腿格外突出，站在床边，膝盖比床高不少，那俩腿如两棵玉葱一般。

姑娘自报姓名说叫小丽。

年轻人对这姑娘很满意，乖乖躺在床上准备接受按摩。

小丽摆弄了一番她那些瓶瓶罐罐就开始工作。手刚按到头上，年轻人看见门上有块透明玻璃，他说你能不能把那玻璃用什么东西挡一下。

小丽说那是不行的，他们技师操作的时候，必须留着那个观察口，这是规定。

"防小人不防君子吧，掩耳盗铃，给外人看。"年轻人说。

"先生，"小丽有点不悦，"我知道您说的是什么意思，但是我们这里真的是正规场所，没有那些服务，留那个窗口，就是留巡查用的，我们老板也会来亲自巡查。"

"你们老板也是奇怪。"

"我们老板跟一般人不一样。"小丽这话里带点骄傲。

年轻人好像又突然高兴了起来，"你们老板也不错。"他说。

小丽不太理解这年轻人的真实想法。

刚按了几下，他忽然又坐了起来，把头调转到了床头位置："不行，我不适应脑袋冲着外面，你到里面来给我按摩吧。"

小丽只好又挪到里面。里面对着床头，床头有板子，小丽无法操作，年轻人只好斜躺在床上。

这年轻人好像志不在按摩，紧接着他又打听起了洗浴中心的事情。

"你们一天能按多少个客人？"

"好的时候十个，平常也就六七个。"

"你们是四折提成是吧？"

"是的。"

"一百零八打四折是四十多，一百三十八打四折是五十五，一百三十八打四折是七十多，二百八十八打四折是一百二，假设来做按摩的全是中档价位的，一个客人平均也有七十，一天做十个是七百。呀，你们的收入一个月下来有两万多啊。"他在那嘀嘀咕咕。

"哪有那么多？"小丽反驳，"我们平均下来，正经每天也就按七八个，累死累活不歇着的，也就能赚一万一二。这种得是那种单点钟多的。"

"一万一二就是最多的了？"

"是的。"

"这人是你们这里几号？"

"16号。"

……

【7】

正在这时，门口有人敲门，是那脸如白玉的接待员。小丽道声歉走了出去，俩人在走廊里说了些什么，一会儿小丽又端着一盘西瓜进来。

"刚才忘给您上西瓜了，特意补上一份，一会儿可以吃。"

年轻人不关心西瓜，继续问："你一个月能赚多少？"

"我一个月能赚八九千。"

小丽按完肩膀，她站了起来，狠狠地搓了搓手，对年轻人说："先生，我们下一步要做一个高难度动作，在您胳膊的背部有一根筋，平常不拉，时间长了人就容易僵化，一僵化就容易疲劳。我帮您疏通疏通，包您做完了很舒服。"

小丽好像因为要做一个大项目而感到很兴奋，她的脸都有点红。

"疼吗？"

"不疼的，用的是巧劲儿，这是我们这里领班大姐的独门绝活，放心吧。"

"那我试试。"

"她点钟多就是因为这绝活？"

"是的。"

小丽已经站到床上，两条大长腿把他的腰死死夹住，她猫腰捡起年轻人一只胳膊，双手拽着使劲往后拉，越来越用力……就在她快把年轻人拉成一张弓的时候，她忽然用力一扭，年轻人的胳膊咔吧一声响。

好像断了!

年轻人杀猪般叫了起来:"啊——"

"不好意思,好像扭断了。"小丽跳下床,拍拍手,也不着急。

"你把我的胳膊扭断啦!"

小丽说:"是断了。"

他瞪着一双牛一般的大眼睛大喊:"去把你们老板给我喊来!"

这时门开了,进来一个女人:"不用喊了,老板来没用,我来就够了。"

那女人三十岁上下,长着一对和年轻人不相上下的大眼睛。

"留仙,是你!"

"小丽,你出去吧。"小丽捂着嘴跑了出去。

"是,是我,江一平,微服私访好玩吗?怀疑老婆在外面乱搞好玩吗?"

江一平的一头汗都下来了,他右边胳膊完全不吃力,用左边胳膊勉强支撑坐起来。

"我没有怀疑你,你也太狠了吧,就这就把我胳膊掰断?"

他右胳膊还别在背后,像个被绑架的人质。

"放心,没有断,只是错位而已,我可舍不得掰折,折了还得我花钱治病。"

留仙忽然正色:"江一平,你一来我就知道了,在楼下打听么多,说的话口音又和我一样,楼下的搓澡师傅一下子就疑到你身上。刚才你上楼,我在监控里也都看见了。"

"我……"

"你是不是一直疑心我在外面干那种勾当?村里的流言你也都信了?"

"什么流言?"

"不就是说我在外面跟着老板,工作不正经,老板除了给我开工资,还给开包养费之类的。装什么糊涂。"

"没有的!"

"没有?你花了一百零八元,就是为了调查我,现在怎么样?刚才小丽也跟你说了,我在这里是收入最高的,但我每个月能赚一万二,把一万一全部都寄回了家,你可收到了?"

"收……收到了。"

"我在外面辛辛苦苦,你却还在家里怀疑我?"

留仙说到这里,开始掉眼泪。

江一平疼得龇牙咧嘴,又愧疚又心疼,脸上五彩缤纷。

留仙滔滔不绝:"我知道村里流言是从哪里出来的,七美那儿传出来的,七美那年被我带出来打工,可她不适应这里的环境,又馋又懒,按摩不好好学,就想着吃,做两个按摩就要吃一顿饭,按摩还没学好,先把身材吃得猪一样。胖了,老板把她打发到楼下去搓澡,搓澡更累,累了还要吃,最后把自己越吃越胖,后来连搓澡也干不下去了,她就回了家。她不适应这里,恨老板,对我也一肚子怨气。"

"老婆,我知道了。"

江一平坐在床上,他的左手没被掰断,留仙蹲在地下哭。他伸手拉起留仙的手,留仙的右手中指处,有一个坚硬的大疙瘩,那是她常年给人做按摩磨出的茧子。

"老婆……"

【8】

夫妻不是真正的敌人,留仙还是把江一平的胳膊掰了回来。

"这是我们老板教我们的,他说女孩子出门,要学防身术,在外面碰见歹人,就以这种方式对待他,结果我第一次使用是给家人使上了。"

"你们老板真是个怪人。你们好像提到他,都一脸骄傲。"

"是的,我们老板是世外高人,跟那些俗人蠢货不一样。你跟我去爱巢,那里还有人等着你。"

"谁?"

"到那你就知道了。"

江一平跟着留仙去了传说中的爱巢,就在后面的小区。一处老居民楼,红墙斑驳,没什么特别,墙上的爬山虎暗示着岁月的痕迹。

爱巢在三楼,推开门,是二十世纪九十年代的装修,阳光打进屋子,纯木的颜色反着金光,微尘在金光中跳舞。

这时主卧室的门忽然打开,出来一个人,这个人让江一平大吃一惊,竟然是一楼那个搓澡的瘦汉!

瘦汉穿上了衣服，颇有点仙风道骨的样子。他穿着一件中式对襟，脚下是一双布鞋。

"老板。"留仙说。

"你……"

"我有时候喜欢到店里去干活，"老板让江一平坐下，"小江啊，不要感到意外，我把这当生活的乐趣。"

老谢又从口袋里掏出一个病历本："我在这是为了给你看一样东西，你看看。"

病历本上面写着协和医院的名字。江一平打开那个病历本，上面赫然写着医生蜘蛛爬般的文字：

谢xx，前列腺增生七年，三年前已彻底没了性功能……建议药物治疗。

"这也是我们这里公开的秘密了，留仙一定没对你说过，我给你看这个，是为了让你明白，我把这里的姑娘们，都当自己的孩子。"

老谢转头看留仙："留仙，我今天也把你的一个把戏戳穿一下吧，你其实不是不会背诗，是不想赢是吧？你不想让你爱人来这里，是不是？"

"是。"

"为什么呀？"

留仙低头搓着手："其实没别的原因，就是想省钱，他来一趟，太多路费了，再说他来了，我也得陪他，两个人都不工作，加上路费，好几重损失。"

"那么着急挣钱干什么呢？"

"我想把孩子送到城里去上学。"

"所以你平时连一双拖鞋都舍不得买？自己的拖鞋是用别人扔掉的毛衣线勾的？"

"是。"留仙的眼泪又要下来了。

老谢说："生活不是只有目的，还要有过程，过程变成一件太苦的事，目的达到了也心酸。我给你们讲讲这爱巢的故事吧。"

老谢站起来，摸着客厅的一只五斗柜："我以前也跟你们一样，爱钱如命，总渴望人生成功，为了成功，牺牲了很多陪伴家人的时间。后来成功了，妻子却生病去世了。成功后的我，什么都有，只是没了贴心人。这是我们穷时住的房子，处处都是她的痕迹，我很想念我的妻子，我把这里用作你们的家,是为了让你们能尽量多地享受家的温暖。"

五斗柜泛着木色的柔光,表面的漆有些脱落了,露出里面木质的纹路。

"夫妻不见面,会出事的,多少人因为钱而变了心。"

两个人像小学生一样在那听家长训话。

老谢把眼神放到窗外,窗外远山如黛,山上草木葱茏。

"我再给你讲讲锦鸳宫名字的由来吧,外界都以为这是个很俗的名字,是锦绣鸳鸯戏水的意思,其实不是,它来自一首诗,这首诗是卓文君的《诀别书》:春花竞芳,五色凌素,琴尚在御,而新声代故。锦水有鸳,汉宫有木,彼物而新,嗟世之人兮,瞀于淫而不悟!这首诗在慨叹世事易变,但也有不变的,锦江中结伴的鸳鸯,汉宫中并立生长的树木,都是不离不弃的。"

"我真是一个老旧的人,还给你们讲这么老套的故事。我也好像真的老了,总拉着人说起来没完,你们难得见面,好好叙叙吧。"老谢说完这些,慢慢退往房门外,走了。

留仙跑到阳台看他,只见一个瘦削老人,一颠一跑走出院外,头上白发飘逸,像《红楼梦》里的跛足道人。

"你们老板真是怪人。"

"他是这世间难得的好人。"

【9】

江一平在这里住了五天,这五天里,他把爱巢上上下下里里外外都修缮了一遍。他在老家是搞装修的,干这些轻车熟路。

厨房的管道老化了,他换了新的。房门的合页松了,他拧紧。窗子下沉了,他垫了一些木块进去。甚至空掉的地砖他也揭开重新铺了,地砖破了,花纹泛出岁月的颓迹,他一点点对好。

旧砖有旧砖的味道,铺在那里,锁的是时光。

他不太懂老谢,但是他也敬他了。

有点玄

|天龙报|

和尚问我:"你为什么不逃?"

我反问:"为什么要逃,又往哪里逃?去到哪里,不都是一样的吗?"

【1】

我坐在高台上,台下是男人们一浪又一浪的喧嚣声,那些全是要买我初夜的人。我沉浸在自己的琵琶声中,他们的呼喊与我无关,我毫不理会那些。

老鸨甩着一只红手绢扭扭搭搭走上台来,她抢过我的琵琶,扭头对那些男人说:"都安静点儿,今天是我家娇娥娘子的初夜拍卖,价高者得,起价五十两!"她伸出五只手指。

一个公鸭嗓响起:"就这么一个丑女,起价就五十两?老鸨你疯了吧!"

老鸨甩了一下手绢,顺势掐起了腰,大红嘴唇撇了撇说:"我这娇娥与一般女子不同,她有一般女子没有的好处。只要肯出价,您试过,要没有我说的那般好处,我把钱原样奉还。"

人们被她这样一说,勾起好奇心,又纷纷躁动起来,竟真的出起价来。

"我出五十一两。"

"我出五十二。"

"我出五十五。"

"我出六十。"

"我出六十一。"

这时,一个和尚,突然举着一个布口袋,从人群中挤了出来。

他一边走一边抱拳:"各位大爷,各位大爷,求你们别出了,把这娇娥让给我吧!我只有六十一两银子。"

人群顿时哄笑起来,有人说:"这秃驴也起了凡心?要到妓院买姑娘。"

"我……我……我与她宿世有缘!"和尚说。

人群又一阵大笑,"哈哈哈,我们也与她宿世有缘!"

没人管他,很快就有人出价超过了六十一两。

"我出六十二。"

"我出六十三……"

和尚焦急地冲那些男人作揖,表情急切,老鸨让几个大汉把和尚拖出去了。

呵,这个只认钱的地方。

我竟对这和尚有点好感。

我从老鸨手中又抢回琵琶,继续弹奏,一曲《妆思》过去,我已心如止水。

既然无力改变命运,不如认了它。

幸好我还有这琵琶。

【2】

这琵琶是我娘送给我的。

我娘叫秀春。

十年前,我娘送我琵琶时,已决意离开我。

我娘眼泪汪汪地捧着我的脸说:"娇娥,记住娘的话,以后永远不要开口,永远以面纱遮面,娘一定会回来救你的。"

我娘曾是这里的头牌,不知跟谁有了孩儿,就是我。她坚持要生下我,便沦为了这里的二等姑娘。

我娘曾是对我最好的女人,她把我养在后院,与厨娘伙夫为伍,让我帮他们干活,不说话,只做事。她在前院得了好处,总是小心翼翼来看我,把我抱在膝上,告诉我,等我长大送我出去,努力奔个好前程。

她让我永远不要到前院去,前院坏人太多。但她还是决意抛弃了我,选择了嫁人。

听说夫家那边有要求,不许带我,我只能留在这儿。

她嫁给了一个肥头大耳的男人。

临走前,娘将我托付给了一个叫翠儿的姑娘。

翠儿比我大八岁。

我叫她姐姐。

翠儿成了第二个对我最好的女人。

翠儿对我好，与我娘不同。她不爱说话，不紧张。我娘总是唠唠叨叨，爱对我提要求。翠儿只是默默陪着我，她常痴痴看着我，说："娇娥，我们就这样在这里白头到老也好。"

呵，这是什么疯话。

这里是男人的销金窟，女人们的人间地狱，谁爱在这里白头偕老？

她在前院的时候，总是花枝招展说话最多的一个，见到我就安静得像猫，但是没多久，翠儿也选择离我而去了，也是要嫁人。

像我娘上花轿之前那样，翠儿也拉着我的手，哭得双肩耸动，眼泪如珠。她对我说："娇娥，姐姐对不起你，姐姐以后有办法，一定救你出去。"

我与她执手相看，竟无语凝噎。

翠儿把她最珍重的一条鸳鸯帕送了我。那是她常给我包吃食的帕子，包过桂花糕，包过雪花酪。

翠儿上了花轿，又扭头扑出来，拉住我的手说："娇娥，等着我！"

我把翠儿又推入花轿，对她说："姐姐不用惦记我，过好你自己的日子就行。"

翠儿也被一个肥头大耳的男人带走了。

翠儿走后，我就什么都不在乎了。过一天是一天，反正行尸走肉。

我蒙着面纱，院里有人说我丑，我不在乎，说我美，我也不在乎。这里的人美也好，丑也好，还不都是价值不等的玩物。

我娘她们都走了，我早晚沦为玩物。

老鸨早就盯上了我。

【3】

老鸨早就单独把我养起来了，她亲自教养。我娘在时，想见我一面都难。她与我同吃同住，也让我蒙面示人，还专门给我配了贴身保姆伺候我。

当然我早晚是要接客的，我很怕。

我只是没到那一刻，懒得害怕。

买下我初夜的男人姓吴，据说在城中有七间商铺，家中有七房姨娘。他是妓院的常客，妓院里的姑娘们都喜欢他的豪气大方。

可再怎么豪气大方，一百一十两买我一个初夜，也有点太奢侈了。

院里的姑娘接客之前,都要经历一番非人的折磨。听说是关到柴房,在裤裆里塞上两只猫,最后没有姑娘不从的。翠儿就经历过这样的折磨。

老鸨对我则不同。她也把我放到柴房,只是旁边放了个蛇笼子。那蛇有拳头粗,碧绿碧绿,老鸨说她饿着那条蛇,等蛇饿到瘦得能爬出来时,就让蛇吃了我。

最好在蛇爬出来之前,我乖乖去接客。

我受不了这个,拍着窗户对老鸨大喊:"阿娘,接我出去,我愿意!"

我被卷在一个被子里被人抬着,送入一个灯火辉煌的房间。

老鸨一路上还絮絮不停地交代我……如何伺候男人。

在床上,我躺成一条鱼,眼巴巴看着吴爷,身下锦被上是花开富贵,鸳鸯戏水。

吴爷掀开我的面纱,吃了一惊,说:"竟然不丑。"

他又向下摸我的身体,摸到两腿之间,他愣了一下,然后鼓掌大笑:"啊,妙极!妙极!"

"老鸨子果然有手段!"他又说。

那天,我按老鸨教的方法伺候了吴爷。

过程……很难受。

吴爷很满意。

从此,我就成了院里的头牌姑娘。每夜酬金十两,是城中中等家庭一年的收入。

原来的头牌姑娘思思,因了我,搬到了隔壁楼上。

思思搬家之前,对我说:"你们娘俩真是冤孽!"

除了吴爷,我很快又有了张爷、李爷、赵爷……都是城里顶顶有名的富商。

吴爷仍是最爱我。

有一次,吴爷竟然说:"娇娥,你真是我在这世上最爱的……女人,比我家里那七个都爱。"

我不知道"爱"是什么,不知道妓院里哪来的爱。

吴爷常常留连在我榻上,几日不出门,我伺候人的功夫越来越好。

很快,我的名声传出去,说簪花妓院有个丑花魁,有摄魂之术,男人到了这里,都不想回家。

吴爷为了我还跟其他爷打过架。

有一次,我试探着对吴爷说:"要不,您也把我娶回家吧,我只伺候您一人。"

吴爷先是哈哈大笑,继而很尴尬,说:"娇娥,你还是只适合在这里,娶回去,还是有诸多不便的。"

【4】

听说每一个恩客在爬上我的绣床之前,都要跟老鸨签一个保密协议,还要交一百两保证金,谁泄露秘密就得付出一百两银子的代价。

我第一次感觉自己与众不同。

我很寂寞。

我常常偷偷思念秀春,思念翠儿。

想起她们当年对我的好,我就难过。

念她们念得厉害的时候,我就弹琵琶,我把《十面埋伏》弹得铿锵有力,声如裂帛。

吴爷说:"这琵琶声里,终究还是有股悍气。"

【5】

那个最恨我的思思也出嫁了。

思思出嫁时,竟然也点名让我去送她。

长街上,院门口,思思蒙着大红盖头,一身锦绣。

她走向我,也拉着我的手,说:"娇娥,你知道吗?在这里,我最恨你,也最不恨你。"

我说:"为什么?"

"因为你抢了我的所有恩客,我当然恨你,但又因为你最可怜,我最不恨你。"

"我……最可怜?"

思思抬眼看了看我身边的两个大汉,把话咽回去,叹了口气,小声说:"娇娥,我将来一定会救你出去的。"

罢了!罢了!何必都这样说呢,爱我的人这样说,恨我的人也这样说,都拿我当小孩子诓。

我把思思推上花轿,说:"姐姐快上轿吧,别误了吉时。小妹人微命贱,不必惦记。"

思思坐在轿中,看着我,一脸苦笑。

鼓乐声起,队伍动行,思思也被一条红色大蛇接走了。

【6】

我在院中,又过了三年。

又一年春来到,院里的海棠花开得繁盛。

又添了几个新姑娘,但仍没人能盖过我去。

听说吴爷破产了。

破产后他来要那一百两押金,被打了出去。

我还是那个头牌,传说不太美的头牌,一夜十两纹银的头牌。

我的新恩客越来越多。

我忙于应付越来越多的客人,都荒疏了琵琶技艺。

琵琶弦断了一根,怎么也接不好。有的客人对我不满,说我伺候人是越来越好,琵琶技艺却越来越差,美中不足。

老鸨也为此心焦。

有一天,那个和尚又来了,他又举着一包银子,说要买我一夜。

老鸨气势汹汹挡上去,说:"秃驴,你怎还没死了这份淫心?我的娇娥可不是有钱就能睡的,你可有一百两保证金?"

和尚说:"没,没有。"

"打出去!"

两个彪形大汉又要上前把和尚架着往外拖,和尚一边踢腿一边仰天大喊:"我不买她过夜了,我给她修琵琶行不行?"

老鸨又让他们把他拖回来了。

【7】

那天,和尚如愿进了我的房间。

拿着一根琵琶弦。

一见我,和尚就说:"娇娥,你可还认得它?"

我拿弦对灯一照,心内一痛。

我娘!

我说:"我娘?"

和尚赶紧说:"娇娥,你娘让我来救你!"

我有点蒙。

"你赶紧剃掉头发,穿上我的袈裟,扮成和尚的样子出门。出门以后向东找到恩会桥,再从恩会桥往南,有一个糊着绿灯笼的小院,你娘就在那里。"和尚说。

想到这么多年她对我的放弃,我有点赌气:"我……我还是不出去了吧。"

"娇娥,你娘她要死了!见面自然会有解释。"

我一听这话,赶紧用和尚带来的剃刀剃光了头发,穿上了他的袈裟,扮成他的样子出门。我以袖掩面,假装和尚逛了妓院羞愧难当的样子。

竟没人拦我。

走前我问和尚:"师父,您怎么办?"

他说:"我没事,我一男人,他们还让我接客不成?"

我出门就向恩会桥急走。

辨不清方向,拦住人打听,手忙脚乱,这红尘,我从未来过,一脸茫然。

到了恩会桥南,果然见一破落小院。我奔进院中,见到了我娘。

让我意外的是,我娘旁边竟然还有翠儿和思思。

她们已经哭得眼睛如桃了。

我娘已油尽灯枯,头发乱如草,眼窝塌了下去,皮肤也没有任何光泽。

我跪在娘的床前,喊了声,"娘——"

娘摸着我的头,说:"娇娥,我终于又见到你了。趁娘还有一口气,赶紧把话跟你说清楚。娘得告诉你个真相,你是个男儿郎,不是女娇娥。这一点恐怕你一直还不知。想当年娘怀你,生下你,怕他们嫌你是男孩,把你扔出去,就说你是女孩子。本指望在院中混几年,找机会咱娘俩逃出去。可谁承想被老鸨发现了,老鸨奸诈无比,将计就计,把你当女孩养,长大后要用男儿身女儿心接待客人,这更有魅力。这城中,一直有些男人,有断袖之癖,她有了你这头牌,在城中就独一无二了。"

我震惊得说不出话。

我说:"娘,男人?女人?有什么区别?"

娘忽然抬眼望望翠儿和思思:"麻烦两位妹妹,就让他……见见吧!拜托了。"

翠儿和思思纷纷含泪解裙,在月光下,像两只落下羽毛的鸟。

我盯着她们的身体看了看。又对比了自己的。

可笑我活到一十六岁,竟然不知男人女人到底有何分别。

我一直以为自己是女人。

我一瞬间羞惭无比,想到那些我接过的客人,想到那些床笫画面……

我泪流满面。

"儿啊,记住,你以后就是个男人了,不要哭。"

那天是我娘的最后一夜,见完我,她就去了。

事后我才得知,我娘出来嫁人,翠儿出来嫁人,甚至思思出来嫁人,都是为了救我。

她们不忍我在院中被蹂躏。

原来那和尚的六十一两买初夜的钱,是娘偷了那家人的钱给他的,被人发现,赶出了家门。

这次的十两银子,是娘、翠儿和思思,还有和尚师父一起凑的。

思思嘴上恨我,但心里一直可怜我。

娘在临终前嘱咐我,再也不要回妓院,找到和尚师父,跟他去出家吧,我被虐害多年,已不适合红尘。

我和翠儿、思思一起掩埋了娘,才知道,这个小院是娘接客的地方。

她为了救我,赔了一生。

翠儿和思思出来后,也过得不好,这世道,哪有弱女子的天地。

我在院中苦苦等了三日,终于等到了和尚师父。他鼻青脸肿,跛着一只脚来见我。但他却非常高兴,一见我就说:"徒儿,我们上山吧。"

我说:"师父,您明显被打了,怎么还这般高兴?"

师父说:"娇娥啊,你不知道我在簪花院经历了什么。他们把我关在一条蛇的旁边,因为太害怕,只好一心念佛,竟不知不觉进入了禅定。足足三天三夜,这可是我修行多年不可得的境界。禅定中我见到了自己的前世,原来我是个罗汉再世,你娘曾是个天龙,因为伤害过很多众生,这一世受妓院苦报。你是条小龙,也随你娘伤了很多众生。这一世,我就是要解脱你们,带你修行的。现在你报已满,可以出家去修行了。"

我不知"禅定"是什么,更听不懂天龙之语,只觉师父说的必然有道理。

"我早晚有一天能成为一代大师。"师父说。

"那我呢?师父。"

他说:"你也会!"

三十年后,师父果然成了一代大师,圆寂时烧出很多舍利子。

而我接了他的衣钵,也成了一代高僧。

我记得那天我和师父上山时,师父跛着一只脚,一拐一拐,我常年做女人,走路也扭扭捏捏,摇摇摆摆。我们师徒经过一个乡村时,有牧童大笑:"看,那对和尚,真是一对怪胎。"

狗与兔

【1】

狗汪汪爱上了兔朵朵,但他不敢说,只敢用行动表达,每天一大早,他就跑到兔朵朵的门前跑八圈,向兔朵朵证明他的强壮。

每当他跑完八圈,都会累得气喘吁吁、汗流浃背。那时候兔朵朵准在吃早餐,胡萝卜的叶子青翠欲滴,白萝卜的肉质净白如玉。

狗汪汪会对兔朵朵说:"嗨,吃饭呢?"

兔朵朵说:"嗯,你吃点不?"

狗汪汪瞥一眼那些青青绿绿的东西,说:"嘁,我们狗族,不吃素的,我们吃肉。"

没想到兔朵朵撇撇嘴,黯然神伤道:"其实我们兔子,也爱吃肉,就是没本事弄到肉,才改吃素的。"

狗汪汪两眼放光:"真的?!那我以后给你送肉吃吧。"

兔朵朵点点头。

从那以后,狗汪汪每天都给兔朵朵叼来一块骨头,当然是被人啃过的,没什么肉。兔朵朵用她豁掉的牙齿啃骨头,啃得口水横流。她心里犯着恶心,表面装着享受。

狗汪汪看了哈哈大笑。

为了向兔朵朵证明他的聪明,狗汪汪拼命向主人表现,邀来一件红马甲,圣诞款的,上面还绣着松树、雪花、星星图案,还有一个银铃铛,挂在脖子上闪啊闪。

他穿着这身行头,去兔朵朵门前显摆,兔朵朵表示很羡慕。

狗汪汪说:"等我再努力一把,再跟主人要一套行头给你!你穿红的肯定好看。"

兔朵朵激动地点头:"嗯,谢谢你。"

狗汪汪把身上的红马甲脱下来，给兔朵朵套上去，俩人离得很近，气息交缠，狗汪汪都快沉醉了。

他趁机抱了一下兔朵朵，兔子的毛光滑如缎，像一片云彩。兔朵朵在狗汪汪的环抱下也感觉很幸福，像被冬日的阳光熏了熏。

俩人都有点小激动。

抱了好几分钟，才不好意思地分开。

兔妈妈在窗户里看见，等兔朵朵回家，妈妈对她说："这只狗有点傻呀，你确定你爱他？"

兔朵朵娇羞地点点头。

兔妈妈说："明明你吃肉会拉肚子，为什么还跟他说你爱吃肉？"

兔朵朵说："我不知道怎么跟他建立起连接关系，就说爱吃肉，好让他送我。"

兔妈妈摇了摇头，说："一对傻子！"

【2】

自从他俩抱过以后，就好像建立了暧昧关系。兔朵朵在心里已经把狗汪汪当作男朋友了。狗汪汪那边不知怎么想的，兔朵朵觉得也差不多。

可是自从这一抱以后，狗汪汪就消失了，好长时间也没有出现在兔朵朵的门前。

兔朵朵每天吃饭还去门前守着，凝望着远方。远处的山峦绿了，河水泛了烟，柳条在河上悠悠荡荡地摆，岸边的草地上，黄白花儿的牛，哞哞地叫。朝阳升起，夕阳落下，新月弯如钩，兔朵朵的心像被镰刀划破了一个口，隐隐地往外冒血，嘶嘶地疼。

【3】

兔朵朵一日比一日忧郁，兔妈妈说："那只傻狗肯定是变了心，他们这些狗东西，向来朝三暮四，就是不如我们兔类长情！想当年要不是你爸爸在山上被狼吃掉，我们俩也不至于这么孤苦伶仃……"

兔妈妈说这些，又要哭。兔朵朵最怕妈妈说这些。

清明节到了。

兔朵朵要去给爸爸上坟。

她拔了园里最大的萝卜,采了一篮青菜,又采了一捧金黄金黄的野菊花,悠悠荡荡地往山上走。

路过狗汪汪的家,她站在后山往前院望,只见狗汪汪和一只雪白毛的泰迪狗正围着主人转圈。

主人扔一块肉干,他俩就跳起来接,左腾右挪,配合默契,煞是好看。尤其他俩都穿了红马甲,跳起来像两团火焰。

兔朵朵的眼泪落下来。

妈妈说得没错,看来狗汪汪是变心了,他有了白毛泰迪做伴侣,忘记她了。

兔朵朵伤心地跪在爸爸坟前说心事,说她失恋了,爱上了一只狗,但那狗不是人。

大萝卜在爸爸坟前像一颗心,野菊花像满天的黄星星,青菜叶上落满了兔朵朵的泪水。

她吃一口青菜,哭一下,仿佛吃饱了就不难过了,有微风吹过,像爸爸抚摸她的手。

正当她沉浸于悲伤时,不知危险已悄悄降临。

一只土狼,从森林深处走来,脚步又轻又稳,他两眼弯成豆荚状,诡异地看着她,带着势在必得的傲慢的笑。

土狼一步一步接近兔朵朵,就在他离她只有十来步远准备攻击时,兔朵朵忽然被一只大手揪了起来,抱在了怀里。

兔朵朵仰头一看,是一张黑得乱七八糟的脸!脸颊上的黑毛乌黑油亮,眼皮上的黑皮像干巴的牛粪层层叠叠,嘴唇上的黑皮像抛光的狗屎蛋,有磨损过的时光感,一对大黑眼球像名贵的曜石,流光溢彩。

这是一只大黑熊。

大黑熊冲兔朵朵呲牙一笑,说:"小兔子,不要怕。"

他一嘴白牙绽出一条线,像漆黑的夜空劈了一道闪。

大黑熊拎着兔朵朵的耳朵向身后一甩,把她甩在后背上,她顺势抱住了他的脖子。

只见大黑熊右胸一腆,右脚向前,左手捶了一下自己肉嘟嘟的胸膛,大声说:"狼啊,这只兔子我喜欢,给我吧!改天送你一只鸡!"

那土狼跺了跺脚，转个了圈，舔了一下嘴巴，说："行，给你吧！"

他说完就扭头离开，疯狂奔跑起来，山林都沙沙直响。

到山那边他传出来一声长长的狼嚎："嗷——"

大黑熊嘀咕了句："还挺不甘心的。"

【4】

大黑熊把兔朵朵举起来说："嘿，小兔子，我喜欢你，你做我老婆吧。"

兔朵朵不敢说不。

她在黑熊面前就像一个玩具。

大黑熊把兔朵朵抱回家。

一座森森的大山洞，里面整木雕的椅子上铺着一张豹皮，墩实的床上铺满了狼皮。

大黑熊说："这是我们的家，豪华吧！"

兔朵朵不觉得豪华，她觉得挺吓人的。

兔朵朵刚刚失恋，觉得嫁给大黑熊也不错，就答应了。

大黑熊高兴地把她抛上上空，又稳稳地接住转了个圈儿。

大黑熊娶兔朵朵那一天，森林震动，整座山的飞禽走兽都来了，山下的猪牛羊狗也都来了。

他给她穿了一件红狐皮的大氅，做了一双狼皮的长靴，还系了一条白蛇皮的腰带。

兔朵朵穿着这些浑身难受，像被上了刑的犯人。经过狗汪汪时，她看到了狗汪汪爱恨交加、恨比爱烈的眼神。

狗汪汪还穿着那件红色的小马甲。

大黑熊真的给土狼送了一只鸡，鸡是从狗汪汪的主人家抓来的。那只大白公鸡在临幸了八只母鸡后，正不可一世，被送给土狼当早餐，只得了一句评语：肉质鲜美。

兔朵朵成了熊夫人，过上了贵妇的生活，每天有锦鸡、獐子、狐狸等各种肉食进洞，有羽毛、鹿皮、贝壳等各种装饰可穿戴。

大黑熊经常大宴宾客，他们吃起肉来就骂娘，酒杯也经常被撞破。

大黑熊睡觉的时候，放屁像放炮，磨牙像开山，说梦话像打架。

兔朵朵——帮他们收拾。

她晚上陪他躺在铺满狼皮的床上，辗转难眠。

她不太喜欢这样的生活。

兔朵朵一日日忧郁下去，脸也不光洁了，毛也不鲜亮了，眼里总是沉着一汪落寞。但很快，她发现自己怀孕了。

她想，什么样的生活都能慢慢适应吧。

大黑熊看出了她的不开心，把她举起来，说："亲爱的，你还有什么不满意的？"

她说："我不喜欢那些肉，也不喜欢那些皮……"

他不等她说完就打断："世界上怎么还有人不喜欢肉和皮？难道这不是身份和力量的象征吗？"

"可是我是只兔子。"兔朵朵说。

"兔子也应该喜欢肉和皮，再说你嫁给我，就是熊兔氏，你应该以熊的喜欢为喜欢。"

兔朵朵知道跟他没法沟通，就不说话了。

兔朵朵一日比一日不开心。

兔朵朵生了一个熊孩子，叫熊大。

大黑熊还想让她生更多，以后的就叫熊二、熊三、熊四……

兔朵朵无法想象被熊包围的生活。

熊大刚生出来一个月，就比兔朵朵还大了。

熊大三个月时，就能把妈妈轻松举起来。他像他爸爸一样，动不动就喜欢把兔朵朵举起来，抛出来，再接住。

兔朵朵吓都吓死了。她想她将来的死法，十有八九是被他们摔死的。

熊大很快长大，成了和父亲一样的森林之王，父子俩呼啸山林，好不威风。

可兔朵朵还是不开心。

很快她就老去了，身上长了一堆赘肉，胯部像荡漾的山河，后背又肥又松。

大黑熊不怎么爱她了，他也郁郁寡欢。

有一次他问兔朵朵："为什么我倾尽全力爱你，你还是不能开心一下？"

兔朵朵说："我不喜欢那些肉和皮……"

他又打断她："你怎么可以不喜欢肉和皮……"

兔朵朵有一次跟她的闺蜜画眉鸟说:"人们总是以自以为是的方式去爱别人,还特感动,得不到回应就抱怨,却从来不问对方喜不喜欢。"

画眉鸟说她相公也那样,她相公以给她的脚上戴脚链为乐趣,殊不知,他们鸟类最烦的就是脚上有东西。

有一次兔朵朵在山洞口,看见大黑熊竟然抱着一只红狐狸,那狐狸用点了朱的红鼻尖轻触大黑熊那狗屎蛋般的厚嘴唇,说:"熊,你说是我有趣,还是你那傻兔子有趣?"

"当然是你有趣!"大黑熊说。

兔朵朵看到那一幕,谈不上伤心,也谈不上开心,只是有一种流沙漏尽般的感觉。

又过了一个月,大黑熊出事了。他被狐狸诱进一个陷阱,先饿了十八天,又被利石投掷,砸成了肉酱。

等熊大找到他爹的时候,爹已成了森森白骨。

兔朵朵埋葬了大黑熊,把他葬在了爸爸旁边,她把他的坟前也插满了野菊花,还给他供了一些肉和皮。

画眉鸟来告诉她,大黑熊是中了红狐的奸计,先色诱,再加害,狼族也是参与者,只因为当年他为讨好她,杀了很多他们的同类。

兔朵朵很难过,这个从来不懂她的人,毕竟是真爱她的。

【5】

兔朵朵又搬回了以前的老房子。

她妈妈早就去世了。

她越来越老,腿脚不好,耳朵也聋,腰也疼,大耳朵因为越来越老化,垂下来盖住耳蜗,更听不清人说话。

她经常在门前一坐坐一天,看远处的山绿起来,河水泛了烟,柳枝在河上悠悠荡荡地摆,河边草地上黄白花儿的牛一年年在长大。

有一天她又拿了一根萝卜叶子在门口吃,一只狗一颤一颤地走过来。

近前一看,原来是当年的狗汪汪。

她看了看狗汪汪,说了句:"嗨,你好。"

狗汪汪哆嗦了一下嘴,也说了句:"你好。"

狗汪汪也老了，一身皱皮一身瘦骨，眼角都是眵目糊。

两个人像老朋友一样坐下来，兔朵朵单刀直入地问："你当年为什么消失了呢？"

狗汪汪说："当年你说你爱吃肉，喜欢红衣服，我就去主人那里表现，想给你挣更多的肉，挣一件红衣服。可主人总是不给买，我就只好更努力，我还努力着呢，你就嫁人了。"

"那只白色的泰迪狗，是你女朋友吗？"兔朵朵问。

"不是，那是我妹妹。"

两个人经历了一场很长的沉默。

兔朵朵哭了，忽然她又笑了，说："其实我既不喜欢吃肉，也不喜欢红衣服。"

"我后来发现了。"

"我当年不该跟你说我喜欢吃肉，也不该说喜欢红衣服，我应该直接告诉你，我喜欢你。"

"我也应该直接告诉你，我喜欢你。"狗汪汪说。

他们又抱了抱。真是太老了，他们抱起来稍微一用力，骨头就会硌着对方。

从那以后，他们就经常坐在一起度余年，看远处的山峦绿起来，看河面泛起了烟，看柳枝在河面上悠悠荡荡地摆。

熊大偶尔来看妈妈，不解地问："老妈，这是你新谈的男朋友吗？你怎么会看上这只老狗！"

兔朵朵说："这是我当年的爱人，只因为当年都胡说八道，错过了。现在我们只是好朋友。"

熊大看了看，表示更不可理解，他说："妈妈，我得走了，我看上了一个小姑娘，就是小蝴蝶，我得去给她做皮靴了。"

兔朵朵看着儿子的背影，叹了口气。

来自星星的你

【1】

公元前 3000 年，太阳进入休眠期。有一个飞碟上的几个外星人，受太阳能量变化的影响，迫降地球。

他们降落在一个有山有水的部落，这个部落的人，还穿草裙，住山洞，骑着带角的马，飞奔在山林溪谷。

他们以打猎为生，男人和比较生猛的女人，出去围捕猎物。其他女人就在山洞照顾孩子，吃饱了就载歌载舞，谈情说爱。

这个部落的人还非常野性，男女之间有好感，就直接拉着手去找地方生孩子。

有时也会因为爱情打架，但不会结仇怨，爱恨都很简单，人心不复杂。

他们没有羞耻感，也无道德压力，想爱谁就爱，不爱了就放下。不存在变心不变心的问题，他们接受心一直在变是常态。

为了应对这种常态，女人要一直保持自己美丽，男人要一直维持自己强壮。

飞碟上有三男两女，掉下来的那一刻，正掉在这个部落载歌载舞的火堆旁。

部落里的人被这个荧光闪闪的大家伙吓坏了。他们围着它转了好多圈，也研究不明白，索性就散去。

有一个美丽的姑娘叫阿莲娜，坚信这个大球球能打开，就像山上的松子核桃栗子，长成这样都能打开。

她拿着一根大棍子，东敲敲，西敲敲，有缝隙的地方就撬一撬。

可是撬不动。

她想了她那智商能想到的所有办法，先去河边打来水，泼上去，看能不能化掉，没有变化；又觉得这个东西肯定怕神，围着它蹦蹦跳跳唱了半天驱魔的歌，也没变化；又拿石头砸，铿铿有声，除了冒些火星子，也砸不开。她没办法了，想到万物怕火，就去抱来柴火，围着飞碟点燃，不停地烧。

浓烟滚滚，她一个人转着圈添柴火，忙得不亦乐乎。

她的妈妈来找她，她不回家。妈妈是族长，平时就没人敢管她，谁也拿她没办法。

她一直在那里烧这个飞碟，终于，飞碟的门打开了，出来一个银光闪闪的人。这个人浑身上下被包裹着，连眼睛都看不见。

她上前去摸，诧异非常。

他的衣服又光滑又明亮，像天上的月光一样，她从没见过这么神奇的东西。

她拿棍子敲了敲那个人的头盔，那个人躲开了。她又敲，终于，那个人掀开头盔。

她看到一双拳头大的眼睛，瞳孔是蓝色的，像孔雀的羽毛，亮亮晶晶，像蒙了一层水。

那人的皮肤白得像白色花瓣，鼻子嘴巴与她族人差不多。

她又想去掀掉那头盔，那个人躲，她就追，没跑几步，那个人就像没了力气，停下来。她追上去，把头盔掀掉，发现那个人的头好大，后脑勺有一块凸起，圆圆的。

她上前去摸，那人的眼睛瞪大了，像是生了气，她住了手。

她心想："这人好漂亮，要是与这个人生个孩子，肯定比族里其他孩子都好看。"

她这样一想，那个人就瞪大了眼睛，很惊恐的样子。

她不知道，他是外星人，脑子是四维的。四维看三维，就像人类的大人看小孩，能看懂内心的世界。

这个女人上来就想跟他生孩子，还想象了他们孩子未来的样子。他感到很讨厌。"地球人果然都是低等生物，兽一样。"他想。

可是他的语言，她听不懂。他们那个世界的人是不用说话的，只用心识交流。

他在她面前就示现了一个哑巴形象。

"啊，原来这是一个哑巴呀。"她这样想。

【2】

外星人把她拉到飞碟前，摸着上面的水珠，双臂交挥，示意说"不"！

又摸着被她砸掉的坑，也双臂交挥，示意说"不"。

又摸着被她熏出来的黑烟，双臂交挥，示意说"不"。

她咧着嘴，露出一嘴白牙，笑了。

她心想："原来这些都不让干。"

他想钻回飞碟，她扯住他，想问他名字。

他再次交挥双手，意思是不想说。

她没看懂他这次挥双手的意思，只以为还是在阻止她干那些事。

其实他叫呗，这是他们那个星球的名字。

【3】

他们这个飞碟落难于此，需要积聚一段时间能量，太阳能量低，就要拼命晒太阳。

到底晒多久才能恢复，他们也不知道。

部落里的人来参观了一圈，发现无法沟通，就想赶走他们。可是赶不走，他们只在飞碟里待着，不吃也不喝，语言也无法交流。

部落里的人就想杀死他们，可是阿莲娜出来阻止了。

她对族人说："你们看，他们多么漂亮，眼睛像星空一样，这样的人怎么是坏人？我不允许你们伤害他们。"

部落里的人看她这样说，也就作罢。她的身份特殊，加上他们生活中每天也遇到各种豺狼虎豹，这种银光闪闪的家伙，也无非就是另一种形式的豺狼虎豹。豺狼虎豹还凶猛要吃人，这几个人彬彬有礼，还给他们鞠躬，说明不想吃他们。

他们放过了这些人。

一大片树荫，挡住了飞碟，挡住了阳光，呗出来砍树枝。

可是没有工具，阿莲娜送来了铁器。

呗好像很没有力气，干一会儿就干不动了。

阿莲娜一个人把那一片树荫砍光。

砍完树荫，她很饿，回山洞拿来了红薯和玉米，请呗吃。

呗是不需要吃饭的，可是阿莲娜眼巴巴看着他，很关切。她以为呗没力气就是因为不吃饭。

她在心里想："你一定要吃东西，我们部落虽然穷，但红薯和玉米还足够。"

呗盛情难却，吃了起来。

红薯很甜，但这个植物的能量，进入身体与他的能量相冲，呗需要用很大的力气消化掉它们。就像我们人类吃了脏东西，要拉肚子一样。

阿莲娜看呗嚼得很慢，以为舍不得，更加拼命让呗吃。

呗浑身难受。

【4】

阿莲娜把呗当哑巴，以为呗听不懂她的话，把很多心事说给他听。

她说她生了一个孩子，最大的苦恼是不知道谁是孩子爸爸。她每天在部落男人身上找孩子的影子，看好几个人都像。

她说她很讨厌这种感觉，她希望知道孩子是谁的，让那个人多亲近孩子。可是部落里的女人都不在乎这些，她们觉得孩子生下来就行了，延续了部落的生命力，就是功劳。

在那个残酷的环境中，孩子就是部落的希望。隔壁的两个族群，就是因为孩子生得少，消失了。

她的妈妈也总是教育她，身为族长的女儿，要做表率，要多去找男人生孩子。"可是我就是做不到，你知道吗？我就想让我的每一个孩子，都知道爸爸是谁。就因为这个，我总躲着出去找人生孩子。"

呗这才知道，原来第一眼她看见他就想到了生孩子，是有原因的。

她不是兽性，却正是有人性的表现。

阿莲娜说她最喜欢一个叫青的青年，可是青不太喜欢她，青更喜欢一个叫拉雅的姑娘。

她很希望自己的孩子是青的。

说话时，正好青领着拉雅从不远处走过，阿莲娜的孩子也在附近。他动用了一下能量，沟通了一下那两个人的血缘，发现他们竟然真是父子。

他拉着她的手指他们，把两只手做成两个人的样子，其中一个人高些，一个人矮些，矮的那个人向高的鞠躬，寓意尊敬。

她竟然看懂了。

"你是说我的孩子就是青的？"

他点点头。

她很高兴，跳起来，奔向孩子，又拉着孩子奔向青。快追上时，她停下了脚步。因为那个青，正和拉雅欢声笑语，无限快乐。

她停下脚步，放下孩子，黯然走回来，对呗说："我决定把这个秘密藏住，反正青也不是最喜欢我，我为什么要告诉他这件事呢？我不喜欢去喜欢不喜欢我的人。"

呗听了这话，对她的喜欢多了一分。

【5】

时间很无聊，长日漫漫。呗也不知道他们要在这个部落待多久，他让飞船里的同伴也出来活动，跟部落的人交朋友。

别的问题都没有，最大的烦恼是地球人总是让他们吃东西。

他们辛辛苦苦打来肉食，总是把最好的部位让给他们吃。

他们吃完总是要运用很多的能量去消化。

为了方便行动，呗脱了宇航衣，穿上了一件草裙。

阿莲娜把他从上到下研究了一遍，大为惊奇。她发现他的心脏部位竟然是透明的，宝蓝色，血管很粗，血液也是蓝的。

她把手触到他的心脏位置，有一股能量传来，像风吹过花海，像鸟儿跳跃在林间，像月亮照在水面上，像长笛吹响在水月间。

那是一种让人宁静的力量。

她说："你的心让人幸福。"

他点头。

在他那个星球，确实人人幸福。

她突然看到他的胯下，心念动了动："不知道这个人的那里，和我族的男人有何不同。"

只这一想，她就羞愧不堪。

他看懂了她的心思，也害羞了。

其实他们族类，性器官与地球人一样，只是他们那里，生孩子不靠身体，而靠意念。靠意念想象出一个孩子，把她放到莲花中，花开一季，就把孩子生出来了。

有一天，她跑过来哭。说她最喜欢的那个青，死了。青去打猎，被狼咬破了肚子，五脏俱裂。现在他残破的身躯正躺在家中。

她问呗："青还能有救吗？我知道你是神。"

他陪她去看，救是没办法救了，只是他能看到青灵魂与肉体分离的样子。他与青的灵魂沟通，告诉他阿莲娜的孩子就是他的孩子。

青的灵魂听后，非常感动。他走向他的孩子，轻轻抱了抱，又走到阿莲娜面前，轻轻亲吻了一下她的额头。

他告诉青，阿莲娜最喜欢他。

阿莲娜似有知觉，以手扶额，看向呗询问。

他温暖地笑笑，走出青的家。

这是呗第一次对这个族群，和这些人，产生感情。

青死后，阿莲娜很是颓废了一段时间，她一直在跟他说，很后悔没有告诉青孩子的事。很后悔没有更多地争取一下青，她若多争取，青不一定更喜欢拉雅。她是族长的女儿，这身份限制了她，让她有股骄傲。骄傲很害人。

呗听着这些小女儿心事，似有所动，又无所动。

【6】

呗吃了太多地球上的食物，发现自己身体起变化了。他以前的血液是纯蓝色，清净透明，现在在转红。他以前的眼睛可看十方。他站在旷野，整个宇宙在他脑中呈现，太阳月亮水星金星火星的情景历历如现。

可是他现在什么也看不到了，他看星星，只是一个个小斑点，太阳的光强些，他眼睛就刺痛。

更悲剧的是，他竟然有了欲望。他产生了嗔恨，妒忌和抱怨。看到阿莲娜的时候，他总想抱抱她。

有一次，他看见阿莲娜和一个男孩共同走向一片树林。他竟然情不自禁地跟了过去，他以为他们要去生孩子。直到发现他们是去挖一块红薯地，他才放下心来。

他陪着他们挖了一天红薯，还总得阻止那个男青年接近阿莲娜，他累得要死。

阿莲娜看出来了，在心里暗想："如果这个神喜欢我，我就再也不和别人生孩子了。也许我和神生的孩子天生会飞。"

阿莲娜不知道他的名字，一直称他为"神"。

他决定惩罚一下这个小女人，绝对不告诉她他喜欢她。

可是爱情一旦发动，就像星辰运转，大地回春，挡也挡不住。欲望一旦生成，天魔来降，也降不住。

终于，他还是在一个阳光明媚、草长莺飞的日子里，和阿莲娜做了生孩子的事。

阿莲娜很开心，对他说："神，我们会生一个会飞的孩子吗？"

他说："也许。"

他又说："不要叫我神，叫我呗。"

她这时才发现，他竟然会说她的语言。

其实呗早就会说他们的语言了，对于一个四维世界的人来说，学习三维世界的东西轻而易举。

"我们的孩子也许不会飞，但肯定比你那些族人聪明。"他说。

阿莲娜陷入无尽想象。

【7】

他们过起了很幸福的日子，甚至他都不想回自己的星球了。呗约束阿莲娜，告诉她，不许再与别的男人生孩子。在他们那个星球，女人不可以有很多男人。

阿莲娜也约束呗，不许和部落其他的女人接近。他们彼此专属，在部落里成为特例。

为此阿莲娜的妈妈非常不高兴。她对呗说："除非你能和阿莲娜生出很多孩子，否则就不能管我让阿莲娜去和别的男人生孩子。"

为此呗和阿莲娜很努力地生孩子，企图保住彼此的专有权。

全族的人都在拭目以待他们的孩子。

不负众望，阿莲娜终于怀孕了。

【8】

呗专门为她造了一个木房子，让她搬出山洞生活。木房子造得很漂亮，尖顶,有窗,还造了睡觉的台,可以躺在台上看星空。

他们每天都在台上看着远方的家。

怀到第七个月时,呗对阿莲娜说,最近太阳的能量在增强,飞碟在慢慢恢复,等他修好了飞碟,就送其他同伴回家。他要留在地球上,与她终老。

阿莲娜一直害怕的问题,得到了准确答案,她的心更定了。

可是阿莲娜在生产的时候遇到了大麻烦。因为呗的族类头都特别大,是正常人类的两倍,孩子在产道内出不来。

阿莲娜疼了三天三夜,孩子也出不来,最后累得奄奄一息,没了一点力气。

阿莲娜抓着他的手对他说:"我知道我活不了了,我死了,孩子也活不了,请你,马上找把刀来,把我的肚子切开,把孩子救出来。"

他知道阿莲娜说的是对的,可他下不去手。他若没有阿莲娜,宁可孩子也不要来到世上。

阿莲娜的母亲,是个冷酷刚猛的女人,她看这样,真的找了一把刀,去切阿莲娜的肚子。

他拦着。

"你知道对我们部族,什么最重要?孩子!阿莲娜是我的孩子,阿莲娜的孩子也是我的孩子!我不能失去所有的孩子。"

他眼看着阿莲娜的母亲含着泪切开了阿莲娜的肚子,阿莲娜在临死前握着他的手说:"神,我死以后,你走吧……"

孩子竟然活了。

一个白白胖胖的男孩,有着他们那个星球人的巨大脑袋,眼睛很大,色如宝石,血液是蓝色的。

阿莲娜死后,他又在地球上过了一年枯寂的日子,因为跟他们生孩子都会难产,所以也没有人敢接近他们。

他陪着孩子过了一年,发现这个孩子还是与人类不同的。他比人类智商高,与他可靠心识交流,常能预测危险。老虎还在山那边,他就会号啕大哭预警。

一年以后,飞碟修好,他们要离开了,他把孩子交给族长,族长给他们送别。

他带走了阿莲娜的一顶羽毛头冠,那是她最喜欢的东西。

还记得他刚掉下来时,她戴着那顶头冠在飞碟旁又唱又跳,唱了无数首驱魔的歌。

　　飞碟缓缓升空,发出巨大光芒。他的孩子大哭,可是他的生理构造不适合离开,只能留在地球。

　　这个孩子后来跟人类繁衍出了很多后代。他的后代异常聪明,心性高洁,很容易猜透别人的想法,常感到孤独,有灵异体质。他们常常仰望星空,看着满天星斗生出羡慕之心。他们常问自己:"我的家是不是在天上?那里是不是有我的亲人?我什么时候回去?"

铁镜公主那点小心思

十五年前,雁门关外,金沙滩上,我遇见了我的驸马。

那一天,他银袍玉面,长枪如风,红缨一点乱了浮云。

奈何我母后机关算尽,将他们这一支大宋军队团团包围,宋王被困,一群将士为救他,拼了性命。

我眼见着一员大将被我军一枪挑断肚肠。

又眼见一员大将为掩宋王撤退,被我军战马踩烂在泥中。

银袍小将疯了一般厮杀,挡住了我军主将,宋王趁机逃走。

我命他们将他生擒,不许伤害。

那一刻,我就爱上了他。

那一年我十八岁了,是大辽国的铁镜公主。

几年来,母后一直跟我说,大辽国的好男儿任我挑,我是最娇贵的公主,该配世上最好的男人。

可我一个也看不上,嫌他们粗莽。

我命他们将他掳回来,先把他关起来。然后去找我母后,我说要让那个银袍小将做我的驸马。

母后很生气,说:"大辽国那么多男儿,为什么偏偏盯上一个南蛮?你可知他身份?敌国异种,万一成了养不熟的白眼狼怎么办?"

我不管,我就要他。我说:"他一个普通宋朝将士,堂堂公主看上他许他富贵,他乐不思蜀感恩戴德还来不及,哪有什么白眼狼绿眼狼的可能。"

母后拗不过我,遂了我心。

我从小唾手可得的东西太多了,总想给人生制造点难度。

那就在爱情上制造点吧。

我去见他,告诉他我爱他。

他开始很吃惊,后来就低头了。

我找了他三次，许他富贵，对他表情。

他竟应了我。

其实我知他是谁，他是杨家将。

我掳他的时候，清清楚楚听见他对着被马踏死的将军喊了一声"三哥"。

对另一个被长枪挑死的将军喊了一声"大哥"。

我派人去宋国查了，那一战杨家将死伤惨重。枪挑死的是大郎，剑刺死的是二郎，马踏死的是三郎，五郎、六郎没有死，七郎被乱箭穿了心。

剩下的这个，不就是四郎吗？

他叫杨延辉。

我和四郎成了亲。

他告诉我们他叫穆义，穆义就穆义吧，管你姓甚名谁，我要的是人。穆义，木易，杨。

我装傻充愣不揭穿，只是一心对他好。

不得不说，我眼光不错，我挑的驸马，除了宋人身份以外，没有缺点，玉树临风，仁义厚道，武艺高强，与我郎才女貌。

他偶尔发呆出神，我知他是想家了。

我假装不懂，想尽一切办法做一些宋国的吃食给他。

我还学会了蒸花卷儿呢。

宋朝买来的麦子，磨一磨，变成面，加点面肥发一发，翻成花卷儿。

我端着花卷跟他分享，蘸着我辽国的羊肉汤，别有一番滋味。

我说我爱吃大宋食物。

其实我是爱他。

天下男子，谁不爱富贵美人？

就算不爱富贵美人，又有谁能挡得了富贵美人的一片真心？

就算挡得了富贵美人的一时真心，又有谁能挡得了一世真心？

我努力生了孩子，有孩子多一层牵绊。

第一胎是个公主，前年又得个小阿哥。儿女都全了，我们有个家。

何况他再想回去，哪么么简单，关山阻隔着呢。

奈何。

一个月前，宋与大辽又开战，杨六郎兵临关外，佘太君押粮草也来到了关前。

我知道，我人生的大考验来了。

亲娘弟兄近在眼前，他岂能无动于衷？

他受宋人教育日久，齐家治国平天下，忠孝仁义入骨髓。

我观察他，这几日坐立难安。

他在为难，不知道如何向我开口。

穆义做了这么多年，他很难做回杨四郎了。

我见他落了泪。

我也为难。

我到阿哥房中抱来小阿哥，把孩儿收拾齐整，去见驸马。

春来了，北国春光，别有一番绚烂之姿。

进了宫苑，我缓缓道："驸马，花园中的芍药牡丹都开了，花红一片，咱们是不是应该去赏赏？"

他说："应该去赏。"

可是他屁股并没动，还坐那儿发呆。

我说："你是不是有点不开心呀？"

他说："没有，没有。"

我说："怎么没有，你眼角的泪可还挂着呢。"

他赶紧扭头拭泪，口中喃喃。

我说："我都看见了，你擦也来不及了。"

他垂头，叹气。

我说："驸马，不如我猜猜你为什么不开心吧。"

他让我猜。

于是我就托腮看他，假装思考：

"是不是我母后怠慢了你？"

我先这么猜，是有用意的，我母后强势，他作为宋人入赘我皇家，稍不合适，就会有摩擦，我得表现出关心他向着他的样子。

他赶紧说："没有没有，母后没有怠慢，就算有怠慢，她是长辈，我一个晚辈又能拿她怎么样呢。"

我赶紧重复："有道理有道理，莫说没有怠慢，就算怠慢，我们做晚辈的也该包容她老人家。"

我又猜:"是不是你我夫妻天长日久,情分淡了,生活没意趣?"

他又说:"没有没有,我们夫妻恩爱十五年,情义如初,恩深义重。"

我这么猜也是有用意的,我希望他记住我们之间的恩爱,我这十五年什么都没有,只有这些情义。以后就靠这些情义。

我又猜:"那是不是宫中太闷了,想到外面的秦楼楚馆玩一玩呀?"

我这么猜的时候,笑嘻嘻地看着他,这纯属半开玩笑。男人嘛,要经常敲打敲打,最好把他那些小心思小爱好挑明了,等他一否认,再端一顶高帽子扣上,他就被套住了。

他果然中计,义正辞严说:"我不爱秦楼楚馆,那里有什么意趣!"

就是,有什么意趣。

再猜,就得往对里猜了,再猜不对,就显着我跟他过了这么多年,不懂他,不是他的知己。

我又假装思索,托腮凝神,抬眼看窗外,在他面前走来走去。

回头看他颓败的容颜,当年的玉面小将,如今也老了,两鬓已微霜。

他的手捂在胸口,心好像碎成了片。

又好像那里盛着一片泛滥的江河。

窗外草原上的风卷着白云吹过来,牧笛声悠扬。

罢,罢,罢。

关键时刻到了。

我缓缓"猜"道:"驸马,你是不是想你妈妈了?"

他听了这话,忽然一震,紧接着扑通跪在了我的面前,泪流满面。他说:"公主,你猜对了,我有话说!"

"你要说什么?"

"我,我不叫穆义。"

我装作大惊:"你不叫穆义叫什么?"

"我,我,我……"他不敢说。

我佯装大怒:"好你个小子,跟我过了十五年时光,到如今连个真名实姓都没有,我去告诉母后,要母后杀了你!"

他拖住我的大腿。

我是公主，发脾气其实是我专长。

他支支吾吾看看我，咬牙，低头，再看看我，满眼纠结。

最后豁出去一般，他说："公主，你起个誓，我就告诉你我的真实身份。"

我说："行，我起誓。"

于是我跪下，伸出右掌向天，起誓："我铁镜，今日要把驸马的话传出去，就三尺绫自悬梁尸骨不全。"

这么起誓，我其实也藏了小心机，我说三尺绫自悬梁，也得我主动悬，我不去悬，怎么会死呢？

他听不出玄机，还大受感动。

这男子从来磊落干净，不似我心思九曲回肠。

于是他终于跟我说了他的真实身份。

他果然是杨四郎。

该有的震惊愤怒，还是要表达。

我哭着"骂"他："好你个杨延辉，你可坑惨了我了，你隐姓埋名与我联姻，要让我母后知道，杀了你，我就可怜了。还有你现在告诉我你的真实身份，是不是要回大宋？"

他说不是，并无此意。只是母亲已经在雁门关外，他想出关去见一面，生养一场，不见难安。他想让我帮他弄到令牌，助他出关。

令牌我不是不可以给，可是我得确定他能回来。

我问他："你不会一去不还？"

他说不会。

那一刻，他看着我的眼睛，我看到了情爱和不舍。

于是我也逼他起誓。

他郑重跪下，右掌向天，起誓："我穆义，见了母亲，如果不回还，黄沙盖脸尸不全。"

我又让他以杨延辉的名义起誓。穆义是假的，不作数。

他也按我说的做了。

我有了双保险。

我北国女子，应当爽利。既然他发了誓，就该信他。

当初选择嫁给他，本就是一场豪赌，任何时候都要愿赌服输。

我抱着阿哥去见母后。

母后刚见完朝臣，前方战事吃紧，她焦头烂额。

母后的一生，就是运筹帷幄的一生。

我在小阿哥屁股上掐了一把，阿哥大哭起来。

母后忙问："孩子为什么哭？"

我说："可能是看上你腰上那个令牌了，那令牌金光闪闪，煞是好看。"

母后没有多想，将令牌解下来给了阿哥。

我又哄着母后进寝宫睡了觉。

得了令牌，我交给穆义，让他务必五更前回来。如不回来，我必发兵到宋朝抢人。

情爱一道枷，势力一道锁。

临行前，我抱住他的脖子，只那么深情款款眼含热泪地看着他。

我要记住他的容颜，万一他这一去不归还，这可能是我一生最后的温暖画面。

我也想让他记住我，让他记住我的深情，记住我的美丽，我的善良。

他抵了一下我的额头，说了句："放心。"

这一幕，犹如我们婚后一年去玉山采雪莲，他也是这么抵着我的额头说："这一生，得公主，实幸运。"

寒烟大漠，星空辽远。

马蹄哒哒。

我的驸马远去了。

我剩下的，只有等。

我是辽国尊贵的公主，从小目睹母后治国强军。她心思清明，智计高远，雷厉风行，可一个弱女子负起一个王朝，有多难，只有我知道，她不快乐，牺牲的全是作为女人的幸福。

我也读过很多公主传。

大唐的太平、安乐，全都迷恋权力，又有几人得了善终？

我没出息。没她们那些远大理想和抱负。

我只想得一人，守恩爱，富贵平和，天长地久。

明月朗朗照着我的宫苑。

一夜未眠。

心思百转。

脑海里千百种可能。

若驸马被他母亲扣住,我待如何?

若被他前妻绊住,我待如何?

若他宋人情怀再犯,又与我国为敌,我待如何?

我赌他不敢,不舍。

五更过。

天微白。

马蹄哒哒响。

我知道我赌赢了。

我的驸马,回来了!